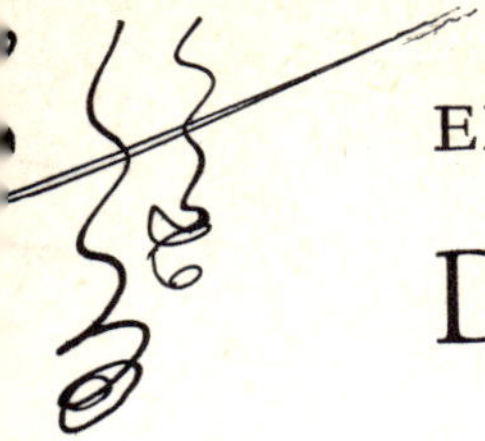

EMMY VON RHODEN

# Der Trotzkopf

kibu

6. Auflage 1983

5750 Menden 1/Sauerland
frei nacherzählt von
Grit Körner
Umschlagbild Kajo Bierl
Textillustrationen Lilo Busch
Gesamtherstellung Salzer-Ueberreuter, Wien
Printed in Austria

ISBN 3 88101 526 4

## Inhalt


Eine junge Wilde 7
Eine ganz neue Welt 28
Ein warnendes Beispiel 76
Das Gespenst im Apfelbaum 98
Weihnachtsfreude 118
Sylvesterabend 151
Das große Ereignis: Tanzstunde 168
Ein schmerzlicher Verlust 181
Eine freudige Überraschung 199
Ein feierlicher Schwur 216
Ein schmerzlicher Abschied 225
.. und eine schicksalsschwere Begegnung 233
Endlich wieder daheim 257
Tanz unter Tränen 270

# Eine junge Wilde

„Papa – Diana hat Junge!“

Mit diesem Ausruf platzte ein hübsches schlankes Mädchen von etwa fünfzehn Jahren in das große Wohnzimmer, in dem eine kleine Gesellschaft beim Tee saß. Es waren die Eltern des Mädchens, Oberamtmann Macket und seine Frau, die den Pfarrer des Ortes und ein befreundetes Ehepaar zu Besuch hatten.

Alle Anwesenden beobachteten schmunzelnd das Mädchen, das ohne große Scheu auf den Oberamtmann zueilte und ihm ausführlich über das große Ereignis berichtete.

„Vier Stück hat sie, Papa“, berichtete sie aufgeregt, „und alle braun, genau wie ihre Mutter. Sie sind ganz reizend – du mußt unbedingt mitkommen und sie dir anschauen! Ich habe schon einen Korb geholt und mein Kopfkissen hineingelegt. Sie müssen es doch warm haben, die süßen kleinen Dinger!“

Oberamtmann Macket, Besitzer von Gut Moosdorf, legte seiner Tochter Ilse liebevoll den Arm um die Schultern und strich ihr die unordentlichen braunen Locken aus dem erhitzten Gesicht. Sein Blick war voller Wohlwollen, wenn auch Ilses äußere Aufmachung nicht gerade dazu angetan war, solche Gefühle zu wecken – ganz besonders nicht bei fremden Gästen, die zufällig im Hause weilten. Das Mädchen steckte in einem abgetragenen, dunkelblauen Hemdblusenkleid, dessen unförmige Weite von einem Ledergürtel zusammengehalten wurde; an verschiedenen Stellen zeigten sich Risse oder Flecken, und mochte dieses Kleid auch bequem sein – hübsch war es nicht zu nennen. Ein Paar klobige Lederstiefel, die von Staub bedeckt eher grau als schwarz wirkten, trugen noch zu Ilses unvorteilhafter Erscheinung bei. Ihr Vater übersah das allerdings; ihm genügte es, in die fröhlichen braunen Augen seines Lieblings zu schauen.

So wäre er auch jetzt mit Ilse hinausgegangen, die jungen Hunde anzusehen, wäre ihm nicht seine Frau, eine vornehme Erscheinung von ruhigem, aber entschiedenem Wesen, zuvorgekommen, indem sie aufstand und auf Ilse zutrat.

„Mein liebes Kind", sagte sie freundlich, aber sehr bestimmt, indem sie das Mädchen bei der Hand nahm, „ich hätte dir etwas zu sagen. Kommst du bitte einen Augenblick nach nebenan?"

Angesichts einer so ruhigen Würde spürte Ilse, daß jeder Widerspruch unangebracht wäre. Etwas widerwillig folgte sie der Mutter in das angrenzende Zimmer.

„Was willst du mir denn sagen, Mama?" fragte sie trotzig.

„Ich möchte dich bitten, mein Kind, sofort auf dein Zimmer zu gehen und dich umzuziehen. Wußtest du denn nicht, daß wir heute Besuch bekommen würden?"

„Doch, doch – das wußte ich schon. Aber was geht das mich an?" fragte Ilse herausfordernd.

„Nun, Ilse, aber mich stört es sehr, wenn Besuch da ist und du in einem so unordentlichen Kleid erscheinst. Du bist mit deinen fünfzehn Jahren nun wirklich kein Kind mehr. Wenn ein Mädchen konfirmiert ist, betrachtet man es als angehende junge Dame! Und als solche hast du nun einmal einen gewissen Anstand zu wahren. Was soll denn das Ehepaar Schäffer von dir denken? Und erst der Herr Pfarrer!"

Ilse antwortete nur mit einer Geste der Ungeduld.

„Nun sei schon vernünftig, Kind, und zieh dich um", bat die Mutter. „Hörst du?"

„Ich denke nicht daran", erwiderte Ilse bockig.

„Nun, dann gehst du jetzt sofort auf dein Zimmer und wirst heute dort auch allein zu Abend essen", bestimmte Frau Macket ruhig.

Ilse biß sich heftig auf die Lippe und stampfe mit dem Fuß auf, sagte aber nichts. Dann wandte sie sich um, verließ das Zimmer und knallte heftig die Tür hinter sich zu.

In ihrem Zimmer angekommen, warf sie sich auf einen Stuhl, stützte die Ellbogen auf das Fensterbrett und brach in zornige Tränen aus.

„Was ist das jetzt nur für ein Leben bei uns!“ stieß sie unter lautem Schluchzen aus. „Warum mußte Papa auch wieder heiraten! Wir waren doch so glücklich zu zweit! Da durfte ich immer tun, was mir gefiel. Aber jetzt soll ich auf einmal eine Dame werden! Ich will es nicht – ich will es einfach nicht, und wenn sie es hundertmal zu mir sagt!“

Tatsächlich hatte Ilse, als sie noch mit ihrem Vater allein lebte, ein völlig ungebundenes und lustiges Dasein geführt. Niemand hatte ihr Vorschriften gemacht oder sie wegen ihrer dummen Streiche getadelt. Was sie auch unternahm – Herr Macket hatte es geduldet und zeitweise sogar darüber gelacht. Lernen war Nebensache gewesen, eine langweilige Pflicht, und die Erzieherinnen, die ins Haus gekommen waren, hatten sich entweder den Launen ihrer Schülerin gefügt oder bald wieder gekündigt. Hatte sich eine von ihnen einmal bei Ilses Vater beklagt, und hatte dieser dann wirklich beschlossen, sein ungebärdiges Kind einmal gehörig zur Rede zu stellen, war ihm Ilse einfach um den Hals gefallen und hatte den großen, stämmigen Mann unter unzähligen zärtlichen Küssen ihren „einzigen, kleinen Papa“ genannt, so daß sein Unmut gleich wieder verflog.

„Ich kann mir schon denken, was du mir sagen willst, und werde mich auch ganz bestimmt bessern!“ versicherte sie ihm dann liebevoll. Ihr Vater ließ sich nur zu gern auf diese Weise vertrösten. Dieses Kind war nun einmal sein ein und alles, und er konnte Ilse einfach nicht ernstlich böse sein.

Als vor vielen Jahren seine erste Frau, Ilses Mutter, gestorben war, hatte sie ihm das kleine, hilflose Mädchen in den Arm gelegt und es seiner Fürsorge empfohlen. Wenn Ilse jetzt den Vater so treuherzig ansah, fühlte er sich durch ihre fröhlichen, braunen

Augen immer an die geliebte Frau erinnert. Ihm war dann immer, als lächelte ihn seine einstige Gattin an.

Viele Jahre war der Oberamtmann Macket allein geblieben und hatte nur für sein einziges Kind und den Gutshof gelebt. Dann hatte er seine zweite Frau kennengelernt, und ihr sanftes, kluges Wesen hatte ihm so gefallen, daß er sie nach einiger Zeit gebeten hatte, ihn zu heiraten.

Anne Macket war in diese Ehe mit dem festen Vorsatz gegangen, dem Töchterchen ihres Mannes eine liebevolle zweite Mutter zu werden und alles zu tun, um sie für ihr bisheriges mutterloses Dasein zu entschädigen. Aber jeder ihrer Annäherungsversuche war zum Scheitern verurteilt, da er auf Ilses trotzige Ablehnung stieß. Schon fast ein Jahr war vergangen, ohne daß es der jungen Frau gelungen wäre, die Zuneigung ihrer Stieftochter zu gewinnen.

An diesem Tage blieben die Gäste, die zum Tee gekommen waren, auch zum Abendessen auf Gut Moosdorf. Als man sich anschickte, zu Tisch zu gehen, beauftragte Frau Anne das Stubenmädchen, Fräulein Ilse aus ihrem Zimmer herunterzuholen.

Ilse hatte sich jedoch eingeschlossen, und das Stubenmädchen mußte mehrmals klopfen, ehe es eingelassen wurde.

„Sie sollen herunterkommen, Fräulein Ilse, hat die gnädige Mama befohlen“, richtete Katharina aus und betonte dabei das „sollen“ und „befohlen“ noch besonders.

„Ich soll?“ wiederholte Ilse aufsässig. „Aber ich mag nicht! Das kannst du der gnädigen Frau Mama ausrichten!“

„Mach’ ich“, versicherte Katharina befriedigt. Auch sie war nämlich gar nicht erfreut darüber, daß wieder eine neue Frau ins Haus gekommen war, die dem ungezwungenen Tun und Lassen im Haushalt ein Ende bereitet hatte. Deshalb richtete sie unten im Eßzimmer Ilses Bestellung wortwörtlich aus.

Herr Macket sah seine Frau etwas verlegen an. Er wußte nicht recht, was er von dieser Antwort seiner Tochter halten sollte.

Frau Macket allerdings verstand recht gut, was gemeint war. Sie ließ sich jedoch nicht anmerken, daß sie verärgert war, und erklärte ruhig: „Wahrscheinlich hat das Mädchen Ilses Worte etwas ungeschickt ausgerichtet, lieber Richard. Soviel ich weiß, hatte das Kind vorhin Kopfschmerzen und wird darum sicher lieber auf seinem Zimmer geblieben sein."

Die Gäste durchschauten natürlich, daß Frau Macket nur eine Ausrede gebraucht hatte, um das schlechte Benehmen ihrer Stieftochter zu bemänteln. Nur Herr Macket glaubte, daß es sich wirklich so verhielt. „Sollten wir dann nicht besser einen Arzt anrufen?" fragte er besorgt.

Die Antwort auf seine Frage gab ihm Ilse selbst. Man hörte sie draußen im Hof laut lachen und schreien, und als Herr Macket verwundert ans Fenster trat, sah er seine Tochter übermütig mit Tyras, dem Jagdhund, auf dem Rasen vor dem Haus spielen.

Auf Herrn Mackets Gesicht zeigte sich nun doch so etwas wie Verärgerung. Er griff schon nach der Klinke der Flügeltür, um hinauszugehen und Ilse zur Rede zu stellen, als seine Frau auf ihn zutrat und ihn davon abhielt.

„Laß das jetzt, Richard, ich bitte dich!" sagte sie mit unterdrückter Stimme. Dann wandte sie sich zu ihren Gästen um.

„Ich fürchte, ich muß Ihnen nun leider doch die Wahrheit sagen", bekannte sie. „Ilses Betragen zwingt mich nun einmal dazu."

Sie schilderte nun in gemilderter Form den Auftritt, den es wenige Stunden zuvor zwischen ihr und Ilse gegeben hatte.

Die Gäste nahmen die Sache nicht sonderlich tragisch; man lachte sogar über den Wildfang, und Herr Schäffer meinte, es sei schade, daß aus Ilse nicht ein Junge geworden sei; das Temperament habe sie sicher dazu. Frau Schäffer äußerte sich nicht. Sie fand ein so wildes Mädchen doch eher etwas abstoßend.

Als das Ehepaar Schäffer sich verabschiedet hatte, blieb der

Pfarrer Wollert noch zurück. Er war nicht mehr jung, dachte aber recht modern und war von gütigem Wesen. Da er Ilse von ihrer Geburt an kannte, sie selbst getauft und konfirmiert hatte, empfand er eine große Zuneigung für das Mädchen. Seit die letzte Erzieherin auf Gut Moosdorf gekündigt hatte und gegangen war, hatte der Pfarrer den Unterricht bei Ilse übernommen.

Die drei Erwachsenen saßen eine ganze Weile schweigend beieinander. Die Angelegenheit, über die sie nachdachten, entbehrte ja auch nicht einer gewissen Peinlichkeit, und keiner von ihnen mochte das erste Wort dazu sprechen. Herr Macket rauchte und sah aus dem Fenster, seine Frau war aufmerksam mit einer Handarbeit beschäftigt, und der Pfarrer ging ernst und in Nachdenken versunken im Zimmer auf und ab.

Als er schließlich in seinen Wanderungen innehielt, blieb er vor seinem Freund, dem Oberamtmann, stehen. „Es hilft wohl nichts, mein Lieber", sagte er. „Ich spreche es jetzt einfach einmal aus: Wir werden mit diesem ungebärdigen Kind alle nicht mehr fertig. Es wächst uns allmählich über den Kopf."

Mit verständnisloser Miene sah der Oberamtmann zu seinem Freund auf. „Wie darf ich Ihre Worte verstehen?" fragte er. „Ich sehe nicht ganz, worauf Sie hinauswollen."

„Nun, dann will ich ganz deutlich sagen, was ich meine", erwiderte der Pfarrer. „Es wird höchste Zeit, daß das Kind in erfahrene Hände kommt, die seine Erziehung gezielt betreiben – genauer gesagt, in ein Internat."

„Ilse in ein Internat?" stieß Herr Macket erschrocken aus. „Aber warum denn nur? Das Kind hat doch nichts verbrochen!"

„Verbrochen hat sie freilich nichts", erwiderte lächelnd der Pfarrer. „Aber das Internat ist ja auch nicht unbedingt eine Anstalt für Kinder, die etwas angestellt haben!" Er sah, daß Herr Macket heftig auffahren wollte, und legte ihm beruhigend die Hand auf die Schulter. „Bitte regen Sie sich nicht unnötig auf, mein Lieber", redete er auf den Freund ein. „Ich brauche Ihnen doch wohl nicht erst zu versichern, wie sehr auch mir unsere Ilse am Herzen liegt, und daß ich darum sicher nichts vorschlagen würde, das nicht gut für sie wäre. Was ich Ihnen heute gesagt habe, ist das Ergebnis reiflichen Überlegens, das ich aufgrund meiner Beobachtungen in Ihrem Hause angestellt habe. Es ist nun leider einmal so, daß weder Sie, noch Ihre Frau oder gar ich genug Einfluß auf das Mädchen besitzen, um es zu erziehen. Sie haben doch erst heute wieder deutlich gesehen, wie diese junge, widerspenstige Natur uns allen zu trotzen imstande ist."

„Diese Ungezogenheit werde ich ihr sicher nicht ungestraft durchgehen lassen", verkündete der Oberamtmann drohend und trommelte erregt mit den Fingern auf die Tischplatte. „Aber schließlich war es so schlimm ja nun auch wieder nicht. Ilse ist noch sehr jung, und Jugend ist ungebärdig und will sich austoben. Was wir mit ihr erleben, ist doch kein Grund, sie einer so strengen Lebensweise zu unterwerfen, wie sie in einem Internat üblich ist! Was sagst du eigentlich dazu, Anne?" wandte er sich dann fragend zu seiner Frau um. „Du bist doch meiner Meinung, oder nicht?"

„Als ich vor einem Jahr deine Frau wurde und dieses Haus betrat, dachte ich wie du", erwiderte Frau Macket. „Ich hatte mir fest vorgenommen, Ilse eine gute zweite Mutter zu sein und sie gerecht und liebevoll, aber auch konsequent zu erziehen. Inzwischen habe ich meine Meinung in vielen Punkten ändern müssen und neige eher dazu, dem Herrn Pfarrer recht zu geben. Ilse ist ein liebes Mädchen mit vielen guten Ansätzen, nur ist es im Augenblick einfach unmöglich, auf sie einzuwirken. Ihr Trotz macht sie taub gegen alle Ratschläge und Ermahnungen – besonders dann, wenn diese von mir kommen. Fast immer tut sie dann das Gegenteil von dem, was ich sagte. Wenn ich sie zum Beispiel auffordere, ihre Schulaufgaben zu machen, dann tut sie entweder, als habe sie mich überhaupt nicht verstanden, oder sie häuft ihre

Bücher unordentlich auf dem Tisch auf und treibt hinter dem Stapel dann allerlei Unsinn. Achte ich nicht auf sie, ist sie im Handumdrehen wieder verschwunden, und die Aufgaben bleiben unerledigt. Da ist weder mit geduldigem Zureden noch mit Strenge etwas auszurichten – sie will einfach nicht! Frage nur den Herrn Pfarrer, der erlebt es ja selbst im Unterricht, wie unkonzentriert und uninteressiert sie zeitweise ist. So dürfte es doch zum Beispiel einem Mädchen ihres Alters nicht mehr passieren, noch so viele orthographische Fehler zu machen, wie es bei ihr leider immer wieder der Fall ist!"

„Das ist doch bei einem Mädchen gar nicht so wichtig!" bemerkte Herr Macket mit wegwerfender Handbewegung. Ungeduldig stand er auf. „Die meisten Mädchen heiraten schließlich ja doch; was braucht sie also eine Gelehrte zu werden? Wenn sie einen Brief einigermaßen ordentlich schreiben kann und das Einmaleins beherrscht, weiß sie genug."

Jetzt mußte der Pfarrer lachen. „Das kann doch nicht Ihr Ernst sein, lieber Freund", bemerkte er. „Ob sie nun heiratet oder nicht – wie würde es Ihnen gefallen, wenn man von Ihrer Tochter behauptete: ‚Diese Macket ist zwar recht hübsch, aber dumm und langweilig. Sie ist so ungebildet, daß man sich mit ihr einfach über gar nichts unterhalten kann.' Es wäre ja auch jammerschade – Ihre Tochter besitzt nämlich eine recht lebhafte Intelligenz, die man fördern sollte; was ihr dagegen fehlt, ist der Wille zum Lernen und die Freude am Wissen. Lassen Sie Ihre Tochter unter junge Mädchen ihres Alters, und das gute Beispiel der anderen wird sich bestimmt auswirken. In der gemeinsamen Arbeit wird sich Ilses Ehrgeiz entwickeln und ihr dann ein natürlicher Ansporn sein."

Herr Macket konnte sich nicht verheimlichen, daß diese Worte ihn überzeugten, aber aus Liebe zu seinem einzigen Kind mochte er das nicht offen zugeben. Er durfte gar nicht an die Möglichkeit denken, sich von Ilse trennen zu müssen.

Frau Macket konnte recht gut nachfühlen, was im Inneren ihres Mannes vor sich gehen mochte. Sie trat auf ihn zu und fuhr ihm liebevoll über den Arm.

„Du darfst mich nicht für eine böse Stiefmutter halten, wenn ich den Vorschlag unseres Herrn Pfarrers befürworte, Richard", sagte sie behutsam. „Aber schau – unsere Ilse ist kein Kind mehr und auch noch nicht erwachsen. Sie befindet sich in einem Zwischenstadium, in dem es durchaus noch möglich ist, Versäumtes nachzuholen und gewisse Unebenheiten ihres Charakters vorsichtig abzuschleifen."

„Ich könnte Ihnen in diesem Zusammenhang das Internat in W. mit gutem Gewissen empfehlen", sagte der Pfarrer. „Ich kenne die Leiterin persönlich und kann sie Ihnen als eine überaus tüchtige und kluge Dame schildern. Sie dürften sicher sein, daß Ihre Tochter dort die denkbar beste Ausbildung und liebevollste Fürsorge finden würde. Und vergessen Sie eines nicht: Das Internat liegt in herrlichster Umgebung! Eine wundervolle Berglandschaft, reine Luft, gesundes Klima . . ."

„Gewiß, gewiß", unterbrach ihn Herr Macket unbehaglich, „das will ich Ihnen ja alles gern glauben. Aber so rasch kann ich mich nun einmal nicht entscheiden. Ihr müßt mir Zeit lassen, das Ganze in Ruhe zu überlegen. Mag sein, daß die Sache wichtig ist, aber gerade darum sollte man nichts übereilen."

Damit war fürs erste das Thema abgeschlossen. Der Pfarrer plauderte mit seinen Gastgebern noch angeregt über dieses und jenes, bis auch er sich schließlich zum Heimgehen entschloß.

*

Am folgenden Morgen zu sehr früher Stunde begegnete der Oberamtmann seiner Tochter, die sich eben anschickte, mit den Leuten des Gutshofes auf die Wiese hinauszureiten, um das Heu einzuholen. Sie hatte sich auf eines der Pferde geschwungen, die vor den Leiterwagen gespannt waren.

„Guten Morgen, Papachen!“ rief sie laut und unbekümmert. „Wir holen heute das Heu herein. Es wird Zeit, meinte der Verwalter, denn vermutlich gibt es gegen Mittag schon ein Gewitter. Ich helfe mit beim Aufladen!“

Bei Ilses Anblick mußte Herr Macket unwillkürlich an die Worte seiner Frau vom vergangenen Abend zurückdenken. Seine Ilse sah im Augenblick tatsächlich nicht wie ein Mädchen, sondern wie ein verwilderter Junge aus. Und ebenso ungezwungen saß sie auf dem Pferd – nicht anmutig und damenhaft, wie man es von ihr gern gesehen hätte. Nun störte es auch Herrn Macket, sie in ihrem zu kurzen Kleid, in unordentlichen bunten Strümpfen und mit plumpen, schmutzigen Lederstiefeln vor sich zu sehen. Wahrhaftig – da mußte sich etwas ändern!

„Du steigst jetzt ab, Ilse“, sagte der Vater und trat auf das Pferd zu, um seiner Tochter herunterzuhelfen. „Ich möchte nicht, daß du jetzt auf die Wiese reitest. Du hast doch sicher noch Schulaufgaben zu erledigen!“

So fest und energisch hatte Ilse ihren Vater noch nie sprechen hören. Höchst erstaunt sah sie ihn an, machte aber keine Anstalten, vom Pferd zu steigen. Als sie sich von ihrer ersten Überraschung erholt hatte, verschränkte sie die Arme vor der Brust und brach in lautes Lachen aus. „Ha, ha, ha – Schulaufgaben soll ich machen! Aber mein liebes Papachen, wie kommst du denn nur auf diesen komischen Einfall? Und dazu auch noch diese böse Miene! Weißt du, an wen du mich jetzt erinnerst? An unsere letzte Mademoiselle, du weißt schon, es war die, die es von allen noch am längsten bei uns aushielt! Sie hat genauso ausgesehen wie du jetzt, wenn sie ganz streng sagte: ‚Fräulein Ilse – jetzt Sie gehen auf Ihr Simmer, aber tout de suite! Aben Sie mir verstanden?‘ Dabei hat sie dann immer ihre braunen Augen ganz weit aufgerissen und

furchtbar die Stirn gerunzelt", erzählte Ilse lachend und versuchte dabei das Mienenspiel ihrer ehemaligen Erzieherin nachzuahmen. „Aber jetzt leb wohl, Papachen", sagte sie eifrig, „gleich fahren wir! Bis zum Frühstück bin ich wieder da!" Sie warf ihrem Vater noch eine Kußhand zu, sah ihn mit schelmischem Lachen an – da zogen die Pferde an, und in munterem Trab ging es hinaus auf die Wiese, in einen taufrischen Sommermorgen hinein.

Herr Macket blieb kopfschüttelnd und etwas nachdenklich zurück. Zum ersten Mal regten sich Bedenken in ihm, was aus Ilse werden sollte, wenn sie weiter auf dem Gut blieb und ein Leben ganz nach ihrem Belieben führte: Daß sie nur lernte, wann es ihr gerade paßte, daß sie in keiner Weise auf ihre äußere Erscheinung achtete, und daß sie schließlich die Ermahnungen ihrer Eltern entweder mit lachender Schmeichelei oder stummem Trotz überging. Allmählich freundete sich der Oberamtmann mit dem Gedanken an, seine halberwachsene Tochter in ein Internat zu geben, wo es vermutlich eher möglich sein würde, aus ihr eine gesittete und anmutige junge Dame zu machen, ohne daß ihr etwas eigenwilliger und doch liebenswerter Charakter allzusehr unterdrückt wurde. Er hatte ja nun selbst erlebt, daß seine Tochter auch ihm, dem Vater, erfolgreich Widerstand entgegensetzte. So konnte es wirklich nicht weitergehen.

Der Oberamtmann ging ins Haus, trat ins Speisezimmer und von dort aus hinaus auf die weinumrankte Veranda, wo ihn seine Frau bereits am gedeckten Frühstückstisch erwartete.

An diesem Morgen saß Herr Macket ungewöhnlich verschlossen und still seiner Frau gegenüber.

„Hast du Ärger gehabt?" fragte Frau Anne vorsichtig und goß ihm eine zweite Tasse Kaffee ein.

„Nein", erwiderte Herr Macket einsilbig und schwieg noch immer. Es schien ihn einige Überwindung zu kosten, als er schließlich fortfuhr: „Nach gründlicher Überlegung dessen, was wir gestern abend mit dem Pfarrer diskutiert haben, bin ich zu dem Entschluß gekommen, Ilse zum 1. Juli in ein Internat zu geben. Wird es dir möglich sein, bis zu diesem Zeitpunkt alles für ihre Abreise vorzubereiten? Immerhin haben wir heute schon den 12. Juni."

Frau Macket war sehr erstaunt. Sie hatte mit einem so schnellen Entschluß ihres Mannes nicht gerechnet.

„Das wäre schon zu schaffen", erwiderte sie abwägend. „Aber sag, handelst du jetzt nicht etwas übereilt? Wird es dir nicht leid tun, Ilse so rasch fortgeschickt zu haben? Laß ihr noch die schönen Sommermonate auf dem Gut und gib sie erst zum Herbst ins Internat. Wenn sie Zeit hat, sich an den Gedanken zu gewöhnen, wird ihr der Abschied auch weniger schwerfallen."

„Nein – ich möchte, daß es dabei bleibt", bekräftigte Herr Macket, weil er sich gut genug kannte; schob er die Entscheidung zu lange hinaus, konnte es durchaus möglich sein, daß ihn die Reue überfiel und er alles wieder rückgängig machte. „Wir melden sie also zum 1. Juli an."

*

Ein paar Stunden später kehrte Ilse in bester Stimmung, mit hochroten Wangen und über und über mit Heuhalmen bedeckt von der Wiese zurück und fand sich zum zweiten Frühstück im Haus ein. Ohne sich umzuziehen oder die Hände zu waschen ging sie geradewegs auf die Veranda.

„Da bin ich wieder!" rief sie vergnügt. „War ich lange fort? Du, Papachen, ich sage dir, das Heu ist dieses Jahr wunderbar! Nicht einen Tropfen Regen hat es abbekommen! Du kannst wirklich hochzufrieden sein, hat der Verwalter gesagt. So gutes Heu hatten wir seit Jahren nicht."

„Laß das Heu jetzt bitte mal aus dem Spiel, Ilse", sagte ihr Vater. „Ich habe dir etwas Wichtiges zu sagen."

Seine Stimme klang ungewohnt ernst, denn es fiel ihm sehr schwer, seinem geliebten Töchterchen den schwerwiegenden Entschluß mitzuteilen.

Ilse war viel zu gut gelaunt, um auf die Stimmung ihres Vaters zu achten. Ihre Aufmerksamkeit galt vielmehr dem reich gedeckten Frühstückstisch, weil sie nach der anstrengenden Arbeit auf der Wiese einen Bärenhunger verspürte.

„Soll ich dir ein Brötchen zurechtmachen?“ fragte ihre Mutter freundlich. Aber Ilse schüttelte den Kopf.

„Das mache ich schon selbst“, sagte sie und griff nach dem Schwarzbrot, von dem sie sich mit dem Messer eine dicke Scheibe abschnitt. Nachdem sie fast fingerdick Butter daraufgeschmiert hatte, schnitt sie sich ein Stück Wurst herunter. In der einen Hand das Brot, in der anderen die Wurst, biß sie abwechselnd von beidem herunter und aß, wie es schien, mit dem größten Appetit.

„Was wolltest du mir denn so Wichtiges sagen, Papachen?“ rief sie dann mit vollem Mund. „Nun schieß schon los! Man kann ja richtig neugierig werden.“

Herr Macket sprach nicht gleich; er zögerte, den für sie alle entscheidenden Schritt zu tun. Wenn er jetzt schwieg, konnte er seinen Entschluß noch einmal überlegen, ihn vielleicht ändern oder ganz zurücknehmen. Aber diese Unentschlossenheit dauerte nur ein paar Sekunden; dann hatte sich der Oberamtmann überwunden und teilte seiner Tochter ruhig und bestimmt seine Entscheidung mit.

Er hatte heftigsten Protest erwartet und sah sich jetzt zu seinem Erstaunen enttäuscht.

Ilse war von der Mitteilung so überrascht und erschreckt, daß ihr der Bissen buchstäblich im Halse steckenblieb. Aber gleich darauf warf sie einen raschen Blick zu Frau Macket hinüber, und ein Sturm wütender Abneigung wurde in ihr wach. Zugleich war sie aber fest entschlossen, sich nichts anmerken zu lassen.

Bestimmt war die Stiefmutter die Anstifterin zu diesem Plan, denn niemals, das glaubte Ilse zu wissen, hätte ihr Vater sie von daheim fortgeschickt; so sollte nun die Mutter wenigstens nicht die Genugtuung haben zu erleben, wie schwer es ihr fiel, die geliebte Heimat und den Vater zu verlassen.

Herr Macket wunderte sich über Ilses Schweigen und wurde etwas unruhig. Was dachte das Kind?

„Deinem Schweigen entnehme ich", bemerkte er, „daß du vielleicht schon selbst eingesehen hast, wieviel dir an Allgemeinbildung und gutem Benehmen noch fehlt. Darf ich also annehmen, daß du meinen Entschluß gutheißt?"

„Gar nichts habe ich eingesehen!" platzte Ilse plötzlich heraus. „Hast du denn nicht selbst immer wieder gesagt, ein Mädchen brauche nicht so viel zu lernen, und das Studieren mache einen Menschen durchaus nicht immer gescheiter? Du kannst nicht abstreiten, daß du das gesagt hast, Papa. Und jetzt möchtest du auf einmal, daß ich lernen soll, bis mir der Kopf raucht! Und dazu noch in einer völlig fremden Umgebung, mit fremden Mädchen, die Schulbank drücken! Aber schön – wenn es denn sein muß –, schickt mich nur fort, ich will auch gar nicht mehr hier bleiben! Wenn es nur schon der 1. Juli wäre, ich freue mich richtig auf die Abreise!"

Jetzt mußte sie hastig aufspringen, weil sie spürte, wie ihr die Tränen kamen. Sie warf das restliche Stück Brot und die Wurst auf den Tisch, lief hinaus und stürmte die Treppe hinauf in ihr Zimmer. Kaum hatte sie die Tür hinter sich zugeworfen, ließ sie ihren Tränen freien Lauf.

Frau Anne wäre ihrer jungen Stieftochter gern gefolgt. Sie konnte sich gut vorstellen, was in dem jungen Mädchen vorgehen mochte, und es tat ihr weh, so wenig helfen zu können. Doch sie wußte, daß Ilse gerade von ihr alle gutgemeinten Trostworte eigensinnig zurückweisen würde. Es hatte deshalb keinen Sinn, auf das Mädchen einzureden; sie konnte nur auf die Zeit hoffen, in der Ilse endlich von selbst einsehen würde, wie gut es ihre zweite Mutter mit ihr meinte und wie sehr sie sich danach sehnte, ein liebevolles Verhältnis zu ihr zu entwickeln.

*

Die drei Wochen bis zur Abreise ins Internat vergingen wie im Fluge. Die Leiterin des Internats hatte auf Herrn Mackets Anfrage umgehend geantwortet und die Aufnahme seiner Tochter zum 1. Juli bestätigt. Gleichzeitig hatte sie der Familie Macket ein Verzeichnis der Gegenstände übersandt, die jede Schülerin bei ihrem Eintritt ins Internat mitbringen mußte.

So galt es nun, Ilses Kleider in aller Eile in Ordnung zu bringen. Auf der Liste standen nach Meinung des jungen Mädchens eine Menge unnützer Dinge; ihren größten Spott aber erregte die Forderung, daß die Schülerinnen Hausschürzen zu tragen hätten. Schürzen – so etwas hatte Ilse bisher immer empört von sich gewiesen!

„Du brauchst diese albernen Dinger gar nicht einzupacken, Mama!“ erklärte sie. „Ich werde sie nämlich ganz bestimmt nicht tragen.“

Frau Anne, die über den großen Koffer gebeugt stand, richtete sich auf.

„Du wirst dich den geltenden Vorschriften im Internat fügen müssen, liebes Kind“, sagte sie. „Und ich finde das auch gar nicht so schlimm. Es sind doch wirklich hübsche Schürzen. Nimm zum Beispiel die gestreifte dort mit den weißen Zäckchen – ich finde, sie muß einem jungen Mädchen, das sich im Haushalt nützlich machen will, ganz entzückend stehen!“

„Ich gedenke mich aber nicht im Haushalt nützlich zu machen!“ begehrte Ilse trotzig auf. „Das wäre ja das Letzte! Soll ich vielleicht in der Küche Gemüse putzen oder in sämtlichen Zimmern Staub wischen müssen? Ich denke, ich soll etwas lernen? Nein – die Schürzen brauche ich nicht, und ich trage sie auch nicht!“

„Du übertreibst wieder einmal“, sagte Frau Macket ruhig. „Wenn dir diese Schürzen so zuwider sind, kannst du ja die Leiterin des Internats bitten, sie dir zu erlassen. Vielleicht erfüllt sie dir diesen Wunsch.“

„Ich denke nicht daran, erst darum zu bitten“, erklärte Ilse bockig. „Solche Dinge sind meine Privatangelegenheit.“

Frau Macket schwieg dazu.

Am Abend bat Ilse ihren Vater, neben dem großen einen kleinen Koffer mit ihren ganz persönlichen Habseligkeiten packen zu dürfen. Sie verlangte aber, daß niemand fragen sollte, welche Schätze sie an ihren neuen Wohnsitz mitnahm.

Herr Macket, dem es schwerfiel, sich mit dem Gedanken an den bevorstehenden Abschied vertrautzumachen, war nur zu gern bereit, seinem Liebling diesen kleinen Sonderwunsch zu erfüllen. Er kaufte ihr einen neuen kleinen Koffer und war glücklich und gerührt zugleich, als Ilse ihm nach Tagen endlich wieder um den Hals fiel und ihn zärtlich „mein kleines Pachen“ nannte, wie er es immer so gern von ihr gehört hatte. Er mußte sich schließlich abwenden, um Ilse nicht merken zu lassen, daß ihm die Augen feucht geworden waren.

*

Am Abend vor der Abreise schloß sich Ilse in ihrem Zimmer ein. Sie wollte in aller Ruhe ihren eigenen kleinen Koffer packen. Aber wie sie das anfing: Bunt durcheinandergewürfelt, so wie ihr die Dinge in die Hand fielen, flogen sie unordentlich in den Koffer. Zuerst das geliebte, unordentliche Hemdblusenkleid mit dem Ledergürtel; dann die plumpen Lederstiefel, ungeputzt, wie sie sie zuletzt auf dem Acker getragen hatte; eine alte Ziehharmonika, auf der sie allerdings nur ein paar Töne zu spielen wußte; ein neues Hundehalsband mit einer langen Leine daran; ein ausgestopfter Kanarienvogel folgte, und ganz zum Schluß griff Ilse nach dem Glas, in dem ihr Laubfrosch lebte, der ihr besonderer Liebling war. Der Frosch sollte natürlich mit, und damit er aus dem Glas nicht entkommen konnte, band Ilse ein hübsches gesticktes Taschentuch über die Öffnung, legte dann noch ein Papier darüber und schnitt in beides kleine Löcher, damit der Frosch Luft bekam. Erst dann fiel ihr ein, daß ihr Frosch ja auch Nahrung brauchte. Sie fing am Fenster einige Fliegen und steckte sie dem Frosch ins Glas.

„Das wär's", sagte sie hochbefriedigt. „Mein Frosch hat seinen Reiseproviant."

Nur mit großer Mühe brachte sie das Glas noch in dem Koffer unter. Erst nach viel Drücken und Pressen gelang es ihr dann, den Deckel des Koffers zu schließen. Als sie zusätzlich sich noch auf den Koffer kniete, schnappte endlich das Schloß ein. Den Schlüssel zu ihrem kleinen Koffer befestigte sie an einer schwarzen Kordel, die sie sich anschließend um den Hals hängte.

Als ihre Eltern nach dem Abendessen noch ein wenig am Tisch sitzen blieben, stand Ilse auf, ging auf den Hof hinaus und machte eine Abschiedsrunde bei ihren Tieren. Sie liebte sie alle – die Hühner, die Tauben, die Kühe und die Pferde –, aber am meisten doch die jungen Hunde, die während der letzten Wochen zu wonnigen kleinen Wollknäueln herangewachsen waren. Als Ilse bei ihnen und ihrer Mutter Diana angekommen war, konnte sie die Tränen nicht mehr zurückhalten.

Der Stallknecht Johann hatte sie auf ihrem Rundgang getreulich begleitet und ihr bei allen Tieren fest versprochen, gut für sie zu sorgen. Schließlich kannte er die Tochter seines Herrn vom ersten Tag ihres Lebens an und hätte ihr niemals einen Wunsch abgeschlagen, weil er sie nun einmal abgöttisch liebte.

„Ich sehe schon“, sagte er unbeholfen und etwas wehmütig, „das kleine Fräulein wird eine große Dame sein, wenn es wiederkommt, und dann wird es nicht mehr in die Ställe und zu den Tieren kommen wollen!“ Er fuhr sich mit dem Handrücken über die Augen. „Ach, Fräulein Ilse, die schönste Zeit ist wohl vorbei. Was werden wir unser Fräulein Ilschen vermissen – ich und die Hunde. Schauen Sie doch nur, wie die kleinen Kerle Ihnen schmeicheln – als wenn sie wüßten, daß Sie morgen wegfahren! Ja, die Tiere sind wohl gescheiter, als wir Menschen immer glauben wollen!“

Ilse brachte vor lauter Schluchzen kaum ein Wort heraus. „Johann“, bat sie schließlich, „bitte sorgen Sie für die Hunde! Ich muß mich da ganz auf Sie verlassen können. Und wenn Sie mir einen letzten großen Gefallen tun wollen, ehe ich für so lange Zeit von hier weg muß“ – sie sah sich zuerst vorsichtig nach allen Seiten um, ob auch niemand ihr Gespräch belauschte – „dann nehmen Sie morgen früh Bob, Dianas Kleinsten, heimlich auf Ihrem Kutschbock mit, wenn Sie uns zur Bahn fahren. Aber es darf auf keinen Fall jemand merken! Ich will ihn nämlich mitnehmen ins Internat, damit ich dort nicht so mutterseelenallein bin. Halsband und Leine habe ich schon eingepackt.“

Der Kutscher war nur zu gern bereit, seinem kleinen Fräulein diesen letzten großen Wunsch zu erfüllen, verstand er sie doch nur zu gut! Mit verschwörerischem Lächeln versprach er, den jungen Hund so geschickt auf seinem Kutschbock zu verstecken, daß bis zum Bahnhof niemand etwas merken würde.

Mit einem Lächeln unter Tränen bedankte sich Ilse.

*

Früh am nächsten Morgen stand der Wagen vor der Tür, der Ilse und ihren Vater zur Bahn bringen sollte. Herr Macket hatte sich entschlossen, sein Kind selbst nach W. zu begleiten und sie der Leiterin des Internats, Fräulein Raimar, zu übergeben. Auf diese Weise hatte er Gelegenheit, mit eigenen Augen das Heim zu sehen, in dem sein Liebling von nun an leben würde.

Frau Macket wollte ihre junge Stieftochter zum Abschied zärtlich in die Arme schließen, aber mit einem finsteren, abweisenden Gesicht wandte das Mädchen sich ab. „Lebe wohl!“ sagte sie nur kurz und ohne Lächeln und sprang dann rasch in den wartenden Wagen.

Sie saß mit ihrem Vater bereits im Zug, als Johann mit der

Mütze in der Hand und Bob unter dem Arm unter das Abteilfenster trat. „Auf Wiedersehen, Fräulein Ilschen, und lassen Sie es sich recht gutgehen!“ sagte er verlegen und reichte ihr dabei das kleine zappelnde Bündel hoch. „Den wollten Sie ja wohl mitnehmen, damit Sie nicht so allein im Internat sind. Und um die anderen Hunde machen Sie sich nur ja keine Sorgen – die versorge ich schon!“

Herr Macket machte große Augen, kam aber nicht zu Worte, da Ilse vor Freude laut jauchzte. Sie nahm Johann den jungen Hund ab, drückte den Kleinen zärtlich an sich und reichte dem Stallknecht dann zum Abschied die Hand.

„Leben Sie auch wohl, Johann“, rief sie, „und vielen Dank! Wie schön, daß ich wenigstens ein Hündchen mitnehmen kann.“

„Aber Ilse – das ist doch völlig unmöglich!“ konnte nun Herr Macket endlich einwerfen. „Du darfst bestimmt keinen Hund ins Internat mitbringen. Du mußt jetzt vernünftig sein und Johann den kleinen Bob wieder mitgeben!“

Aber mit Ilse war in diesem Punkt einfach nicht zu reden. Sie sah ihren Vater aus vorwurfsvollen Augen an.

„Diese einzige Freude darfst du mir nicht nehmen, Pachen! Soll ich denn wirklich ganz mutterseelenallein unter diese vielen fremden Menschen gehen müssen? Schau, wenn ich Bob bei mir habe, bleibt mir wenigstens ein guter Freund, der mich an daheim erinnert! Und er hängt doch so an mir! Nicht wahr, mein Kleiner“, wandte sie sich an den jungen Hund, der es sich bereits auf ihrem Schoß behaglich gemacht hatte, „du willst nicht von mir fort? Du begleitest dein armes Frauchen?“

Herrn Mackets weiches Herz siegte wieder einmal. Er winkte Johann ab, der noch unschlüssig am Abteilfenster stand und nicht wußte, was über den jungen Hund endgültig bestimmt werden würde. Vielleicht hatte Ilse ja recht mit ihrem Wunsch, wenigstens einen heimatlichen Trost in die neue Umgebung mitzunehmen.

# Eine ganz neue Welt

Die lange Reise führte zunächst durch wohlvertrautes, flaches Land, und erst kurz vor Erreichung ihres Zieles sahen Herr Macket und Ilse die ersten Berge. Das junge Mädchen, das noch nie zuvor so weit gereist war, sah staunend aus dem Fenster und konnte sich nicht sattsehen an der ungewohnten Landschaft, die sich ihr in voller Schönheit darbot. Die vielen neuen Eindrücke trugen dazu bei, den Gedanken an die bevorstehende Trennung vom Vater vorläufig in den Hintergrund zu drängen.

Am späten Abend waren sie in W. Herr Macket hatte Hotelzimmer bestellt, in denen sie zunächst übernachten wollten, ehe er am folgenden Morgen seine Tochter im Internat einführte.

Um neun Uhr am nächsten Morgen präsentierte Ilse sich fertig angezogen ihrem Vater. Ihre Mutter hatte dafür gesorgt, daß sie zu dieser Gelegenheit ein hübsches graues Sportkostüm und ordentliche Schuhe besaß. Herr Macket war sehr stolz auf das anmutige junge Mädchen, das er auf seinem ersten Schritt ins Leben zu begleiten hatte. Immer wieder sah er sein Töchterchen verstohlen an: Unter dem hellen Strohhut hervor ringelten sich lustig die braunen Locken, nur die schönen großen Augen seiner Ilse blickten an diesem Tage nicht wie sonst fröhlich und unternehmungslustig, sondern eher ängstlich und etwas unglücklich.

„Was ist denn, Kind?“ erkundigte sich der Vater besorgt. „Hast du schlecht geschlafen? Ich finde, du siehst heute außerordentlich blaß aus.“

Durch die liebevolle Anteilnahme des Vaters verlor Ilse alle krampfhaft aufrechterhaltene Beherrschung. Sie fiel ihm um den Hals, und die Tränen, die sie bisher ein wenig aus Trotz unterdrückt hatte, brachen nun in einem unaufhaltsamen Strom hervor.

„Kind, nun weine doch nicht“, versuchte Herr Macket seine Ilse zu trösten. „Für so schrecklich lange Zeit trennen wir uns ja gar nicht! Wie schnell sind ein paar Monate vergangen, und zu Weihnachten sind wir wieder beisammen! Bitte, hör doch auf zu weinen, ich kann das einfach nicht ertragen, und auch du machst dir das Herz nur noch schwerer! Du kannst uns doch schreiben, sooft du magst, und Mama und ich werden dir auch genauestens über alles berichten, was es in Moosdorf Neues gibt." Er zog sein großes Taschentuch hervor und fuhr damit seiner weinenden Tochter liebevoll über die feuchten Wangen.

„Mama braucht mir nicht zu schreiben", stieß Ilse unter heftigem Schluchzen hervor. „Nur du, Papachen! Und meine Briefe an dich soll sie auch nicht lesen!"

Jetzt wurde Herr Macket etwas ärgerlich. „Solche Reden gefallen mir nicht, Ilse", tadelte er behutsam. „Mama hat dich schließlich genauso lieb wie ich und meint es von Herzen gut."

„Das sagst du!" widersprach Ilse in kindischem Zorn. „Wenn sie mich wirklich so lieb hätte, wie du meinst, würde sie mich nicht von daheim weggeschickt haben."

„Weggeschickt? Aber Ilse, davon kann wirklich nicht die Rede sein! Warte nur, bis du etwas älter bist, mein Kind, dann wirst du vielleicht einsehen, wie unrecht du deiner Mutter getan hast. Bestimmt tun dir dann die bösen Worte leid, die du jetzt gegen sie sprichst."

„Sie ist nicht meine Mutter – sie ist meine Stiefmutter!"

„Du bist kindisch und unvernünftig", erwiderte der Oberamtmann leicht gereizt. „Aber merke dir bitte: Ich möchte solche Reden nicht wieder von dir hören, wenn du mich nicht ernstlich kränken willst."

Ilse wurde unsicher; so unnachgiebig hatte ihr Vater bisher nur selten mit ihr gesprochen. War es denn möglich, daß er sie einfach nicht verstand? Wenn er sich die Sache recht überlegte, mußte er doch einsehen, wie unrecht er ihr tat?

„Wir müssen jetzt gehen, Ilse", mahnte ihr Vater in ruhigerem Ton.

Ilse bückte sich, hob Bob vom Boden auf und schickte sich an, ihrem Vater zu folgen.

„Laß den Hund bitte vorläufig noch hier!" verlangte Herr Macket. „Wir müssen uns im Internat erst erkundigen, ob du ihn überhaupt mitbringen darfst."

Da war es wieder einmal soweit: Ilse setzte ihren Trotzkopf auf. „Dann gehe ich auch nicht mit!" erklärte sie mit großer Bestimmtheit. „Wenn sie mir nicht erlauben, Bob zu behalten, bleibe ich keinen Augenblick in dem Internat."

Herr Macket befürchtete, einen neuen Tränenstrom auszulösen, wenn er auf seinem Verbot bestand. Da sie ohnedies in großer Eile waren, gab er nach, wenn ihm auch der bevorstehende Auftritt recht peinlich war. Was würde die Leiterin, Fräulein Raimar, von ihnen denken, wenn sie so ohne weiteres mit einem jungen Hund im Internat erschienen!

Kurze Zeit später standen Vater und Tochter vor einem weitläufigen, zweistöckigen Haus, das außerhalb der Stadt mitten im Grünen lag. Das also war das Internat, in dem Ilse Macket künftig leben sollte.

„Wie hübsch!" rief ihr Vater begeistert aus. „Hier wirst du dich sicher wohlfühlen, Kind. Sieh nur – von hier aus hat man einen wunderbaren Blick auf die Berge!"

Aber Ilse wollte nichts von Bergen hören. Ihr war das Herz so schwer, daß nichts auf der Welt vermocht hätte, in ihr auch nur die leiseste Begeisterung wachzurufen.

„Findest du das Haus schön, Papa?" fragte sie zweifelnd. „Für mich sieht es wie ein Gefängnis aus."

Jetzt mußte Herr Macket lachen. „Und ein Gefängnis hat sicher so hohe breite Fenster wie dieses hier, ja? Und in einem so reizenden kleinen Park steht es wohl auch? Nein, mein Kind, in

einem Gefängnis sitzt man trostlos hinter kleinen, blinden Scheiben mit Eisengittern davor."

„Für mich ist dieses Haus nun einmal ein Gefängnis", erklärte Ilse beharrlich, „und du selbst, Papa, lieferst mich darin ab!"

Das Gespräch schien Herrn Macket in bedenkliche Bahnen zu gleiten, die wieder neue Tränen befürchten ließen; mit einer scherzenden Bemerkung tat er darum Ilses letzten Einwand ab und ging dann entschlossen auf das Gartentor des Hauses zu.

Ilse folgte ihm etwas widerwillig, als er die breiten Stufen zur Haustür emporstieg. Auf ihr Klingeln öffnete ein Hausmädchen, dem Herr Macket seinen Namen nannte. Sie wurden darauf ins Empfangszimmer geführt.

Auf dem Wege dorthin war es zuerst durch den Hausflur und dann einen langen Korridor entlanggegangen, von dem zwei Ausgänge hinaus auf den großen, viereckigen Hof führten. In der Schule schien man gerade Frühstückspause zu halten; überall sahen die Neuankömmlinge große und kleinere Mädchen lachend und plaudernd beieinanderstehen. Die Gespräche verstummten, als die „Neue" an ihnen vorbeiging, und Ilse hatte das Gefühl, als werde sie ganz genau gemustert. Sie glaubte sogar, hier und dort heimliches Kichern gehört zu haben, und war darum heilfroh, als sich endlich die Tür des Empfangszimmers hinter ihr schloß.

Die beiden Besucher fanden sich in einem großen, elegant eingerichteten Raum allein gelassen, in dem Ilse nun doch etwas unsicher zumute wurde, wenn sie an den jungen Hund dachte, den sie mit hereingebracht hatte. Der kleine Bob strebte zudem mit aller Gewalt auf den Boden herunter, aber diesen Wunsch konnte sie ihm ja unmöglich erfüllen. Was würde man von ihr denken, wenn sie einen noch nicht stubenreinen Hund auf diesen kostbaren Teppich setzte! Hätte sie doch lieber ihres Vaters Rat befolgt!

In diesem Augenblick öffnete sich die Tür. Fräulein Raimar, die Leiterin des Internats, begrüßte zuerst Herrn Macket mit zuvorkommender Höflichkeit; dann richteten sich ihre hellen grauen Augen etwas streng und ernst, aber auch voller Zuneigung auf das junge Mädchen, das ihre Schülerin werden sollte. Ilse allerdings fühlte sich unsagbar eingeschüchtert. Sie trat dicht an ihren Vater heran und griff nach dessen Hand.

„Sei mir willkommen, Ilse!" begrüßte Fräulein Raimar das Mädchen und streckte ihm die Hand entgegen. „Ich bin sicher, du wirst dich sehr rasch bei uns einleben."

Erst jetzt bemerkte sie den Hund. „Hat dich dein kleiner Liebling hierher begleitet?" fragte sie.

Ilse wußte nicht, was sie antworten sollte. Hilfesuchend sah sie ihren Vater an, der sich dann auch ihrer erbarmte und es übernahm, der Leiterin den Sachverhalt zu erklären.

„Sie wollte sich einfach von dem Tierchen nicht trennen", bekannte er mit verlegenem Lächeln. „Sie kommt mit der Hoffnung zu Ihnen, Sie würden freundlichst erlauben, daß sie den kleinen Hund auch hier bei sich behält."

Fräulein Raimar lächelte belustigt.

„Es tut mir leid, das ablehnen zu müssen, Herr Oberamtmann", erwiderte sie. „Bitte nennen Sie mein Verhalten nicht rücksichtslos – aber es geht wirklich nicht. Schau einmal", wandte sie sich an Ilse, „wir haben zweiundzwanzig Schülerinnen im Hause. Wenn nun jede von ihnen sich einen Hund hielte, was für einen Lärm würde das wohl geben! Nicht wahr, das siehst du doch ein? Ich kann also gar nicht anders handeln, denn sonst würde jede andere meiner Schülerinnen gleiches Recht auch für sich beanspruchen. Aber ich weiß eine Lösung, wenn du dich von dem Tierchen ganz und gar nicht trennen kannst", fuhr sie fort. „Mein Bruder, der Bürgermeister dieser Stadt, besitzt ein großes Haus mit Garten; er würde deinen kleinen Liebling bestimmt aufnehmen, wenn ich ihn darum bitte. So hättest du doch die Möglichkeit, deinen Hund wenigstens täglich zu sehen und auszuführen."

„Sie haben ja völlig recht, Fräulein Raimar“, erklärte der Oberamtmann lachend. „Und ich finde, wir hätten uns das selbst sagen können. Der Vorschlag, den Hund bei Ihrem Bruder unterzubringen, ist wirklich sehr freundlich. Ich denke, das nimmst du mit Freuden an, nicht wahr, Ilse?“

Aber Ilse schüttelte mit verdrossenem Gesicht den Kopf. „Niemals würde ich meinen lieben Bob zu fremden Leuten geben“, erklärte sie. „Wenn ich ihn hier nicht behalten kann, nimmst du ihn wieder mit nach Moosdorf, Papa!“

Diese offensichtliche Taktlosigkeit seiner Tochter versetzte Herrn Macket in nicht geringe Verlegenheit. Aber noch ehe er Fräulein Raimar gegenüber eine Entschuldigung hervorbringen konnte, übernahm diese bereits geschickt die Führung des Gesprächs. Sie hatte genug Erfahrung, um sofort zu erkennen, daß sie es bei Ilse mit einem Trotzköpfchen zu tun hatte. In einem solchen Fall war es zunächst das Beste, über derartige Entgleisungen stillschweigend hinwegzusehen.

„Vielleicht hast du recht“, sagte sie darum freundlich zu Ilse. „Es ist sicher besser, wenn dein Vater das kleine Tier wieder mitnimmt an den Platz, wo es hingehört. Bliebe der Hund hier, wärest du durch ihn tagsüber vielleicht doch stärker abgelenkt, als mir lieb sein könnte.“ Sie wandte sich an den Oberamtmann. „Sind Sie damit einverstanden, wenn mein Hausmädchen den Hund in das Hotel zurückbringt, in dem Sie abgestiegen sind, Herr Macket?“

Herr Macket kam nicht dazu, ihr zu antworten. Ilse wandte sich erregt und angstvoll an ihn: „Ich will ihn selbst hintragen, Papachen“, sagte sie und drückte Bob eng an sich.

„Ich wünsche aber nicht, daß du es tust, liebe Ilse“, wandte Fräulein Raimar ein. „Ich möchte dich schon zum Mittagessen hierbehalten, um dich mit deinen künftigen Hausgenossinnen bekanntzumachen. Sie brennen übrigens schon darauf, dich kennenzulernen. Es ist besser so", wandte sich Fräulein Raimar an den Oberamtmann. „Wir haben die Erfahrung gemacht, daß es nur unnötige Schwierigkeiten mit sich bringt, wenn wir ein Kind, das von Vater oder Mutter ins Internat begleitet wurde, mit diesen noch einmal ins Hotel zurückkehrt. Der Abschied wird dadurch meist nur noch schmerzlicher."

„Bitte, bitte, Papa", rief Ilse jetzt in heller Erregung, „ich möchte mit dir zusammen sein, bis du abreist! Auf keinen Fall bleibe ich gleich da! Du nimmst mich doch noch einmal mit, nicht wahr, mein lieber Papa?"

Dem armen Herrn Macket wurde es heiß und kalt bei dieser verzweifelten Bitte seines Lieblings. Aber wieder war es Fräulein Raimar, die ihm aus der Bedrängnis half.

„Sei nur ruhig, mein Kind", sagte sie gelassen, „dein Wunsch soll dir erfüllt werden." Sie wandte sich an den Oberamtmann. „Ich darf Sie sicher bitten, heute mittag unser Gast zu sein? Es würde mich wirklich sehr freuen."

Ilses flehender Blick, der sich inständig auf den Vater richtete, sollte ihm signalisieren: „Bitte bleib auf keinen Fall hier – laß uns zusammen fortgehen! Ich kann einfach nicht bei diesem bösen Fräulein bleiben! Bestimmt wird sie unfreundlich zu mir sein und mich schlecht behandeln!"

Herr Macket allerdings las aus Ilses Blick die stumme Bitte, dazubleiben, und willigte darum mit Freuden in die Einladung von Fräulein Raimar ein.

Die Leiterin des Internats drückte auf einen Klingelknopf. Wenig später sah das Hausmädchen zur Tür herein. Es erhielt den Auftrag, Fräulein Güssow in das Empfangszimmer zu bitten.

Fräulein Güssow, die wenige Minuten später die Besucher begrüßte, war die erste Lehrerin im Internat und wohnte selbst im Hause. Sie war eine hübsche, anmutige junge Frau von etwa sechsundzwanzig Jahren, sportlich und geschmackvoll gekleidet und von liebenswürdigem Wesen. Auch Ilse faßte sogleich Zuneigung zu ihr; das war nicht verwunderlich, denn sämtliche Schülerinnen des Internats waren von ihr begeistert, weil sie es verstand, durch eine gleichmäßige, überzeugende Güte die jungen Herzen für sich zu gewinnen.

„Bitte, Fräulein Güssow, führen Sie doch Ilse auf ihr Zimmer, damit sie sich dort etwas frischmachen kann", sagte Fräulein Raimar, nachdem sie die Anwesenden miteinander bekannt gemacht hatte.

„Gewiß", sagte die junge Lehrerin, trat auf Ilse zu und nahm sie bei der Hand. „Komm mit, liebes Kind", sagte sie freundlich. „Du hast Glück und bekommst ein schönes großes Zimmer, das fortan dein Zuhause sein wird. Allerdings wohnst du dort nicht allein; deine Stubengenossin ist eine junge Engländerin, Ellinor Grey, ein sehr nettes Mädchen, mit dem du dich sicher gut verstehen wirst. Du möchtest sie doch bestimmt gleich kennenlernen?"

Ilse antwortete nicht auf die Frage. Sie sah mit ängstlichem Blick zu ihrem Vater hinüber.

„Du gehst doch in der Zwischenzeit nicht fort, Papa?" bat sie.

Herr Macket schüttelte lächelnd den Kopf, und erst jetzt war Ilse bereit, Fräulein Güssow auf ihr Zimmer zu folgen.

„Aber den Hund mußt du leider hierlassen", sagte Fräulein Raimar. „Du kannst ihn nicht mit auf dein Zimmer nehmen – das verstehst du sicher."

Fräulein Güssow, die weniger streng dachte als die Schulleiterin, setzte sich für den kleinen Hund ein und versprach, selbst darauf achtzugeben, daß Bob im Zimmer der Schülerinnen keinen Schaden anrichtete. Fräulein Raimar nickte schließlich zustimmend; das Mädchen würde sich ja nur zu bald von dem kleinen Wesen trennen müssen, darum wollte sie ihr für kurze Zeit noch diesen Trost lassen.

Ilse versprach, den Hund die ganze Zeit im Arm zu behalten.

„Hast du ihn denn so lieb?“ fragte Fräulein Güssow auf der Treppe.

„Ja, ganz schrecklich lieb“, antwortete Ilse und legte ihre Wange an das weiche braune Fell. „Aber ich darf ihn ja leider nicht hierbehalten!“ Sie hatte Mühe, die Tränen zu unterdrücken.

„Sei nicht traurig, Ilse“, tröstete die junge Lehrerin. „Du wirst bald einsehen, daß das gar nicht so schlimm ist. Du findest hier etwas viel Besseres und Interessanteres und wirst den kleinen Bob bald vergessen haben. Denk nur mal – zweiundzwanzig junge Mädchen leben hier – da wirst du bald ein paar liebe Freundinnen gefunden haben. Hast du eigentlich Geschwister?“

Ilse schüttelte den Kopf. Ihr war schon ein klein wenig leichter; zu diesem netten Fräulein Güssow konnte man wirklich Vertrauen fassen.

„Nun“, sagte Fräulein Güssow vergnügt, „dann weißt du ja gar nicht, wie nett es sich mit Gleichaltrigen zusammen lebt! Du kannst den kleinen Hund getrost deinem Vater mit zurückgeben. Paß nur auf – du wirst ihn kaum vermissen!“

Sie waren die Treppe hinaufgestiegen und standen jetzt auf einem kleinen, hellen Vorplatz, von dem aus man eine ganze Anzahl Türen erreichte. Eine von diesen Türen öffnete die junge Lehrerin.

Ilse folgte in ein geräumiges Zimmer, dessen Fenster weit offen stand. Man sah hinaus in den Garten, und direkt vor dem Fenster streckte ein mächtiger, ausladender Apfelbaum seine Zweige fast bis in das Zimmer hinein.

Die Möbel, mit denen das Zimmer eingerichtet war, waren nicht kostbar, aber hübsch, hell und zweckmäßig. Es stand auch nichts Unnötiges herum: Zwei Betten, zwei Kleider- und Wäscheschränke, ein großer Waschtisch und ein paar Stühle.

Beim Eintritt der beiden hatte sich ein etwa siebzehnjähriges Mädchen rasch vom Fensterbrett erhoben, wo es mit einem Buch in der Hand gesessen hatte. Das Mädchen war schlank und zart, hatte goldblondes, zu einem Knoten aufgestecktes Haar und schöne blaue Augen. Wenn sie lachte – was sie nur zu gern tat – zeigten sich in ihren Wangen schelmische Grübchen. Das also war Ellinor Grey, die junge Engländerin, mit der Ilse von nun an zusammen wohnen sollte.

„Nellie", sagte Fräulein Güssow, „hier bringe ich dir unsere neue Mitschülerin, Ilse Macket. Sei so lieb und kümmere dich bitte etwas um sie."

„Aber ja – ich werde ihr schon lieben!" äußerte Nellie spontan, trat auf Ilse zu und reichte ihr die Hand. „Wird die süße Hund auch hier bei uns wohnen?"

Fräulein Güssow schüttelte den Kopf. „Nein", sagte sie.

„Das ist aber schade! Wir hätten bestimmt eine solche Spaß mit dieses goldige Tier!" sagte Nellie und streichelte dem kleinen Bob zart über den Kopf.

Nellies drollige Redeweise und die liebenswerte Art, mit der sie ihr entgegenkam, machten sie Ilse gleich sympathisch. Nur zu gern hätte sie sich noch ein Weilchen an dem Geplauder des Mädchens ergötzt, aber Fräulein Güssow drängte darauf, daß sie nur Hut und Jacke ablegte und dann wieder mit ihr kam, um sich einige der Schulräume zeigen zu lassen.

Die Klassenzimmer, die Fräulein Güssow ihr vorführte, erweckten in Ilse ein gelindes Grauen. Dort eingezwängt sollte sie also künftig den größten Teil des Tages verbringen! Und lernen würde sie müssen, lernen ohne Ende – es war entsetzlich! Sicher würde es ihr von jetzt an nicht mehr gestattet sein, von den Büchern aufzuspringen und ins Freie zu stürmen, wann es ihr geraae beliebte. Die Aussicht auf das Leben, das sie erwartete, schnürte Ilse regelrecht die Kehle zu.

„Was meinst du, in welche Klasse du wohl kommen wirst?" fragte Fräulein Güssow. „Deinem Alter nach würdest du mindestens in die achte gehören. Du hast doch sicher deine Schulbücher mitgebracht? Wie steht es denn mit deinen Sprachkenntnissen? Soviel ich hörte, mußt du in Englisch und Französisch recht gewandt sein, denn dein Vater schrieb an Fräulein Raimar, du hättest längere Zeit sowohl englische wie französische Erzieherinnen gehabt."

Ein unbehagliches Thema für Ilse. Wenn Fräulein Güssow wüßte, daß die Erzieherinnen es auf Gut Moosdorf nie lange ausgehalten hatten, weil ihre Schülerin nicht gewillt war, gründlich und regelmäßig zu lernen!

Doch zum Glück wurde sie einer Antwort auf die Frage Fräulein Güssows dadurch enthoben, daß in diesem Augenblick der Gong zum Mittagessen ertönte. So konnte sie sich auf die ganz allgemeine Bemerkung beschränken, sie wisse nicht, wie weit ihre Sprachkenntnisse den Anforderungen des Internates entsprächen.

„Laß es nur gut sein, Kind", sagte Fräulein Güssow freundlich. „Heute wollen wir noch keine Gedanken an das Lernen verschwenden. Morgen stellen wir dann eine kleine Prüfung mit dir an, die uns zeigen soll, wie es mit deinem Wissen bestellt ist. Jetzt gehen wir lieber hinunter in den Speisesaal, denn es hat ja zum Mittagessen geläutet."

Fräulein Raimar und Oberamtmann Macket hielten sich bereits im Speisesaal auf, als Fräulein Güssow und Ilse eintraten. Die Internatsleiterin machte ihre neue Schülerin mit den Punkten der Hausordnung bekannt, die das gemeinsame Essen betrafen: So sitze die neu hinzugekommene Schülerin am Anfang immer neben der Leiterin; die jüngste der Schülerinnen spreche stets das Tischgebet; und zwei junge Mädchen seien im Wechsel für den Eßtisch verantwortlich, indem sie ihn deckten und darauf achteten, daß nichts fehlte, ebenso, daß immer alle Teller und Bestecke sauber und blank waren.

Herr Macket hatte diese Regeln mit Wohlgefallen zur Kenntnis genommen. Als er später während des Essens seine Blicke über die Schar junger Mädchen schweifen ließ, die rings um den Tisch versammelt saßen, konnte er zu seiner Freude und Beruhigung feststellen, wie gesund und vergnügt alle aussahen.

Auch Ilse ließ verstohlen ihren Blick in die Runde gehen; doch sie interessierte sich nicht für die fröhlichen, rosigen Gesichter, sondern sah mit Schrecken, daß jedes der Mädchen eine der von ihr so verachteten Schürzen trug. Allmählich kamen ihr ernste Zweifel, ob Fräulein Raimar ihr gestatten werde, in diesem Punkt eine Ausnahme zu machen.

Nach dem Tischgebet wurden dann die Speisen aufgetragen, und wieder konnte sich Herr Macket überzeugen, daß sein Liebling auch in dieser Hinsicht bestens versorgt sein würde. Das Essen war schmackhaft und mit Liebe gekocht.

Kurze Zeit nach dem Essen machte der Oberamtmann Anstalten, sich zu verabschieden. Ilse hatte nun doch die Erlaubnis erhalten, den Vater noch einmal zu begleiten. Kaum hatte Nellie, die junge Engländerin, davon gehört, als sie wie der Wind die Treppe in ihr Zimmer hinauflief und Ilses Hut und Jacke holte.

Ilse war überrascht von soviel Liebenswürdigkeit und bedankte sich herzlich. Auch Herrn Macket hatte die kleine Geste gefallen.

„Leben Sie wohl, mein Fräulein", sagte er freundlich und reichte Nellie zum Abschied die Hand. „Sie werden ja wohl künftig mit meinem kleinen Wildfang enger zusammenleben. Ich bitte Sie, haben Sie etwas Geduld mit ihr!"

„Aber ja", erwiderte Nellie lächelnd. „Ich werde mir schon von sie annehmen."

Als Vater und Tochter das Haus verlassen hatten und auf dem Wege zum Hotel waren, erkundigte sich der Oberamtmann, wie es Ilse nach diesem ersten kurzen Eindruck gefiele.

„Ich glaube, ich lasse dich hier in guten Händen zurück", sagte er. „Was ich gesehen habe, läßt mich beruhigt heimreisen."

„Mir gefällt es überhaupt nicht!" erwiderte Ilse verdrossen. „Es ist alles so fremd und ungewohnt, und dieses Fräulein Raimar mit ihrem blonden, straff angekämmten Haar und den strengen Augen macht mir Angst. Wahrscheinlich führt sie ein hartes Regiment über uns Schülerinnen, und zu mir wird sie ganz bestimmt nicht gut sein. Warum darf ich zum Beispiel Bob nicht behalten?"

„Du hast doch ausführlich die Gründe gehört", erklärte Herr Macket etwas ungeduldig. „Ich möchte nicht, daß du nun immer wieder hartnäckig auf diese Sache zurückkommst."

Ilse sah ihn mit großen Augen an. In diesem Ton sprach der Vater nur höchst selten mit ihr.

„Wie kannst du nur so mit mir reden!" rief sie unglücklich. „Ich glaube, du magst mich überhaupt nicht mehr!"

Sie fühlte sich plötzlich bei dem Gedanken, daß sie ganz allein und verlassen in einer fremden Welt stand, so unglücklich, daß sie auf offener Straße zu weinen begann.

Der Oberamtmann konnte nichts anderes tun, als Ilses Arm in den seinen zu ziehen und beruhigend-tröstlich Laute auszustoßen. Wenn sein Töchterchen weinte, wurde er eben immer wieder weich Aber was konnte er im Augenblick schon tun, um ihren Schmerz zu besänftigen?

In ihrem Hotelzimmer fanden sie den kleinen Bob vor, den das Hausmädchen kurz vor dem Mittagessen hinübergetragen hatte und der jetzt sein junges Frauchen bellend und an ihr hinaufspringend freudig begrüßte. Ilse nahm ihren Liebling auf den Arm und drückte ihn unter lautem Schluchzen fest an sich.

Es waren noch einige bedrückende Stunden zu überstehen, bis um fünf Uhr der Gutsbesitzer sich zur Heimreise anschickte. Immer wieder hatte er seiner Tochter gut zureden müssen, doch das Internat nach diesem kurzen Eindruck nicht gleich in Bausch und Bogen zu verurteilen.

„Sei doch vernünftig!" bat er seine Tochter zu wiederholten

Malen, wenn diese so in Erregung geriet, daß sie im Hinblick auf die Zukunft die schlimmsten Drohungen ausstieß. „Ich laufe heimlich davon!“ sagte sie zum Beispiel, oder: „Ich werde mich so ungezogen benehmen, daß Fräulein Raimar mich von selbst wieder nach Hause schickt!“

Herr Macket wußte im Grunde recht gut, daß Ilse keines von beiden tun würde, aber es bereitete ihm Kummer, seinen Liebling so untröstlich vor sich zu sehen.

Als es Zeit war, zur Bahn zu fahren, wollte Ilse ihren Vater unbedingt begleiten, um ihm nachzuwinken. Aber Herr Macket lehnte ihre Bitte strikt ab.

„Ich bringe dich zuerst ins Internat zurück und fahre dann zum Bahnhof“, bestimmte er. „So ist es am besten. Wir wollen uns die Sache doch nicht unnötig schwermachen. Komm, Ilschen!“

Ehe sie das Hotelzimmer verließen und hinunter auf die Straße gingen, wo schon der Wagen wartete, nahm Herr Macket seine Tochter noch einmal liebevoll in die Arme.

„Und nun versprich mir, ein liebes, folgsames Mädchen zu sein“, bat er. „Du wirst einmal sehen, wie rasch du dich im Kreise dieser netten jungen Schülerinnen eingelebt haben wirst.“

Der Wagen hielt kurze Zeit später vor dem Internat. Unter lautem Schluchzen trennte Ilse sich von ihrem Vater, blieb auf der Straße stehen und sah dem davonfahrenden Wagen nach. Ihr war zumute, als hätte man sie auf einer wüsten, verlassenen Insel ausgesetzt, wo sie elend zugrunde gehen würde.

*

Eine ganze Weile stand Ilse unschlüssig vor der Haustür; sie brachte es einfach nicht über sich, auf die Klingel zu drücken. Aber da wurde die Tür bereits von innen geöffnet, und Fräulein Güssow trat auf Ilse zu. Aus einem Fenster des oberen Stockwerks hatte sie den Wagen mit Herrn Macket davonfahren sehen und war rasch heruntergelaufen, um die weinende Ilse in Empfang zu nehmen.

„Jetzt gehörst du in unsere Mitte, liebe Ilse“, sagte sie voller Herzlichkeit und nahm das junge Mädchen in den Arm. „Weine nun bitte nicht mehr. Wir werden dich alle liebhaben.“

Ilse war so unglücklich, daß sie unfähig war, auf diesen liebevollen Empfang der jungen Lehrerin zu antworten. Im Augenblick gab es einfach nichts, was sie trösten konnte.

„Möchtest du vielleicht erst einmal auf dein Zimmer gehen?“ fragte Fräulein Güssow.

Ilse konnte nur stumm nicken, während sie sich mit einem Taschentuch die Tränen abwischte.

„Nellie!“ rief Fräulein Güssow in einen der Räume hinein. „Würdest du wohl bitte mit Ilse auf das Zimmer gehen und ihr ein wenig beim Auspacken helfen? – Du möchtest doch sicher deine Sachen erst einmal ordentlich in die Schränke räumen, nicht wahr?“ fragte sie Ilse.

Die junge Lehrerin war der Meinung, daß eine nützliche Tätigkeit das beste Mittel gegen Kummer und Herzeleid ist; sie konnte nicht ahnen, daß sie mit ihrem Vorschlag Ilses Geschmack durchaus nicht getroffen hatte.

Stumm folgte Ilse der munter plaudernden Nellie die Treppe hinauf in ihr gemeinsames Zimmer. Dort angekommen, setzte sie sich auf einen Stuhl und starrte trostlos zum Fenster hinaus. Sie dachte gar nicht daran, ihre Sachen auszupacken.

Nellie verstand, was in der Neuen vor sich ging. Schweigend öffnete sie deren Schrank und zog die Schubfächer auf.

Als Ilse noch immer keine Anstalten machte, ihre Koffer auszupacken, sagte Nellie behutsam: „Gib mich deine Schlüssels, Ilse, dann werde ich aufschließen die Koffers. Wir müssen doch auspacken und einräumen.“

Nur widerstrebend stand Ilse auf. Sie war so verdrossen und

ratlos, daß sie einfach an irgend etwas ihren Zorn auslassen mußte; darum riß sie sich den Hut vom Kopf und schleuderte ihn mitten ins Zimmer.

„Warum soll ich überhaupt auspacken?“ rief sie ärgerlich. „Ich weiß ja noch gar nicht, ob ich bleibe. Mir gefällt es hier ganz und gar nicht!“

Die sanfte Nellie bückte sich nach dem Hut und legte ihn auf eines der Betten.

„Oh“, sagte sie ruhig, „du wirst dir schon gewöhnen. So ist es uns allen zu Anfang auch ergangen. Wir haben uns alle einmal so schrecklich fremd gefühlt. Laß den Kopf nicht hängen, Ilse – so schlimm wie es aussieht, ist es wirklich gar nicht! Und nun gib mir schon die Schlüssels für die Koffers.“

Solche Sanftmut, wie Nellie sie an den Tag legte, war die beste Waffe gegen Ilses herausfordernden Trotz. Besänftigt kramte Ilse die Schlüssel hervor und reichte sie Nellie. Die schloß sogleich die Koffer auf und begann auszuräumen, während Ilse untätig dabeistand.

„Du mußt dich deine Sachen selbst einräumen in dein Schrank“, sagte Nellie. „Sonst findest du später nichts wieder. Ich reiche dich alles zu.“

Einräumen – das war Ilse ausgesprochen zuwider. Ordnung kannte sie ja nur dem Namen nach. Sie nahm die von ihrer Mutter liebevoll mit rotem Band verschnürten Wäschepäckchen und warf sie achtlos in den Schrank, ohne darauf zu achten, wie alles zu liegen kam. Was scherte es sie?

Nellie sah diesem Treiben eine Weile kopfschüttelnd zu; dann lachte sie plötzlich laut heraus.

„Was machst du denn da nur?“ fragte sie höchst amüsiert. „Du wirfst ja alles wild durcheinander – Taschentücher, Wäsche, Schürzen, wie's eben kommt! Weißt du denn gar nicht, was Ordnung ist? Du mußt alles hübsch aufeinanderstapeln!“

Sie zog eine Schublade nach der anderen in ihrem eigenen Schrank auf und zeigte Ilse, wie sauber und ordentlich alles darin eingeräumt war.

„Das bringe ich doch nicht fertig!“ erwiderte Ilse unmutig. „Außerdem – was scheren mich die dummen Sachen? Soll ich etwa ihretwegen soviel Umstände machen?“

„Dumme Sachen?“ wiederholte Nellie fassungslos. „Wie kannst du nur so reden, Ilse? Ich habe gerade die vielen hübschen Dinge bewundert, die in deine Koffers sind. Schau doch, diese feinen Taschentücher – und alle so schön gestickt! Ach, und diese süßen Schürzens! Und du wirfst die schwere Bücher darauf, damit sie ganz zerknittert werden! Nein, nein, laß nur“, wehrte sie ab, als Ilse gerade zwei Paar Schuhe auf die Wäsche im Schrank packen wollte. „Ich machen das besser ohne dir, ich sehe schon, du verstehst davon nix!“

Ilse war damit durchaus einverstanden. Ungerührt stand sie dabei und sah zu, wie Nellie die Schuhe in das unterste Fach des Kleiderschrankes stellte und dann auch den übrigen Sachen den ihnen gebührenden Platz einräumte, bis alles seine Ordnung hatte.

„Oh – was für ein schönes Buch!“ rief Nellie plötzlich entzückt und nahm einen kleinen, elegant in braunes Leder gebundenen Band aus Ilses Koffer. Ilse machte große Augen; sie wußte nicht, wie das Buch in ihren Koffer gelangt war.

Beide Mädchen lasen dann, was auf dem Deckel des Buches eingraviert war: Ilses Tagebuch.

Noch immer begriff Ilse nicht. Sie nahm Nellie das kleine Buch aus der Hand. Da sah sie, daß es sogar ein Schloß hatte, so daß man es verschließen konnte. Sie drehte den kleinen Schlüssel herum, der dabeihing, klappte den Band auf und sah ein Blatt darin liegen, auf dem etwas geschrieben stand. Das Blatt segelte zu Boden, Ilse hob es auf und las laut vor:

*„Mein liebes Kind!*
*Möge dieses Buch Dein treuer Freund in der Fremde sein! Wenn Dein Herz schwer ist, flüchte zu ihm und teile ihm mit, was Dich bedrückt! Es wird verschwiegen sein und Dein Vertrauen nie mißbrauchen.*

*Gedenke in Liebe*
*Deiner*
*Mama.“*

Ohne ein Wort legte Ilse das kleine Buch achtlos beiseite. Was als eine reizende Überraschung gedacht war, weckte in ihrem Inneren kein freundliches Echo, und die liebevollen Worte ihrer zweiten Mutter hatten nicht die geringste Wirkung auf sie.

Nellie beobachtete sie verwundert. „Freut dir das Buch denn gar nicht?“ fragte sie.

Ilse schüttelte den Kopf. „Was soll ich denn damit? Ich denke nicht daran, jemals etwas hineinzuschreiben. Wenn ich die vielen Schulaufgaben gemacht habe, die es hier bestimmt zu erledigen gibt, werde ich froh sein, nichts weiter mehr schreiben zu müssen. Soll ich dann vielleicht auch noch Geschichten oder Gedichte verfassen? Das ist nichts für mich.“

„Ich wünschte nur, ich hätte noch ein Mutter, die mir so lieb beschenkt“, sagte Nellie etwas traurig.

Zum ersten Mal hatte Nellie von sich selbst gesprochen. Ilse wurde aufmerksam.

„Ist deine Mutter tot?“ fragte sie teilnahmsvoll.

„Oh, schon lange!“ antwortete Nellie. „Ich habe sie nie gekannt, denn als sie starb, war ich noch eine ganz kleine Baby. Inzwischen mein Vater ist auch tot, und so bin ich ganz allein auf der Welt. Es gibt niemand, der mir so recht von Herzen lieb hätte und an mich dächte.“

„Du arme Nellie!“ flüsterte Ilse erschrocken und ergriff die

Hand der jungen Engländerin. „Das tut mir aber leid! Hast du denn nicht wenigstens noch Geschwister?"

„O nein, keine Schwester – ich sein ganz allein! Ich habe nur noch einen alten Onkel, der meine Ausbildung hier in Deutschland bezahlt. Ich soll ein gutes Deutsch lernen, damit ich später ein Gouvernante sein kann."

„Du – und Gouvernante!" rief Ilse verblüfft. „Aber dafür bist du doch noch viel zu jung! Gouvernanten sind doch meist alte Mädchen!"

Über diese mit einiger Entrüstung hervorgebrachte Auffassung mußte nun Nellie herzlich lachen; ihre trübe Stimmung war sofort wieder verflogen, und ihre angeborene Heiterkeit brach sich Bahn wie der Sonnenschein durch trübe Wolken.

Ilse dagegen war zutiefst beeindruckt von der Tatsache, daß diese liebenswerte Nellie mutterseelenallein auf der Welt stand. „Laß mich deine Freundin sein", bat sie aus der ihr eigenen Gutherzigkeit heraus. „Ich will dich auch sehr liebhaben und immer nett zu dir sein."

„Gern sollst du meine Freundin sein", erwiderte Nellie erfreut und reichte Ilse die Hand. „Ich habe dir schon vom ersten Augenblick an so nett gefunden."

Da sie den großen Koffer inzwischen ganz ausgepackt hatten, griff Nellie nun nach dem kleinen, um ihn ebenfalls zu öffnen. Doch da trat Ilse rasch auf sie zu und nahm ihn ihr ziemlich unsanft aus der Hand.

„Der bleibt noch geschlossen!" sagte sie. „Du darfst nicht sehen, was darin ist."

„O je – was machst du so böse Augen?" rief Nellie erschrocken und tat, als ob sie ängstlich zurückfahre. „Was für Heimlichkeiten hast du denn in die kleine Koffer? Ist womöglich Kuchen darin?"

Nellie begleitete ihre Fragen mit einer so komischen Mimik, daß Ilse laut auflachte. Ihre Heftigkeit tat ihr schon wieder leid.

„Bitte sei mir nicht böse, daß ich so aufgefahren bin, Nellie“, bat sie. „Freilich sollst du erfahren, was in dem kleinen Koffer ist. Nur mußt du mir versprechen, es niemand zu verraten. Komm, gib mir die Hand darauf, daß es unser beider Geheimnis ist und bleibt!“

Nellie legte verschwörerisch den Zeigefinger vor die Lippen und besiegelte mit einem feierlichen Händedruck die versprochene Verschwiegenheit.

Ilse angelte nach dem kleinen Schlüssel, den sie an einer schwarzen Schnur um den Hals trug; doch als sie den kleinen Koffer gerade aufschließen wollte, wurde zum Abendessen geläutet.

„Ist das schade!“ rief Nellie enttäuscht, die es kaum noch erwarten konnte, die geheimnisvollen Schätze zu sehen, die der kleine Koffer enthalten mochte.„Nun müssen wir leider hinunter, und erst nach dem Schlafengehen können wir die kleine Koffer auspacken und nachschauen.“

„Nach dem Schlafengehen?“ fragte Ilse verdutzt. „Aber da liegen wir ja in unseren Betten.“

„Still!“ gebot Nellie und legte wieder den Finger vor den Mund. „Das ist nun mein Geheimnis.“

Wie sie schon wußte, erhielt Ilse bei Tisch ihren Platz neben der Internatsleiterin. An ihrer anderen Seite saß eine junge Russin, Orla Sassuwitsch, ein reizvolles, gepflegtes junges Mädchen mit kurzgeschnittenem, vollem schwarzem Haar, lebhaften dunklen Augen und einem Stupsnäschen. Sie sah älter aus als ihre siebzehn Jahre und sprach fließend Deutsch.

Ilse hätte viel lieber neben Nellie gesessen, mit der sie sich nach so kurzer Zeit schon so gut verstand; aber Nellie war weit fort von ihr. Sie saß noch nicht einmal am Tisch wie die anderen, sondern war zusammen mit einem anderen Mädchen damit beschäftigt, der Wirtschafterin zur Hand zu gehen und den Tee zu servieren.

Nachdem sie zum Mittagessen vor lauter Kummer kaum etwas

heruntergebracht hatte, verspürte Ilse jetzt einen Bärenhunger. Ihre gesunde Natur verlangte ihr Recht, und um deren dringenden Bedarf zu stillen, nahm Ilse sich gleich vier Brötchen auf einmal von der Platte, legte immer zwei und zwei aufeinander und verschlang dann alles hastig in drei bis vier Bissen. Sie fand das ganz natürlich und sah auch nichts Ungewöhnliches darin, daß ihr Mund dabei so voll war, daß sie kaum atmen konnte. Sie war es nun einmal gewohnt, von einem Butterbrot recht herzhaft herunterzubeißen. Als sie dann trank, hielt sie die Tasse mit beiden Händen und stützte die Ellenbogen dabei auf dem Tisch auf.

Fräulein Raimar, die neben Ilse saß, merkte das nicht gleich und wurde erst auf Ilses Benehmen aufmerksam, als sie sah, wie Melanie und Grete, zwei Schwestern aus Frankfurt, die Ilse gegenübersaßen, unterdrückt kicherten. Die beiden schienen sich köstlich über die ungezwungenen Tischsitten der „Neuen" zu amüsieren; sie stießen auch ihre Nachbarinnen an und zeigten verstohlen auf Ilse, die nicht merkte, daß sie beobachtet wurde.

Mit einem strengen Blick, den sie auf Spötterinnen richtete, brachte Fräulein Raimar die Mädchen wieder zur Ruhe. Sie mochte es nicht, wenn jemand wegen seiner Fehler und Schwächen offen verspottet wurde. Auch sie selbst sagte zu Ilse vorläufig nichts über deren unfeine Art zu essen, weil sie sie vor den anderen Mädchen nicht beschämen mochte.

Um halb acht war das Abendessen beendet; bis neun Uhr war es den Schülerinnen erlaubt, sich nach Belieben zu beschäftigen oder zu unterhalten. Danach war Schlafenszeit.

„Komm", sagte Nellie, „ich werde mit dich in die Garten spazierengehen. Aber erst mußt du noch dein Serviette schön aufrollen und die Ring drüberziehen."

„Wie komme ich dazu?" widersprach Ilse. „Zu Hause brauchte ich das auch nicht zu tun. Wozu sind schließlich die Dienstmädchen da?"

„Nein, nein, meine Liebe“, sagte Nellie, „hier wir machen das alle. Tu es nur auch.“

Ilse sah auf dem Tisch umher; und richtig – alle Servietten lagen sauber zusammengerollt, nur ihre eigene war zusammengeknüllt neben ihren Teller geworfen. Etwas verärgert griff Ilse nach dem Tuch, schlug es flüchtig zusammen und zog den Ring darüber, ohne dem Ganzen viel Aufmerksamkeit zu widmen.

„So ist es nicht schön!“ tadelte Nellie, nahm alles noch einmal auseinander und faltete dann mit ihren kleinen, geschickten Händen die Serviette in eine ordentliche Form.

Fast bewundernd sah Ilse der jungen Engländerin zu; das Mädchen besaß eine so natürliche Anmut, daß es eine Freude war, ihre Bewegungen zu beobachten.

„Und nun schnell in den Garten!“ rief Nellie, griff Ilse beim Arm und eilte mit ihr hinaus.

Der Garten des Internats war natürlich nicht so groß wie der, den Ilse daheim gehabt hatte; aber er war schön gestaltet, gut gepflegt und reich an alten Bäumen. Auch an lauschigen Ecken fehlte es nicht, und von überall hatte man einen herrlichen Blick auf die grünbewaldeten Berge.

„Ist es nicht wirklich hübsch hier?“ fragte Nellie. „Habt ihr bei euch daheim auch so schöne Berge?“

„Nein, Berge haben wir nicht“, erwiderte Ilse etwas sehnsuchtsvoll. „Aber trotzdem gefällt es mir daheim doch besser. Ich kann bei uns weit über die Felder schauen, und um unseren Park verläuft keine Mauer, sondern nur eine grüne Hecke; das finde ich viel hübscher.“

Nellie ging mit ihr zu einer alten Linde, die mit ihren breiten Ästen einen großen runden Raum beschattete.

„Hier ist es doch gemütlich, nicht wahr?“ fragte sie und sah mit ihren blauen Augen entzückt hinauf in das grüne Blätterdach. „Hier wir halten immer unsere Ruhe zu Mittag. Ich glaube, dieser alte Baum könnte viel erzählen, wenn er sprechen wollte. Er weiß so viele Geheimnisse, die wir Mädchen uns in seinem Schatten anvertraut haben."

Die Zeit verging wie im Fluge, während Ilse Nellies munteren Reden lauschte. Noch am Morgen hatte sie geglaubt, die Trennung von ihrem Vater nicht zu überleben, und beim Mittagessen hatte ihr der Kummer fast das Herz abgedrückt – und jetzt lachte sie zu ihrem eigenen Erstaunen bereits herzlich über Nellie, die sie in ihrer drolligen Art mit den Eigenheiten der einzelnen Internatsschülerinnen bekannt machte.

„Wie heißt das junge Mädchen, das bei Tisch neben mir saß?" fragte Ilse.

„Die mit dem kurzen schwarzen Haar und der Brille auf die Nase? Das ist die Orla Sassuwitsch. Sie kommt aus Rußland und ist sehr klug! Wir haben alle ein wenig Furcht vor sie, weil sie soviel weiß und die Wahrheit immer die Betreffende mitten ins Gesicht sagt", erklärte Nellie.

„Das soll man auch immer tun!" meinte Ilse.

„Das ist recht und schön, wenn die Wahrheit angenehm ist", erwiderte Nellie nachdenklich. „Aber manchmal die Wahrheit kann sehr wehtun, und dann hört sie keiner gern. Wenn ich zu sie sagen würde: ‚Du hast wieder geraucht, Orla', dann wäre das zwar die Wahrheit, aber sie würde sie bestimmt nicht gefallen. Ich habe nämlich bei ihr durch die Schlüsselloch geluxt und in ihre Zimmer große, rauchige Wolken gesehen."

Die beiden Mädchen waren auf ihrem Spaziergang an eine große Trauerweide gelangt, die ihre grünen Zweige fast bis auf den Boden hängen ließ. Nellie blieb davor stehen und bog einige Zweige vorsichtig auseinander.

„Hier, Ilse, stell ich dich unsere Dichterin vor", sagte sie lachend.

Die so Angesprochene war ein junges Mädchen, das auf einer

kleinen Bank unter dem Baum saß. Sie war hoch aufgeschossen, hatte glattes blondes Haar, und das blasse Gesicht war von Sommersprossen übersät. Auf ihrem Schoß lag ein dickes blaues Heft, in das sie eben noch eifrig etwas eingeschrieben hatte.

„Eine Dichterin?" fragte Ilse und sah das Mädchen neugierig

und fast etwas scheu an; sie hätte nie gedacht, daß jemand mit siebzehn Jahren schon dichten könnte.

„Flora schreibt Romane“, berichtete Nellie, „aber wie! In jedem kommen zerbrochene Herzen und unglückliche Frauen vor. Paß auf, Flora, daß du dich nicht die Augen verdirbst, du hast hier zu wenig Licht zu deine Romane!“

Flora Hopfstange hatte zuerst so getan, als sei sie ganz in den Inhalt ihres blauen Heftes vertieft; aber jetzt wurde sie doch ärgerlich.

„Bitte laß mich in Ruhe, Nellie!“ sagte sie etwas verdrossen und schlug die hellblauen Augen weit und schwärmerisch auf. „Eben war mir ein so wundervoller Gedanke eingefallen, und wegen deines Geredes habe ich ihn jetzt vergessen.“

„Oh – ich werde ihn suchen!“ rief Nellie spöttelnd und bückte sich, als wollte sie ihn von der Erde auflesen.

„Du bist eine ganz boshafte Person!“ erklärte Flora aufgebracht. „Aber freilich – wie sollst du wissen, was wahre Poesie ist! Du kannst ja nicht einmal richtig Deutsch.“

„Das ist leider wahr“, bekannte Nellie lachend und verließ mit Ilse die zutiefst beleidigte Dichterin.

Melanie und Grete kamen ihnen entgegengeschlendert; zwischen den beiden Schwestern ging noch ein drittes Mädchen – etwa so alt wie Melanie, mit liebem, sanftem Gesicht, braunen, glatt gescheitelten Haaren und in untadeliger Kleidung. Es lächelte Ilse und Nellie freundlich an, während die beiden Schwestern für die „Neue“ nur spöttische Seitenblicke übrig hatten.

„Die beiden Schwestern müßtest du schon kennen“, meinte Nellie, „sie haben dich heute bei Tisch gegenübergesessen. Aber die dritte, das ist unsere Artige! Glaube mir, Ilse, ein so artiges Mädchen hast du in deine ganze Leben noch nicht gesehen. Sie ist immer die erste in alle Unterrichtsstunden, und nie macht sie eine dumme Streich. Nein, nein, Rosi Möller ist eine Musterkind!“

„Was redest du da von unserem Musterkind?“ rief eine fröhliche Stimme hinter Nellie. „Wer hat denn da wieder eine so spitze Zunge, liebste Nellie?“

„Durchaus keine spitze Zunge, liebes Lachtaube“, erwiderte Nellie schmunzelnd. „Aber Ilse ist hier doch fremd, und ich mache ihr mit alle bekannt.“

Das Mädchen, das Nellie angesprochen hatte, war am Arm von Orla Sassuwitsch an ihnen vorübergegangen.

„Wer war denn das?“ fragte Ilse.

„Das ist Annemie von Bosse – aber wir nennen sie nur ‚Lachtaube‘“, erklärte Nellie. „Sie lacht nämlich so viel und über alles, und wenn sie erst lacht, kann sie kein Ende finden. Meist steckt sie uns andere dann auch an, und alle müssen mitlachen. So“, fuhr sie fort, „jetzt habe ich dich alle Mädchen gezeigt, die in unsere Alter und für uns überhaupt interessant sind. Die anderen sind zu jung, oder es sind Engländerinnen. Von die ist nicht viel zu sagen, die sind alle langweilig, und außerdem sie sprechen viel weniger gut Deutsch als ich.“

Schlag neun kehrten alle Schülerinnen ins Haus zurück. Ilse erfuhr bei dieser Gelegenheit, daß es bei den Mädchen Sitte war, am Abend in das Zimmer von Fräulein Raimar zu gehen und ihr Gute Nacht zu wünschen. Bei dieser Gelegenheit lobte, tadelte oder ermahnte die Leiterin die Mädchen wegen irgendwelcher Vorkommnisse, die sich an dem zu Ende gehenden Tag ereignet hatten. Aber was sie der Einzelnen auch zu sagen hatte – es geschah immer in verständnisvoller, freundlicher Weise.

„Ich möchte dir noch etwas sagen, liebe Ilse“, sagte Fräulein Raimar. „Bleibe also bitte noch einen Augenblick hier!“

Etwas unruhig wartete Ilse darauf, was die Leiterin ihr zu sagen haben würde.

Als alle anderen Mädchen das Zimmer verlassen hatten, kam Fräulein Raimar auf Ilses Tischsitten zu sprechen.

„Du darfst die Tasse nicht in beide Hände nehmen und auch die Ellbogen nicht aufstützen, Kind! Du solltest nur einmal selbst beobachten können, wie unschön das aussieht! Achte bitte einmal unauffällig auf deine Mitschülerinnen. Du wirst sehen, daß keine sich bei Tisch so benimmt wie du. Auch so übergroße Bissen solltest du besser nicht in den Mund stecken. So etwas machen nur die ganz kleinen Kinder, und die Mutter nennt sie dann liebevoll einen Nimmersatt."

Diese freundliche Ermahnung rief in Ilse nur Trotz und Ärger hervor. Ihr Gesicht wurde dunkelrot vor Empörung, und sie mußte die Lippen fest aufeinanderpressen, um nicht eine böse Antwort zu geben.

„Und nun geh zu Bett, mein Kind, und schlafe gut in deiner ersten Nacht bei uns!"

Sie wollte Ilse einen Kuß auf die Stirn drücken; aber das Mädchen bog mit einer raschen Bewegung den Kopf zurück. Unwillig wandte sich Fräulein Raimar von dem Trotzkopf ab und sprach kein Wort mehr. Auch Ilse verließ wortlos das Zimmer.

Sie stürmte die Treppe hinauf und trat atemlos zu Nellie ins Zimmer, warf knallend die Tür hinter sich zu und schob den Riegel vor, was im Internat strengstens untersagt war.

„Mach nicht der Riegel zu!" rief Nellie. „Wir dürfen das nicht tun. Wenn wir in die Bett liegen, kommt nämlich Fräulein Güssow bei uns nachsehen."

Ilse dachte natürlich nicht daran, den Riegel wieder aufzuziehen – also mußte Nellie es selbst tun. Als sie sich umwandte, sah sie Ilse mit ausgebreiteten Armen auf ihrem Bett liegen und wild in die Kissen schluchzen.

„Oh – was ist dich?" fragte Nellie erschrocken.

„Ich bleibe auf keinen Fall hier!" behauptete Ilse. „Ich reise morgen früh ab! Wenn das mein Papa wüßte, wie ich hier behandelt werde!" stieß sie erregt hervor.

Erst durch viel geduldiges Fragen erfuhr Nellie in abgerissenen Sätzen, was Fräulein Raimar zu Ilse gesagt hatte.

„Ich esse unfein, hat sie gesagt . . . und ich nehme zu große Bissen, fand sie . . . und einen Nimmersatt hat sie mich genannt! Dabei darf ich zu Hause essen, wie und was ich will – da hat mir niemand etwas gesagt. Nein – ich will wieder fort von hier! Morgen reise ich ab!"

„Du machst dir viel zu viel Kummer um so kleine Sach!" versuchte Nellie die aufgebrachte Freundin zu trösten. Sanft strich sie Ilse über den Lockenkopf. „Schau, Fräulein Raimar möchte doch, daß wir etwas bei ihr lernen. Sie ermahnt uns andere doch genauso, wenn wir etwas falsch machen. Sie ist dabei immer sehr gerecht und feinfühlig und will bestimmt niemand beleidigen. Sie meint es doch nur gut mit uns. Wir sind doch nun einmal noch so jung und dumm und müssen noch viel lernen!"

Als Ilse nicht antwortete, fuhr Nellie fort: „Und nun komm, laß uns zu Bett gehen. Später, wenn Fräulein Güssow bei uns in die Zimmer geschaut hat, stehen wir wieder auf, wie zwei kleine Mäuschen so leise, und dann packen wir deine kleine Koffer aus!"

Aber Ilse war so leicht nicht zu besänftigen.

„Kommt gar nicht in Frage", rief sie und sprang vom Bett auf. „Der kleine Koffer bleibt zu! Es lohnt sich ja nicht, ihn erst auszupacken, wenn ich morgen wieder fortfahre!"

Mit hastigen Bewegungen kleidete sie sich aus, ließ ihre Sachen liegen, wohin sie gerade fielen, und schlüpfte dann schluchzend in ihr Bett. Schweigend hob Nellie die verstreuten Kleidungsstücke auf, hängte das schöne Kleid auf einen Bügel und legte alles andere glatt und ordentlich auf einen Stuhl. Dann machte auch sie sich zum Schlafengehen fertig.

Vor ihrem Bett kniete sie nieder, faltete die Hände und sprach ein kurzes Gebet. Dann stand sie auf und trat noch einmal an Ilses Bett.

„Gute Nacht, liebe Ilse", sagte sie und gab ihr einen Kuß „Bitte, nicht mehr weinen. Es wird mit der Zeit schon besser gehen. Vergiß nicht – aller Anfang ist schwer "

*

Am anderen Morgen um sechs Uhr hieß es: Aufstehen. Da half kein Müdesein und Gähnen, da half keine Unlust: Ohne Ausnahme mußten die jungen Mädchen das warme Bett verlassen. Ilse war es von daheim gewohnt, je nach Belieben einmal früh, einmal spät aufzustehen, sosehr auch ihre Mama schon immer gewünscht hatte, sie würde sich darin eine bestimmte Ordnung angewöhnen.

Nellie war schon beim Waschen. Mit einem munteren Satz war sie Punkt sechs Uhr aus dem Bett gesprungen.

„Aufwachen, liebe Ilse!" rief sie. „Um halb sieben gibt es schon Frühstück!"

„So früh soll ich aufstehen?" fragte Ilse schlaftrunken. „Aber ich bin doch noch so müde!"

„Hilft nix – du darfst nicht mehr schlafrig sein!" verkündete Nellie lachend.

Ilse drehte sich gähnend noch einmal auf die Seite. Sie erhob sich erst zögernd, als Nellie schon fix und fertig war und ihre Toilettesachen ordentlich aufgeräumt hatte.

„O Ilse – du mußt dir beeilen, du hast nur noch zehn Minuten Zeit! Schnell, schnell, ich will dich ein wenig helfen! Wo sind dein Kamm und Bürste?"

Ilse zeigte auf ein in Papier gewickeltes Bündel, das auf dem Fensterbrett lag.

„Dort drüben müssen sie sein", sagte sie.

„Wie unordentlich – puh, das gefallt mir nicht", bemerkte Nellie und rümpfte das zierliche Näschen. „Du mußt dich dafür ein Tasche nähen von grauer Stoff mit rote Band. Schau, so wie ich es hier habe!"

Sie zeigte Ilse ihre eigene saubere Kammtasche, aber die schaute kaum hin.

Mit ihrer Frisur machte Ilse nicht viel Umstände. Sie kämmte und bürstete das Haar flüchtig nach allen Seiten durch und ließ es fallen, wie es gerade fiel. Zum Glück ringelten sich die natürlichen Locken anmutig ohne ihr Zutun. Nellie schlang noch ein hellblaues Band durch das hübsche braune Haar und band es seitlich zu einer Schleife.

„So bist du hübsch", stellte sie anerkennend fest. „Jetzt nur noch die Schürze, die darf nicht fehlen."

Ilse sträubte sich heftig gegen das ihr so verhaßte Kleidungsstück, aber Nellie setzte sich lachend durch.

„Du bist ein klein' albern Ding", sagte sie und band Ilse die Schürze einfach um. „Willst du wohl stillhalten? Ohne ein Schürzen bekommst du kein Kaffee."

Wider Willen mußte Ilse mitlachen, und fast gutgelaunt sah sie zusammen mit Nellie in den Spiegel.

„Gut siehst du jetzt aus", sagte Nellie. „Dieser blau gestickte Schürzen ist doch süß. Komm, einen Kuß, weil du so brav bist."

Nellie und Ilse waren die letzten, die am Frühstückstisch erschienen. Fräulein Raimar war beim Frühstück nie anwesend, die Aufsicht führte an ihrer Stelle dann Fräulein Güssow. Ilse mußte sich neben sie setzen.

Als der Kaffee eingegossen war, nahm Ilse die Tasse ganz anständig beim Henkel in die Hand. Sie aß, wie es sich gehörte, mit kleinen Bissen und nicht so hastig. Sie verhielt sich also ganz anders als am Abend zuvor; doch nun zeigte sich eine andere störende Eigenart an ihren Tischsitten: Sie schlürfte den Kaffee so laut, daß die anderen aufmerksam wurden und sich darüber belustigten.

Ilse sah die anderen zwar lachen, wußte aber nicht, daß sie die Ursache war. Erst Orla machte ihr das klar.

„Du führst ja ein wahres Konzert auf!“ erklärte sie lachend und doch zugleich auch etwas angewidert. „Machst du das immer so? Nun, eine solche Tafelmusik hört sich nicht gerade schön an, das kann ich dir versichern!“

Ilse war schockiert und zutiefst beleidigt über diese direkte Bemerkung. Heftig setzte sie ihre Tasse ab, stand auf und lief hinaus.

„Du hättest sie nicht in Gegenwart aller anderen so beschämen dürfen, Orla!“ tadelte Fräulein Güssow. „So etwas ist sehr kränkend für den Betroffenen.“

Sie stand ebenfalls auf und folgte Ilse, die in den Garten gelaufen war.

Das junge Mädchen hörte die Lehrerin rufen und kam nur zögernd auf sie zu.

„Warum bist du denn einfach weggelaufen, Ilse?“ fragte Fräulein Güssow freundlich. „Das geht doch nicht. Es schickt sich nun einmal nicht, eine Mahlzeit zu verlassen, bevor sie beendet ist. Komm bitte wieder herein und trinke deinen Kaffee aus.“

„Ich habe keinen Appetit mehr!“ erklärte Ilse. „Und ich mag auch nicht mehr zu den anderen hineingehen. Was geht es sie eigentlich an, wie ich esse und trinke? Das mache ich, wie ich will, und ich denke nicht daran, mir Vorschriften machen zu lassen!“

„Ehe wir uns weiter unterhalten, möchte ich dich erst einmal bitten, dich zu beruhigen, mein Kind“, sagte Fräulein Güssow gelassen. „Ich dürfte es eigentlich gar nicht dulden, daß du in einem so unartigen Ton mit mir sprichst. Also bitte, sei vernünftig.“

Fräulein Güssows Worte klangen ernst und nachdrücklich, aber trotz aller Strenge war deutlich auch ein warmer, herzlicher Klang zu erkennen. Auch Ilse konnte nicht verborgen bleiben, wie sehr diese wohlklingende Stimme den Weg zum Herzen eines anderen zu finden wußte. Etwas beschämt sah das Mädchen zu Boden.

Die Lehrerin begriff, was in Ilse vorgehen mochte. Obwohl das Mädchen nicht antwortete, sprach Fräulein Güssow nun ganz sanft auf sie ein.

„Gib mir deine Hand, du kleiner Brausekopf", sagte sie lächelnd, „und versprich mir, nicht gleich wieder so wütend aufzufahren und einer beliebigen Laune zu folgen, nur weil du dich ungerecht behandelt glaubst. Dabei ist dir heute nicht einmal Unrecht geschehen: Du hast wirklich sehr unappetitlich getrunken, und Orla hat es gut gemeint, als sie dich darauf aufmerksam machte; gewiß, sie hätte es taktvoller tun können, darin gebe ich dir recht. Aber sei ihr nicht mehr böse, sie hat sich das nicht überlegt. Trotzdem ist es doch wohl besser, sich in jungen Jahren zurechtweisen zu lassen und seine Manieren zu bessern, als wenn man schlechte Gewohnheiten zu eingefahrenen Fehlern werden läßt, die bei einem Erwachsenen nicht mehr entschuldigt werden können. Das wirst du doch sicher auch einsehen, nicht wahr, liebe Ilse?"

Im Grunde hätte Ilse Fräulein Güssow recht geben mögen, aber sie brachte es einfach nicht fertig, mit einem einfachen Ja zu antworten. Doch Fräulein Güssow wußte Ilses Stillschweigen schon ganz richtig als Zustimmung zu deuten.

„Laß uns nun wieder zusammen in den Speisesaal gehen", forderte die Lehrerin das Mädchen auf. Ilse wagte keinen Widerspruch. Mit niedergeschlagenen Augen und voller Angst vor dem Spott, der sie erwarten mochte, folgte sie Fräulein Güssow ins Haus.

Zu ihrer großen Erleichterung war der Speisesaal bereits leer; die Frühstückszeit war vorüber. Ilse kam sich wie erlöst vor.

„Ich habe dir noch etwas von Fräulein Raimar auszurichten, Ilse", sagte Fräulein Güssow. „Sie möchte noch heute vormittag deine Arbeitshefte sehen, und du sollst gleich anschließend mündlich geprüft werden, damit wir beschließen können, welcher Klasse du zugeteilt wirst. Finde dich also bitte in einer Stunde im Konferenzzimmer ein. Du wirst bei dieser Gelegenheit gleich einige deiner künftigen Lehrer und Lehrerinnen kennenlernen."

„Wollen sie mich alle prüfen?" fragte Ilse aufs höchste beunruhigt.

„Nein, nein", beruhigte sie Fräulein Güssow. „Sie werden nur zuhören, wenn Fräulein Raimar dich prüft. Später beraten sie dann, in welche Klasse du kommst, und ab morgen nimmst du dann regelmäßig am Unterricht teil."

Ilse ging auf ihr Zimmer und begann ihre Hefte zusammenzusuchen. Daß sie sie in einem so traurigen Zustand würde vorweisen müssen, verursachte ihr nun selbst einige Beklemmung: Das Aufsatzheft war mit Tintenflecken verziert, und auf einigen Seiten prangten sogar große Fettflecken. Das Heft für französische Übungen hätte sie am liebsten ganz beiseite gelegt, da es gar so unordentlich aussah. Als sie versuchte, einige schlimm beschmierte Seiten herauszureißen, lockerten sich auch die übrigen.

Nellie, die gerade eine freie Stunde hatte, sah Ilse bei diesem Treiben erstaunt zu.

„Was tust du denn da?" fragte sie verblüfft. „Willst du deiner Hefte etwa so Fräulein Raimar vorzeigen? Das ist ganz unmöglich. Hat deiner Herr Pastor denn niemals etwas dazu bemerkt? Gib schnell her, damit ich blauer Umschläge darum machen kann. Dann sieht man wenigstens die schlimmsten Flecken nicht!"

„Gib her!" stieß Ilse trotzig hervor und entriß der Freundin eines der Hefte. „Soll sie die Flecken doch sehen – es ist mir ganz einerlei."

„Warum denn so zornig, lieber Fräulein Ilse! Sie sind nun mal einer kleine, unordentliche junge Dame. Wird es Ihnen vielleicht gefallen, wenn Fräulein Raimar Ihre Hefte mit spitze Finger in die Höhe hält und alle Lehrer herumzeigt? O nein, das wäre gar nicht spaßig für Sie, liebe Ilschen, und sicher auch nicht einerlei.

Besonders Herr Doktor Althoff, unser deutscher Lehrer, kann sehr spöttisch lächeln und einen von die Seite ansehen, daß es einem geht durch Mark und Bein. Dann fragt er vielleicht: ‚Wie alt sind Sie, mein Fräulein?'"

Obwohl Ilse beharrlich dabei blieb, daß es unnötig sei, wegen der dummen Bücher und Hefte so viele Umstände zu machen, setzte Nellie sich wieder einmal durch.

„So – nun kannst du hinuntergehen", sagte sie befriedigt, als auch das letzte Heft in einem ordentlichen blauen Umschlag steckte. „Die anderen Flecken werden sie hoffentlich nicht bemerken. Und nun bedanke dir mal schön höflich für meiner Mühe."

„Du bist ein Schatz, Nellie!" sagte Ilse lächelnd. „Wie bringst du es nur fertig, immer so sanft und geduldig zu sein, wo ich doch so abscheulich zu dir bin? Ich könnte das einfach nicht."

„Oh – du wirst schon lernen, Kind!" behauptete Nellie weise. „Wirst schon noch eine ganz zahme, kleine Vogel werden!" fügte sie scherzend hinzu.

*

Pünktlich betrat Ilse das Konferenzzimmer. Ihr war nicht gerade sehr wohl zumute. Um einen großen Tisch versammelt sah sie mehrere Lehrer und Lehrerinnen sitzen. Mit freundlichen Worten machte Fräulein Raimar die neue Schülerin mit ihren künftigen Lehrern bekannt.

Nachdem sie sich von Ilse die Arbeitshefte hatte reichen lassen, blätterte sie eine Weile in dem Aufsatzheft herum, das ihr als erstes in die Hand geraten war. Sie las hier und dort eine Stelle und schüttelte schließlich verständnislos den Kopf.

„Teilweise recht gute und klare Gedanken", sagte sie zu dem neben ihr sitzenden Deutschlehrer, Doktor Althoff, und reichte ihm das Heft, „aber eine ganz oberflächliche, flüchtige Schrift.

Und dann diese völlig unbegreiflichen Rechtschreibefehler! Sehen Sie nur – dort ist ‚uns' mit einem ‚z' geschrieben, und ‚Land' mit einem ‚t'. Da wird es allerlei Versäumtes nachzuholen geben. Aber nun sag einmal, Ilse", wandte sie sich an das junge Mädchen, „wie schreibst du Land? Buchstabiere bitte!"

Schon wieder geriet Ilse in Wut. Wollte man sie hier verhöhnen? In ihrem Alter sollte sie noch wie ein ABC-Schütze buchstabieren? Sie zögerte mit der Antwort.

Aber Fräulein Raimar war es gewohnt, daß man ihr antwortete. Sie sah die schweigende Ilse nur erstaunt an und wiederholte ihre Frage.

„Wie du Land schreibst, möchte ich von dir wissen?" Der Ton, in dem sie das sagte, ließ keinen Zweifel daran, daß sie ihre Aufforderung ernst meinte.

Ilse runzelte verärgert die Stirn, wurde aber allmählich etwas unsicher und entschloß sich nun doch, das Verlangte zu tun. Sie buchstabierte L-a-n-d so schnell, daß man ihr kaum folgen konnte, und richtete den Blick dabei zum Fenster, um Fräulein Raimar nicht ansehen zu müssen.

„Also war es nur Flüchtigkeit; ich dachte es mir schon", bemerkte die Lehrerin. „Du mußt in Zukunft etwas aufmerksamer arbeiten, liebes Kind, wenn du bei uns Aufsätze schreibst. Fehler, wie ich sie hier in deinen Heften finde, dürften schon in der dritten Klasse nicht mehr vorkommen."

In der mündlichen Prüfung, die nun folgte, wurden Ilse Fragen aus den verschiedensten Wissensgebieten vorgelegt; manchmal fielen ihre Antworten überraschend gut aus, dann waren sie aber wieder von erschreckender Ahnungslosigkeit.

Gut war ihre Leistung im Französischen. Monsieur Michel, der im Internat diese Sprache unterrichtete, war ein älterer, liebenswürdiger Herr mit weißem Haar. Er sprach Ilse in seiner Muttersprache an, und sie antwortete ihm richtig und fließend.

Bei Miß Lead, der Englischlehrerin, die wie Fräulein Güssow im Hause wohnte, bestand sie weniger gut. Als Ilse deren Fragen beantwortete, geschah es ziemlich stockend und unsicher.

„Nun hast du es überstanden, Kind", sagte Fräulein Raimar schließlich. „Die Prüfung ist zu Ende, und du kannst jetzt gehen. Ich werde dir später mitteilen, welche Klasse du ab morgen besuchen wirst."

Nach einer ausführlichen Beratung des Lehrerkollegiums wurde beschlossen, Ilse in die achte Klasse zu geben; nur in Französisch sollte sie am Unterricht der neunten Klasse teilnehmen.

„Ich glaube, Ilse wird uns noch manche Sorgen bereiten", bemerkte die Internatsleiterin gegen Ende der Besprechung. „Sie ist sehr widerspenstig und trotzig in ihrem Wesen, und leider kann sie auch nicht den geringsten Tadel vertragen."

„Aber sie hat ein gutes Herz", setzte sich Fräulein Güssow für ihre junge Schutzbefohlene ein. „Ich habe dafür noch keine Beweise, aber so etwas spürt man bei einem jungen Menschen, und ich bin überzeugt, daß ich mich bei Ilse nicht täusche. Deshalb meine ich, daß wir mit Strenge wenig bei ihr ausrichten werden, dafür aber umso mehr mit Liebe und Konsequenz. So wird es uns bestimmt gelingen, nach einiger Zeit ihren Trotz zu zähmen."

„Ich bin durchaus der gleichen Ansicht", pflichtete Monsieur Michel Fräulein Güssow bei. „Warten Sie's nur ab, meine Damen und Herren – Ilse wird noch einmal die Zierde unseres Internats sein. Mit welcher Eleganz spricht sie Französisch, wie gekonnt wählt sie die Worte! Ah – sie ist ein Genie!"

„Wollen wir hoffen, daß Sie recht behalten", entgegnete Fräulein Raimar etwas kühl und erhob sich. „An Liebe und Nachsicht soll es ihr gegenüber gewiß nicht fehlen. Vielleicht gelingt es uns wirklich, aus Ilse ein verständiges und gefügiges junges Mädchen zu machen."

*

Es war schon später Abend. Fräulein Güssow hatte bereits ihre Runde durch alle Zimmer gemacht, das Licht war gelöscht, und im Hause war es still geworden. Da plötzlich flüsterte Nellie drängend von ihrem Bett her:

„Schläfst du schon, Ilse?“

„Nein – was ist denn?“

„Zieh dir leise an! Wir wollen deine kleine Koffer auspacken. Du bleibst doch jetzt bestimmt da, nicht wahr?“

„Ja, ja“, bestätigte Ilse unbestimmt. „Aber es ist doch hier so dunkel!“

„O laß nur, ich habe schon ein Licht!“

Leicht und geräuschlos schlüpfte Nellie aus dem Bett. Auf bloßen Füßen huschte sie zu ihrem Schrank, zog vorsichtig die oberste Schublade auf und nahm eine Kerze heraus. Sie zündete die Kerze an und stellte auf dem Tisch dann ein Buch davor, um nach außen jeden verräterischen Lichtschein abzudecken.

„Gut – nicht wahr?“ fragte sie schmunzelnd. „Nun mußt du dir aber beeilen!“ trieb sie Ilse an, die sich flüchtig ein paar Kleidungsstücke überwarf. „Wo hast du der Schlüssel von die kleine Koffer?“

„Hier“, sagte Ilse und zog den Schlüssel an der schwarzen Kordel unter ihrem Kopfkissen hervor. „Aber laß nur – ich werde selbst aufschließen.“

Nellie trat mit der Kerze näher. Sie schirmte das kleine Licht mit der Hand ab, während sie sich neugierig über den Koffer beugte in Erwartung der Herrlichkeiten, die da gleich zum Vorschein kommen würden.

Doch als Ilse dann wirklich auszupacken anfing, war Nellie bitter enttäuscht. Die kleine Naschkatze hatte irgendwelche Delikatessen erwartet, und jetzt sah sie nur alten Plunder und völlig uninteressante Gegenstände in dem Koffer liegen.

„Oh – hast du keine Kuchen?“ fragte sie traurig, warf ein paar der oben liegenden Sachen beiseite und begann den Koffer bis auf den Grund zu untersuchen.

„Au – au!“ schrie sie plötzlich leise auf und zog hastig die Hand zurück. „Was ist dies? Jetzt habe ich mir auch noch gestochen.“

An ihrem kleinen Finger erschien ein dicker roter Blutstropfen.

Ilse begriff gar nicht gleich, woher die Verletzung gekommen sein konnte, bis sie selbst in den Koffer griff und die Ursache entdeckte. Erschrocken mußte sie feststellen, daß das Glas mit dem Laubfrosch zerbrochen war und Nellie sich an einem der Glassplitter geritzt hatte.

„Wo ist nur mein Frosch?“ fragte Ilse ängstlich und räumte die Scherben beiseite.

„Was – eine Frosch? Eine lebendige Frosch hattest du in die Koffer?“ fragte Nellie entsetzt. „Wie konntest du das arme Tier so verpacken? Ohne Luft mußte er ja totgehen.“ Sie schüttelte sich angewidert.

Ilse fand den kleinen Laubfrosch, der natürlich tot war. Sie legte ihn zwar noch auf die flache Hand und versuchte, ihn durch Anhauchen wieder zum Leben zu erwecken, aber alle Mühe war vergebens. Der Frosch rührte sich nicht mehr.

Nellie mußte nun doch über Ilses rührende Versuche lachen.

„Du hast die arm, klein Frosch gemordet“, sagte sie und nahm ihn selbst in die Hand. „Oh – er ist für immer kaputt. Der kriegt keine Leben mehr – niemals. Weißt du was? Morgen früh machen wir ihm unter die Linde ein schönes Grab.“

Mit traurigen Blicken betrachtete Ilse ihren toten Frosch, und schließlich kamen ihr sogar die Tränen. „Wie schlecht und dumm von mir, ihn in den Koffer zu stoßen!“ klagte sie sich an. „Ich hätte mir doch denken können, daß er darin ersticken mußte. Aber es ging eben alles so schnell, daß mir gar keine Zeit zum Überlegen blieb.“ Nur die Aussicht auf das Begräbnis unter der Linde konnte sie ein wenig in ihrem Kummer trösten.

„Wir machen eine kleine Hügel", spann Nellie aus, „und pflanzen Blumen darauf. Wir können auch ein klein Holzkreuz in die Erden stecken und darauf schreiben: Hier ruht Ilses Frosch. Er mußte sein junges Leben lassen, weil ihm die Luft ausging."

Dieser Einfall war so drollig, daß Ilses Tränen versiegten und sie sogar ein wenig lächeln mußte.

Aber auch der ausgestopfte Kanarienvogel hatte ziemlich gelitten. Das gelbe Köpfchen war ganz breitgedrückt, und der eine Flügel hing traurig herunter.

Mit ihren geschickten Fingern gab Nellie dem Vogel einige Form zurück.

„Laß mir nur machen", sagte sie. „Ich werde ihm schon wieder in Ordnung bringen. Aber was ist denn das?" fragte sie dann plötzlich und hielt Ilses altes Hemdblusenkleid mit beiden Händen in die Höhe. „Warum hast du denn diesen alten, geschmacklosen Kittel eingepackt – und dann auch noch die schmutzigen, häßlichen Stiefel da? Was hast du damit vor?"

Ja – warum hatte sie die Sachen eingepackt? Ilse wußte es nun selbst nicht mehr, aber es ärgerte sie, ihr Lieblingskleid so verächtlich beurteilt zu sehen.

„Davon verstehst du nichts!" sagte sie und nahm Nellie das Kleid weg. „Es ist mein liebster und schönster Anzug. Die anderen Kleider kann ich gar nicht so gut leiden, die sitzen viel zu fest und sehen so geziert aus."

„Oh, laß mir ihn anprobieren!" bat Nellie. „Ich will ihn anziehen!"

Dagegen hatte Ilse nichts einzuwenden. Sie half Nellie in das alte Kleid hinein, und wenig später bot sich ihr ein wahrhaft köstlicher Anblick: Nellie war etwas größer als sie, so daß der Rock ihr um einiges zu kurz war. Darunter schaute das lange weiße Nachtgewand hervor. Das Oberteil war an verschiedenen Stellen zerrissen, und eines der Löcher war so groß, daß Nellie ihren Arm hindurchgesteckt hatte, anstatt in den Ärmel zu fahren. Der Ärmel hing ihr dafür nun lose auf dem Rücken. Dann schlang sich Nellie auch noch den Ledergürtel um die zierliche Taille und stand nun endlich fertig da. Die Stiefel mochte sie nicht anziehen, weil sie ihr gar zu schmutzig waren.

„Bequem ist diese Kostüm, das muß man zugeben", sagte sie und fing an, allerlei lustige Sprünge auszuführen und sich im Kreise zu drehen.

Ilse, die sie beobachtete, brach plötzlich in ein so herzhaftes Lachen aus, daß Nellie erschrocken auf sie zusprang und ihr den Mund zuhielt.

„Du darfst nicht so toll lachen", flüsterte sie erregt. „Du wirst uns verraten!"

„Ich konnte mich einfach nicht zurückhalten", sagte Ilse. „Du siehst aber wirklich auch zum Totlachen aus."

Nellie trat mit der Wachskerze in der Hand vor den kleinen Wandspiegel und betrachtete sich. „Wie ein Vogelscheuch!" sagte sie und riß sich die Sachen herunter. „Wie kannst du nur ein so häßlicher Kleid lieben!"

Ilse verschloß ihre Herrlichkeiten wieder in dem kleinen Koffer, dann löschten die beiden das Licht, und schon eine Viertelstunde später schliefen die beiden Mädchen fest und tief.

*

Vierzehn Tage waren seit Ilses Ankunft im Internat vergangen. Sie hatte in dieser kurzen Zeit, die ihr selbst wie eine Ewigkeit erschien, manche bittere Träne geweint. Oft genug hatte sie einen Brief an den Vater angefangen, der ihn auffordern sollte, sie wieder nach Hause zu holen, und nur die Scheu vor der Mutter hatte Ilse daran gehindert, einen solchen Brief auch wirklich zu beenden. Auf die zahlreichen und langen Briefe, die sie von daheim erhielt, hatte sie nur zweimal und sehr kurz geantwortet und sich damit entschuldigt, daß ihr wegen der vielen Schulaufgaben die Zeit zu längeren Briefen fehle.

An einem Sonntagnachmittag schließlich, den die meisten der Internatsschülerinnen zum Briefeschreiben benutzten, setzte sich auch Ilse an ihren Tisch und klappte ihre neue Schreibmappe auf. Große Lust zum Schreiben verspürte sie nicht gerade.

Nach langem Überlegen wählte sie einen rosa Briefbogen, griff zur Feder und malte eine ganze Zeit zunächst nur allerlei Schnörkel auf ein Stückchen Papier. Dann endlich begann sie ihren Brief, hörte aber nach wenigen Zeilen schon wieder auf und legte den Bogen beiseite. Ein zweiter wurde geopfert, ein dritter, und erst der vierte hatte mehr Glück. Ilse beschrieb ihn von oben bis unten und begann dann sogar noch den fünften. Sie schrieb unermüdlich in einem Zug, denn nun war sie ins Plaudern geraten und wußte immer wieder etwas Neues, das sie ihrem Papa unbedingt mitteilen mußte. Als sie zu Ende war, lehnte sie sich aufatmend im Stuhl zurück und las ihre lange Epistel noch einmal durch.

*„Mein liebes Papachen!*

*Es ist heute Sonntag, und ich will dir endlich einmal ausführlich schreiben. Das Wetter ist so schön, und im Garten blühen die Rosen (da fällt mir übrigens ein – hat meine gelbe Rose, die Marschall Niel, die der Gärtner im Frühjahr verpflanzte, inzwischen Knospen angesetzt? Bitte, vergiß nicht, mir darauf unbedingt Antwort zu geben!), und die Vögel zwitschern vergnügt in den Bäumen – aber deine arme Ilse muß im Zimmer sitzen und darf nicht im Freien herumtollen, wie sie es so gerne möchte. Ist das nicht traurig, mein liebes Papachen? Manchmal komme ich mir fast vor wie unser Mopsel, den wir immer eingesperrt haben, wenn er genascht hatte, und der dann wie*

*wild an der Tür kratzte, weil er wieder herausgelassen sein wollte! Manchmal möchte ich genauso kratzen und winseln wie er und ganz laut rufen: Macht auf! Ich will hinaus!*

*Es ist nämlich gar nicht schön, immer eingesperrt zu sein. Wie gut hatte ich es doch bei Dir zu Hause! Da konnte ich tun und treiben, was mir gefiel. Ich durfte in den Garten, aufs Feld, in die Ställe, und meine guten Hunde waren immer bei mir und liefen mir nach, wohin ich auch ging. Ach – war das schön! Was macht denn eigentlich mein kleiner Bob, Papachen, und Diana und Mopsel und die anderen? Ach, ich wünschte, ich könnte sie alle jetzt für einen Moment hier haben!*

*Hier im Internat ist alles so furchtbar streng, alles muß man noch Vorschrift tun: Aufstehen, Frühstücken, Lernen, Essen, Schlafengehen – alles zu genau festgelegten Stunden. Das ist einfach gräßlich! Ich bin manchmal morgens noch so schrecklich müde, aber ich muß unbarmherzig hinaus, wenn es sechs geschlagen hat. Ach, und wie oft möchte ich während des Unterrichts einfach hinaus in den Garten laufen, aber ich muß auf den abscheulichen Schulbänken sitzen bleiben.*

*Und ich lerne ja doch nichts, Herzenspapachen, ich bin viel zu dumm. Nellie und die anderen Mädchen sind viel gescheiter und wissen viel mehr als ich. Ach, und Nellie kann so herrlich zeichnen. Einen großen Hundekopf in Kreide hat sie fast fertig. Der Hund sieht aus, als wenn er wirklich lebte. Und Klavier kann sie spielen – Du, Nellie könnte ohne weiteres Konzerte geben! Und ich kann rein gar nichts!*

*Wenn ich doch lieber bei Dir zu Hause geblieben wäre, dann wüßte ich gar nicht, wie unfähig ich bin. Nellie tröstet mich zwar oft und sagt dann: ‚Es ist noch keine Meister von die Himmel gefallen, fang nur an, du wirst schon lernen!' Aber ich habe angefangen und doch nichts gelernt. Ich stelle nur immer wieder fest, daß ich sehr dumm bin*

*Am allerschlimmsten sind die Mittwochnachmittage. Da sitzen wir alle von drei bis fünf Uhr im großen Speisesaal versammelt. Die Fenster stehen weit offen, man kann in den Garten hinausschauen, und mir juckt es in Händen und Füßen, weil ich hinauslaufen möchte, um im Grünen zu sein. Aber nein, ich darf es nicht – ich muß stillsitzen und meine Sachen ausbessern. Fräulein Güssow hat sich übrigens sehr gewundert, daß ich nicht stricken kann. Ich verstehe nicht, warum ich stricken soll; man kann schließlich heutzutage Strümpfe fertig kaufen, das ist doch viel einfacher. Warum soll ich mich unnötig quälen, das Stricken zu lernen? Es fällt mir so schwer, die Maschen abzustricken, und sehr hübsch sieht es auch nicht gerade aus, was ich da gestrickt habe.*

*Unsere Melanie, sie ist recht hübsch, tut aber sehr geziert und stößt beim Sprechen mit der Zunge an und hat die Angewohnheit, alles ‚furchtbar nett, furchtbar reizend oder furchtbar scheußlich' zu finden, sagte neulich zu mir: ‚Du strickst aber furchtbar scheußlich, Ilse!' Damit hat sie leider recht.*

*Die Unterhaltung am Abend wird einmal auf Französisch, einmal auf Englisch geführt. Auf Französisch kann ich mich ja wenigstens einigermaßen verständlich machen, aber auf Englisch geht es so schlecht und holperig, daß ich mich schäme, den Mund aufzutun. Allerdings ist Nellie sehr lieb zu mir, sie hilft mir immer wieder bei Sprachschwierigkeiten und will auch oft Englisch mit mir sprechen, wenn wir miteinander allein sind.*

*Du hast dich erkundigt, mein lieber Papa, ob ich auch schon eine Freundin habe. Meine liebste ist natürlich Nellie, aber es sind noch sechs andere Mädchen da, mit denen ich mich auch sehr gut verstehe. Ihre Namen und eine kurze Beschreibung von jeder gebe ich Dir im nächsten Brief, sonst würde dieser hier noch lange kein Ende nehmen. Nur schon soviel: Eine Schriftstellerin ist auch dabei, sie schreibt immerzu Romane.*

*In die Kirche gehen wir auch jeden Sonntag, aber es gefällt mir dort gar nicht. Ich sitze zwischen lauter fremden Leuten, und der Herr Pfarrer ist ein ganz alter Mann, der so undeutlich spricht, daß man ihn nur sehr schwer verstehen kann. Da war es bei uns in Moosdorf doch immer viel viel schöner. Ich denke so oft daran, wie wir immer in unserem Kirchenstuhl gesessen haben, und wenn ich hinuntersah, kannte ich fast alle Leute in der Kirche. Und wenn unser Herr Oberlehrer die Orgel spielte, wenn die Mädchen so laut und kräftig anfingen zu singen und mein lieber Herr Pfarrer dann die Kanzel bestieg und so schön predigte, dann war mir immer ganz feierlich zumute – völlig anders als hier in der Kirche. Ach, und weißt Du noch? – wenn die Sonnenstrahlen manchmal durch das bunte Kirchenfenster fielen und so schöne Kringel auf den Fußboden malten – das war so wunderbar wie nirgendwo auf der ganzen Welt!"*

An dieser Stelle ließ Ilse das Briefblatt sinken und geriet ins Grübeln. Die Erinnerung an die Heimat und die Sehnsucht nach ihr überwältigten sie schließlich so sehr, daß sie in Tränen ausbrach. Erst als sie sich wieder etwas beruhigt hatte, konnte sie weiterlesen:

*„Grüß mir alle recht herzlich, mein lieber kleiner Papa, auch die Mama! Das Tagebuch, das sie mir heimlich in den Koffer gelegt hat, kann ich zwar nicht gebrauchen, denn ich habe gar keine Zeit, etwas hineinzuschreiben. Aber ich bedanke mich sehr dafür. Und nun leb wohl, mein lieber süßer, furchtbar netter Papa. Viele tausend Küsse, von denen Du einen an Bob weitergeben sollst, sendet Dir*

*Deine Dich unbeschreiblich liebende Tochter*
*Ilse*

*P.S. Grüß Johann schön von mir.*

*P.S. Ich möchte gern Zeichenunterricht nehmen bei unserem Herrn Professor Schneider – darf ich das? Morgen fange ich an.*

*P.S. Beinahe hätte ich etwas ganz Wichtiges vergessen: Bitte schicke mir doch recht bald eine Kiste mit Kuchen und Wurst. Wenn wir abends im Bett liegen, ist Nellie immer so hungrig, und mir geht es genauso.*

*P.S. Lieber Papa, hier werde ich so oft getadelt, weil ich angeblich so ungeschickt esse. Schreibe mir doch mal, ob Du das richtig findest. Aber der Mama darfst Du nichts davon sagen, das mußt Du mir versprechen! – Übrigens, unser Fräulein Güssow, du weißt schon, die junge Lehrerin, habe ich sehr lieb.*"

Ilses Eltern saßen am Nachmittag mit dem Pfarrer zusammen auf der Veranda am Kaffeetisch, als der Postbote ihnen diesen langen Brief überbrachte. Herr Macket las ihn laut vor und geriet an manchen Stellen so in Rührung, daß er kaum imstande war weiterzulesen.

„Ich möchte das arme Kind am liebsten nach Hause holen", sagte er unglücklich. „Man liest es doch wörtlich und auch zwischen den Zeilen, daß sie sich in dem Internat nicht wohlfühlt, und ich sehe nicht ein, warum ich meiner einzigen Tochter so das Leben verbittern soll. Was meinst du, Anne, und Sie, lieber Wollert? Wäre es nicht doch besser?"

Zu seinem Erstaunen schmunzelte der Pfarrer mit höchst zufriedenem Gesichtsausdruck. „Ich bin da ganz anderer Meinung als Sie und muß Ihnen gestehen, daß meine Erwartungen bereits mehr als erfüllt sind. Sehen Sie – unsere liebe Ilse ist bereits im Begriff, einzusehen, wieviel sie noch lernen muß. Im Vergleich mit ihren Freundinnen erkennt sie ihre eigenen Fehler und die Lücken in ihrem Wissen und weiß also, worauf es ankommt. Das ist für die kurze Zeit schon ein sehr schöner Erfolg."

„Und daß sie Heimweh hat, ist ganz natürlich!" warf Frau Anne ein. „Stelle dir doch nur einmal vor, wie schwer es ihr nach diesem unbeschwerten Leben auf dem Gut fallen muß, sich in eine Hausordnung und feste Schulzeiten zu fügen! Schließlich war ja ihrer ungebändigten jungen Natur bisher jede Regelmäßigkeit und jeder Zwang äußerst zuwider. Aber im Laufe der Zeit wird unser Kind zu seinem Vorteil lernen, sich zu fügen, ihr wildes Wesen abzustreifen und ein liebes, herziges Mädchen zu werden."

Der Oberamtmann ärgerte sich ein wenig, daß niemand ihn in seiner Meinung unterstützte. Was der Pfarrer und seine eigene Frau vorbrachten, waren Vernunftgründe, die ihn nicht überzeugten. Er beurteilte die Sachlage mit seinem weichen Herzen und litt mit seinem von Sehnsucht gequälten Kind.

Ilses Wünsche wurden natürlich prompt erfüllt. Es mußte sofort Kuchen gebacken werden, und Herr Macket bestand darauf, daß die schönste Wurst und ein ordentlicher Schinken aus der Räucherkammer geholt wurden. Er selbst packte die Kiste an Ilse zusammen und legte noch allerlei leckeres Naschwerk hinein.

„Not soll unser Kind wenigstens nicht leiden müssen", sagte er zu seiner Frau, die seinem geschäftigen Tun lächelnd und nachsichtig zusah.

## Ein warnendes Beispiel

Wieder einmal saßen an einem Mittwochnachmittag die jungen Mädchen im Speisesaal zusammen, flickend, stopfend oder mit ähnlichen Arbeiten beschäftigt. Es war Mitte August, und an diesem Tage herrschte eine heiße, gewitterschwüle Witterung, so daß selbst durch die weit geöffneten Fenster kein kühlender Luftzug hereindrang.

Ilse quälte sich wieder einmal mit ihrem Strickstrumpf herum. Mühsam hob sie Masche um Masche ab. Aber die heißen, feuchten

Finger wollten ihr nicht gehorchen, und die Maschen saßen so fest auf den Nadeln, daß sie kaum zu schieben waren.

„Ich kann einfach nicht mehr", stieß sie plötzlich hervor. „Die Nadeln kleben so, da kommt man einfach nicht voran. Es ist heute eben viel zu heiß!"

„Geh hinaus und wasch dir die Hände", schlug Fräulein Güssow vor. „Dann geht es wieder besser!"

„Ich mag aber einfach nicht mehr", erklärte Ilse mißmutig und legte das Strickzeug vor sich auf den Tisch.

Ehe Fräulein Güssow sie noch wegen ihrer Widersetzlichkeit ermahnen konnte, betrat Fräulein Raimar den Speisesaal. Sie ging von einer Schülerin zur anderen und ließ sich deren Arbeiten zeigen. Das tat sie hin und wieder, um sich zu überzeugen, wer im Handarbeiten Fortschritte machte, oder auch um zu tadeln, wenn jemand zu unordentlich arbeitete.

„Nun, wie sieht es bei dir aus, Ilse?" fragte sie. „Ist dein Strumpf bald fertig? Laß doch einmal sehen!"

Ilse schämte sich, ihre schlechte Arbeit vorzuzeigen, und wußte schon, daß sie deswegen getadelt werden würde. Sie tat darum lieber, als habe sie Fräulein Raimars Aufforderung nicht gehört.

„Ich will dein Strickzeug sehen, Ilse. Hast du mich nicht verstanden?" Die Stimme Fräulein Raimars klang jetzt streng und erzürnt, denn sie ärgerte sich über Ilses bockiges Verhalten. Fast riß sie dem Mädchen den Strickstrumpf aus der Hand.

„Ich bin es gewohnt, daß meine Schülerinnen mir gehorchen", bemerkte sie. „Und du wagst es, dich mir einfach zu widersetzen?"

Prüfend betrachtete sie Ilses Handarbeit; dann hielt sie den Strickstrumpf mit spitzen Fingern in die Höhe, damit alle ihn sehen konnten.

„Seht einmal her, Kinder", sagte sie zu den anderen Mädchen, „was meint ihr zu dieser Arbeit? Ist das das Strickzeug eines fast erwachsenen Mädchens? Du solltest dich schämen, Ilse! Eine so unordentliche Arbeit würden nicht einmal manche Anfängerinnen leisten."

Natürlich schauten nun alle auf Ilses Strickstrumpf, und durch die an alle gerichtete Frage Fräulein Raimars ermuntert, glaubten einige Schülerinnen, ihren Kommentar dazu abgeben zu müssen.

Die vorlaute Grete war die erste: Sie meinte, selbst ihre fünfjährige Schwester daheim könne besser und ordentlicher stricken als Ilse.

Flora, die sich als Expertin für ästhetische Fragen betrachtete, verglich das formlose Gebilde mit einem Waschhandschuh, und diese Bemerkung erregte bei der Lachtaube eine so lebhafte Heiterkeit, daß sie sich lange nicht wieder beruhigen konnte.

Ilse begriff nichts weiter, als daß sie zum Mittelpunkt des allgemeinen Spottes und Gelächters geworden war. Ihre ungebändigte Natur schrie förmlich danach, sich gegen die ihr nach ihrer Meinung öffentlich angetane Schmach zur Wehr zu setzen. Eine ohnmächtige Wut stieg in ihr auf, so daß sie die Hände zu Fäusten ballen und sich in die Knöchel beißen mußte, um sich zu beherrschen. Trotzdem konnte sie es nicht verhindern, daß ihr heiße, zornige Tränen in die Augen traten.

Fräulein Raimar konnte nicht ahnen, welchen Sturm sie in Ilse entfesselt hatte; sie wäre auch gar nicht auf einen derartigen Gedanken gekommen, denn sie war der Meinung, mit dieser öffentlichen Bloßstellung Ilses Eigenwillen ein und für allemal gebrochen zu haben. Sie hatte aber nicht mit Ilses leidenschaftlicher Wesensart gerechnet. Denn genau das Gegenteil war eingetreten: Ilses Trotz erwachte wilder als je zuvor.

„Neckt sie nicht mehr!" bat Fräulein Güssow die anderen Schülerinnen, als Fräulein Raimar den Speisesaal wieder verlassen hatte. Die junge Lehrerin konnte besser nachfühlen, was in Ilse vorgehen mochte. „Ich möchte nicht, daß ihr sie auslacht!"

Auch Nellie hatte die ganze Szene mit Unbehagen und voller Mitleid für Ilse stumm beobachtet. Jetzt nahm sie den verachteten Strickstrumpf zur Hand, um ihn wieder einigermaßen in Ordnung zu bringen.

Fräulein Raimar hatte die Tür des Speisesaals offengelassen und unterhielt sich mit jemand im Korridor.

In diesem Augenblick erwachte Ilse durch Nellies gutmütiges Eingreifen aus ihrer trotzigen Erstarrung. Sie riß Nellie das unglückselige Strickzeug aus der Hand und warf es, noch ehe sie jemand zurückhalten konnte, voller Zorn an die Wand. Die

Nadeln schlugen klirrend gegeneinander, das Knäuel rollte fort in den Gang und blieb direkt vor den Füßen Fräulein Raimars liegen.

Während ihrer ganzen Dienstzeit hatte Fräulein Raimar etwas Ähnliches noch nicht erlebt. Obwohl sie durchaus imstande war, auch in Situationen, die Anlaß zu höchster Erregung geboten hätten, ihre Beherrschung zu wahren, stand sie nun doch einen Augenblick fassungslos und wußte nicht sofort, was sie mit Ilse tun sollte.

„Du gehst sofort auf dein Zimmer", ordnete sie an, nachdem sie mit energischem Schritt in den Speisesaal getreten war, „und bleibst dort, bis du gerufen wirst."

Ilse verließ den Speisesaal und ging die Treppe hinauf. Als sie die Tür ihres Zimmers hinter sich geschlossen hatte, brach der in ihrem Inneren mühsam unterdrückte Sturm los. Sie warf sich quer über ihr Bett und weinte hemmungslos. So verzweifelt, so verlassen und unverstanden hatte sie sich in ihrem ganzen Leben noch nicht gefühlt.

Ihr Kopf schmerzte zum Zerspringen, während sie die verrücktesten Pläne schmiedete: Sie dachte daran, sich bei Nacht und Nebel davonzumachen und nach Hause zu fahren. In diesem Hause konnte sie einfach nicht länger bleiben!

Sie steigerte sich in immer größeres Selbstmitleid hinein. Kein Mensch konnte sie wirklich leiden – außer ihrem lieben Papa. Ach, wenn sie jetzt doch bei ihm sein könnte!

Der Gedanke, nach Moosdorf zurückzukehren, setzte sich immer hartnäckiger in ihren Überlegungen fest. Schließlich sprang sie auf und begann, ihre Sachen aus dem Schrank zu räumen. Sie wollte eben das Hausmädchen beauftragen, ihr den Koffer vom Dachboden herunterzuholen, als Nellie und wenig später auch Fräulein Güssow in ihr Zimmer traten.

Die junge Lehrerin warf einen erstaunten Blick auf die überall herumliegenden Kleider.

„Ilse, sag – was soll denn das?" fragte sie.

Statt einer Antwort schlug Ilse nur die Hände vor das Gesicht und begann laut zu schluchzen.

Fräulein Güssow wartete, bis das Mädchen sich ein wenig ausgeweint hatte, dann zog sie ihr sanft die Hände von dem tränennassen Gesicht. „Beruhige dich, meine Liebe", sagte sie verständnisvoll und freundlich. „Wenn du mir wieder zuhören kannst, möchte ich einmal mit dir reden."

„Es hat ja doch keinen Zweck! Ich will fort von hier!" stieß Ilse in leidenschaftlicher Erregung hervor.

„So geht es nicht, liebes Kind", bemerkte Fräulein Güssow gleichbleibend ruhig. „Du mußt einfach lernen, dich zu beherrschen. Ich glaube dir ja gern, daß es für dich nicht einfach ist, dein aufbrausendes Wesen zu zähmen, aber es ist unbedingt notwendig, und du mußt dich darum bemühen. Du siehst doch hoffentlich inzwischen ein, wie unrecht du hattest und wie unmöglich dein Verhalten gegenüber Fräulein Raimar war?"

Ilse schüttelte verstockt den Kopf. „Sie haben mich alle ausgelacht", erinnerte sie sich verbissen, „und das nur, weil Fräulein Raimar mich vorher öffentlich lächerlich gemacht hatte!"

„Da irrst du dich", erwiderte Fräulein Güssow. „Nicht Fräulein Raimar, sondern du selbst hast dich lächerlich gemacht. Du mußt dich nur noch einmal daran erinnern, wie du dich benommen hast. Aber nun beruhige dich – wenn du morgen wieder vernünftig bist, wird bald alles vergessen sein. Die Mädchen mögen dich doch alle gern, und keine wird mehr davon sprechen."

„Das ist es ja eben!" rief Ilse heftig aus. „Keiner mag mich hier! Das merkt man doch ganz deutlich. Ich bin eben dumm und ungeschickt und gehöre nicht hierher. Ich will wieder nach Hause – zu meinem Papa!"

„So kann ich mich nicht mit dir unterhalten, Ilse", sagte Fräulein Güssow entschlossen. „Wenn du weiter so kindische, unvernünftige Reden führst, gehe ich. Du weißt genau, daß ich dich liebhabe. Aber ich erwarte jetzt von dir, daß du vernünftig mit dir reden läßt, sonst gehe ich."

Ilse antwortete nicht. Da wandte sich die junge Lehrerin traurig zur Tür.

Erst als sie die Hand schon auf der Klinke hatte, kam Bewegung in Ilse.

„Bitte, bleiben Sie da, Fräulein Güssow!" rief sie, eilte auf ihre Lehrerin zu und nahm deren Hand.

„Von Herzen gern, wenn du mir von jetzt an ruhig zuhören willst!" erwiderte die Angesprochene. Sie ging mit Ilse ans Fenster, setzte sich auf einen Stuhl und legte den Arm um das Mädchen.

„Wie heiß du bist, du kleiner Trotzkopf!" sagte sie scherzend und strich dem Mädchen liebevoll über die geröteten Wangen. „Nellie – gib ihr doch bitte ein Glas Wasser!"

Eilig reichte Nellie das Gewünschte.

„Trink einer kühlen Schluck! Es wird dir ruhig machen", redete sie der Freundin zu. „Und du darfst bestimmt nie wieder sagen, daß wir dir hier nicht lieb haben, du böser Ilse, du! Hast du denn unser Freundschaft ganz vergessen, wie?"

Ilse beruhigte sich zusehends. Aber noch immer blickte sie ungewöhnlich ernst drein.

„Was gedenkst du nun weiter zu tun?" erkundigte sich Fräulein Güssow.

„Ich werde heute noch abreisen", war Ilses Antwort.

„Demnach willst du also immer noch mit dem Kopf durch die Wand?" fragte Fräulein Güssow erstaunt. „Kommt es dir gar nicht in den Sinn, auch vielleicht einmal nachzugeben? Meinst du nicht, daß es an dir wäre, um Verzeihung zu bitten, anstatt dich zu Tode gekränkt zu fühlen? Schließlich hast du Fräulein Raimar heftig erzürnt. Willst du nicht versuchen, sie wieder zu versöhnen? Wie denkst du darüber?"

„Unter keinen Umständen!“ stieß Ilse aus und warf herrisch den Kopf zurück. „Fräulein Raimar war es, die mich aufs äußerste beleidigt und gekränkt hat. Ich denke nicht daran, sie auch noch um Verzeihung zu bitten. Noch niemals habe ich jemand um Verzeihung gebeten, und auch jetzt tue ich es nicht!“

Ilse bot mit diesem Benehmen einen äußerst unschönen Auftritt; trotzdem gelang es Fräulein Güssow, ruhig und freundlich zu bleiben. „Du hast noch niemals um Verzeihung gebeten, Ilse?“ fragte sie ungläubig. „Das wundert mich sehr. Hast du denn nie versucht, deinen Vater durch ein paar liebe Worte wieder für dich zu gewinnen, wenn du unartig gewesen warst und er dir zürnte?“

„Meinen Papa?“ Ilse sah die junge Lehrerin verblüfft an. „Aber er hat mir niemals gezürnt! Er war immer gut zu mir, egal, was ich tat. Und ich konnte bei ihm machen, was ich wollte.“

„So war das also“, bemerkte Fräulein Güssow, die jetzt zu erkennen glaubte, daß die grenzenlose Gutmütigkeit des Vaters die eigentliche Ursache für Ilses Eigensinn zu sein schien. „Und wie stand es mit deiner Mutter? Sagte sie auch zu allem Ja, was du unternahmst? Hast du sie mit deinem Verhalten niemals verärgert? Sei einmal ganz ehrlich!“

Ilses Gesicht nahm einen nachdenklichen Ausdruck an. Sie konnte nicht mit gutem Gewissen behaupten, die Mutter niemals durch ihre Widersetzlichkeit erzürnt zu haben.

„Doch, ich glaube schon“, gab sie zögernd zu.

„Und dann hast du doch bestimmt irgendwann gesagt: ‚Verzeih mir bitte, liebe Mutter‘, nicht wahr?“

Darauf konnte Ilse nur stumm den Kopf schütteln.

„Nein“, sagte sie, „das habe ich noch nie getan. Mama hat es allerdings auch nie von mir verlangt. Sie weiß, daß ich nicht bitten kann.“

„Aber ein Kind muß bitten können, und ein Mädchen ganz bestimmt. Auch du, Ilse, solltest es lernen, denn irgendwann wirst du es bitter nötig brauchen. Und jetzt ist es noch nicht zu spät dazu", mahnte die junge Lehrerin erregt. „Du mußt lernen, nachzugeben, Kind, und du mußt auch imstande sein, dich zu beherrschen! Ein Mädchenherz, in dem Trotz und Widerstand wohnen, ist wie ein Garten voller Unkraut, in dem die schönen, edlen Gewächse nicht gedeihen können. Bitte, Ilse, überwinde dich einmal und geh hinunter zu Fräulein Raimar, um sie um Verzeihung zu bitten. Wenn du dieses eine Mal deinen Eigensinn bezwingst, hast du ihn für alle Zeiten besiegt."

Die eindringlichen Worte waren auf Ilse nicht ohne Wirkung geblieben; dennoch weigerte sie sich standhaft, bei Fräulein Raimar Abbitte zu leisten.

„Ich kann das einfach nicht!" behauptete sie.

„Sage lieber, du willst es nicht", berichtigte Fräulein Güssow. „Aber du mußt es nun einmal tun. Kann ich denn gar nichts dazu beitragen, dich von deiner Uneinsichtigkeit zu befreien?" fragte sie bekümmert. Als Ilse nichts darauf erwiderte, fuhr sie fort: „Nun gut – dann will ich dir einmal eine Geschichte erzählen. Komm, setz dich zu mir!"

Als Ilse und auch Nellie sich jede einen Stuhl herangezogen und sich hingesetzt hatten, begann Fräulein Güssow mit der versprochenen Geschichte.

„Was ich erzähle, ist wahr und hat sich genau so zugetragen", sagte sie einleitend. „Es geht dabei auch um ein trotziges, widerspenstiges Mädchen, das sein Lebensglück einer kindischen Laune opferte. Höre gut zu, Ilse", sagte sie und sah das Mädchen dabei eindringlich an, „und wenn du danach immer noch sagst: ‚Ich kann nicht um Verzeihung bitten', dann werde ich dich ohne ein weiteres Wort deinem harten Kopf folgen lassen und nie wieder den Versuch machen, dich vom Gegenteil zu überzeugen."

Noch niemals hatte jemand so ernst, so drängend und zugleich so liebevoll-besorgt zu Ilse gesprochen. Das Mädchen war tief beeindruckt und hörte mit großer Aufmerksamkeit und erwartungsvoll zu. Der böse, trotzige Ausdruck, der ihr Gesicht vor kurzem noch beherrscht hatte, war vollkommen daraus verschwunden, und wer sie jetzt so ruhig auf dem Stuhl sitzen sah, hätte nicht für möglich gehalten, daß das gleiche Mädchen sich noch vor einer Stunde wie eine Wilde gebärdet hatte.

Fräulein Güssow stützte den Arm auf das Fensterbrett, legte ihr Gesicht in die offene Hand und sah etwas traurig und nachdenklich in den Garten hinaus. Das sonst blasse Gesicht war leicht gerötet, der zarte Mund schmerzlich verzogen. Während sie noch schwieg, sah es aus, als kämpfe sie mit sich, ob sie sprechen sollte, und als würde es ihr schwer, die ersten Worte zu finden.

„Es ist so schwül und drückend hier", sagte sie unvermittelt, stand auf und öffnete beide Fensterflügel.

Ein frischer Windhauch fuhr ins Zimmer. Ein Gewitter schien im Anzug, denn schon strichen die ersten Böen durch die Wipfel der Bäume, und in der Ferne hörte man leises Donnergrollen.

„Diese frische Luft ist eine wahre Wohltat!" erklärte Fräulein Güssow aufatmend. „Die Hitze lag mir schon den ganzen Tag wie ein Stein auf der Brust. – Wie alt bist du eigentlich, Ilse?" fragte sie dann plötzlich.

„Im nächsten Monat werde ich sechzehn Jahre."

„Sechzehn Jahre!" wiederholte Fräulein Güssow nachdenklich. „Nun, dann dürftest du alt genug sein, die traurige Geschichte meiner Jugendfreundin zu begreifen. Höre also:

Auch meine Freundin, Luzie hieß sie, war ein junges, glückliches Menschenkind, das mit seinen sechzehn Jahren meinte, die ganze Welt erobern zu können. Ihre Eltern waren schon früh gestorben, und die Großmutter, die die kleine Waise aufgenommen und erzogen hatte, hatte sie gründlich verwöhnt. So hatte Luzie nie gelernt, zu gehorchen oder sich zu fügen. Für sie gab es nur einen Willen, der etwas galt: ihren eigenen. Eine ungute

Voraussetzung für das junge Mädchen, denn mochte ihr Charakter auch viele liebenswerte Züge aufweisen, so hatte er doch einen sehr häßlichen Fehler: den Trotz."

„War Luzie hübsch?" wollte Nellie wissen, die aufgestanden war, hinter Ilses Stuhl stand und der Freundin den Arm um die Schulter gelegt hatte.

„Das darf man wohl sagen", erwiderte Fräulein Güssow etwas zögernd und unter leichtem Erröten. „Jedenfalls hat sie solche Komplimente von anderen oft gehört. Doch das hat mit unserer Geschichte nur wenig zu tun. Hört also weiter: Die Großmutter besaß ein wundervolles Landhaus mit einem großen Park, der bis an einen bewaldeten Berghang heranreichte. Man brauchte nur durch eine kleine Pforte in seiner Umzäunung herauszutreten, und schon befand man sich in dem herrlichsten Wald, den ihr euch vorstellen könnt. Spaziergänger aus dem nahe gelegenen Städtchen verirrten sich nur selten dorthin, und so konnte Luzie, sooft sie wollte, ungestört ihre Streifzüge in den Wald unternehmen, sich an irgendeinem versteckten Platz im Walde lagern und, im weichen grünen Moos liegend, ein gutes Buch lesen, was eine ihrer Lieblingsbeschäftigungen war.

Eines Tages hatte sie wieder einmal einen besonders gemütlichen Platz am Fuße einer dicken Eiche aufgesucht. An diesem heißen und schwülen Tage war die kühle Luft im Walde für Luzie eine besondere Wohltat. Behaglich streckte sie sich im Moos aus und sah nachdenklich in das dichte grüne Blätterdach hinauf. Wenig später öffnete sie ihr mitgebrachtes Buch und vertiefte sich darin so sehr, daß sie überhaupt nicht mehr auf ihre Umgebung achtete.

Erst als sie eine männliche Stimme hörte, fuhr sie erschrocken in die Höhe. Verärgert über die unwillkommene Unterbrechung blickte sie auf und sah vor sich das lächelnde Gesicht eines jungen Mannes, der mit Pinsel und Palette vor ihr stand.

‚Ein wunderbares Motiv!' rief er begeistert. ‚Bitte bleiben Sie in dieser Stellung', bat er hastig, als Luzie sich erheben wollte. ,Ich würde Sie gerne so malen.'

Aber mit Luzie war bereits eine deutliche Veränderung vorgegangen.

Der junge Maler sah sie betroffen an. ,Nein, so böse dürfen Sie nicht schauen', redete er ihr zu. ,Ich brauche den gleichen Ausdruck von Spannung auf Ihrem Gesicht, dieses erwartungsvolle Lächeln . . . Bitte – es dauert ja nur wenige Augenblicke!'

Luzie sprang empört auf. ,Was fällt Ihnen ein!' stieß sie hervor. Sie hatte sich so hastig bewegt, daß ihr das Buch zu Boden gefallen war. Der junge Mann hob es auf und las dabei das Titelblatt.

,Da schau an – Werthers Leiden!' bemerkte er belustigt. ,Also verbotene Lektüre, die man sich hier in der Waldeinsamkeit heimlich zu Gemüte führt! Was würde wohl der gestrenge Herr Papa dazu sagen, wenn er wüßte, was Sie lesen?'

Luzie errötete heiß und entriß ihm wütend das Buch. ,Ich verbitte mir Ihre spöttischen Bemerkungen!' bemerkte sie hitzig. ,Wie kommen Sie überhaupt dazu, mich hier heimlich zu beobachten?'

,Diese Freiheit habe ich mir genommen', erwiderte der junge Maler mit einer angedeuteten kleinen Verbeugung. ,Ich möchte Sie jetzt dafür höflichst um Verzeihung bitten. Ich wollte nämlich ursprünglich jene Baumgruppe dort drüben malen, als ich Sie durch einen Zufall hier unter der Eiche entdeckte. Können Sie mir verübeln, daß ich der Versuchung nicht widerstehen konnte, mich an Ihrem Anblick zu erfreuen?'

Luzie gab ihm keine Antwort, sondern wandte sich um und ging eilig davon. Sie war verärgert über die Aufdringlichkeit des fremden jungen Mannes, und doch – in Gedanken beschäftigte sie sich noch lange mit ihm, denn eigentlich hatte er ihr gefallen."

„War er denn ein schöner Mann?" wollte Nellie wissen.

„Er war nicht nur schön, sondern auch klug und gut. Das sollte

Luzie nur zu bald erfahren, denn schon wenige Tage später machte der junge Maler unter einem Vorwand einen Besuch im Hause ihrer Großmutter. Mit seiner liebenswürdigen Art hatte er bald die Zuneigung der alten Dame gewonnen, und schließlich war er ein täglicher, gern gesehener Gast in ihrem Hause. Wie es ihm gelang, das Herz der eigensinnigen Luzie zu gewinnen, kann ich euch nicht schildern; jedenfalls war sie eines Tages schließlich seine Braut. Es hatte lange gedauert, bis sie ihm ihr Jawort gegeben hatte, dessen er sich zuvor nie ganz sicher sein durfte; glaubte er an einem Tage, ihre Liebe zu besitzen, so mußte er schon am nächsten befürchten, sich geirrt zu haben. Wollte er gerade die Frage: ‚Hast du mich lieb?' über die Lippen bringen, reizte sie ihn mit ihrem Widerstand und Eigensinn so sehr, daß er nicht wagte, seine Frage auszusprechen. Aber wie ich schon sagte – endlich gelang es ihm, sich mit ihr zu verloben.

Wenn ihr aber glaubt, Luzie hätte sich dadurch gewandelt, das Glück der Liebe hätte sie weicher und anschmiegsamer gemacht, dann habt ihr euch sehr geirrt. Ganz im Gegenteil! Der Widerstand gegen diesen Mann, den sie eigentlich von ganzem Herzen liebte, wurde nun noch heftiger. Der junge Maler tat alles, um sie von diesem verhängnisvollen Charakterfehler zu befreien. Immer wieder sprach er liebevoll mahnend und eindringlich auf sie ein und warnte sie vor den Folgen ihres unfreundlichen Verhaltens! Luzie sah auch alles ein, versprach ihm hoch und heilig, sich zu bessern – aber schon bei der nächsten Gelegenheit vergaß sie alle Versprechen, und wieder zeigte sich der alte, böse Trotz. Hätte sie auf ihren Verlobten gehört – wieviel Kummer und Herzeleid hätte sie sich ersparen können!"

Fräulein Güssow verstummte einen Augenblick lang. Wer sie genau beobachtete, mußte merken, wie schwer es ihr fiel, in der Erzählung fortzufahren.

Auch Ilse saß still und nachdenklich, tief berührt von dem bisher

Gehörten. Diese Luzie, von der da die Rede war, kam ihr seltsam bekannt vor. Stellenweise hatte sie geglaubt, das junge Mädchen habe nicht Luzie, sondern Ilse geheißen.

„Luzies Brautzeit näherte sich allmählich ihrem Ende", fuhr Fräulein Güssow etwas zögernd fort. „In vier Wochen sollte die Hochzeit sein. Als die beiden Liebenden an einem schönen Morgen im Mai auf der Veranda vor dem Hause saßen, schmiedeten sie die herrlichsten Zukunftspläne. Sie sprachen von einer langen Reise in die Schweiz und Italien, eine Reise, die den ganzen Sommer dauern sollte; dort, wo es ihnen unterwegs am besten gefallen hatte, wollten sie dann den Winter über bleiben. Kein Mißton störte diesen glücklichen Morgen der beiden jungen Leute – der Himmel wölbte sich klar und blau über ihnen, die Sonne lachte freundlich dazu, überall zwitscherte und summte es, die Blumen blühten und sandten die herrlichsten Düfte zu ihnen herüber. Luzie machte immer herrlichere Pläne und malte sich aus, wie glücklich sie leben und wie sie sich einrichten wollten. Sie schwärmte nun einmal für alles, was das Leben behaglich und leicht machte, und ihre lebhafte Phantasie ließ ihre Wünsche immer ausgefallener und maßloser werden.

Ihr Verlobter hatte sich das alles schweigend und mit einem verständnisvollen Lächeln angehört. Als Luzie endlich einmal in ihrem Plaudern verstummte, gab ihm ein unseliger Geist die Frage ein:

‚Würdest du es denn auch ertragen können, meine geliebte Luzie, wenn wir eines Tages nicht mehr wohlhabend wären – wenn wir uns einschränken müßten, vielleicht nicht reisen könnten, im Gegenteil, auf vieles verzichten müßten, kurz: Wenn wir in Not gerieten?'

‚In Not?' fragte Luzie erstaunt. Fast entsetzt sah sie ihren Verlobten an. ‚Das wäre ja furchtbar!'

‚Ich hatte dich etwas gefragt, Liebes, und möchte darauf eine klare Antwort', sagte der junge Mann sanft, aber bestimmt. ‚Noch einmal also: Wäre deine Liebe stark genug, auch dann ohne Murren bei mir auszuharren, wenn wir ein armseliges Leben führen und auf allen Luxus verzichten müßten?'

Luzie wurde ärgerlich, daß ihr Bräutigam durch so ernste, unpassende Fragen ihre bunten Träume verscheuchte. ‚Bitte laß den Unsinn!' antwortete sie abwehrend. ‚Was sollen diese Überlegungen? Wir werden nie in eine derartige Lage kommen. Ich habe genug Vermögen, und deine Bilder werden hoch bezahlt. Wir brauchen uns keine Gedanken über Armut zu machen.'

‚Man kann niemals wissen, wie alles kommt', erwiderte der junge Mann ernst. ‚Ein Vermögen kann jederzeit verlorengehen, und ich zum Beispiel könnte krank werden und nicht mehr imstande sein, zu malen. Was geschieht dann?'

‚Warum quälst du mich mit so düsteren Zukunftsaussichten, Kurt?' fragte Luzie verdrossen.

‚Jetzt sperrst du dich wieder einmal gegen dein besseres Wissen, du süßes, widerspenstiges Geschöpf!' erklärte Kurt halb ernst, halb liebevoll. ‚Dabei weiß ich genau, du würdest mir diese Gewissensfrage bestimmt so beantworten, wie ich es mir wünsche. Ich kenne meine Luzie doch und weiß, daß sie den Mut hätte, auch ein armseliges, sorgenvolles Leben mit mir zu teilen. Nicht wahr – ich täusche mich doch nicht in meiner zukünftigen Frau?'

Er hatte zärtlich ihre Hand ergriffen, die Luzie ihm jetzt ungeduldig entzog.

‚Durchaus nicht', stieß sie jetzt unwirsch hervor. ‚Armselige Lebensverhältnisse könnten mich regelrecht unglücklich machen – jawohl, unglücklich!' bekräftigte sie noch einmal, als sie den ungläubigen Blick ihres Verlobten bemerkte. ‚Dann würde ich lieber gar nicht erst heiraten.'

Kurt war bei diesen Worten blaß geworden, wollte aber noch nicht so recht glauben, daß es ihr ernst damit sei.

‚Sag, Luzie – hast du mich lieb?' fragte er.

‚Gewiß', erwiderte das Mädchen. ‚Aber darum mag ich noch lang nicht in einer kläglichen Hütte mit dir wohnen und nur Salz und Brot essen.'

‚Da darf es kein Wenn und Aber geben, Luzie. Sag mir, daß du mich lieb hast, und nimm alles andere zurück!'

Jetzt brach der alte Trotz wieder durch.

‚Nein!' schrie Luzie und sprang von ihrem Stuhl auf. ‚Ich nehme kein Wort zurück! Was ich gesagt habe, ist und bleibt meine feste Überzeugung.'

Nun geriet auch Kurt in heftige Erregung.

‚Luzie!' beschwor er sie. ‚Überlege genau, was du sagst! Es ist doch gar nicht wahr, daß dies deine Überzeugung gewesen sein soll. Das sagtest du doch nur aus reinem Widerspruchsgeist. Bitte nimm alles zurück', fügte er fast flehend hinzu.

‚Du täuschst dich', erklärte Luzie scheinbar kalt. ‚Ich meine wirklich, was ich eben sagte.'

‚Nein, Luzie – das kann ich nicht glauben! Nie und nimmer! Komm her und schau mir in die Augen! Dein Blick hat mir bisher immer die Wahrheit gesagt, auch wenn dein Mund ihm widersprach. Du liebst mich doch, nicht wahr?' fragte er eindringlich. ‚Du liebst mich von Herzen und nimmst alles zurück, was du gesagt hast, nicht wahr, Luzie?'"

„Was für ein unerweichbares Gemüt!" warf Nellie bestürzt ein, als Fräulein Güssow wie erschöpft in ihrer Erzählung innehielt und die Augen schloß.

„Im Grunde war Luzie gar nicht so hart, nur sah sie nicht mehr, was gut und richtig war", widersprach die Lehrerin. „Sie hatte es einfach nie gelernt, sich einem anderen Willen zu fügen, und hatte bei Meinungsverschiedenheiten auch nie nachgeben müssen. Jetzt, da sie angesichts der ernsten, wichtigen Fragen ihres Verlobten dazu hätte imstande sein müssen, gelang es ihr nicht, sich unterzuordnen und ihre Liebe und Anhänglichkeit einzugestehen. Vielmehr gewann wieder ihr Trotz die Oberhand und besiegte die guten und liebevollen Regungen ihres Herzens.

‚Soll das wirklich dein letztes Wort sein, Luzie, Geliebte?' fragte Kurt entsetzt.

Ungerührt und ohne ein Wort verließ Luzie die Veranda und schlug die Tür hinter sich zu.

In der Stille ihres Zimmers kamen ihr die ersten Zweifel, ob ihr Handeln richtig gewesen war.

‚Ja', antwortete sie sich selbst nach einiger Überlegung. ‚Ich bin völlig im Recht. Warum muß er mich auch mit solchen düsteren Prognosen erschrecken, mir dauernd von Sorge und Not sprechen und mich mit unbegründeten Ängsten quälen? Ich träume von einer glücklichen, sorglosen Zukunft, und er legt es darauf an, mir das Herz schwerzumachen. Und welches Gewicht er diesen dummen Fragen auch noch beimißt! Dann verlangt er auch noch, ich soll zurücknehmen, was ich sagte? Wie käme ich dazu? Soll ich mich vielleicht auch noch entschuldigen, ihn um Verzeihung bitten? Niemals! Schließlich hat er mich ja dazu herausgefordert! Er ist selbst an allem schuld!'

Aber tief in ihrem Inneren meldete sich eine Stimme, die ihr widersprach und ihr riet, sich mit dem Geliebten zu versöhnen. Es war wie eine stumme Warnung, es nicht zu weit zu treiben, weil sie den Mann, der ihr so viel bedeutete, sonst vielleicht verlor. Aber Luzie brachte diese Bedenken kurzerhand zum Schweigen, und nach einer Weile war sie so sehr von ihrem Recht und ihrer Schuldlosigkeit überzeugt, daß sie fest damit rechnete, Kurt werde und müsse sogar zu ihr kommen, um sich zu entschuldigen.

Er kam tatsächlich und klopfte an ihre Tür. ‚Laß mich herein, Luzie!' rief er drängend. ‚Es geht um unser Glück. Ich muß dich unbedingt sprechen!'

Die letzten Worte hatten wie ein Befehl geklungen, und das

erregte Luzies Trotz nur aufs neue. Sie schwieg und gab keine Antwort, erhob sich auch nicht, um ihrem Verlobten die Tür aufzuschließen.

,Luzie!'

Ein guter Engel schien ihr warnend zuzureden. In ihrem Inneren regte sich ein Impuls, Kurt die Tür zu öffnen, mit ihm zu reden und wieder alles ins Lot zu bringen. Aber ihr Widerspruchsgeist erwies sich als stärker.

,Ich habe nichts mit dir zu reden', rief sie zurück. ,Was gibt es da noch zu sagen?'

,Du treibst mich also fort von dir, Luzie?' rief Kurt fassungslos. ,Bedenke gut, was du tust! Wenn du jetzt dabei bleibst, mich nicht sehen zu wollen, gehe ich fort und komme erst wieder, wenn du selbst mich zurückrufst.'

,Gut – dann geh nur!' sagte Luzie ungerührt.

Ein leises ,Lebewohl!' war das letzte Wort, das Luzie von ihrem Verlobten hörte.

Vor Aufregung schlief sie in der folgenden Nacht kaum. Der wilde Aufruhr in ihrem Inneren hatte sich zwar gelegt, aber noch immer pochte sie auf ihr Recht und war keineswegs geneigt, nachzugeben; wenn Kurt kam, wollte sie ihn wohl anhören und eventuell auch seine Entschuldigung entgegennehmen. Daß er kommen würde, galt für sie als sicher. Doch zu ihrem Erstaunen ging der Tag zu Ende, ohne daß ihre Erwartung sich erfüllt hätte.

Auch der nächste Tag verging – von Kurt kam kein Wort. Luzie befand sich in einem Zustand höchster Erregung. Sie schrak schon zusammen, wenn nur irgendwo eine Tür ging. Ihre trotzige Sicherheit verlor sich mehr und mehr.

Auch am dritten Tag hatte sie den Geliebten wieder vergeblich erwartet. Da wurde ihr gegen Abend ein Brief überbracht. Sie lief zitternd damit auf ihr Zimmer, um ihn allein und ungestört zu lesen. Endlich war doch ein Zeichen von ihm gekommen!

Hastig riß sie den Umschlag auf. In zwei Teile zerbrochen, fiel ihr Kurts Verlobungsring entgegen. Auf dem Blatt, das beigefügt war, standen nur wenige Zeilen.

Ich will versuchen, euch den Inhalt des Briefes zu wiederholen", unterbrach sich Fräulein Güssow. „Luzie hat ihn mir oft genug zu lesen gegeben.

‚Du hast mich nicht zurückgerufen', schrieb Kurt, ‚so sehnsüchtig ich auch darauf gewartet habe. Wenn Du mich liebtest, wie ich Dich liebe, wäre es Dir sicher nicht schwergefallen, ein versöhnendes Wort zu finden. So leb denn wohl, Geliebte! Wir müssen uns trennen, weil ich Dir nun einmal nicht versprechen kann, Dir ein Leben lang Glück und Wohlstand zu bieten. Mit welchem Recht könnte wohl ein Mensch verlangen, in seinem Leben immer nur Sorglosigkeit und Freude, niemals aber Not und Leid zu erfahren? Lebe wohl, Luzie – ich habe dich sehr geliebt.'

Als Luzie den Brief las, glaubte sie vor Kummer vergehen zu müssen. So weit hatte sie es nun wirklich nicht treiben wollen. Aber es war zu spät: Keine nachträgliche Einsicht, keine Reue brachten ihr den geliebten Mann wieder zurück.

Die Großmutter war tief betroffen von der Verzweiflung ihrer Enkelin. Ohne Luzie etwas davon zu sagen, schickte sie einen Boten in Kurts Wohnung mit einer kurzen schriftlichen Bitte um eine Unterredung. Der Bote kehrte jedoch mit dem Bescheid zurück, der Herr sei vor wenigen Stunden abgereist. So hatte denn Luzie ihren Verlobten auf ewig verloren."

„Oh – die arm Luzie!" sagte Nellie mitfühlend. „Was für ein schlechter Mensch – warum hat er ihr verlassen!" Das Mädchen hatte Tränen in den Augen. „Er hat ihr bestimmt gar nix liebgehabt, sonst hätte er nicht so handeln können."

„O doch, er liebte sie sehr", sagte die junge Lehrerin und sah durch das Fenster in den inzwischen herabströmenden Gewitterregen hinaus. „Aber er war auch ein Mann mit Verstand und Willen, der nicht bereit war, Luzies Trotz und Widerstand länger zu ertragen."

„Und was ist aus Luzie geworden?" wollte Ilse wissen.

„Ja – Luzie?" sagte Fräulein Güssow nachdenklich. „Sie hat ein trauriges Schicksal erlitten. Ein Schlag folgte auf den anderen. Ein Jahr nach diesen Ereignissen verlor die Großmutter ihr gesamtes Vermögen, und die verwöhnte Luzie war von einem Tag auf den anderen bettelarm. Es blieb ihr nichts anderes übrig, als von da an ihr Brot selbst zu verdienen."

Ilse sah ihre Lehrerin mit entsetzten Blicken an.

„Das erschreckt dich, nicht wahr, Ilse?" fragte Fräulein Güssow. „Nun, auch Luzie konnte sich erst gar nicht mit dem Gedanken befreunden. Aber als es dann soweit war, fiel es ihr gar nicht so schwer, wie sie einst befürchtet hatte. Seit jenem bitteren Erlebnis ihrer verlorenen Liebe war eine tiefe Veränderung mit ihr vor sich gegangen. Luzie war sehr still und nachdenklich geworden. Nur noch selten ertönte ihr übermütiges Lachen. Sie nahm sich vor, Erzieherin zu werden, und nachdem sie die Prüfung bestanden hatte, ging sie nach dem Tod ihrer Großmutter nach London, wo sie längere Zeit an einem Institut als Lehrerin wirkte."

„Und der Maler? Hat die arm Luzie nie mehr etwas von ihm gehört?" erkundigte sich Nellie.

„Sie konnte in den großen Galerien oft seine Bilder bewundern", antwortete Fräulein Güssow. „Von ihm selbst hat sie nie wieder etwas gehört."

„Was für eine trauriger Geschichte!" rief Nellie bekümmert. „Es tut mir richtig weh!"

Die Hände im Schoß gefaltet und mit gesenktem Blick saß Ilse da. Sie war zutiefst betroffen, denn sie wußte, sie hätte genau wie die ihr unbekannte Luzie gehandelt. Auch sie hätte den Konflikt bis zum Äußersten getrieben, hätte sich geweigert, um Verzeihung zu bitten, und lieber vor lauter Trotz ihr Lebensglück aufs Spiel gesetzt.

Man sah ihr an, daß sie einen heftigen Kampf mit sich selbst ausfocht, als sie noch lange Zeit, nachdem Fräulein Güssow geendet hatte, schwieg. Dann aber stand sie plötzlich auf und nahm Fräulein Güssows Hand.

„Ich will hingehen und um Verzeihung bitten", sagte sie so leise, als sei es ihr unangenehm, ihre eigenen Worte hören zu müssen.

Das Gesicht der jungen Lehrerin nahm einen Ausdruck freudiger Überraschung an.

„Ja", sagte sie gerührt, „Geh nur, mein Kind, und wenn wieder einmal der böse Geist des Trotzes über dich kommen will, denk immer an Luzies traurige Geschichte."

Den Entschluß zu fassen, war leichter gewesen, als ihn auszuführen. Beklommen und widerstrebend ging Ilse die Treppe hinunter und blieb zögend vor dem Zimmer der Internatsleiterin stehen. Zweimal legte sie die Hand auf die Klinke, und zweimal zog sie sie wieder zurück. Es war eben furchtbar schwer, wenn man zum ersten Mal in seinem Leben jemandem Abbitte leisten sollte. Ob sie vielleicht die ganze Sache doch lieber aufgab?

Einen Augenblick lang erschien ihr das als die einfachste Lösung. Sie hatte sich sogar schon zum Gehen gewandt, als sie Fräulein Güssow die Treppe hinunterkommen hörte. Ilse gab sich einen Ruck. Was würde die verehrte Lehrerin von ihr denken, wenn sie sie hier so unschlüssig herumstehen sah? Ilse holte tief Luft und öffnete die Tür zu Fräulein Raimars Zimmer.

Die Lehrerin saß an ihrem Schreibtisch. Sie stand auf, als sie Ilse eintreten sah.

Ilse spürte, wie ihr das Herz bis in den Hals hinauf klopfte. Sie wollte etwas sagen, aber die Kehle war ihr wie zugeschnürt. Hätte sich jetzt der Boden unter ihren Füßen geöffnet und sie verschlungen, würde sie das als eine ausgesprochene Wohltat empfunden haben. Aber die Wohltat blieb aus, und noch immer stand Ilse stumm und nach Worten ringend vor Fräulein Raimar.

Sie spürte schon wieder den alten Trotz in sich, der ihr riet, einfach kehrtzumachen und hinauszugehen. Aber da war ihr, als riefe ihr Luzies traurige Stimme zu: „Jetzt nicht zurückgehen! Nur Mut, und sage, was es zu sagen gibt!"

„Nun, Ilse?" ergriff Fräulein Raimar endlich das Wort und unterbrach damit das lange Schweigen.

Noch immer war es Ilse unmöglich, ein Wort hervorzubringen. Nur ein krampfhaftes Schluchzen konnte sich ihr entringen. Dann kam es abgehackt und fast unverständlich hinterher: „Ver-zeihung!"

Fräulein Raimar war über Ilses Betragen sehr empört gewesen und hatte sich vorgenommen, ihr eine empfindliche Strafe zu erteilen. Die reuevolle und niedergeschlagene Ilse war aber ein so besänftigender Anblick, daß sie beschloß, Gnade vor Recht ergehen zu lassen.

„Dieses eine Mal", sagte sie darum, „will ich dir ohne weiteres verzeihen. Wie ich sehe, hast du selbst erkannt, wie ungehorsam und böse du dich benommen hast, und offenbar machst du dir selbst deswegen die größten Vorwürfe. Darum lerne aus dieser Erfahrung und bessere dich! Wenn du dich ein zweites Mal ähnlich beträgst, müßte ich zu meinem Bedauern die strengsten Maßnahmen gegen dich ergreifen, das heißt, ich würde dich mit einem schweren Tadel unverzüglich zu deinen Eltern zurückschicken. Ich hoffe, du vergißt dich niemals wieder in dieser Weise, wie wir es heute erlebt haben. Versprich mir das bitte, mein Kind!"

Bei der Erwähnung, man werde sie zu ihren Eltern zurückschikken, hatte Ilses alter Trotz sich wieder aufrührerisch zu Worte gemeldet. Am liebsten hätte sie erwidert: „Schicken lasse ich mich nicht – dann gehe ich lieber selbst", aber zum Glück war es wieder Luzies warnendes Beispiel, das sie noch rechtzeitig von dieser herausfordernden Antwort zurückhielt. Stattdessen ergriff sie etwas zögernd und immer noch leise schluchzend die ihr entgegengestreckte Hand der Leiterin. „Nie – wieder!“ brachte sie mühsam hervor.

Fräulein Raimar erkannte, daß es Ilse mit diesem Versprechen aufrichtig meinte. Das Mädchen tat ihr plötzlich leid, denn sie konnte sich vorstellen, wieviel Überwindung es Ilse gekostet haben mochte, diesen Schritt zu tun.

„Nun geh wieder auf dein Zimmer und beruhige dich erst einmal!“ redete sie ihr freundlich zu. „Wenn ich in Zukunft merke, daß du dich wirklich besserst, soll der heutige Tag von meiner Seite völlig vergessen sein!“

Noch nie in ihrem Leben war Ilse so leicht zumute gewesen wie in dem Augenblick, als sie wieder die Treppe zu ihrem Zimmer hinaufstieg. Sie war erfüllt von einer Empfindung, die sie bisher nie kennengelernt hatte – von dem Bewußtsein, sich selbst überwunden zu haben.

## Das Gespenst im Apfelbaum

Juli und August waren vorüber; die ersten Septembertage waren angebrochen. Ilse hatte sich inzwischen im Internat gut eingelebt und fühlte sich längst nicht mehr so fremd wie zu Anfang. Allerdings mußte sie sich, auch wenn es noch immer schwerfiel und ihr anfangs unmöglich erschienen war, an vieles gewöhnen: Das frühe Aufstehen, das regelmäßige Arbeiten für den Unterricht, die Ordnung in den Schränken, die Pünktlichkeit, die genaue Tageseinteilung. Es wurde ihr sauer genug, diesen für sie völlig neuen Lebensstil zu übernehmen, und wer weiß, ob es ihr überhaupt je ganz gelungen wäre, hätte Nellie ihr nicht jederzeit wie ein guter Geist zur Seite gestanden.

Die Lehrer und Lehrerinnen, die Ilse unterrichteten, vertraten ganz verschiedene Ansichten, was ihre Kenntnisse und Fähigkeiten und die bisher erzielten Fortschritte betraf. Bei der letzten Konferenz des Kollegiums war das zur Sprache gekommen. So hatten der Mathematiklehrer und der Biologielehrer Ilse jede Begabung rundweg abgestritten und darüber hinaus behauptet, daß sie weder ein Gedächtnis für Wissen noch Lust am Lernen erkennen lasse. Fräulein Güssow, die Literatur gab, und Doktor Althoff, der Deutsch, Geschichte und französische Literatur unterrichtete, waren da ganz anderer Meinung: Sie fanden, Ilse hätte in der kurzen Zeit bemerkenswert aufgeholt und verfüge inzwischen über einen recht guten Wissensstand. Auch Professor Schneider, bei dem Ilse seit einiger Zeit Zeichenunterricht nahm, lobte ihren Fleiß und ihre Ausdauer; bei ihrer künstlerischen Begabung werde sie es weit bringen, wenn sie mit dem gleichen Eifer fortfahre wie in den bisherigen acht Wochen, in denen sie seine Schülerin war.

Ganz besonderes Lob spendete Monsieur Michel seiner jungen Schülerin. Nachdem er Professor Schneider begeistert beigepflichtet hatte, fügte er von sich aus noch hinzu, Ilse sei eine „vielversprechende, hochbegabte, entzückende junge Mademoiselle“.

Fräulein Raimar schmunzelte versteckt über die Überschwenglichkeit des Franzosen und erkundigte sich dann bei dem Kollegium, wie man allgemein Ilses Betragen beurteile.

Da war nun leider nicht immer Erfreuliches zu hören. Einige der Lehrer bemängelten, daß Ilse den geringsten Tadel mit Trotz aufzunehmen pflegte und daß sie sich hin und wieder durchaus verleiten ließ, dem Lehrer zu widersprechen.

„Ich weiß das alles nur zu gut“, bemerkte Fräulein Raimar bekümmert, „und ich muß Ihnen ehrlich gestehen, daß ich mir keine großen Hoffnungen mache, Ilse von Grund auf ändern zu können. Ich fürchte leider, daß wir mit ihrem ungezügelten

Temperament in naher Zukunft eine ähnliche Szene erleben werden, wie sie sich erst kürzlich abgespielt hat, und was tun wir dann?"

„Dann geben wir sie ihren Eltern zurück", schlug Miß Lead, die Englischlehrerin, vor. „Das wird nach meiner Meinung ohnehin das unausbleibliche Ende sein. Ilse ist nämlich nicht nur verzogen, sie ist ... nun, sie ist ..." Miß Lead suchte nach einem passenden Ausdruck – „bäurisch und sehr ungeschliffen. Ich finde, sie paßt nicht in unser Internat."

Doktor Althoff warf der ältlichen, sauertöpfischen Jungfer einen spöttischen Blick zu, als wollte er sagen: Du mit deinen überstrengen Vorstellungen hast freilich kein Verständnis für dieses junge, lebenssprühende Geschöpf, das in vielem noch völlig natürlich reagiert. Laut sagte er, an alle Lehrkräfte gewandt:

„Ich finde, meine Damen und Herren, daß in unserer jungen Ilse ein guter, wertvoller Kern steckt. Helfen wir ihr dabei, sich die rauhe Schale abzustoßen, und lassen wir uns überraschen, welch ein liebenswertes, natürliches Mädchen sich aus der ‚bäurischen, ungeschliffenen Ilse' entwickeln wird."

Miß Lead antwortete darauf nur mit einem abweisenden Gesicht und wortlosem Achselzucken. Fräulein Güssow dagegen schenkte dem Doktor einen dankbaren Blick.

„Ich bin ganz Ihrer Meinung, Herr Doktor Althoff", stimmte sie ihm erfreut zu. „Mit einem so ungezähmten kleinen Vogel muß man eben Geduld haben. Es ist nun einmal sehr schwer für ihn, sich nach der ungebundenen Freiheit an strengere Regeln zu gewöhnen. Und wenn wir bedenken, mit welcher Unlust Ilse in das Internat kam und wie wenig sie bereit war, sich selbst aktiv an unseren Bemühungen zu beteiligen, dürfen wir doch wohl sagen, daß wir schon viel erreicht haben, wenn wir bedenken, wie gewissenhaft sie jetzt arbeitet und welche schönen Erfolge in manchen Fächern immerhin schon zu verzeichnen sind."

Was Fräulein Güssow da sagte, entsprach durchaus der Wirklichkeit. Ilse hatte in letzter Zeit einen deutlichen Ehrgeiz entwikkelt, den das gute Beispiel der übrigen Mädchen angespornt zu haben schien. Am Anfang war es ihr gleichgültig gewesen, welcher Klasse man sie zugeordnet hatte; als sie aber merkte, daß alle ihre Mitschülerinnen jünger waren als sie, hatte sie mit großem Eifer gearbeitet, um die fehlenden Kenntnisse nachzuholen und möglichst bald in die ihrem Alter angemessenere höhere Klasse aufzusteigen.

Besonders ihre Aufsätze hatten sich gebessert; zum allgemeinen Erstaunen war beim letzten Mal ihr Aufsatz sogar der beste der ganzen Klasse gewesen. „Ein Spaziergang durch den Wald", hatte das Thema gelautet, und Ilse hatte eine so lebendige und anmutige Schilderung gegeben, daß Doktor Althoff ihren Aufsatz der ganzen Klasse vorlas, was als eine besondere Auszeichnung zu betrachten war. Doch mitten im Vorlesen unterbrach er sich dann und lachte. „Hier ist Ihnen ein lustiger Irrtum passiert, Ilse", bemerkte er. „Was Sie hier geschrieben haben, können Sie nicht so gemeint haben."

Doktor Althoff ging auf Ilse zu und zeigte ihr die bewußte Stelle, an der es hieß: „Ich war eine gans tüchtige Strecke allein gegangen."

Ilse wurde rot, nahm ihren Füller und änderte das s hastig in ein z um.

„Sie müssen also in Zukunft auf solche Dinge mehr achten, sonst kann es zu den komischsten Mißverständnissen kommen. Auch würde ich Ihnen raten, mit Kommas, Punkten und Ausrufezeichen etwas sparsamer umzugehen. Sie wollen es doch wohl nicht machen wie jene junge Dame, die immer erst eine Seite ihrer Briefe fertigschrieb und dann willkürlich eine bestimmte Menge Satzzeichen darin verteilte, also etwa sieben Kommas, zehn Punkte, fünf Fragezeichen, und so weiter – wie es ihr gerade einfiel. Das gab dann, wie Sie sich sicher leicht vorstellen können, zuweilen schon ein tolles Durcheinanander."

Alle lachten, und Ilse lachte unbekümmert mit. Sonderbar – von diesem Lehrer nahm sie jede Rüge ohne Verärgerung hin; vermutlich lag es daran, daß er es immer verstand, den richtigen Ton zu treffen.

So schwärmten denn auch fast alle Schülerinnen für Doktor Althoff. „Er ist furchtbar reizend!" bemerkte Melanie begeistert und mit theatralischem Augenaufschlag. „Dieses berückende Lächeln um seinen herben, männlichen Mund, dieses geistvolle, lebendige Auge, das schmale, edle Gesicht, und ach, das dunkle, lockige Haar! Ein wundervoller Mann!"

Die neugierige Grete hatte nur zu bald herausgefunden, daß ihre Schwester Melanie in einem Medaillon, das sie an einer Kette um den Hals trug, ein Stückchen Papier mit seinem Namenszug stecken hatte. Es war seine Unterschrift unter einem früheren Aufsatz.

Doktor Althoff war der Held in allen Novellen und Romanen, die Flora Hopfstange schrieb, und neuerdings besang sie seine herrlichen Eigenschaften voller schwärmerischer Verehrung in den überschwenglichsten Versen. Hin und wieder ließ sie wie zufällig eines ihrer neuesten Gedichte zu Boden fallen, als habe sie das Blatt versehentlich verloren. Das geschah natürlich nur immer in der Literaturstunde. Aber sie hatte Pech: Doktor Althoff fand niemals einen ihrer kostbaren Ergüsse.

Sogar die kluge Orla konnte sich der allgemeinen Schwärmerei nicht enthalten, wenn sie auch in Gegenwart der anderen darüber spottete. Sie verriet ihre stille Neigung erst eines Tages, als Doktor Althoff eine rote Nelke, die er beim Betreten des Klassenzimmers im Knopfloch getragen hatte, nach dem Schluß der Stunde auf dem Katheder liegen ließ. Natürlich stürzten sich, kaum daß er den Raum verlassen hatte, sämtliche Schülerinnen nach vorn, um die

Nelke zu erobern. Orla war die glückliche Siegerin. Die rote Blüte triumphierend hoch über die Köpfe der anderen haltend, eilte sie auf ihr Zimmer. Wenige Tage später ließ sie sich von einem Juwelier ein Medaillon dafür anfertigen, das eine eingravierte Inschrift trug. Soviel hatte die neugierige Grete in Erfahrung bringen können, doch leider war es ihr unmöglich, auch herauszubekommen, was die beiden russischen Worte zu bedeuten hatten. Das sollte auch nie jemand erfahren, denn Orla würde wohl um keinen Preis verraten haben, daß die Inschrift, ins Deutsche übersetzt, „Vom Angebeteten" lautete. Doch die Nelke in ihrer kostbaren Hülle trug Orla von da an ständig bei sich.

Am schlimmsten trieb es Nellie. Als sie eines Abends mit Ilse allein auf ihrem Zimmer war, griff sie zu einem Federmesser und ritzte sich, obwohl es sehr schmerzhaft war, den Anfangsbuchstaben seines Vornamens in den Oberarm.

„Nellie – bist du verrückt?" entrüstete sich Ilse. „Was soll dieser Unsinn? Wenn Herr Doktor Althoff von euren Torheiten erfährt, müßt ihr euch ja richtig schämen!"

„Sei still!" befahl Nellie scherzend. „Du bist noch ein klein grüner Schnabel und verstehst nix von heimlicher Verehrung. Komm nur erst einmal in unserer Jahre, dann wirst du das besser begreifen!"

Ilse konnte darüber nur herzlich lachen. Sie war noch viel zu jung und natürlich, um an derartige Dinge zu denken.

„O Nellie", rief sie vergnügt, „was sind denn das für Reden? Du sprichst ja schon wie eine weise alte Großmutter und bist doch nur zwei Jahre älter als ich."

Daß Nellie durchaus keine Großmutter war und trotz ihres Alters noch denken und handeln konnte wie ein kleines Mädchen, bewies sie wenige Tage später.

An einem Sonntagabend stand Nellie am weit offenen Fenster in ihrem Zimmer und blickte sehnsüchtig hinaus auf den großen

Apfelbaum, der inzwischen voll der herrlichsten Äpfel hing. Goldgelb und rotwangig leuchteten die saftigen Früchte aus dem dunkelgrünen Laub zu ihr herüber.

„Was für schöne Äpfel!" sagte sie sehnsüchtig zu Ilse, die hinter sie getreten war. „Ach – könnte ich doch einer davon haben! Die müssen reif sein, Ilse – ich kenne dieser Baum genau. Ich hätte jetzt so groß Lust, einen Apfel zu essen, und darf sie doch immer nur anschauen. Ist das nicht hart?"

Ilse warf einen prüfenden Blick auf den Baum. „Ja, die sind bestimmt reif!" erklärte sie mit Kennermiene. „Wir haben nämlich die gleiche Sorte Äpfel daheim. Ja, in Moosdorf brauchte ich nur einfach auf den Baum zu steigen und mir welche herunterzuholen. Aber hier darf man so etwas ja nicht!"

Ilses Worte hatten Nellie aufhorchen lassen. Während Ilse noch immer mit wehmütiger Miene verlangend zu dem Baum hinausschaute, kam der jungen Engländerin plötzlich eine Idee.

„Du bist also daheim einfach in den Baum gestiegen?" fragte sie. „Du, Ilse – da hätte ich einen furchtbar netten Einfall! Du steigst in dieser Baum und holst uns Äpfel herunter."

In Ilses braunen Augen blitzte es unternehmungslustig auf. Doch gleich war dieser Ausdruck wieder verflogen.

„Und wie gern ich das tun würde!" sagte sie. „Aber das darf ich ja nicht. Stell dir doch nur vor, Nellie, was hier los wäre, wenn mich jemand dabei ertappte!"

„Laß mich nur machen!" erwiderte Nellie und zog eine geheimnisvolle Miene.

Ilse sah sie verständnislos an. „Was hast du vor?" fragte sie neugierig.

„Heute abend, wenn Fräulein Raimar und alle anderen im Bett sind und schlafen, dann stehen wir mucksmäuschenstill wieder auf, und mein mutige Ilse wird wie eine kleine Katze aus die Fenster steigen und in die Baum hineinklettern. Der liebe goldene Mond wird dazu ein wenig leuchten und ihr zeigen, wo sie die größten und besten Äpfel finden kann. Und ich geb inzwischen acht, daß keiner kommt. Ich werde eine gute Spion sein, paß nur auf!"

Ilse strahlte, während Nellie ihren Plan entwickelte.

„Wundervoll!" rief sie entzückt und so laut, daß Nellie ihr warnend den Finger auf den Mund legte. „Ich ziehe mein altes Hemdblusenkleid dazu an und steige dann in den Baum, ohne daß es einer merkt. O Nellie – das wird aufregend!"

Sie packte die Freundin beim Arm und wirbelte sie vergnügt durch das Zimmer.

„Oh, du bist ein Tausendsassa, mein Ilse!" sagte Nellie bewundernd. „Wenn es doch nur erst schon Nacht wäre!"

Ilse war noch einmal ans Fenster getreten und musterte nun prüfend den Baum.

„Siehst du, auf den Ast dort steige ich zuerst", erklärte sie Nellie. „Dann auf den da, und dort hängen schon drei herrliche Äpfel, die ich als erste pflücke und dir zuwerfe. Von dort aus steige ich dann noch höher hinauf und bin dann direkt vor Orlas und Melanies und Gretes Zimmerfenster, das die drei ja immer weit offenstehen lassen. Da stecke ich dann den Kopf hinein und rufe ihnen ‚Gute Nacht' zu."

„Das tust du auf keinen Fall!" stieß Nellie entsetzt aus. „Versprich mir das!"

„Es war doch nur ein Scherz!" besänftigte Ilse die Freundin. „Mach dir nur keine Sorgen, Nellie, ich werde keinen Ton von mir geben, und niemand wird von unserem nächtlichen Abenteuer erfahren."

Die beiden Mädchen konnten kaum noch erwarten, daß es Abend wurde. Ilse, die nur schwer verbergen konnte, wie ihr zumute war, gab sich während des Abendessens besonders lustig und redselig.

„Du kommst mir heute so ungewohnt vergnügt und unternehmungslustig vor, Ilse“, bemerkte Fräulein Güssow. „Hast du vielleicht von daheim gute Nachricht bekommen?“

Ilse war es zumute, als hätte man sie bereits bei der geplanten kleinen Untat ertappt. Sie wurde rot und wußte nichts zu antworten. Zum Glück achtete Fräulein Güssow nicht weiter auf sie und schöpfte darum auch keinen Verdacht.

Endlich war dann der Augenblick gekommen, als im ganzen Hause völlige Stille herrschte. Fräulein Güssow hatte ihre allabendliche Runde durch alle Zimmer gemacht und schien sich inzwischen ebenfalls zurückgezogen zu haben.

„Jetzt wird es spannend“, sagte Nellie feierlich und gab Ilse mit großartiger Geste einen Wink. „Erheben Sie sich, mein Fräulein, und walten Sie Ihres Amtes.“

Ilse war viel zu aufgeregt darüber, daß es nun endlich soweit war, als daß ihr Nellies großsprecherische Reden und deren komischer Anblick in dem langen Nachthemd und mit theatralisch vorgestrecktem Arm aufgefallen wäre. Hastig schlüpfte sie aus dem Bett und begann sich anzuziehen. Das dunkle Hemdblusenkleid hatte sie sich schon griffbereit zurechtgelegt.

Von den Stiefeln aber wollte Nellie nichts wissen.

„Die sind viel zu plump“, tadelte sie. „Wenn du damit einen Schritt machst, wacht die ganze Haus auf.“

Ilse ließ sich nicht beirren; die geliebten alten Stiefel wurden angezogen, und dann schlich sie auf Zehenspitzen zum Fenster.

„Gib mir mal bitte das Körbchen her!“ sagte sie zu Nellie.

Nellie hängte ihr das kleine Bastkörbchen an den Gürtel.

„So, nun bist du fertig für Expedition!“ sagte sie befriedigt. „Mach dein Sach gut, liebes Kind!“ flüsterte sie Ilse zu und gab ihr einen leisen Kuß auf die Wange.

Aber Ilse achtete schon nicht mehr auf sie. Mit einem Sprung war sie auf dem Fensterbrett, und gleich darauf schwang sie sich auf den nächsten Ast des Apfelbaums.

Mit besorgten Blicken sah Nellie ihr nach. Aber um Ilse brauchte sie keine Angst zu haben, die kletterte trotz ihrer schweren Stiefel rasch und geschickt wie eine Katze.

Als sie die drei bewußten Äpfel erreichen konnte, brach sie sie ab und warf sie Nellie zu.

„Eine Kostprobe", flüsterte sie übermütig. „Damit kannst du dir die Zeit vertreiben, bis ich wiederkomme!"

Die Äpfel rollten zu Nellies Schrecken polternd durch das ganze Zimmer.

„Hör auf damit!" flüsterte sie drängend zurück und drohte Ilse mit dem Zeigefinger. „Die Köchin schläft unter unsere Zimmer; soll sie vielleicht von die Lärm wach werden?"

„Betty schläft fest und tief", erwiderte Ilse leise. „Man hört sie ja bis hier draußen schnarchen. Mach dir nur keine Sorgen – kein Mensch merkt etwas. Überall im Hause ist es still und dunkel. Also, Nellie, leb wohl – jetzt steige ich höher hinauf. Ach, ist das herrlich, endlich wieder einmal in einem Baum herumzuklettern!"

Nellie dagegen hatte Angst um ihre Freundin. „Ich zittere für dir", flüsterte sie ihr noch nach. „Vielleicht solltest du doch besser herunterkommen, sonst stürzt du noch und es gibt eine große Unglück."

Ilse lachte nur leise in sich hinein und stieg keck immer höher und höher hinauf. Sie fühlte sich endlich wieder in ihrem Element, wie ein Vogel, den man aus seinem Käfig befreit und der beglückt in freiem Flug die Flügel reckt.

Schließlich geriet sie an ein Astende. Der Mond schien zum Glück voll und klar, so daß sie jeden ihrer Tritte genau kontrollieren konnte. Wenn sie sich ein wenig reckte, war sie in gleicher Höhe mit Orlas, Melanies und Gretes Zimmerfenster. Sie konnte einfach der Versuchung nicht widerstehen, wenigstens einen Blick in das Zimmer zu werfen. Vorsichtig balancierte sie auf dem Ast herum und schaute zu den Schlafenden hinein.

Ob ich ihnen nicht wenigstens einen ganz kleinen Streich spielen sollte? überlegte sie voller Übermut. Wenn ich nur einmal kurz gegen die Fensterscheibe klopfte?

Gerade hatte sie den Finger dazu ausgestreckt, als Orla sich im Schlaf bewegte und sich auf die andere Seite warf. Erschrocken fuhr Ilse zusammen, und nun mochte sie ihren kleinen Schabernack nicht mehr in die Tat umsetzen. Stattdessen pflückte sie jetzt links und rechts von sich die schönsten Äpfel, und ohne große Mühe hatte sie bald ihr Körbchen gefüllt.

Aber jetzt zurückzukehren hatte sie noch längst keine Lust; immer höher und höher kletterte sie, weil die neu gewonnene Freiheit sie regelrecht berauschte. Die Krone des Baumes wollte sie erreichen; das versprach eine mühselige Kletterei zu werden, aber das gerade reizte Ilse.

Nellie als Aufpasserin wurde allmählich ängstlich. Für sie war eine Ewigkeit vergangen, seit Ilse aus dem Fenster gestiegen war.

„Ilse!" rief sie leise und drängend.

Sie bekam keine Antwort. Ilse, die hoch oben in der Krone des Baumes stand, konnte sie dort nicht mehr hören. Sie schaute aus ihrer luftigen Höhe beglückt in die Runde und sog in tiefen Zügen die frische Nachtluft ein. Endlich wieder fühlte sie sich glücklich und frei. Ihr war plötzlich, als sei sie wieder daheim im Garten ihres Vaters. Vor lauter Begeisterung geriet sie ins Träumen.

Im Garten ihres Vaters in Moosdorf hatte es einen alten Nußbaum mit dichtem Blattgewirr gegeben, in dem sie manchmal mit dem Papa Verstecken gespielt hatte. Meist hatte sie den Vater eine ganze Weile suchen lassen, bis sie ihm mit einem kräftigen „Juchhe!" aus der höchsten Spitze des Baumes antwortete.

„Juchhe!" stieß sie plötzlich auch jetzt aus, als sei sie wieder daheim und werde gesucht. Erst als ihr Schrei laut durch den dunklen Garten hallte, wurde ihr wieder bewußt, wo sie sich befand.

Nun fuhr sie sich erschrocken mit der Hand an den Mund, aber der Jubelruf war nicht wieder rückgängig zu machen. Vermutlich hatten alle im Hause sie gehört. Sie konnte jetzt nichts anderes tun, als auf dem schnellsten Weg den Rückzug anzutreten, und versuchen, möglichst unbemerkt in ihr Zimmer zurückzugelangen.

Melanie war erschrocken in ihrem Bett aufgefahren und rüttelte jetzt ihre Schwester Grete wach.

„Hast du das gehört?“ fragte sie entsetzt. „Da hat doch jemand geschrien?“

„Ja, ich hab's gehört!“ klang es gedämpft unter der Bettdecke hervor. „Melanie – ich fürchte mich so!“

Die sonst so neugierige Grete war unter die Bettdecke gekrochen und erwartete angstvoll ihr Schicksal.

Auch Orla war wach geworden. „Was ist denn los?“ fragte sie. „Was war das für ein Aufschrei? Ich möchte schwören, er erklang direkt vor meinem Bett!“

„Um Himmels willen!“ schrie Melanie in diesem Augenblick auf. „Habt ihr das eben gesehen? Etwas ganz Schreckliches! Dort draußen, dicht vor unserem Fenster, ist es vorbeigeflogen! Ein Gespenst, sage ich euch – mit grauen wehenden Schleiern und großen glühenden Augen! Und wie es mich angeschaut hat – als wenn es mich am liebsten verschlingen wollte! O Orla – stell dir vor, ein Gespenst!“

Melanies Zähne klapperten, als habe sie Schüttelfrost, so sehr war sie von Angst und Schrecken gepackt. Orla, die Vernünftigere, hatte zwar nichts gesehen, hörte aber ein lautes Knacken im Baum; allen Mut zusammennehmend sprang sie aus dem Bett, legte sich die Steppdecke um die Schultern und ging zum Fenster. Sie beugte sich hinaus und versuchte etwas zu erspähen.

Nach ihrem unglückseligen Jubelschrei war Ilse in rasender Eile von ihrem tollen Ausflug zurückgekehrt. Aus der Höhe des Baumes hatte sie so schnell wie möglich zu ihrem Zimmerfenster zurückklettern müssen. Dort nahm Nellie ihrer Freundin, die vor Angst an allen Gliedern zitterte, hastig das Körbchen mit den Äpfeln ab, schüttete die wenigen, die sie unterwegs nicht verloren hatte, in ihr Bett und stellte das Körbchen rasch in den Schrank. Dann legte sie sich in ihr Bett und deckte sich bis über die Ohren zu, als ob sie fest schliefe.

Ilse blieb gar keine Zeit mehr, sich noch auszuziehen. Mit Stiefeln und Kleid sprang sie in ihr Bett und deckte sich bis unters Kinn zu. Sie schloß krampfhaft die Augen und erwartete doch gleichzeitig, daß jeden Augenblick ein furchtbares Strafgericht über sie hereinbrechen würde.

Bei dem täuschenden Licht des Mondes hatte Orla nur unbestimmt etwas erkennen können: Eine verschwimmende Gestalt, ein Paar Arme, die ihr unheimlich lang und weißschimmernd erschienen, und dann plötzlich hatte sich das ganze Gebilde in Nichts aufgelöst. Das gab selbst der klugen Orla zu denken; ein paar Sekunden lang lauschte sie noch angestrengt – aber der Spuk war verschwunden. Nichts rührte sich mehr. Obwohl sie bis dahin einigen Mut bewiesen hatte, war es Orla jetzt doch nicht ganz geheuer.

„Hast du etwas gesehen?“ fragte Melanie aus dem Hintergrund des Zimmers.

„Ja“, berichtete Orla. „Ich sah ganz deutlich eine unheimlich graue Gestalt, und ich möchte schwören, daß sie von zwei langen weißen Armen in Nellies und Ilses Zimmer gezogen wurde.“

„Orla, ich flehe dich an“, bat Melanie angstvoll und mit gerungenen Händen, „wecke irgend jemand hier im Hause. Sie sollen überall nachschauen. Wenn das Gespenst noch einmal auftaucht, sterbe ich vor lauter Angst!“

Orla zog an der Klingelschnur, die dich neben ihrem Bett hing. Das sonst verhältnismäßig leise Läuten klang in der Stille der Nacht schrill und laut wie eine Sturmglocke.

Nellie und Ilse in ihren Betten erzitterten bei diesem Klang, als hörten sie ihr Sterbeglöcklein läuten.

Unmittelbar darauf wurde es wie durch Zauberhand im Hause lebendig. Die großen Fenster, die eben noch dunkel und still in den Garten hinausgeblickt hatten, wurden plötzlich hell. Türen klappten, Stimmen tönten durcheinander.

Fräulein Raimar trat im Morgenrock aus ihrem Zimmer; wenig später war auch Fräulein Güssow zur Stelle.

Während die beiden Lehrerinnen auf dem Gang berieten, was in dem allgemeinen Durcheinander zunächst zu unternehmen sei, öffnete sich die Tür zu Miß Leads Zimmer. Auch das ältliche Fräulein war von dem Glockenläuten wachgeworden, und da sie nicht gerade sehr mutig war, hatte sie sich zutiefst erschrocken. In ihrer Hast, hinauszueilen und zu erfahren, was geschehen sei, hatte sie statt ihres Schlafrockes ein kariertes Schottenplaid ergriffen und sich umgeworfen. Ihr spärliches Haar, das sie ohne sichtbaren Erfolg jeden Abend eine Viertelstunde kämmte und bürstete, stand wirr nach allen Seiten um ihren Kopf.

Als sie in diesem abenteuerlichen Aufzug auf den Korridor hinaustrat, war sie ein so komischer Anblick, daß Fräulein Raimar ein Schmunzeln unterdrücken mußte. Als sie der Engländerin jedoch riet, ruhig wieder in ihre Bett zurückzukehren, lehnte diese das Ansinnen entrüstet ab.

„Vielleicht sind Diebe im Haus!“ sagte sie zitternd und hängte sich wie schutzsuchend an Fräulein Güssows Arm.

Auch ein Teil der Schülerinnen war von dem ungewohnten Lärm wach geworden und aus den Betten gesprungen. Wild durcheinanderschwatzend standen sie alle auf dem Gang und sahen den Lehrerinnen entgegen, die die Treppe heraufkamen.

Orla, die die näher kommenden Stimmen hörte, öffnete die Tür ihres Zimmers.

„Ist dir oder den beiden Schwestern etwas zugestoßen?“ wollte

Fräulein Raimar wissen, während sie eilig das Zimmer betrat und sich darin umsah.

Statt Orla ergriff Melanie das Wort.

„Etwas furchtbar Schreckliches hat sich abgespielt!“ berichtete sie atemlos. „Wir haben an unserem Fenster ein ganz gräßliches Gespenst vorbeifliegen sehen!“

„Das hast du geträumt“, erwiderte Fräulein Raimar. „Es gibt doch keine Gespenster.“

„Ich habe es aber wirklich gesehen – als ich schon wach war, Fräulein Raimar“, widersprach das Mädchen mit Überzeugung. „Erwacht sind wir ja schon von dem furchtbaren Schrei, den es ausstieß – nicht wahr, Orla? Und du, Grete, hast den Schrei doch auch gehört. Danach sauste das Gespenst hier ganz dicht an unserem Fenster vorüber.“

„Vielleicht war es ein Dieb, der Äpfel stehlen wollte“, bemerkte Fräulein Raimar, aber was als eine Beruhigung klingen sollte, erregte die Mädchen nur noch mehr. „Hast du denn auch etwas gesehen, Orla?“

„Ja“, antworte Orla. „Ich schaute rasch zum Fenster hinaus, und da war mir, als wenn diese seltsame Spukgestalt in Nellies Zimmer verschwand.“

Die aus ihren Betten aufgescheuchten Schülerinnen und mit ihnen die ängstliche Miß Lead drängten sich nun noch enger um Fräulein Raimar. Gespenster – und vielleicht sogar Diebe! Das war ja einfach entsetzlich! So etwas Grauenvolles hatte man in diesem Internat noch nie erlebt. Auch Flora, die Dichterin, war von Angst und Zittern gepackt; gleichzeitig jedoch durchfuhren sie Schauer wonnevoller Erregung, weil sie das alles auch wieder höchst romantisch fand. Auf jeden Fall beschloß sie, Gespenster und Diebe in ihrem nächsten Roman zu verwerten.

Als Fräulein Güssow hörte, daß der seltsame Spuk in Nellies und Ilses Zimmer verschwunden sein sollte, ging sie ohne viel

Aufhebens die Treppe hinunter zu den beiden Mädchen. Sie öffnete behutsam die Tür und leuchtete mit ihrer Kerze in das Zimmer hinein.

Doch ihr prüfender Blick konnte nichts Verdächtiges entdecken. Das Fenster war geschlossen wie immer, und Ilse schien fest zu schlafen.

Nur Nellie richtete sich schlaftrunken auf und schien über den Anblick ihrer Lehrerin sehr erstaunt.

„Fräulein Güssow – was ist denn los?" fragte sie verstört. „Warum ist der Glocke gezogen worden?"

„Bei euch soll jemand ins Fenster gestiegen sein", antwortete Fräulein Raimar, die inzwischen mit den anderen gefolgt war und in der offenen Tür stand.

Nellie blieb vor Angst fast das Herz stehen. Waren sie entdeckt? Hatte es noch einen Zweck, sich zu verstellen? Aber was sollte sie sonst machen? Die Wahrheit sagen – das kam überhaupt nicht in Frage. Das hätte ohne weiteres Ilses und ihre Entlassung aus dem Internat bedeutet. Und lügen? Nellie brachte das einfach nicht über sich. So konnte sie nichts anderes tun, als die Internatsleiterin entsetzt und fassungslos anzustarren.

Fräulein Raimar verstand Nellies angstvolles Schweigen völlig anders. Sie vermutete, der nächtliche Schock habe Nellie die Sprache verschlagen.

„Nur ruhig, Nellie", besänftigte sie die junge Engländerin. „Du hast keinen Grund, dich so zu ängstigen. Wir sind nur hier hereingekommen, weil Orla und die beiden Schwestern einen lauten Schrei gehört haben wollen und fest und steif behaupten, sie hätten an ihrem Fenster ein Gespenst vorbeifliegen sehen, das schließlich in eurem Zimmer verschwand."

„Ein Gespenst? Wie furchtbar!" stieß Nellie mit zitternden Lippen hervor. Ihr Blässe und die Angst, die aus ihren Augen sprach, erweckten Fräulein Raimars Mitgefühl.

„Bitte, Nellie, reg dich nicht so auf!" ermahnte sie das Mädchen. „Wahrscheinlich haben die Schwestern und Orla nur geträumt und mit ihren Phantasien das ganze Haus in Aufruhr gebracht." Sie wandte sich an Fräulein Güssow: „Wir sollten am besten alle wieder zu Bett gehen. Da es sich offenbar doch um eine Sinnestäuschung handelt, wird der Schlaf die Erregung am besten zu besänftigen wissen."

Fräulein Raimar wandte sich schon zum Gehen, als sie auf die fest schlafende Ilse aufmerksam wurde. Sie trat an deren Bett und beugte sich leicht über das Mädchen.

„Daß Ilse von diesem Lärm nicht wach geworden ist?" fragte sie erstaunt.

In nervöser Spannung verfolgte Nellie wie gebannt jede Bewegung der Lehrerin. Wenn Fräulein Raimar sich nur ein wenig mehr zur Seite wandte und ihr Blick zufällig an das Fußende des Bettes fiel, dann waren sie verloren. Denn unter der Bettdecke schaute zu Nellies panischem Schrecken die Spitze eines von Ilses schmutzigen Stiefeln hervor.

„Ilse schläft immer so fürchterlich fest", konnte Nellie gerade noch mit Mühe beteuern. Dieser Einwand war ihr im Augenblick allerhöchster Not eingefallen, und gleichzeitig damit kehrte auch ihre Geistesgegenwart wieder zurück.

Sie richtete sich plötzlich erregt auf und wandte sich flehend an Fräulein Güssow.

„Bitte, bitte, Fräulein Güssow, ich kann nicht wieder schlafen, ehe nicht jemand unter meine Bett geschaut hat, ob dort der Gespenst versteckt liegt!"

Sofort richtete sich die allgemeine Aufmerksamkeit wieder auf Nellie, und Fräulein Güssow bückte sich tatsächlich, um mit ihrer Kerze unter Nellies Bett zu leuchten.

Jetzt wurde Fräulein Raimar etwas ungeduldig.

„Was soll der Unsinn, Nellie!" tadelte sie das Mädchen. „Es ist doch nicht zu fassen, daß du in deinem Alter noch an Gespenster glauben sollst!"

Miß Lead, die bis dahin zitternd unter den anderen Schülerinnen gestanden hatte, trat an das Bett ihrer Landsmännin und rügte sie wegen ihrer Hasenherzigkeit.

Aber kaum hatte Nellie die merkwürdig gekleidete Gestalt erspäht, als sie laut auflachte. „Oh, Miß Lead", stieß sie prustend hervor, „wie sehen Sie denn nur aus! Wie eine Räuberhauptmann! Bitte verzeihen Sie – aber ich muß lachen!"

Nun lachten auch die anderen Mädchen mit. Der Bann war gebrochen, und die zerzauste Miß Lead mit ihrer schottischen Wolldecke stand zu ihrer eigenen Verlegenheit im Mittelpunkt der allgemeinen Erheiterung.

Während die ältliche Engländerin vor Zorn einen hochroten Kopf bekam, kritisierte Fräulein Raimar Nellies ungebührliches Benehmen. Aber eines hatte Nellie damit erreicht: Die Gespenstergeschichte rückte in den Hintergrund, und die schlafende Ilse wurde nicht weiter beobachtet.

Oder hatte jemand doch etwas bemerkt? Fräulein Güssow jedenfalls verließ mit ihrer Kerze sehr rasch das Zimmer.

„Wir wollen Ilse nicht im Schlaf stören", sagte sie zu Fräulein Raimar. „Warum soll die Ärmste auch noch unnötig geweckt werden?"

„Sie haben recht", erwiderte die Leiterin. „So ein gesunder Schlaf hat wirklich etwas Beneidenswertes. Ich vermute, Melanies Gespenst war nichts weiter als eine Katze, die sich auf ihrer nächtlichen Jagd in dem Apfelbaum umherbewegte. Ihr könnt ganz beruhigt schlafengehen", wandte sie sich an die Mädchen, „das sogenannte Gespenst wird sich sicher ein zweites Mal nicht wieder zeigen. Gute Nacht."

Damit war der nächtliche Spuk beendet. Eine halbe Stunde später war es in dem großen Haus wieder friedlich und still –

allerdings nicht überall dunkel. Melanie ließ die Lampe brennen, denn um keinen Preis hätte sie im Dunkeln einschlafen können.

Als Nellie sicher sein durfte, daß sich im Hause nichts mehr regte, kehrte mit dem Gefühl der überstandenen Gefahr auch ihre vergnügte Laune zurück. Sie holte die Äpfel unter ihrer Bettdecke hervor und biß herzhaft in einen hinein. Sie kaute so genüßlich, als wenn überhaupt nichts geschehen wäre.

„Was machst du denn da?" fragte Ilse, als sie Nellie hantieren hörte. Sie selbst lag noch immer von Angst wie gelähmt und in Schweiß gebadet da.

„Ich esse Äpfel", antwortete Nellie unbekümmert.

„Nellie – wie kannst du nur so ungerührt sein!" rief Ilse fassungslos. „Ich zittere noch wie Espenlaub, mein Herz klopft wie verrückt – und du ißt in aller Ruhe Äpfel! Wirf die Äpfel aus dem Fenster, Nellie, sie bringen uns kein Glück! Ach, Nellie, mich reut dieser dumme Streich so sehr!"

„Sei nicht albern, Mädchen", antwortete Nellie und aß ungezwungen weiter. „Auch hier muß man tun, als wenn man zu Hause ist. Gräme dich doch nicht um ein paar Äpfel, und mach dir kein unnütze Gedanken mehr! Zieh dir jetzt lieber schnell deine Sachen aus und pack sie in deiner kleiner Koffer, und dann wollen wir endlich schlafen! Sei nur ganz ruhig, mein Darling, kein Mensch erfährt von unsere lustige Abenteuer, wenn sie auch morgen früh noch so viel davon reden. Du mußt nur klug sein, Ilschen, und schweigen. Verlaß dich nur auf dein Nellie!"

## Weihnachtsfreude

Die Tage wurden allmählich kürzer. Der Oktober brachte wilde Stürme, die sausend durch den Garten fuhren und die dürren gelben Blätter vor sich hertrieben. Spazierengehen in dem öden

Garten machte jetzt keinen Spaß mehr; so waren die Mädchen, wenn sie Freizeit hatten, mehr und mehr auf ihre Zimmer angewiesen.

An einem Sonntagnachmittag saß Flora mit Ilse und Nellie in deren Zimmer und wollte ihnen gerade aus ihrer neusten Novelle vorlesen, als sie vor dem Hause einen eleganten Wagen vorfahren sahen. Wenige Sekunden später trat auch schon Melanie mit den Anzeichen höchster Erregung ins Zimmer.

„Denkt euch, Kinder", sagte sie aufgeregt, „etwas furchtbar Interessantes ist geschehen! Fräulein Raimar hat Besuch von einer sehr schicken Dame und einem reizenden kleinen Mädchen. Die Kleine soll bestimmt hierbleiben, denn Orla hörte, wie Fräulein Raimar die Dame beim Eintreten fragte: ‚Sie bringen das Kind selbst, gnädige Frau?' Daß wir das nicht früher erfahren haben! Was mag an der ganzen Geschichte nur so furchtbar geheimnisvoll sein? Sonst wußten wir es doch immer schon im voraus, wenn eine Neue kam!"

Die drei Mädchen hatten Melanie erstaunt zugehört. Was mochte das für ein kleines Mädchen sein, das ihnen da so unerwartet ins Haus gebracht wurde?

„Das ist ja wirklich interessant!" rief Nellie. „Kommt, Kinder, wir wollen uns gleich die fremde Frau mit ihres Kind anschauen gehen und vielleicht Neues über sie hören."

Die vier Mädchen liefen die Treppe hinunter, aber Nellie war ihnen weit voran, weil sie unbedingt die erste sein wollte, die die Neuankömmlinge in Augenschein nahm.

Zunächst aber wurden sie alle vier enttäuscht, denn die beiden Fremden blieben noch lange in Fräulein Raimars Zimmer. Da aber der Wagen noch immer auf der Straße vor dem Hause wartete, schloß Nellie, daß die Dame nicht die Absicht hatte, sich allzu lange aufzuhalten.

„Sehen müssen wir ihr unbedingt!" sagte sie. „Kommt mit, an

die große Glastür im Speisesaal können wir ihr auflauern und sie sehen, wenn sie herauskommt!"

Doch die Tür fanden sie bereits von anderen belagert. In dem Internat gab es offenbar noch eine ganze Menge weiterer Neugieriger, und nun drängten sich braune, blonde und schwarze Mädchenköpfe vor der breiten Glastür des Speisesaales.

Ihre Geduld wurde allerdings auf eine harte Probe gestellt. Die Unterredung zwischen der unbekannten Dame und Fräulein Raimar dauerte länger als eine halbe Stunde. Erst dann wieder öffnete sich die Tür, und die so sehnlich Erwartete ging langsam und lebhaft mit Fräulein Raimar plaudernd an der Lauscherschar vorüber. Zum Glück fiel bereits eine frühe Dämmerung herein, so daß die vielen Köpfe hinter der Glastür nicht sofort zu erkennen waren; außerdem waren die beiden Damen auch so in ihre Unterhaltung vertieft, daß sie nicht weiter um sich blickten.

„Oh – das ist aber eine hübscher Dame!" äußerte Nellie voller Bewunderung.

„Sie still, Nellie!" flüsterte Orla, die das Ohr dicht an die Tür gelegt hatte, um einige Worte von der Unterhaltung der beiden Damen zu erhaschen.

„Was sagt sie?" wollte Flora wissen. „Hat sie nicht Französisch gesprochen?"

„Nein, ich glaube, es war Italienisch", behauptete Melanie, die seit ein paar Tagen Unterricht in dieser Sprache nahm.

„Unsinn", widersprach Grete ihrer Schwester. „Sie spricht eindeutig Deutsch. Gerade sagte sie doch: ‚Meine kleine Lilli soll es hier . . .', weiter habe ich leider nicht verstanden."

„Was du nur wieder verstanden hast", entrüstete sich Orla. „Ich habe genau gehört, daß sie Englisch spricht."

„Oh – dann ist sie ein Landsmännin von mir!" freute sich Nellie. Jetzt interessierte sie die fremde Dame noch lebhafter.

In diesem Augenblick erschien im Korridor Rosi Möller. Mit

unschuldigem Kindergesicht näherte sie sich der dicht belagerten Glastür und schaute erstaunt auf die sich drängenden Mädchen, die erst zurücktreten mußten, um Rosi einzulassen.

„Wie kindisch ihr doch seid!“ tadelte die „Artige“ ihre Mitschülerinnen in sanftem und vorwurfsvollem Ton. „So eine Neugierde kann ich gar nicht begreifen.“

„Dir würde sie ja auch gar nicht zu Gesicht stehen“, bemerkte Grete spitz.

Rosi überhörte diesen Einwurf. Sie schaltete die Lampe ein und rief die anderen zu sich.

„Kommt, setzen wir uns mit unseren Handarbeiten hierher“, schlug sie vor. „Wir haben doch die Erzählung von Gottfried Keller noch nicht zu Ende gehört. Möchtest du uns vielleicht heute den Schluß vorlesen, Orla?“

Aber dazu sollte es nicht kommen. Orla hatte sich gerade gesetzt und das Buch aufgeschlagen, als Fräulein Güssow mit der kleinen Lilli an der Hand in den Speisesaal trat.

Wie auf ein Kommando sprangen die jungen Mädchen sofort von ihren Plätzen auf und umringten die beiden. Stumm warteten sie, was nun folgen würde.

„Schau, Lilli“, sagte Fräulein Güssow zu der Kleinen, „da hast du gleich deine künftigen Freundinnen alle beieinander!“ Sie hatte die Kleine noch immer an der Hand.

Aber Lilli schüttelte den Kopf und sah sich etwas ratlos um.

„Nein“, sagte sie dann unbefangen und in Wiener Dialekt, „diese Madel sind schon zu groß, die können doch net meine Freundinnen sein!“

Nellie war es, die einen guten Einfall hatte. Sie kniete neben der Kleinen nieder.

„Schau“, sagte sie, „jetzt bin ich so klein wie du, und jetzt kannst du mit mich spielen.“

Lilli mußte lachen und legte die Hand auf Nellies Schulter.

„Nein", sagte sie, „du bist ja in Wirklichkeit doch groß. Aber du gefallst mir. Und du auch", wandte sie sich an Ilse, die neben Nellie stand. „Du hast genau so schöne Lockerln wie ich. Du sollst meine Freundin sein, und mit dir will ich gern spielen."

Bei diesen Worten hatte sie mit treuherzigem Blick nach Ilses Hand gegriffen.

Ilse war tief gerührt von solcher Zutraulichkeit. Sie kniete neben der Kleinen nieder und nahm sie in die Arme.

Aber auch alle anderen waren von der fremden Kleinen verzaubert. Lilli war ein anmutiges zartes Mädchen mit langen blonden Locken, die in sonderbarem Gegensatz zu den schwarzen großen Augen und den feingezeichneten dunklen Augenbrauen standen. Das Kind trug ein sehr hübsches weißes Kleidchen, das Hals und Arme freiließ, obwohl doch draußen schon herbstliches Wetter herrschte.

Ohne daß es den anderen aufgefallen wäre, war inzwischen auch Fräulein Raimar eingetreten. Sie kam jetzt auf Lilli zu und nahm das Kind bei der Hand.

„Komm mit, Lilli", sagte sie freundlich. „Wir möchten dir etwas anderes anziehen. In dem leichten Kleidchen könntest du dich sonst erkälten."

„Bitt' schön, laß mich hier!" bat die Kleine. „Ich hab's gar net kalt. Schau – ich geh' doch immer in solche Kleiderln! Die Madeln sind so lieb, es gefallt mir hier."

Aber Fräulein Raimar blieb unerbittlich. „Komm nur jetzt mit mir, Lilli", sagte sie freundlich. „Du siehst die Mädchen alle beim Abendessen wieder."

Lilli wurde nicht etwa böse, weil ihre Bitte nicht erfüllt wurde. Gehorsam wandte sie sich zum Gehen. Doch dann hatte sie noch einen Einfall.

„Darf Ilse mitkommen?" fragte sie.

„Wenn sie mag, gern", sagte Fräulein Raimar.

Fräulein Raimar kehrte allerdings gleich darauf noch einmal in den Speisesaal zurück.

„Ich habe eine Bitte an euch“, sagte sie zu den versammelten Mädchen. „Sagt der kleinen Lilli nicht zu viele Schmeicheleien über ihr Aussehen. Gewiß, sie ist ein sehr schönes Kind mit viel Charme, und sicher wird sie darüber schon manches Kompliment gehört haben. Aber ihr wollt sie doch mit euren Reden nicht eitel und oberflächlich machen? Das wäre ein Jammer, denn damit würden wir Lillis herzigem Wesen schweren Schaden zufügen. – Übrigens, Lilli wird bei uns bleiben. Ich hatte bisher nichts davon erwähnt, weil es noch nicht sicher war, ob sie kommen würde.“

„Wo wohnen denn Lillis Eltern?“ erkundigte sich Flora.

„In Wien“, antwortete Fräulein Raimar. „Lillis Vater ist allerdings tot. Ihre Mutter ist eine berühmte Burgtheater-Schauspielerin und hat deshalb nur wenig Zeit, sich um die Erziehung ihres Kindes zu kümmern.“

Bei Tisch bekam Lilli ihren Platz zwischen Fräulein Raimar und Ilse. Während des Essens belustigte sie die ganze Tafelrunde durch ihr unbefangenes Geplauder, das weder Ängstlichkeit noch Schüchternheit verriet.

Flora wußte das natürlich zu erklären. „Das kommt daher, weil sie unter Künstlern aufgewachsen ist“, sagte sie.

„Du, Fräulein, gib mir noch a Kipferl, bitt' schön!“ rief Lilli unbekümmert. „Ich hab' heut' so großen Hunger.“

Als Fräulein Güssow sich erkundigte, welches denn ihr Lieblingsgericht sei, antwortete Lilli: „Wiener Würstel.“

„Aber eine Mehlspeise magst du gewiß doch noch lieber?“ wunderte sich Fräulein Güssow.

„O nein – Mehlspeis' eß' i gar net gern! Aber a großes Stückerl Rindfleisch mit Gemüs' – das mag i scho!“

Alle lachten, sogar Fräulein Raimar. Dem Charme der kleinen Wienerin konnte wirklich niemand widerstehen.

Bald zeigte sich, daß mit Lilli eine ganz neue Atmosphäre im Internat entstand. Alles drehte sich um die Kleine, jeder bemühte sich, ihr eine Freude zu machen. Zwar hielten sich die Mädchen an Fräulein Raimars Warnung und vermieden es, der Kleinen zu viele Komplimente zu machen; aber sie umsorgten Lilli zärtlich wie große Schwestern.

Wenn Lilli, die eine musikalische Begabung verriet, ihnen abends hin und wieder ein kleines Volkslied vortrug, war besonders Flora immer ganz hingerissen und prophezeite der Kleinen eine herrliche Zukunft, wenn sie erst als strahlender Stern am Theaterhimmel aufgegangen sein werde.

Das Kind hatte zwar eine hübsche Stimme, aber Flora neigte nun einmal dazu, alles etwas zu übertreiben.

„Sie ist furchtbar goldig!" flüsterte Melanie, als Lillie zum ersten Mal „Kommt a Vogerl geflogen" vortrug.

„Und dieser melancholische, in die Ferne gerichtete Blick!" fügte Grete hinzu.

„Du hast recht, sie schaut wirklich melancholisch", pflichtete die romantische Flora ihr bei. „Ich finde, in diesen dunklen, samtigen Mignonaugen liegt etwas so Versonnenes, Rätselhaftes, als wollte dieser Blick sagen: ‚Du schlimme Welt – ich gehöre einfach nicht zu dir!'"

„Denn es kümmert sich ka Katzerl, ka Hunderl um mi", schloß Lilli ihr Liedchen.

„Das war einfach entzückend!" rief Nellie und klatschte begeistert in die Hände.

„Wie kann man so etwas entzückend finden!" rief Flora verständnislos aus. „Traurig, verloren, einsam – das wären die richtigen Ausdrücke dafür! Schließlich ist dieses Lied von einem verlassenen Herzen verfaßt worden; welche Seelenqualen mag es dabei erlitten haben!"

*

Weihnachten rückte immer näher. Es war nicht üblich, außer wenn die Eltern es aus bestimmten Gründen ausdrücklich wünschten, daß die Schülerinnen für die Festtage nach Hause fuhren. So wurde denn in der Vorweihnachtszeit fleißig gearbeitet, um die Geschenke für die Weihnachtspäckchen an die Lieben daheim rechtzeitig fertig zu haben. Außerdem übten einige der Mädchen mit großer Ausdauer Klavierstücke ein, um die eigene Weihnachtsfeier damit festlich zu gestalten.

„Was willst du deinen Eltern schenken?“ erkundigte sich Nellie, während sie selbst eifrig damit beschäftigt war, eine Kreidezeichnung fertigzustellen, die ein Geschenk für ihren Onkel in London werden sollte – für den Onkel, der ihre Ausbildung im Internat bezahlte und ihr einziger Angehöriger war.

„Ich habe mir darüber noch gar keine Gedanken gemacht“, erwiderte Ilse. „Meinst du denn, daß die Blumen, die ich hier gerade zeichne, meinem Papa Freude machen würden?“ fügte sie nach kurzem Nachdenken hinzu.

„Oh – das glaube ich ganz bestimmt. Aber du mußt noch sehr fleißig sein, mein Ilschen, sonst bist du zu die Christfest bei weitem nicht mit alles fertig! Was bekommt denn deine Mutter von dir?“ fragte Nellie dann.

„Meine Mama?“ fragte Ilse gedehnt und nicht sonderlich interessiert zurück. „Da kaufe ich irgend etwas“, beschloß sie dann leichthin.

Damit war Nellie überhaupt nicht einverstanden. „Etwas kaufen – das ist doch nichts Besonderes und macht deiner Mama bestimmt auch keine Freude. Warum sind deine Finger eigentlich so faul und wollen nichts arbeiten?“

„Nellie hat ganz recht“, mischte sich jetzt Rosi in das Gespräch. Sie hatte bis dahin still dabeigesessen und an einer Tischdecke gestickt. „Deine Mutter freut sich bestimmt nicht über ein gekauftes Geschenk.“

„Ich bin aber zu ungeschickt, um etwas Hübsches zu arbeiten", gestand Ilse offen ein.

„Ich werde dir zeigen, wie man so etwas macht, und dir auch ein bißchen helfen", erbot sich Rosi. „So ein kleines Nähkörbchen wie Annemie kannst du bestimmt auch fertigbringen."

Ilse war sehr dankbar für die angebotene Hilfe, und als sie sich dann an die Arbeit machte, stellte sich heraus, daß es ihr besser gelang, als sie sich selbst zugetraut hatte. Sie selbst hatte die größte Freude an dem Körbchen, das acht Tage später fix und fertig vor ihr stand und wirklich hübsch aussah.

„Jetzt sind es noch vierzehn Tage bis Weihnachten", sagte Rosi. „Ich hätte eigentlich Lust, auch für Fräulein Raimar und für Fräulein Güssow etwas zu arbeiten."

„Und für meine Lori – bitt' schön, liebste Ilse!" bettelte Lilli, die an den Mittwochnachmittagen meist bei den großen Mädchen im Speisesaal war und dann immer dicht neben Ilse saß.

„Meine Lori muß a neues Kleiderl haben", behauptete Lilli und hielt ihre Puppe in die Höhe. „Bitt' schön, näh ihr eines zum heiligen Christfest, Ilse – das alte ist doch schon ganz hin!"

Ilse konnte nichts anders, als der Kleinen die Erfüllung ihres dringenden Wunsches zu versprechen.

Aber dann kamen ihr die ersten Bedenken. Wie sollte sie mit ihren ungeschickten Fingern ein Puppenkleid nähen?

„Ich habe eine Idee!" rief sie am Abend, als sie mit Nellie auf ihrem Zimmer allein war. „Ich kaufe für Lilli eine neue Puppe und die passenden Kleider gleich dazu. Wie findest du das, Nellie, wäre das nicht großartig?"

„Großartig schon", erwiderte Nellie bedächtig, „aber wie steht es mit dein Kasse? Weißt du denn, was so eine Puppe mit sein Siebensachen eigentlich kostet? Bist du nicht ein bißchen zu leichtsinnig?"

„Oh – ich habe sehr viel Geld!" versicherte Ilse mit Überzeugung. Sie holte ihren Geldbeutel aus dem Schrank und zählte die Münzen nach.

„Zwölf Mark", sagte sie dann. „Das ist doch weit mehr, als ich brauche."

„Sie sind ein sehr schlecht' Rechenmeister, mein lieber Ilse", tadelte Nellie. „Das reicht bei weitem nicht aus."

Ilse schaute ungläubig drein. „Aber zwölf Mark ist doch furchtbar viel Geld!" meinte sie.

„Reicht aber bestimmt nicht", behauptete Nellie beharrlich. „Hör zu, ich will dir vorrechnen, was du außerdem noch alles ausgeben mußt:

Zutaten zu einem Geschenk für Fräulein Raimar: Vier Mark,
Zutaten zu einem Geschenk für Fräulein Güssow: Drei Mark,
Zutaten zu eine schöne Geschenk für deine liebe Nellie
und ein paar von die andere Mädchen, macht sehr viele Mark.
Woher willst du dann noch Geld für Puppen nehmen?"

„Und dann habe ich noch jemand vergessen", fügte Ilse bekümmert hinzu. „Unser Kutscher daheim und seine drei Kinder werden auch etwas von mir erwarten. Nein, eine Puppe kaufen kann ich dann nicht mehr!"

Längere Zeit saß sie grübelnd und unglücklich da. Dann plötzlich hellte sich ihr Gesicht auf. Ihr war eine Idee gekommen.

„Ich „Ich weiß, was ich mache!" rief sie vergnügt. „Noch heute abend schreibe ich an Papa und bitte ihn um etwas Geld. Er schickt mir ganz bestimmt, was ich brauche. Ach, Nellie – mein Vater ist ja so gut!"

„Und dein Mutter?" fragte Nellie. „Ist sie nicht auch ein sehr liebe Frau? Denk doch nur an die vielen schönen Sachen, die sie dir immer schickt. Sicher bekommst du auch wieder etwas ganz Herrliches zu Weihnachten von ihr."

Ilse antwortete nicht gleich. In bezug auf ihre Mutter hatte sie ein ganz leises schlechtes Gewissen. Die Eltern hatten nämlich gewünscht, daß Ilse zu Weihnachten nach Hause kam; aber sie war eigensinnig bei dem Beschluß geblieben, den sie ihrem Vater schon im Sommer verkündet hatte, als er sie in das Internat brachte: Aus Groll gegen die Mutter, von der sie behauptete, sie habe sie von daheim fortgeschickt, hatte Ilse erklärt, zu Weihnachten auf keinen Fall nach Hause kommen zu wollen. Inzwischen sah sie es zwar längst ein, daß die Entscheidung, sie in ein Internat zu geben – gleichgültig, wie stark die Mutter an dieser Entscheidung beteiligt gewesen sein mochte –, für ihr Wissen, ihre Fortbildung und ihre charakterliche Entwicklung ausgesprochen gut gewesen war; aber andererseits konnte sie sich auch noch nicht ganz von dem Eindruck befreien, daß ihre zweite Mutter sie absichtlich von daheim fortgeschickt hatte, weil sie ihr unbequem war.

Diese Überlegungen waren ihr noch einmal durch den Kopf gegangen, und erst dann sagte sie zu Nellie:

„Weißt du eigentlich, daß ich zu Weihnachten hätte nach Hause kommen sollen und mich aus freien Stücken entschieden habe, hier zu bleiben?"

„Das finde ich großartig", sagte Nellie erfreut. „Du mußt uns doch sehr liebhaben, daß du gern mit uns die schöne Weihnachtsfest feiern willst. Da werden wir aber ein fröhlich Runde sein. Weihnachten im Internat ist nämlich immer sehr lustig. Jede Schülerin bekommt von daheim ein große Kiste mit Geschenken, Schokolade und Marzipan. Und am Heiligen Abend werden alle Kisten nacheinander aufgemacht; dann helfe ich beim Auspacken, mal der einen, dann der anderen."

„Bekommst du denn selbst keine Kiste?" fragte Ilse und wußte doch die Antwort schon fast im voraus.

„Du weißt doch, ich hab kein' Eltern", antwortete Nellie. „Wer sollte mir etwas schicken?"

„Ja – und dein Onkel in London?" fragte Ilse fassungslos und bedrückt.

„Mein Onkel schickt mir zu Neujahr Geld; davon kaufe ich mir dann, was ich nötig habe."

Ilse warf der Freundin nur einen schweigenden Blick zu. Aber noch am gleichen Abend schrieb sie einen langen Brief an die Eltern. Noch einmal, und dieses Mal liebevoller und um Verständnis bittend erklärte sie, warum sie das Weihnachtsfest im Kreise der Freundinnen feiern wollte. Danach schilderte sie ihrem Vater mit vielen zärtlichen Schmeicheleien ihre traurige Finanzlage. Zum Schluß schrieb sie über Nellie; und was sie da zu sagen wußte, klang so lieb und herzlich, daß es jeden rühren mußte, der diese Zeilen las.

*„Dann habe ich noch eine Bitte"* – fast hätte sie geschrieben: „. . . an Dich, liebe Mama", aber sie besann sich und setzte lieber *„an Euch, liebe Eltern"* ein, – *„und bei dieser Bitte geht es um Nellie:*

Sie ist nämlich die einzige in der ganzen Schule, die zu Weihnachten keine Kiste bekommen wird. Sie ist eine Vollwaise und steht ohne einen einzigen Menschen auf der Welt. Nur ein alter Onkel in London ist da, der ihre Ausbildung bezahlt, damit sie einmal Erzieherin wird. Ist das nicht furchtbar traurig für ein so junges Menschenkind? Dabei ist meine liebe Nellie immer ausgeglichen und fröhlich. Und wie hat sie mir im Anfang geholfen und beigestanden, als ich mit allem so große Schwierigkeiten hatte! Wie schlimm muß es für sie sein, wenn sie kein liebes Elternhaus hat, in dem sie jederzeit willkommen ist! Und Nellie ist so tapfer und läßt sich nie etwas anmerken. Darum bitte ich Euch recht herzlich: Bitte teilt die Geschenke, die Ihr mir zugedacht habt, auf zwei Kisten auf – eine für mich und eine für meine Nellie. Bitte, bitte! Ihr schenkt mir doch immer so viel, daß ich bei weitem noch genug bekommen werde, auch wenn es nur die Hälfte ist. Ich würde bestimmt keine rechte Freude am Heiligen Abend empfinden, wenn Nellie dabeistehen müßte und gar nichts auszupacken hätte.

Ihr habt mir doch erlaubt, an der Tanzstunde teilzunehmen, die im neuen Jahr beginnen soll, und Du, liebe Mama, hattest mir ein neues Kleid dazu versprochen. Kauf mir bitte keines, mein blaues ist noch sehr gut und reicht durchaus. Schenk lieber Nellie etwas dafür, ich bitte Dich!

Mit diesem innigen Wunsch umarmt Euch

Eure dankbare Tochter Ilse

P. S.: Das Geld schicke bitte nur recht bald, liebes Papachen! Ich brauche es nämlich dringend!"

Die Eltern zeigten Verständnis für Ilses Wunsch, Weihnachten im Internat zu feiern. Der Vater schrieb sogar, er finde es verständig von ihr, daß sie nicht darauf bestehe, in dieser winterlichen Witterung die weite Reise machen zu wollen. Sie würden freilich ihre Ilse am Weihnachtsfest beide sehr vermissen, und sicher würde es ihm und der Mama an den Festtagen recht einsam vorkommen, aber sie wollten sich mit dem Gedanken trösten, daß dieses Weihnachtsfest für Ilse einmal etwas ganz Neues und sicher ein sehr beglückendes Erlebnis sei.

Insgeheim ärgerte sich Ilse ein wenig, daß die Eltern so bereitwillig auf ihren Entschluß eingingen und gar keine Anstalten machten, sie doch noch umzustimmen; aber als der Geldbriefträger kam und ihr dreißig Mark brachte, schlug sie alle trübseligen Gedanken in den Wind.

„Dreißig Mark!" rief sie jubelnd. „Nellie – wir sind reiche Leute. Komm, laß uns gleich in die Stadt gehen und Einkäufe machen. Ich kann es kaum noch erwarten."

„Nein, nein, mein Kind!" mahnte Nellie ruhig. „Erst schreiben wir ein langer Zettel mit alle Sachen drauf, die wir kaufen wollen. Wir müssen doch vorher ausrechnen, was sie kosten – sonst sind deine dreißig Mark schneller fort, als dir lieb ist!"

Nellies Rat folgend, entwarfen die beiden Mädchen erst sorgfältig einen Einkaufsplan, und Nellie, die kluge Rechnerin, setzte den ungefähren Preis hinter jedes der notierten Geschenke. Erst dann machten sie sich auf den Weg in die Stadt.

*

Die wenigen Wochen bis zum Weihnachtsfest vergingen wie im Fluge. Neben manchen anderen Handarbeiten, die unbedingt noch fertig werden mußten, sahen Nellie und Ilse sich auch noch vor der Aufgabe, die neue Puppe einzukleiden. Das war für Ilse ein schier unlösbares Problem, und ohne die Hilfe ihrer geschickten Freundin wäre sie wohl nie damit zurechtgekommen.

„Was für geschickte Hände du hast, Nellie!" sagte Ilse bewundernd, während sie zusah, wie Nellie der Puppe ein hübsches Schottenkleidchen anprobierte. „Das hast du wirklich großartig gemacht! Allein hätte ich das nicht fertiggebracht."

„Hast du denn niemals ein Kleid für dein Puppen genäht?" fragte Nellie verwundert.

„Nein, darauf wäre ich im Leben nicht gekommen", bekannte Ilse lachend. „Ich habe zwar eine Menge Puppen in meinem Zimmer, aber die habe ich kaum jemals richtig angesehen. Viel lieber habe ich mit unseren Hunden gespielt."

„Nun, dann ist es kein Wunder, wenn du nix von Nähen gelernt hast", bemerkte Nellie schmunzelnd. „Junge Hunde brauchen freilich keine Kleidchen und Mäntel. Nun mußt du auf dein alt Tage noch nähen lernen, siehst du?"

Auch Ilse konnte unbekümmert darüber lachen, während sie sich bemühte, die Spitze an dem Batistschürzchen, das sie für die Puppe nähte, recht schön ordentlich und zierlich anzubringen.

Einen Tag vor dem Heiligen Abend erhielten die größeren Mädchen die Erlaubnis, die schöne große Tanne zu putzen. Als nach dem Abendessen die jüngeren Schülerinnen zu Bett gegangen waren, begannen sie mit dem großen Werk.

Orla brachte einen großen Korb mit selbstgesammelten Tannenzapfen herbei und stellte ihn auf den Tisch. Annemie stellte zwei Schälchen mit Klebstoff auf; in das eine schüttete sie Silberpuder, in das andere Goldpuder und rührte dann beides nacheinander mit einem Holzstäbchen an.

Melanie und Rosi bemächtigten sich zweier Pinsel und begannen die unansehnlich braunen Zapfen anzustreichen. Mit ein paar raschen Pinselstrichen waren die Zapfen in ein goldenes oder silbernes Gewand gekleidet und sahen nun plötzlich ganz festlich aus. Ilse sah staunend zu.

„Schau nur, Ilse“, rief Melanie und hielt einen vergoldeten Zapfen in die Höhe, „ist das nicht direkt eine künstlerische Arbeit? Kein dunkles Pünktchen ist mehr an ihm zu sehen, und ganz gleichmäßig strahlt der goldene Überzug.“ Mit wohlgefälligem Blick betrachtete sie ihr Werk von allen Seiten.

„Daß du dich doch immer selbst so loben mußt“, tadelte Orla ungeduldig. „Ich kenne wirklich niemand, der von sich selbst so begeistert ist wie du. Male nur fleißig weiter und halte dich nicht mit unnützen Reden auf.“

Melanie fühlte sich beleidigt. Der Ärger über Orlas Bemerkung ließ sie erröten.

„Wie taktlos du sein kannst!“ erwiderte sie. „Was ich sagte, war doch ganz harmlos!“

„Aber, Kinder“, besänftigte Fräulein Güssow die Streitenden, „was soll denn das? Wir wollen doch hier ganz friedlich zusammenarbeiten! Melanie, komm bitte zu mir herüber! Du kannst mir helfen, Äpfel und Nüsse zu vergolden. Und du, Ilse, versuchst bitte einmal, Melanies Arbeit zu übernehmen.“

Ilse war inzwischen der eigenen Fingerfertigkeit viel sicherer geworden. Nur zu gern nahm sie Melanies bisherigen Platz ein, griff nach dem Pinsel und malte gewandt und flink die Tannenzapfen an.

Orla sah ihr zufrieden zu.

„Du machst deine Sache soweit recht gut", lobte sie, „nur solltest du nicht so dick auftragen, sonst reicht unser Gold und Silber nicht aus."

Flora und Annemie hatten den Auftrag bekommen, Netze aus Goldpapier anzufertigen.

„Eine langweilige Arbeit ohne jede Poesie", flüsterte Flora verdrossen ihrer Nachbarin zu. „Warum muß überhaupt die Tanne so aufgeputzt werden? Wäre sie in ihrem natürlichen, grünen Kleid und umgeben von ihrem eigenen frischen Waldduft nicht am allerschönsten? Nur ein paar gelbe Wachslichter in ihr dunkles Grün gesteckt, vielleicht noch einen goldenen Stern auf ihre Spitze, der wie schwebend über ihr strahlt – das fände ich wunderbar, das wäre für mich wahre Poesie!"

Annemie, die sich diese Schwärmerei anhören mußte, konnte es schließlich nicht mehr aushalten. Sie bekam einen so heftigen Lachreiz, daß sie aufspringen und hinauslaufen mußte, um sich vor der Tür erst einmal von Herzen auszulachen.

Grete und Nellie hatten ebenfalls eine gemeinsame Aufgabe bekommen: Hoch auf einer Trittleiter stand Nellie mit einer Tüte Salz in der Hand. Grete streckte ihr einen Leimtiegel empor, und Nellie bestrich die Zweige des Baumes mit Leim, um danach Salz daraufzustreuen, daß es wie Schnee aussah.

„Jetzt bin ich eine schlimme Wintersturm und mache der Baum voller Schnee", bemerkte Nellie scherzend.

Zwar fiel ein großer Teil des Salzes unter den Baum, aber Nellie ließ sich nicht verdrießen, es immer wieder zusammenzukehren und es mit der bloßen Hand wieder auf den Leim zu schmieren.

„Böser Baum – wirfst aller Schnee auf die Erde", sagte sie tadelnd. „Aber das ist schlechte Arbeit – alle meine Finger kleben schon von Leim."

Rosi, die mit ein paar Tannenzapfen an den Baum herantrat, um sie in die Zweige zu hängen, summte leise „O du fröhliche, o du selige Weihnachtszeit!“ vor sich hin.

„Sing nur laut, Rosi“, ermunterte sie Fräulein Güssow. „Das gibt uns bei unserer Arbeit erst die richtige Weihnachtsvorfreude.“

„Singen wir doch alle!“ schlugen Grete und Annemie vor.

Gleich darauf erklang das alte schöne Lied vierstimmig aus den jungen Kehlen.

Fräulein Güssow senkte den Kopf. Der Gesang weckte traurige Erinnerungen in ihr. Ihre Kindheit und die Zeit ihrer ersten Jugend standen plötzlich wieder lebendig vor ihr. Was war aus ihren Hoffnungen, aus ihren Träumen geworden? Alles war zerronnen und zerbrochen durch ihre eigene Schuld.

*

Am folgenden Tag herrschte freudige Erregung und fieberhafte Aktivität im ganzen Hause. Die Mädchen waren völlig aus dem Häuschen. Ilse und Nellie waren von allen die Ausgelassensten, und Annemie lachte wieder einmal über jede Kleinigkeit. Sogar Rosi, die „Artige“, machte an diesem Tage eine Ausnahme und zeigte sich einmal ungezwungen und heiter.

Als Flora im Laufe des Tages ein selbstverfaßtes Weihnachtsgedicht vortrug, lachte die übermütige Schar laut über diese und jene Zeile. Da lachte sogar Rosi mit, und erst als Nellie zu spötteln anfing, setzte sie sich für Flora ein.

„Bitte, Nellie, nicht spotten“, bat sie sanft. „Flora hat sich so große Mühe gegeben mit ihrem Gedicht, und wir haben sie schon genug gekränkt, als wir an manchen Stellen lachten.“

Melanie und Grete waren die einzigen, die etwas bedrückt wirkten. Sie hatten wohl gehofft, zu Weinachten heimfahren zu dürfen, und waren nun verärgert, daß die Eltern dazu nicht ihre Erlaubnis gegeben hatten.

Die Spannung wurde immer unerträglicher. Seit zwei Uhr hielten sich Fräulein Raimar und Fräulein Güssow schon in dem Speisesaal auf, in dem auch die große Tanne stand. Die Schülerinnen warteten in dem angrenzenden Klassenzimmer. Schon am frühen Nachmittag war die Dämmerung hereingebrochen, und jetzt saßen sie im Dunkeln, denn Licht durfte vor der Bescherung natürlich nicht angezündet werden. Erwartungsvoll und stumm saßen die Mädchen beieinander.

Lilli fürchtete sich im Dunkeln. Sie kletterte auf Ilses Schoß und schlang ihre Ärmchen um deren Hals.

„Kommt denn das Christkind noch net bald?“ fragte die Kleine immer wieder. „Schau doch hinaus, Ilse – draußen ist es schon stockfinster!“

„Bald kommt das Christkind“, sagte Ilse beruhigend und drückte das Kind zärtlich an sich. Sie, die nie eine kleine Schwester gehabt hatte, empfand die Zuneigung des fremden Mädchens als besonders beglückend. „Bald kommt das Christkind“, wiederholte sie, „und wie schön wird das dann sein! Soll ich dir inzwischen ein Märchen erzählen, damit dir die Zeit nicht so lang wird, bis das Glöckchen läutet?“

„Ja, bitt' schön, von Hänsel und Gretel!“

Ilse setzte an: „Es war einmal . . .“, da hielt Lilli ihr den Mund zu.

„Nein, laß“, sagte die Kleine. „Net weiter. Ich mag das heut net hören. Ich muß immerzu an das Christkindl denken. Kennst du das liebe Christkind, Ilse? Hast du's am End' schon mal gesehen? Wie sieht es aus?“

„Nein“, antwortete Ilse, „gesehen hab' ich es noch nicht. Niemand kann es sehen – es wohnt nicht auf der Erde.“

„Wohnt es dann im Himmel?“ fragte Lilli. „Du, da möcht' ich auch wohnen, da muß es schön sein – net? Da singen den ganzen Tag die lieben Englein, und die sind früher einmal artige Kinder gewesen, die auf der Erde wohnten, net? Der liebe Gott hat sie in sein Himmelreich geholt, net wahr, Ilse?“

Diese kindlich-naiven Reden riefen in Flora allerlei dichterische Regungen wach; doch noch ehe sie sich dazu äußern konnte, kam Nellie ihr schon zuvor.

„Was redet unser Kind da für ein Zeug?“ fragte sie und strich der Kleinen saft über die Hand. „Woher weißt du das? Kein Mensch hat noch je in der Himmel geschaut.“

„Aber meine Mama hat das gesagt. Und sie muß das wissen, net wahr, Ilse?“ rief Lilli etwas erregt.

Ilse vermied es, eine direkte Antwort darauf zu geben, und versuchte lieber, das Kind auf andere Gedanken zu bringen.

„Möchtest du wieder zu deiner Mama?“ fragte sie und sah Lilli abwartend an.

„Nein“, antwortete das Kind sofort. „Ich bleibe lieber bei euch. Die Mama kann sich so wenig um mich kümmern. Immerzu muß sie Rollen einstudieren und hat gar keine Zeit für mich. Meine Mama muß nämlich alle Abend im Theater auftreten“, fügte sie in wichtigem Ton hinzu.

„Denn es kümmert sich ka Katzerl, ka Hunderl um mi!“ wiederholte Flora mit sonderbarer Betonung.

„Komm doch auch einmal zu mir, Lilli!“ bat Melanie. „Ich erzähle dir eine schöne Weihnachtsgeschichte.“

„Bitte, bitte, laß mich bei Ilse bleiben, Melanie“, sagte die Kleine mit großem Charme. „Du kannst ruhig erzählen, ich höre dir auch bestimmt ganz genau zu.“

*

In dem großen Speisesaal, in dem die Bescherung stattfinden sollte, hatten die beiden Lehrerinnen ihre Vorbereitungen fast beendet. Fräulein Güssow verteilte noch einige streng versiegelte

Pakete auf die verschiedenen Plätze. Es waren Geschenke, die sich die jungen Mädchen untereinander bescherten und die sie Fräulein Güssow zur weiteren Besorgung übergeben hatten. Der Name der Empfängerin stand zwar auf dem jeweiligen Paket, aber der Absender blieb anonym. Es sollte ein großer Spaß werden, wenn später zu erraten war, von wem die jeweilige Überraschung kam.

Fräulein Raimar stand neben dem Gärtner, dessen Aufgabe es war, die eingetroffenen Kisten zu öffnen. War der Deckel gelöst, wurde er lose auf die Kiste gelegt, denn das Auspacken wollten die jungen Empfängerinnen dann schon selbst erledigen.

Nur bei der Kiste von Lilli wurde eine Ausnahme gemacht. Diese packte Fräulein Raimar selbst aus. Kopfschüttelnd betrachtete sie, was da zum Vorschein kam.

„Schauen Sie nur, Fräulein Güssow", sagte sie fast betroffen, „lauter unnützes Zeug. Nicht ein einziges vernünftiges Stück ist dabei. Zwei weiße Kleider, die so kurz sind, daß sie dem Kind kaum die Knie bedecken werden, ein kleiner Hermelinmuff, ein Paar feine Saffianstiefel, eine Puppe im Ballkleid und eine Menge Zuckerzeug. Das ist schon alles. Die warmen Strümpfe und eine wollene Decke, um die ich in meinem letzten Brief an die Mutter gebeten hatte und die das Kind so nötig braucht, sind nicht dabei."

„Hier scheint ein Begleitschreiben an Sie zu sein", bemerkte Fräulein Güssow, indem sie ein zartes rosa Briefchen vom Boden auflas. Vermutlich war es aus dem kleinen Muff gefallen, den die Lehrerin noch immer in der Hand hielt. Fräulein Raimar öffnete den an sie adressierten Umschlag und las:

*„Sehr verehrtes Fräulein Raimar,*

*bitte legen Sie die beigefügten Kleinigkeiten meiner Lilli unter den Weihnachtsbaum. Hoffentlich ist das liebe Herzl recht gesund und munter. Nun, ich brauche mich wohl nicht zu sorgen, weiß ich doch mein Liebstes in den besten Händen!*

*Wollene Strümpfe und eine Decke habe ich nicht mitgeschickt; ich möchte nicht, daß das Kind verwöhnt wird. Es soll immer ein weißes Kleiderl tragen, das Hals und Arme freiläßt; so ist Lilli es gewohnt, und dabei soll es bleiben.*

*Geben Sie meinem Herzerl viele tausend Küsse von mir, und sagen Sie ihm, es soll die Mama nicht vergessen.*

*Meine besten Grüße und herzlichsten Dank an Sie*

*Ihre sehr ergebene*
*Toni Lubauer.*"

„Wie kann man nur!" murmelte Fräulein Raimar verständnislos. „In dieser Jahreszeit weiße Kleider und dünne Strümpfe. Nur gut, daß wir selbst für ein paar warme Sachen gesorgt haben. Ich könnte es einfach nicht verantworten, das arme Kind so leicht bekleidet herumlaufen zu lassen."

Der Gärtner hatte inzwischen alle Kisten geöffnet und verließ den Saal. Die beiden Lehrerinnen zündeten die Kerzen am Weihnachtsbaum an, und als das geschehen war, griff Fräulein Raimar nach einer kleinen silbernen Glocke und läutete.

Fast im gleichen Moment flogen die breiten Flügeltüren auf, und die jungen Mädchen strömten herein.

Lilli stand wie erstarrt vor Entzücken und klammerte sich krampfhaft an Ilses Hand.

„Du bist ja ganz stumm geworden, kleines Plappermäulchen!" sagte Fräulein Raimar liebevoll zu ihr. „Komm mit mir, ich führe dich an deinen Gabentisch."

Erst als die Kleine vor ihren Geschenken stand, fand sie ihre lebhaft ungezwungene Art wieder.

„Die schöne Puppe!" rief Lilli entzückt und schlug vor Begeisterung die Hände zusammen. „Die ist ja wunderschön! Meine alte Lori ist lang net so süß! Und ein Strohhüterl hat sie ja auf, ach, und die langen Zopferln. Und ein Schultascherl tragt sie auch noch mit

sich herum! Bitt' schön, Fräulein, darf ich sie in die Hand nehmen? Ich möcht' sie ganz nah anschaun. Bitt' schön, darf ich?"

Fräulein Raimar nickte gerührt. Ganz vorsichtig nahm das Kind die neue Puppe in den Arm.

„Sie kann sogar die Augerln zumachen!" stellte Lilli entzückt fest. „Schau, Fräulein, sie will schlafen!" Sie wußte sich vor Begeisterung fast nicht zu fassen. „Hast du mir die Puppe geschenkt, Fräulein Raimar?"

„Nein", antwortete die Lehrerin. „Das waren Ilse und Nellie, und sie haben die Puppe auch so nett angezogen. Aber schau mal, hier ist noch eine Puppe, die hast du von deiner Mama!"

Lilli jedoch gönnte der kostbar aufgeputzten Balldame kaum einen Blick.

„Die ist mir viel zu lackiert", bemerkte sie altklug. „Die kann man ja gar net ins Bett legen! Die kann überhaupt net mein Kind sein."

Noch immer die andere Puppe im Arm haltend, lief sie hinüber zu Ilse und Nellie, um sich bei ihren großen Freundinnen zu bedanken.

Ilse war inzwischen auch schon sehr beschäftigt. Sie packte die Kiste aus, die ihre Eltern ihr geschickt hatten, und hatte jetzt keine Zeit für Lilli.

„Später, mein Liebling", sagte sie zu der Kleinen und gab ihr nur einen flüchtigen Kuß.

Nellie stand dabei, als Ilse einen herrlichen rosa Wollstoff auspackte. Neidlos bewunderte sie ihn und hielt ihn Ilse dann unter das Gesicht.

„Der ist ja wundervoll!" rief sie entzückt. „Wie ein Spinnweb' so fein. Das wird ein schön' Tanzstundenkleid werden! Wie ein Fee wirst du aussehen."

Ilse konnte sich gar nicht so recht über das kostbare Geschenk freuen, ja, sie war fast ein wenig enttäuscht. Warum hatten ihre

Eltern ihre dringende Bitte, die Nellie gegolten hatte, unbeachtet gelassen und nicht einmal brieflich auf ihr Anliegen geantwortet? Dabei zeigte sich gerade jetzt wieder einmal, wie gutmütig Nellie war, die sich neidlos über das Glück anderer freuen konnte!

Auch Fräulein Güssow mochte ähnliche Gedanken hegen. Sie trat auf die beiden Mädchen zu und legte Nellie den Arm um die Schultern.

„Warum stehst du hier herum, Nellie?“ fragte sie freundlich. „Du könntest doch inzwischen deine eigene Kiste auspacken?“

„Meine eigene Kiste?“ wiederholte Nellie ungläubig. „Aber, Fräulein Güssow, Sie wissen doch, daß es so etwas für mich nicht gibt! Wer sollte mir eine Kiste schicken?“

Ilse wurde aufmerksam und warf der jungen Lehrerin einen fragenden Blick zu, der von Fräulein Güssow jedoch nur mit einem geheimnisvollen Lächeln beantwortet wurde.

„Ich wäre da nicht so sicher!“ sagte sie zu Nellie. „Sieh dich lieber einmal im Saal um. Vielleicht hat eine gütige Fee dir etwas beschert!“

Ilse, die bis dahin vor ihrer halb ausgepackten Kiste gekniet hatte, erhob sich hastig und nahm die Freundin bei der Hand.

„Komm“, sagte sie. „Suchen wir gemeinsam.“

Ganz am Ende des Saales sah Ilse eine einsame Kiste stehen, die niemand auspackte. Sie steuerte zielbewußt darauf zu und zog Nellie mit sich.

Und richtig – auf dem Deckel stand mit großen Buchstaben in schwarzer Farbe gemalt: „An Miß Nellie Gray.“ Nun konnte es keinen Zweifel mehr geben.

„Oh – was soll dies bedeuten?“ rief Nellie überrascht, während sich eine zarte Röte über ihr Gesicht breitete. „Wer sollte da wohl an mich gedacht haben?“

„Auf jeden Fall ist die Kiste für dich“, bekräftigte Ilse. Sie strahlte über das ganze Gesicht und verspürte erst jetzt die rechte

Weihnachtsfreude. „Nimm doch einfach mal den Deckel herunter und sieh nach!"

Etwas zögernd folgte Nellie Ilses Aufforderung. Doch dann ließ sie den Deckel vor lauter Staunen fast gleich wieder fallen. Obenauf lag der gleiche Stoff in Blaßblau, den sie eben erst noch bei Ilse in Rosa bewundert hatte.

Als die beiden Mädchen nun weiter auspackten – eine jede ihre eigene Kiste –, entdeckten sie voller Glück immer die gleichen wunderbaren Sachen und riefen sich durch den ganzen Saal zu, was sie als nächstes gefunden hatten.

Zarte Strümpfe, eine gestickte Schürze, feine Lederhandschuhe – alles hatten Ilses Eltern wie für zwei Schwestern gekauft. Sogar die Korallenkette, die Ilse sich schon seit langem sehnlichst gewünscht hatte, fehlte auch in Nellies Kiste nicht. Die gerechte Verteilung der Geschenke hatte nicht einmal vor den kleinen Leckereien haltgemacht.

In einem Karton mit hübschem, zartfarbigem Briefpapier fand Ilse einen langen, liebevollen Brief ihrer Eltern, den sie später in der Ruhe ihres Zimmers zu lesen beschloß. Aber der kleine Brief, der in Nellies Karton steckte, interessierte beide Mädchen zu sehr, als daß sie sich ihn für später aufgehoben hätten.

„*Meine liebe Nellie*", hatte Frau Macket geschrieben, „*Sie erlauben doch, daß ich Sie, als meiner Ilse liebste Freundin, so anrede? Mein Mann und ich möchten Ihnen zu Weihnachten einen kleinen Dankesbeweis abstatten für die Liebe und Freundschaft, die Sie unserem Kind zuteil werden ließen, und dies besonders in der ersten Zeit, als unsere Ilse mit vielen Schwierigkeiten zu kämpfen hatte und sicher so manches Mal am liebsten aufgegeben hätte. Wir wissen wohl, was wir gerade Ihnen, liebe Nellie, zu verdanken haben. Daß Ilse sich inzwischen im Internat wohl und fast zu Hause fühlt, dürfte weitgehend Ihr Verdienst sein.*

*Und da Sie und Ilse so innige Freundinnen sind, meinen wir, daß Freundinnen auch die gleichen Freuden haben sollten; und aus diesem Grunde bitten wir Sie herzlich, den beiliegenden Inhalt dieser Kiste freundlich anzunehmen.*

*Mit dem aufrichtigen Wunsch, daß Sie auch künftig unserer Ilse eine treue und liebe Freundin bleiben mögen, grüßt Sie herzlich, auch im Namen meines Mannes,*

*Ihre Anne Macket.*"

Nellie fiel Ilse um den Hals. Die Rührung schnürte ihr so die Kehle zu, daß sie kaum ein Wort herausbringen konnte. Nellie, die nur selten weinte – denn wer hätte auch auf ihre Tränen sonderlich geachtet und Rücksicht genommen – konnte sich nun nicht mehr zurückhalten.

„Deine Mutter ist ein Engel", stieß sie endlich schluchzend hervor. „Ich bin ja so glücklich über die schöne Paket. Wie soll ich sie nur für alles danken?"

„Ja, Mama ist wirklich lieb", mußte Ilse bestätigen, und zum ersten Mal in ihrem Leben regte sich so etwas wie Zuneigung zu ihrer zweiten Mutter in ihr.

„Seid ihr alle fertig, Kinder? Sind alle Kisten ausgepackt?" Fräulein Raimar verschaffte sich in dem allgemeinen Stimmgewirr nur mühsam Gehör. Lächelnd blickte sie um sich und sah überall nur strahlende Gesichter.

„Ja, ja!" rief es aus allen Richtungen, und nun besuchten sich die Mädchen gegenseitig an ihren Kisten, um die eigenen Geschenke herzuzeigen und die der anderen zu bewundern.

Nur Flora hielt sich etwas abseits. Sie war enttäuscht. Anstatt der Werke Jean Pauls, die sie sich gewünscht hatte, hatte ihr der Vater Schlossers Weltgeschichte gekauft. In seinem Brief hatte er dazu geschrieben, die Werke Jean Pauls seien wohl erst die geeignete Lektüre für sie, wenn sie etwas reifer geworden sei.

Diese Bemerkung ihres Vaters erschien der altklugen Flora wie bitterer Hohn. Mit sechzehn Jahren mußte sie sich sagen lassen, sie sei noch nicht reif genug für eine bestimmte Lektüre – sie, die sich überreif fühlte und ja selbst schon lange literarische Werke schuf!

Aber da gesellte sich Annemie zu ihr, um ihr einen reizenden Band neuester Poesie zu zeigen, den sie von ihren Eltern erhalten hatte. Sofort war Flora wieder lebhaft interessiert, und wenig später beugten sich zwei Mädchenköpfe vertieft über die in dem Buch enthaltenen Verse.

Als schließlich der größte Trubel abgeklungen war, nahmen die Mädchen die Geschenke der Lehrerinnen in Empfang. Und dann kamen zum Schluß die geheimnisvoll versiegelten und verschnürten Überraschungspäckchen an die Reihe, die die Schülerinnen sich gegenseitig gepackt hatten.

Da gab es dann bald allerlei Lustiges und Originelles zu sehen, und das allgemeine Gelächter wollte kein Ende nehmen.

Aus einer Unzahl von Papierhüllen wickelte Flora einen langen blauen Strumpf aus und hielt ihn einigermaßen ratlos in die Höhe. Sie drehte und wendete ihn nach allen Seiten, begriff aber durchaus nicht gleich die ironische Anspielung, die darin verkörpert war. „Nur ein Strumpf?“ fragte sie verständnislos. „Was soll ich denn damit?“

Alle lachten und konnten sich lange nicht beruhigen.

„Er soll dein Wappenzeichen sein, lieber Blaustrumpf“, sagte Orla endlich. „Verstehst du jetzt? Also ich finde diesen Einfall einfach famos.“

Famos – das war das neueste Modewort im Internat.

„Dann ist der Strumpf bestimmt von dir“, verdächtigte Flora die junge Russin.

„Leider hatte ich nicht diese gute Idee“, erwiderte Orla.

Da platzte Annemie mit so lautem Lachen heraus, daß Flora sie sofort als die Geberin dieses Geschenks erriet.

„Du bist mir doch hoffentlich nicht böse, Flora?" fragte Annemie nun doch etwas beklommen.

Diese Frage war völlig überflüssig. Anstatt beleidigt zu sein, fühlte sich Flora über alle Maßen geschmeichelt, daß man sie als einen Blaustrumpf betrachtete. Diese Anerkennung ihrer dichterischen Fähigkeiten freute sie mehr als der gestickte Schlips, der dann aus dem blauen Strumpf zum Vorschein kam.

In bester Laune machte sie sich nun an das Öffnen des zweiten Päckchens, auf dessen Deckel ein großes Weinglas und der Vermerk „Vorsicht, zerbrechlich!" gemalt war. Behutsam löste sie die Schnur, nahm ebenso vorsichtig den Deckel ab, warf die Papierschnitzel heraus, die als Schutzschicht eingepackt waren, und fand dann, in zartes Seidenpapier gehüllt, ein zerbrochenes Herz aus Biskuit.

„Nellie – du bist ein Biest!" rief sie erzürnt aus und wandte sich mit sicherem Instinkt an die richtige Adresse. Nellie lachte nur.

„Nur nicht gleich so zornig!" mahnte Grete die errötende Flora. „Schau nur einmal erst genauer nach."

Nur zögernd faßte Flora das zerbrechliche Herz an, als sie es aber umwandte, fand sie geschickt darunter versteckt ein reizendes kleines Nadelkissen. Das freute sie so, daß sie sich mit der spottlustigen Nellie gleich wieder versöhnte.

Aber zum Glück war es nicht nur Flora, die solch Neckereien über sich ergehen lassen mußte. Auch andere fanden sich wegen ihrer persönlichen Eigenheiten in liebevoller Art auf den Arm genommen.

So stand Nellie, als sie ein ihr zugedachtes Paket endlich ausgepackt hatte, einem Riesenberg von Eßwaren gegenüber: Schokolade, Marzipan, Apfelsinen, Rosinen und Mandeln, Lebkuchen – und, worüber sie am meisten lachen mußte, in einer entzückenden kleinen Porzellandose zwei saure Gurken, weil es bekannt war, daß sie dafür besonders schwärmte.

Etwas errötend wandte sie sich an die anderen und fragte, ob sie denn wirklich den Eindruck erwecke, ein solcher Nimmersatt zu sein. Die anderen nickten nur lachend dazu.

„Da ist noch ein Paket für dich", sagte Ilse.

„Ob das noch mehr zu essen ist?" vermutete Nellie etwas verlegen; doch sie sollte bald feststellen, daß sie sich getäuscht hatte. In diesem zweiten Päckchen befand sich ein Buch, und als sie es aufschlug, las sie auf dem Titelblatt: „Deutsche Grammatik". Nellie schaute etwas verdutzt und entdeckte dann erst das Blatt Papier, das dem Büchlein beigefügt war und auf dem ein Gedicht stand. Laut las sie vor:

„Lerne fleißig die deutsche Sprache,
willst du begreifen holde Poesie!
Dies Buch ist einer Verkannten Rache,
die du verstanden hast noch nie!"

„Liebe Flora", rief Nellie etwas beschämt, „das nenne ich aber einer sehr edler Rache! Ich werde aus dieses Buch bestimmt viel lernen und dir dann verstehen. Komm, gib mir dein' Hand! Ich will dich hier und jetzt versprechen, daß ich nie wieder dein holdes Poesie auslachen will, und wenn es auch noch so sehr voll lauter zerbrochene Herzen ist!"

Als Orla eines ihrer Päckchen auspackte, fand sie darin eine Brille, die sie sich sogleich schmunzelnd aufsetzte. Aber dann kam – o Schreck – auch noch ein Päckchen Zigaretten aus einer Umhüllung aus rosa Papier zum Vorschein.

Das Unglück wollte es, daß Fräulein Raimar gerade in Orlas Nähe stand und das verräterische Geschenk bemerkte.

„Ja, was ist denn das?" fragte sie streng. „Ich will doch nicht hoffen, Orla, daß du rauchst? Ich wäre wirklich sehr ärgerlich, wenn ich das erfahren müßte." Doch dann schien sie sich zu einem leichteren Ton zu zwingen. „Aber was rede ich da – das ist ja sicher nur ein Scherz! Am Weihnachtsabend soll man derartige

Dinge nicht ernst nehmen." Doch mit unterdrückter Stimme und nur für Orla verständlich fügte sie hinzu: „Ich habe das feste Vertrauen zu dir, daß du niemals rauchen wirst."

Orla antwortete nichts und schlug nur die Augen nieder. Fräulein Raimars Bemerkung, das wußten sie wohl beide, hatte durchaus ihre Berechtigung: Es stimmte schon – manchmal rauchte das Mädchen gern heimlich eine Zigarette.

Die eitle Melanie hielt sich beglückt einen zierlichen Handspiegel vor das Gesicht. Sie fühlte sich nicht verspottet, sondern fand das Gesicht, das ihr daraus entgegenlachte, nur wieder einmal ganz „furchtbar entzückend".

Erst Grete machte sie auf den Hintergedanken aufmerksam, der diesem kleinen Geschenk zugrunde lag.

„Das bezieht sich auf deine übertriebene Eitelkeit, mein liebes Schwesterchen", bemerkte sie schadenfroh. „Siehst du, für mich haben sie nichts gefunden, womit sie mich verspotten könnten oder wodurch ich mich betroffen fühlen müßte."

„So, so, du hältst dich also für ganz untadelig, meine liebe Grete?" spöttelte Melanie. „Das brauchst du dir nun wirklich wahrlich nicht einzubilden. Vollkommen bist du wirklich nicht. Im Gegenteil – es gibt manches an dir auszusetzen!"

Wie um ihre Worte zu bestätigen, rief Fräulein Güssow in diesem Augenblick: „Aber hier steht ja noch ein Karton auf deinem Platz, Grete! Es lag eine ganze Menge Weihnachtspapier darauf, deshalb hast du ihn wohl übersehen."

Erwartungsvoll und durchaus vergnügt hob Grete den Deckel von der Schachtel. Doch da erwartete sie eine böse Überraschung: Schön von Seidenpapier umgeben, lachte sie ein zierliches, blankpoliertes Vorhängeschloß spöttisch an.

Nun war es an Melanie, schadenfroh zu lachen.

„Das ist ein zarter Wink für dich, mein geliebtes Plappertäschchen", sagte sie schmunzelnd und legte der Schwester den Arm um die Schultern. Dann griff sie nach dem Schloß und hielt es probeweise an Gretes Mund. „Steht dir gut“, bemerkte sie vergnügt. „Sicher wird es dir helfen, in Zukunft mehr zu schweigen und nicht so vorlaut zu sein.“

Grete biß sich verärgert auf die Lippen, aber als sie sah, wie ungezwungen alle lachten, und begriff, daß sie niemand ernstlich hatte beleidigen wollen, lachte sie schließlich aus vollem Halse mit.

Ilse hatte eine mächtige Kiste bekommen, die bis obenhin mit Heu gefüllt war. Verwundert stand sie davor und wußte erst nicht recht, welche böse Überraschung ihr mit dem Inhalt bevorstehen mochte. Erst als Nellie sie zum Auspacken ermunterte, gab sie sich einen Ruck und griff in das Heu.

Zu ihrer höchsten Verwunderung zog sie einen braunen Hund mit weißen Pfötchen heraus, der ein Schild mit der Aufschrift „Bob“ um den Hals trug. Es war natürlich kein lebendiger Hund, sondern einer aus Pappe, der ihrem echten Bob allerdings täuschend echt nachgebildet war.

„Orla – das kannst nur du gewesen sein!“ rief Ilse sofort.

Orla hatte sie in der Vergangenheit immer wieder mit ihrem Hund Bob aufgezogen, und Ilse mußte inzwischen zugeben, daß sie schon einen recht lächerlichen Auftritt geboten haben mochte, als sie mit dem kleinen Hund unter dem Arm ihren Einzug im Internat hielt und trotzig darauf bestand, das Tierchen bei sich behalten zu wollen.

Aber Ilse erwartete noch eine weitere Überraschung: Ein kleines Körbchen enthielt rotbackige Äpfel aus feinstem Marzipan.

„Nellie!“ wandte sich Ilse erschrocken an die Freundin. „Wenn das jemand sieht!“ Sie hatte sofort begriffen, daß Nellie damit auf ihr nächtliches Abenteuer in dem Apfelbaum anspielen wollte.

Während Ilse sich noch ängstlich nach allen Seiten umsah, sagte Nellie beruhigend: „Du brauchst dir nicht zu fürchten, Ilschen, niemand merkt etwas.“

Sie hatte recht. Die allgemeine Aufmerksamkeit richtete sich bereits auf etwas, das Annemie ausgepackt hatte: Einen hübschen Vogelkäfig, in dem eine Lachtaube saß. Annemie hielt den Käfig sprachlos und freudig überrascht in der Hand.

„Nun kannst du mit der Taube um die Wette lachen", scherzte Fräulein Raimar. „Du darfst das Tierchen behalten und den Käfig in deinem Zimmer aufhängen. Aber vergiß bitte niemals, daß die kleine Taube regelmäßig gefüttert werden muß, Annemie!"

Annemie nickte ernst und betrachtete dann wieder mit glücklicher Miene die hübsche kleine Taube.

Alle hatten nun einen Nasenstüber erhalten – nur die brave Rosi nicht. Es hatte ihre Mitschülerinnen viel Kopfzerbrechen gekostet, etwas Bemängelnswertes an ihr zu finden, aber schließlich hatten sie es als aussichtslos aufgegeben.

„Ganz ungeschoren soll sie aber nicht davonkommen", hatte Nellie dann erklärt. „Ich werde schon etwas finden."

Und tatsächlich – Nellie hatte eine Idee gehabt. Als Rosi jetzt das ihr zugedachte Päckchen auspackte, fand sie darin ein Bilderbuch, auf dessen Titelblatt in goldenen Buchstaben die Aufschrift glänzte: „Dem artigen Kinde."

Rosi errötete tief, als sogar Fräulein Raimar lachte.

Damit war die Bescherung nun endlich zu Ende. Alle waren erhitzt und vergnügt, und so begrüßten es alle sehr, als Fräulein Güssow sie in dem angrenzenden Klassenzimmer zum Teetrinken einlud. Noch lange saßen die Mädchen mit ihren Lehrerinnen plaudernd und scherzend beisammen, ehe sie schließlich müde wurden und sich eine nach der anderen zu Bett begaben. An diesem einen Abend wurde das abendliche Schlafengehen einmal nicht streng nach der Uhr festgelegt.

Nur die kleine Lilli war natürlich schon lange in ihrem Bettchen. Sie hatte sich von den schönen Dingen auf ihrem Gabentisch gar nicht trennen wollen und es schließlich durchgesetzt, daß sie wenigstens ihr neues Püppchen mit ins Bett nehmen durfte. Es dauerte aber noch eine ganze Weile, bis der Sandmann kam und das erregte kleine Mädchen endlich Schlaf fand.

Schließlich war es still und dunkel im ganzen Haus. Im Speisesaal glänzten in den tiefgrünen Zweigen der hohen Tanne hier und dort die vergoldeten Zapfen, Äpfel und Nüsse auf. Ein schöner Christabend voller Erwartung und seligem Lichterglanz war zu Ende gegangen.

## Sylvesterabend

Die stillen Tage zwischen Weihnachten und Neujahr, an denen kein Unterricht stattfand, verbrachten die Mädchen damit, herzliche Dankesbriefe an die Eltern zu schreiben, die hübschen neuen Kleidungsstücke anzuprobieren oder sich mit den Gesellschaftsspielen zu vergnügen, die unter den Geschenken gewesen waren. Besonders Flora und Orla vertieften sich in die Bücher, die ihnen die Eltern beschert hatten, und nur Rosi, die Artige, tat darüber hinaus auch noch etwas für die Schule, indem sie jeden Tag eine Stunde englische und französische Vokabeln lernte.

Auch Fräulein Raimar und Fräulein Güssow schienen diese unterrichtsfreien, fast ein wenig festlichen Tage sehr zu genießen, an denen der Tagesablauf weniger streng geregelt war als sonst.

So war es nicht verwunderlich, daß aus dieser Stimmung heraus Fräulein Raimar die Erlaubnis zu einer kleinen Sylvesterfeier gab. Sie glaubte sich mit den Eltern ihrer älteren Schülerinnen darin einig zu sein, wenn sie diesen gestattete, bis nach Mitternacht wach zu bleiben und den Abend nach ihrem eigenen Geschmack zu gestalten.

Als Fräulein Raimars Beschluß bekannt wurde, herrschte unter den Mädchen großer Jubel und hellste Aufregung. Sofort setzten sie sich zusammen und begannen die lebhaftesten Pläne zu schmieden. Vorschläge wurden eifrig diskutiert, einige verworfen, andere ständig verbessert, ohne daß man zu einem einhelligen Konzept kommen konnte. Erst als Fräulein Güssow sich zu der jungen Schar gesellte und hier und da ein vermittelndes Wort einwarf, auch diesen oder jenen Einwurf mit der Bemerkung zurückwies, Fräulein Raimar werde das unmöglich erlauben, wurde man sich allmählich in groben Zügen einig, wie die Gestaltung des letzten Tages im Jahr aussehen sollte.

„Auf jeden Fall brauchen wir etwas Besonderes zu essen und zu trinken", warf Nellie bezeichnenderweise ein.

„Und ich finde, wir sollten uns auch besonders hübsch machen", meinte die eitle Melanie.

„Wir könnten uns ja die Zeit bis Mitternacht mit lustigen Spielen vertreiben", schlug Orla vor. „Ich wüßte da schon einiges, was sicher Spaß macht."

„Und wie wäre es mit Bleigießen?" Das war Gretes Beitrag zu den allgemeinen Überlegungen. „Ein Blick in die Zukunft ist doch auch einmal ganz interessant."

„Abergläubisches Völkchen", bemerkte Fräulein Güssow lächelnd, als alle begeistert zustimmten.

Was diese ganze Sache für die Mädchen so besonders faszinierend machte, war die Tatsache, daß noch keine von ihnen, mit Ausnahme der weltklugen Orla, bisher in der Sylvesternacht hatte wachbleiben dürfen.

Nachdem sie nach langen Überlegungen ihr Programm fertiggestellt hatten, wurden die Arbeiten verteilt. Die Mädchen hatten beschlossen, an leiblichen Genüssen selbstgebackene Krapfen und Punsch auf den Tisch zu bringen. Fräulein Raimar hatte sogar zugestimmt, daß der Punsch eine kleine Menge Rum enthalten dürfte.

Es war klar, daß man der Köchin nicht zumuten konnte, die

ganze Extraarbeit allein zu leisten; so wurden die ersten beiden Ämter an zwei „Küchenhilfen" verteilt: Als Nellie sich sogleich begeistert dafür zur Verfügung stellte, meldete sich Ilse als zweite Kraft.

Flora und Orla übernahmen die Aufgabe, den Speisesaal für den Sylvesterabend festlich auszugestalten; die beiden zogen sich gleich darauf in eine Ecke des Zimmers zurück, um geheimnisvoll flüsternd über die dazu in der Stadt zu erledigenden Einkäufe zu beraten.

Die noch verbleibenden vier – Melanie, Grete, Annemie und Rosi – wurden dazu bestimmt, für Unterhaltung zu sorgen.

„Aber wir dürfen nicht so wilde Spiele aussuchen", mahnte die brave Rosi, „damit hier nichts beschädigt wird."

Die anderen lachten nur.

Da man beschlossen hatte, den Abend in möglichst abenteuerlicher oder komischer Verkleidung zu verbringen, hatte jede einzelne der Mädchen noch das Kopfzerbrechen, wie sie sich ihren Freundinnen möglichst originell präsentieren könnte.

Den ganzen Tag wurde kaum noch von etwas anderem gesprochen, und im ganzen Haus summte es, als habe sich dort ein Bienenschwarm niedergelassen.

In den folgenden Tagen wurde in den Zimmern der Mädchen eifrig probiert, genäht, geändert, geflochten und geknüpft. Immer wieder einmal bat eines der Mädchen Fräulein Raimar um Ausgang in die Stadt, weil dringende Einkäufe zu machen seien.

Von dem Eifer der Mädchen angerührt, gewährte die Internatsleiterin lächelnd die vielen Bitten.

*

Endlich war der letzte Tag des Jahres angebrochen. Es war ein grauer, winterlicher Tag mit lange anhaltendem Nebel, der gar nicht recht zu der ausgelassenen Stimmung der jungen Mädchen passen wollte.

„Kinder, heute wird's famos!" verkündete Orla über den ganzen Frühstückstisch hinweg. „Sylvester daheim, das war bei uns auch schon immer ein tolles Fest, aber mit euch zusammen denke ich mir das noch tausendmal lustiger!"

„Wann fangt ihr mit dem Dekorieren an?" erkundigte sich Ilse. „Können wir das Mittagessen noch im Speisesaal einnehmen? Nellie und ich müssen das wissen, wir haben nämlich heute auch den Tischdienst übernommen."

„Aber nach dem Mittagessen gehört der Saal uns!" entschied Orla. „Gut Ding will schließlich Weile haben."

„Welcher Gruppe darf ich denn meine Hilfe anbieten?" fragte Fräulein Güssow.

Als alle drei Gruppen sich sofort lebhaft um ihre Mitarbeit bewarben, erklärte sie, daß sie überall einmal hereinschauen werde, um dann einzuspringen, wo es nötig wäre.

Nach dem Frühstück begaben sich die Mädchen noch einmal auf ihre Zimmer, um letzte Hand an ihre Verkleidungen zu legen. Wer um diese Zeit leise durch die Gänge geschlichen wäre, hätte es hinter so mancher Zimmertür kichern hören können.

Besonders im Zimmer von Nellie und Ilse ging es lustig zu: Ilse hatte sich entschlossen, als Räuberhauptmann aufzutreten. Die alten garstigen Stiefel hatte sie endlich einmal geputzt, weil auch sie der Meinung war, ein Räuberhauptmann sei es seiner Würde schuldig, wenigstens einigermaßen sauber zu erscheinen. Ein Paar dunkle Schlafanzughosen, deren weite Beine unter den Knien eng gerafft waren, ein abenteuerlich bunter Kittel und ein alter Hut, den sie in einer Truhe auf dem Dachboden entdeckt und mit allerlei Federkram aufgeputzt hatten, vervollständigte Ilses Aufmachung. Als sie jetzt noch einmal, fast wie zu einer Generalprobe, in ihr Kostüm schlüpfte, mußte man sich nur noch den martialischen Schnurrbart und die dichten schwarzen Augenbrauen vorstellen, die Ilse sich erst am Abend ins Gesicht malen wollte, um einen eindrucksvollen Räuberhauptmann vor sich zu haben.

Nellie war mehrmals um Ilse herumgegangen und schüttelte nur nachdenklich den Kopf.

„Der eigentliche Pfiff fehlt noch“, sagte sie. „Ich weiß nur nicht recht, was das sein könnte.“

Ilse drehte sich vor dem Spiegel und streckte die Arme theatralisch von sich.

Da plötzlich leuchtete es in Nellies Gesicht auf. „Ich weiß“, rief sie.

Mit einem Sprung war sie an ihrem Bett und zog ein kleines Kopfkissen daraus hervor. Ilse sah ihr verwundert zu. Sie begriff noch nicht ganz, was Nellie vorhatte.

Aber das sollte sie gleich erfahren: Nellie knüpfte an ihrem Hosenbund herum und schob ihr dann mit einem Griff das Kissen in die Schlafanzughose.

Mit einem Schlage war aus dem etwas hageren, zarten Räuberhauptmann ein mächtiger, rundlicher Herr geworden, dem man es anzusehen glaubte, daß er einen Humpen Rotwein und eine fette Gänsekeule zu keiner Zeit verschmähen würde.

Beide Mädchen betrachteten ihr Werk im Spiegel und konnten sich vor Lachen kaum noch halten. Höchst belustigt schlug sich Ilse auf ihren falschen Bauch.

„So müßte mich unser Herr Pfarrer daheim einmal sehen“, sagte sie lachend. „Er ist ein sehr würdiger alter Herr und trägt so ein Bäuchlein in natura mit sich herum.“

Als sie sich endlich wieder beruhigt hatten, wandten sie sich Nellies Aufzug zu.

Nellie hatte sich für die Darstellung eines zierlichen Kammerkätzchens entschieden. Ihre liebenswürdige, heitere und gewandte

Art schien dazu wie geschaffen, Jetzt schlüpfte das schmale Persönchen in ein schwarzes, glänzendes Satinkleid, das sie sich von Fräulein Güssow ausgeliehen hatte, und band sich ein weißes, reich mit Spitzen verziertes Batistschürzchen um, an dem sie in den vergangenen Tagen emsig genäht hatte. Ein duftiges Häubchen auf dem blonden Haar und ein aus bunten Flaumfedern gebundener Staubwedel rundeten das Bild eines entzückenden, pfiffigen Kammermädchens ab, wie sie es erst kürzlich bei der Lektüre von Molières „Der eingebildete Kranke" in der jungen Toinette kennengelernt hatten. Als Nellie dann noch einen artigen Knicks vor dem Spiegel probierte, war Ilse einfach hingerissen.

„Du hast einen unnachahmlichen Charme, Nellie", sagte sie voller Bewunderung.

„Und dabei behauptet man immer, alle Engländerinnen seien die langweiligsten Geschöpfe, die man sich denken kann", gab Nellie zu bedenken.

„O nein, das kann man wirklich nicht sagen!" widersprach Ilse eifrig. „Manchmal wünschte ich, dein glückliches Temperament zu besitzen, mit dem du es fertigbringst, andere aufzuheitern, die bedrückt oder mißmutig sind."

Nellie warf einen raschen Blick auf ihre Armbanduhr.

„Du, wir müssen uns beeilen", sagte sie. „Mach schnell, daß du dir ausziehst, und dann eine Schürze um und hinunter in die Küche! Es ist gleich halb zwölf!"

Hastig schlüpften die beiden aus ihren Verkleidungen, zogen sich ihre Hauskleider über den Kopf und banden sich Schürzen vor. Jetzt galt es erst einmal, beim Auftragen und Servieren des Mittagessens zu helfen; danach würden sie unter der Aufsicht der Köchin und natürlich mit deren Hilfe, wo es nötig werden sollte, die Krapfen und den Punsch herstellen.

Um die jungen Mägen nicht allzusehr zu belasten, wurde im Hinblick auf die fetten Leckerbissen, die am späten Abend noch zu erwarten waren, nur ein einfaches Mittagessen serviert. Auf eine große Terrine mit Kartoffelsuppe, die Ilse und Nellie auf den Tisch brachten, folgten zarte Grießklößchen mit Kompott. Alle ließen es sich schmecken, obwohl entgegen den sonst herrschenden Tischsitten lebhafte Reden über den Tisch hin und her geführt wurden. Fräulein Güssow, die für das abwesende Fräulein Raimar an diesem Tage die Aufsicht führte, drückte mit voller Absicht einmal beide Augen zu.

Nach dem Mittagessen schwirrten alle wieder auseinander an ihre verschiedenen Aufgaben. Nellie und Ilse kehrten zurück in die Küche, die Vierermannschaft, die für die Unterhaltung zuständig war, zog sich zu einer Konferenz in Gretes und Melanies Zimmer zurück, und Orla und Flora drehten, als die letzte den Speisesaal verlassen hatte, energisch den Schlüssel im Schloß herum, damit sie beim Dekorieren ungestört blieben.

Ilse und Nellie konnten inzwischen in der Küche lernen, wie man einen Hefeteig anrührt.

Die Köchin hatte schon vorgearbeitet und in einer riesigen Schüssel voller Mehl den Vorteig – das „Dämpfle", wie sie in ihrer heimatlichen Mundart sagte – angesetzt. Sie mußte schließlich Ilse und Nellie regelrecht daran hindern, immer wieder das Küchenhandtuch zu lüften, um nachzuschauen, ob das „Dämpfle" schon genügend gegangen sei.

Um die beiden abzulenken, drückte sie ihnen das Rezept für den Punsch in die Hand und beauftragte sie, auf einem Seitenschränkchen schon alle Zutaten dafür zusammenzustellen, damit die Zubereitung des würzigen Getränks am Abend ohne großen Zeitaufwand erfolgen konnte.

Wenig später war es dann soweit: Der Vorteig hatte sich auf den doppelten Umfang vergrößert und konnte nun mit den übrigen Zutaten vermengt und geknetet werden. Nellie nahm sich dieser schweren Aufgabe mit Begeisterung an. Mit hochroten Wangen knetete sie den Krapfenteig, bis die Köchin nach einem prüfenden Blick schließlich befriedigt nickte.

Ilse hatte inzwischen den Topf mit dem Ausbackfett auf den Herd gestellt. Jetzt siebte sie den Puderzucker, in dem die Krapfen später gewälzt werden sollten.

Als die Köchin die beiden Mädchen beauftragte, den Topf mit dem Pflaumenmus aus der Speisekammer zu holen, tauschten die beiden erfreute Blicke. Sie wußten schon, daß die gutmütige Betty ihnen erlauben würde, ein paar Löffel als Kostprobe davon zu naschen.

Fräulein Güssow streckte den Kopf zur Küchentür herein. „Nun, hier klappt sicher alles wie am Schnürchen", bemerkte sie. „Wo unsere gute Betty die Hand im Spiele hat, ist meine Hilfe sicher nicht nötig."

Betty winkte nur schmunzelnd ab.

Wenig später war das Fett im Topf heiß genug, um den ersten Probekrapfen auszubacken. Betty zeigte den Mädchen, wie die gerade mühsam von ihnen geformten Krapfen richtig in das siedende Fett eingelegt wurden.

Als jedoch Ilse wenig später eine Anzahl Krapfen in den Topf legen sollte, bekam sie es mit der Angst zu tun. In der Befürchtung, etwas von dem heißen Fett könne ihr beim Einlegen auf die Hand spritzen, warf sie den ersten Krapfen blindlings in den Topf und sprang dann sofort weit zurück. Natürlich schäumte das Fett auf, und zischende Spritzer fielen nach allen Seiten auf den heißen Herd.

Betty hatte Verständnis für solche jugendlichen Ängste. Geduldig zeigte sie es den Mädchen noch einmal.

„Nur wenn ihr ganz ruhig und sanft eure Krapfen in das Fett gleiten laßt, habt ihr nichts zu befürchten", sagte sie. „Das dürft ihr mir schon glauben – ich habe es oft genug ausprobiert."

Danach wechselten sich Ilse und Nellie beim Krapfenbacken ab und waren stolz, wenn sie mit dem Schaumlöffel die zart gebräunten, leckeren Gebäckstückchen herausheben konnten.

Richtig lustig wurde es erst, als sie dann mit einer Tortenspritze die fertigen Krapfen mit dem geschmeidig gerührten Pflaumenmus füllen durften.

Nachdem sie schließlich zusammen mit Betty die Küche tadellos wieder aufgeräumt hatten, setzten sich die drei „Köchinnen“ gemütlich am Küchentisch zusammen und verspeisten jede einen Krapfen zur Probe.

„Ich möchte öfter in der Küche helfen“, sagte Nellie begeistert.

„Warte nur, bis es mit den Schulaufgaben wieder losgeht, dann vergißt du sehr rasch solche Gedanken“, nickte Ilse.

„Jedenfalls wart ihr zwei sehr tüchtige Helferinnen“, lobte Betty die beiden.

*

Inzwischen stand Orla auf der obersten Sprosse der Trittleiter und ließ sich von Flora zureichen, was sie gerade brauchte: Hammer, Nägel, Schere, Konfetti, Lampions und farbige Pappgesichter. Viel bunten Tand, den sie zum festlichen Ausschmücken des Saales benötigten, hatten die zwei schon vor längerer Zeit beim Herumstöbern auf dem Dachboden entdeckt; es war an einem langweiligen Herbstnachmittag gewesen, so recht geeignet, im Hause auf Entdeckungsreisen zu gehen. Als es jetzt darum ging, einen Raum zu dekorieren, hatten die beiden Mädchen sich der seinerzeit zufällig entdeckten Schätze wieder erinnert und sich von Fräulein Raimar die Erlaubnis erbeten, sie herunterholen und verwenden zu dürfen.

„Den gelben Mond würde ich etwas mehr in die Mitte des Raumes hängen“, glaubte Flora ihr besonders ausgeprägtes Kunstverständnis wieder einmal beweisen zu müssen. „Und eine Blumengirlande haben wir auch noch übrig.“

Als die beiden Mädchen schließlich ihr fertiges Werk betrachteten, konnten sie mit ihrer Arbeit zufrieden sein. Niemand hätte in dem bunt und lustig ausgeschmückten Raum noch den nüchternen Speisesaal eines renommierten, gesitteten Internats vermutet.

Vergnügt lachend schlossen sie die Tür des Saales ab. Die anderen sollten ihn erst zu sehen bekommen, wenn das Abendessen vorbei war.

*

In Melanies und Gretes Zimmer im zweiten Stock hatte inzwischen unter viel Gekicher und Lachen der vierköpfige Unterhaltungsausschuß getagt.

Melanie und Grete hatten zu der Auswahl an Spielen, die bis zur Jahreswende veranstaltet werden konnten, besonders viel Vorschläge beigetragen, denn bis zu ihrem Eintritt ins Internat hatten sie alljährlich an ihren Geburtstagen ein kleines Fest für ihre Freundinnen geben dürfen, bei dem nach dem Verzehr eines Riesenberges an Kuchen manch lustiges Spiel gespielt worden war.

Großes Gelächter erntete Grete, als sie mit dem Kopf an der Zimmertür demonstrierte, wie „Steinekarren“ ausgeführt wurde.

„So kann nur ein Holzkopf dröhnen“, bemerkte die Lachtaube Annemie etwas boshaft.

Mit einer langen Liste von Vorschlägen bewaffnet, ausgerüstet mit Schreibmaterial, Würfeln, Tüchern zum Augenverbinden und allen Utensilien, die zum Pfänderspiel und allerlei Schabernack nötig waren, begaben sich die vier schließlich hinunter ins Erdgeschoß, wo sie in dem an den Speisesaal angrenzenden Klassenzimmer ihr „Lager“ errichteten.

Inzwischen war es später Nachmittag geworden. Man hatte übereinstimmend beschlossen, das Abendessen etwas vorzuverlegen, damit ein möglichst langer Abend zur Verfügung stand. Außerdem wollten natürlich auch die kleineren Schülerinnen gern noch ein wenig von dieser ungewohnten Atmosphäre im Internat erhaschen.

So ertönte kurz nach sechs Uhr der Gong zum Abendessen, und etwas gedrängt in dem kleineren Raum, aber darum gerade besonders vergnügt, saßen die Mädchen bei Tee und belegten Broten.

Die kleine Lilli war an diesem Abend noch gesprächiger als sonst. Mit hochroten Bäckchen saß sie zwischen Nellie und Ilse und plauderte fast in einem fort. Sie hatte den beiden Mädchen die Erlaubnis abgeschmeichelt, ihnen beim Umkleiden zusehen zu dürfen. So kletterte sie eine gute halbe Stunde später selig an Ilses Hand die Treppe hinauf und ließ sich in Ilses und Nellies Zimmer auf einem der Betten nieder, um zu beobachten, was nun folgen würde.

„Mei, Ilse – hast du einen dicken Bauch!" sagte die Kleine und kugelte sich förmlich vor Lachen, als das Kissen wieder an seinem Platz war. „Jetzt darfst aber auch net mehr so hoch red'n, sondern ganz tief – wie ein alter Brummbär. So!" Auf entzückende Weise ahmte das Kind das Brummen eines Bären nach.

„Du – mit dir möcht' i tanzen!" sagte Lilli zu Nellie, als sie sie fertig angekleidet vor sich sah. „Du bist ja ein ganz a süßes Kammerkatzl!"

Die beiden großen Mädchen faßten das Kind bei den Händchen und drehten sich vergnügt mit ihm im Zimmer herum.

„So – und jetzt gehst du noch ein Weilchen mit uns herunter in den Saal, und dann marsch – ab ins Bettchen!" sagte Ilse liebevoll und gab der Kleinen zärtlich einen kleinen Klaps auf die Kehrseite.

Gemeinsam stiegen die drei die Treppe hinunter und betraten den Speisesaal, der inzwischen von Orla gnädigst wieder aufgeschlossen worden war.

Erstaunt blieben sie auf der Schwelle stehen: Orla und Flora hatten wirklich hervorragende Arbeit geleistet! Ein Blick in diesen bunten, fröhlichen Raum genügte, um sorglose, heitere Stimmung zu erzeugen. Ilse tat einen großen Sprung hinein und drehte sich übermütig um sich selbst.

Nach und nach erschienen auch die anderen: Orla als spanischer Stierkämpfer mit schwarzem, flachem Hut auf dem knabenhaft glatten, dunklen Haar und einer breiten roten Schärpe um den schlanken Leib; Flora, die nun einmal nicht auf das Künstlerische verzichten mochte, hatte sich als Maler ausstaffiert: Die Baskenmütze schräg über einem Ohr, eine lässig gebundene Samtschleife um den Hals, ein weiter schwingender Kittel, aus dessen großen Taschen die Palette und ein ganzes Bündel Pinsel herausschauten.

Auch Melanies Aufmachung entsprach ihrem innersten Wesen: Sie hatte sich viel Arbeit gemacht und aus einem extrem weiten Nachthemd, einem alten Spitzenvorhang und vielen Bändern das Kostüm einer adeligen Dame aus der Rokokozeit zusammengestellt. Mit ihren langen Locken und einem duftigen Hütchen, das das hübsche Gesicht umgab, sah sie allerdings wirklich allerliebst aus.

Um so leichter hatte Grete sich die Sache gemacht: Sie ging als Schusterjunge. Aus irgendeiner alten Kiste hatte sie eine verblichene Weste, eine ausgefranste alte Hose und eine Schiebermütze herausgeholt und sich die teilweise viel zu großen Sachen angezogen. Sie wirkte so ungekünstelt und zu lustigen Streichen aufgelegt, daß Ilse sie um diese Aufmachung, die sie ein wenig schmerzlich an frühere Zeiten erinnerte, fast beneidete.

Annemie hatte sich als Clown bunt und lustig zurechtgemacht und durfte darum an diesem Abend, da sie ja als Spaßmacher auftrat, noch mehr lachen als sonst. Angesichts der vielen Schminke, die sie im Gesicht trug, runzelte Fräulein Raimar zwar leise die Stirn, doch sagte sie zum Glück nichts.

Die größte Überraschung aber war Rosi, die als letzte in den Saal trat. Alle Anwesenden stießen Aufschreie höchster Verwunderung aus, als sie sahen, wozu die artige Rosi sich verwandelt hatte: Huldvoll nach allen Seiten lächelnd, trat eine Dame der Gesellschaft in den Raum! Rosi hatte sich von dem übriggebliebenen Weihnachtsschmuck lange Ketten und Broschen gebastelt, die sie nun über einem langen, enganliegenden dunklen Nachthemd trug. Auch der Schlitz, den sich Rosi in der Seitennaht des Nachthemds aufgetrennt hatte, rief bei Fräulein Raimar ein leicht unmutiges Stirnrunzeln hervor; aber dann mochte die Leiterin sich sagen, daß man bei so seltenen, vergnügten Anlässen nicht allzu streng mit diesen Kindern verfahren sollte. Immerhin überraschte es sie einigermaßen, zu welcher Phantasie die scheinbar schüchterne, brave Rosi sich aufzuschwingen imstande war.

Mit dem Nachthemd und den Ketten hatte Rosi sich nämlich durchaus nicht zufriedengegeben; von irgendwoher hatte sie sich lange Handschuhe geliehen, die jetzt zierlich gerafft ihre Arme bedeckten. In der Hand hielt sie ein langes Gebilde, das wie die Zigarettenspitze einer mondänen Dame aussah, und auf ihrem Kopf thronte ein wahres Wagenrad von einem Hut, den sie mit allerlei bunten Blumentuffs und Federn geschmückt hatte.

Als sie jetzt sich in den Hüften wiegend und mit blasiert vornehmem Gesichtsausdruck in die Mitte des Saales stolzierte, bogen sich alle Anwesenden vor Lachen.

„Rosi – das hast du wirklich großartig hingekriegt!“ rief Orla, und es war deutlich zu merken, daß die „Artige“, wie sie bis dahin geheißen hatte, in der Achtung der Russin beträchtlich gestiegen war.

Rosi war selig über die allgemeine Bewunderung, die man ihr entgegenbrachte.

Inzwischen waren Nellie und Ilse unbemerkt in die Küche gehuscht. Wenige Minuten später traten sie mit zwei Riesenplatten voller Krapfen stolz wieder in den Saal.

Ein allgemeines „Aaaah!“ tönte ihnen entgegen.

Die beiden stellten die Platten nur ab, um gleich darauf noch einmal mit verheißungsvollen Mienen in die Küche zu entschwinden. Betty hatte inzwischen aus den zurechtgestellten Zutaten einen verführerisch duftenden Punsch gebraut, den Ilse und Nellie jetzt in zwei großen Kannen in den Speisesaal trugen.

Das „Unterhaltungs-Komitee“ hatte inzwischen für Musik gesorgt: Aus einem Grammophon klangen heitere Weisen, und alles schwatzte vergnügt durcheinander. Die Anwesenheit der beiden Lehrerinnen, die in ihren bunten Seidenkleidern inmitten dieser närrischen Schar recht brav wirkten, vermochte die übermütige Stimmung in keiner Weise zu beeinträchtigen.

Mit großem Appetit machte sich bald alles über die leckeren Krapfen her, und auch der Punsch konnte sich über mangelnden Zuspruch nicht beklagen.

Das Punschglas hoch in der Hand erhoben, rief Grete die Versammelten dann zu allerlei Spiel und Unfug auf. Bald gab es schon das erste Gelächter, als die Mädchen in einem Wettbewerb miteinander konkurrierten, bei dem es darum ging, schwierige Sätze möglichst schnell und fehlerfrei auszusprechen.

Bei „Fischers Fritz fischt frische Fische ...“ und „Der Potsdamer Postkutscher putzt den Potsdamer Postkutschkasten ...“ und „Die Katze tritt die Treppe krumm ...“ gab es dann auch bald viel Gestotter, viel Versprecher und unsagbar viel Spaß. Besonders Annemie konnte wieder einmal vor lauter Lachen keinen einzigen Satz zu Ende bringen. Wen wunderte es schließlich, daß die redelustige Grete erster Sieger wurde?

An dem Suchspiel „Mäuschen, piep einmal ...“ beteiligten sich sogar Fräulein Raimar und Fräulein Güssow, und jede Schülerin, die mit verbundenen Augen raten mußte, auf wessen Schoß sie saß, zitterte innerlich ein wenig bei dem Gedanken, daß es vielleicht respektlos sein könnte, eine der verehrten Lehrerinnen zu erraten und dadurch zu einer Art Blindekuh zu machen. Aber die beiden

Damen waren an diesem Abend von solcher Ungezwungenheit, daß alle derartigen Sorgen bald vergessen waren.

Es folgten Scherzfragen und Pfänderspiele, bei denen Ilse, der dicke Räuberhauptmann, dazu verurteilt wurde, Rosi, der Dame von Welt, einen Kuß zu geben – eine Szene, die unter dem belustigten Beifall der Umstehenden mit viel theatralischem Gehabe über die Bühne ging.

„Nein, einen so lustigen Abend habe ich noch nie in meinem Leben verbracht“, sagte Rosi fast atemlos. Sie hatte ihren großen Hut mit den vielen Blumen und Federn längst abgelegt und sah nun wie ein kleines Mädchen aus, das in die Kleider der eleganten Mama geschlüpft ist.

„Auf, Kinder, zum Bleigießen“, ließ sich Gretes laute Stimme vernehmen. „Es ist gleich Viertel zwölf, und nach Mitternacht habt ihr sicher keine Lust mehr dazu!“

Sie hatte einen kleinen Spiritusbrenner aufgestellt, ein paar alte Blechlöffel bereitgelegt und einen Eimer Wasser auf einem Stuhl daneben aufgebaut.

Nacheinander traten die Mädchen an den Tisch, ließen ein Stückchen Blei im Löffel über der Flamme schmelzen und schütteten dann das flüssige Blei mit Schwung in das Wasser, um wenig später das erkaltete Gebilde herauszufischen.

Dann erst begann das große Rätselraten, was die einzelnen Formen zu bedeuten haben mochten und welchen Hinweis sie auf die Zukunft gaben.

„Meins sieht aus wie ein Rose“, bemerkte Nellie und zeigte Ilse das Stückchen Blei. „Ist ein Rose nun etwas Gutes für die neue Jahr?“

„Bestimmt“, erwiderte Ilse überzeugt. „Rosen sind etwas so Schönes, die können nur Gutes bedeuten. Vielleicht ist es eine Rose aus deinem Brautstrauß?“

„Wer sollte mir denn heiraten wollen?“ fragte Nellie errötend.

„Wer kann es wissen?“ neckte Ilse.

„Kinder – schaut mal her“, rief Orla dazwischen. „Ist das nicht eine Schatztruhe? Vielleicht erbe ich im nächsten Jahr viel Geld und werde ein reiches Mädchen?“

Ilse antwortete nicht. Sie betrachtete nachdenklich das kleine Gebilde, das sie gegossen hatte. Fast hatte es die Gestalt eines kleinen Kindes – es sah aus wie ein winziges Püppchen. Sie versuchte gar nicht erst, die Bedeutung zu erraten, weil sie von daheim gewohnt war, an derlei Dinge nicht zu glauben und keinen tieferen Sinn darin zu suchen. Aber – wer konnte es schließlich wissen?

Fräulein Güssow unterbrach das allgemeine Herumraten und weckte auch Ilse aus ihrer nachdenklichen Betrachtung auf.

„Meine Lieben“, rief sie, „es ist zehn vor zwölf. Ich schlage vor, wir füllen alle Punschgläser noch einmal auf und öffnen dann die Fenster, damit wir die Kirchenglocken vom Städtchen her recht schön deutlich hören können. Seid ihr einverstanden?“

Zehn Minuten später stand eine kleine, plötzlich nachdenklich und still gewordene Schar junger Mädchen an dem breiten offenen Fenster, schaute hinaus in die strenge Winternacht, hörte den vollen schönen Klang der Glocken, die das neue Jahr einläuteten, und eine jede unter ihnen dachte an die Lieben daheim, sann noch einmal nach über alles, was das vergangene Jahr an Schönem und Traurigem gebracht hatte, und wurde sich ein wenig erschaudernd bewußt, wieviel Ungeahntes, Unverhofftes das neue Jahr in seinem Schoße bergen mochte.

Erst als die Glocken verstummt waren und die Mädchen ihrer tiefen inneren Bewegung wieder Herr geworden waren, wandten sie sich in den Saal zurück. Beim Anblick der bunten Pracht, in die ihr alter Speisesaal gehüllt war, fanden sie nun auch die ihrer Jugend angemessene unbekümmerte Heiterkeit wieder, und unter Lachen und Scherzen beglückwünschten sie sich zum neuen Jahr.

Auch die beiden Lehrerinnen, von denen jede wohl stumm ihre eigene Betrachtung des vergangenen Jahres abgeschlossen haben mochte, zeigten sich nun wieder lächelnd und unbeschwert. Fräulein Güssow nahm nacheinander jede ihrer Schülerinnen in den Arm und sprach ihnen ihre herzlichsten Wünsche aus; Fräulein Raimar tat das gleiche, nur geschah das bei ihr wesentlich formeller.

Noch lange saß man beisammen, plauderte und lachte, bis allmählich einige immer schweigsamer und blasser wurden. Da sah Fräulein Raimar, daß es an der Zeit war, zum Zubettgehen zu mahnen. Ohne großes Widerstreben waren alle bereit, das neue Jahr mit einem langen, wohltuenden Schlaf zu beginnen.

Eine glückliche, gut gelaunte Mädchenschar wankte die Treppe hinauf und sank erschöpft, aber sehr zufrieden in ihre Betten.

## Das große Ereignis: Tanzstunde

Neujahr war längst vorüber; Alltag und Unterricht hatten wieder begonnen, und das Internat hatte Zuwachs bekommen: Miß Lead war von ihrem Weihnachtsurlaub mit sechs jungen Engländerinnen zurückgekehrt, die kaum Deutsch verstanden und schrecklich unter Heimweh litten.

Der Winter war mit klirrender Kälte eingezogen, und sooft sie freie Zeit hatten, vergnügten sich die jungen Mädchen auf einem nahen Weiher mit Schlittschuhlaufen.

Doch die kalte Jahreszeit brachte ihnen eine noch weit interessantere Attraktion: Die lang ersehnte Tanzstunde hatte begonnen!

Die Tanzstunde brachte eine ungewohnte Abwechslung in den etwas nüchternen Tagesablauf des Internatslebens. Zweimal in der Woche kam aus der Stadt der Tanzlehrer mit seiner Geige und unterrichtete die Mädchen zwei Stunden lang im großen Saal.

Die Tanzstunde wurde natürlich nur für die älteren Schülerinnen abgehalten, obwohl Lilli manchmal Fräulein Raimar so lange schmeichelte, bis diese ihr erlaubte, eine halbe Stunde zuzusehen. Die sechs jungen Engländerinnen hatten auf die Teilnahme verzichtet, weil sie noch zu wenig Deutsch verstanden und an den etwas einförmigen Tanzschritten auch keinen Gefallen fanden.

Eine, die von der Tanzstunde ebenso enttäuscht war, nannte die „furchtbar öde Hüpferei" ein recht langweiliges Vergnügen. Es war Melanie, die der Meinung war, dieser ganze Unterricht sei unnötig, weil sie ja eigentlich alle schon tanzen könnten und außerdem doch recht gut wüßten, wie sie sich zu benehmen und zu grüßen hätten. „Schließlich sind wir doch erwachsene Mädchen und angehende Damen", bemerkte sie etwas spitz zu Flora.

Flora war da anderer Meinung. „Ich finde es recht amüsant", sagte sie und sandte gleichzeitig einen schwärmerischen Blick hinüber zu dem Weiher, auf dem an diesem Tage ein paar Gymnasiasten Schlittschuh liefen. „Nur ist es so schade, daß wir noch zwei volle Monate warten müssen, bis wir endlich auch einmal mit Herren tanzen dürfen!"

„Das ist wirklich furchtbar öde!" rief Melanie bekümmert. „In diesem Internat werden wir manchmal aber wirklich zu streng behandelt. Ohne Herren ist doch die ganze Tanzerei langweilig!"

„Man behandelt uns hier schon manchmal mit puritanischer Strenge", äußerte Flora und war sehr stolz auf ihre Wortgewandtheit. „Ich verstehe auch nicht, warum man uns die Herren so lange Zeit vorenthält. Wir sind doch schließlich keine Kinder mehr."

Die „furchtbar öde" Zeit des einsamen Tanzenlernens ging allerdings auch irgendwann zu Ende. Dann gab es eines Tages helle Aufregung im Internat, als bekannt wurde, daß Fräulein Raimar an ausgewählte junge Herren aus dem Gymnasium Einladungen verschickt hatte mit der Bitte, die letzten vier Wochen am Tanzunterricht im Internat teilzunehmen.

„Heute abend werdet ihr zum ersten Mal mit Herren Tanzunterricht haben", verkündete Fräulein Raimar eines Tages beim Mittagessen. Die Folge war unterdrücktes Getuschel, und Fräulein Raimar, die wohl bemerkte, wie erfreut ihre Mitteilung aufgenommen worden war, fügte sogleich warnend hinzu: „Ich möchte euch allerdings bitten, eure gute Erziehung nicht zu vergessen und nicht gleich zu lebhaft mit den jungen Leuten zu plaudern. Ihr solltet nicht vergessen, daß sie nur wegen des gemeinsamen Tanzunterrichts da sind!"

Annemie fühlte sich von dieser Ermahnung so erheitert, daß sie verstohlen zu kichern anfing. Ein strafender Blick ihrer Lehrerin ließ sie jedoch gleich wieder verstummen.

„Meine Mahnung gilt vor allem dir, Annemie", sagte Fräulein Raimar. „Du mußt dich besonders in acht nehmen, sonst wirst du durch ein albernes Lachen nur unangenehm auffallen. Denke also bitte daran!"

Aber auch Grete, die schon wieder schadenfroh zu Annemie hinübersah, sollte nicht leer ausgehen.

„Dich, Grete, möchte ich davor warnen, wieder soviel zu schwatzen, wie du es sonst tust. Überlege genau, was du sagen willst, damit nicht so viel Unsinn herauskommt!"

Auch die anderen mußten sich dieses oder jenes ermahnende Wort von Fräulein Raimar sagen lassen, doch leider hörten sie vor lauter Aufregung nur mit halbem Ohr darauf. Was sollten ihnen auch die vielen Verhaltensmaßregeln, wenn sie doch die viel wichtigere Frage bewegte: „Was ziehen wir heute abend an? Womit können wir uns besonders hübsch machen!"

Nach dem Mittagessen begaben sich alle eiligst in Orlas und der Schwestern Zimmer, um eine eingehende Beratung über dieses drängende Problem abzuhalten.

Melanie zog einen alten Pappkarton aus ihrem Schrank, der Blumen und Bänder enthielt. Sie kramte lange darin herum, entnahm ihm dann schließlich eine dunkelrote Rose und hielt sie sich an das aschblonde Haar.

„Wie sieht das aus?" fragte sie.

„Sie steht dir sehr gut, Melanie", sagte Rosi, die eben erst hereinkam. „Das dunkle Rot zu deinem blonden Haar – ein wunderbarer Gegensatz."

„Ach, liebste Rosi – ich glaube, unser beider Geschmack geht doch sehr weit auseinander", bemerkte Melanie etwas von oben herab. „Entschuldige, wenn ich das so frei heraus sage", fügte sie etwas besänftigend hinzu und wandte sich dann an Orla: „Sag du mal, wie du das findest."

Die junge Russin galt im Internat als die eleganteste; man rühmte ihr allgemein einen sicheren Geschmack in Modefragen nach. So betrachtete sie jetzt auch Melanie mit fachmännischer Miene.

„Ich finde diesen dunkelroten Farbton zu kräftig für dein Haar", entschied sie dann. „Blaßrot wäre besser. Aber eigentlich taucht die Frage der Blume im Haar doch erst auf, wenn du weißt, was du anziehen willst. Das Kleid ist doch schließlich die Hauptsache – und dann erst wählst du die Blumen danach."

„Ich möchte heute abend mein blaues Batistkleid anziehen", erklärte Melanie.

„Wie – dein bestes Kleid?" rief ihre vorlaute Schwester Grete. „Nun gut, dann trage ich heute abend mein geblumtes mit dem breiten Volant."

Gerade als sie alle aufgeregt durcheinander sprachen, weil jede verkünden mußte, was sie an diesem Abend anziehen würde, öffnete sich die Tür, und Fräulein Güssow schaute herein.

„Fräulein Raimar läßt euch ausrichten, ihr möchtet heute abend eure Sonntagskleider anziehen", sagte sie.

Ausrufe der Enttäuschung wurden laut.

„Die alten dunklen Kleider!" Mit diesen Worten machte

Melanie sich zur Sprecherin für alle. „Ach, Fräulein Güssow, die hellen wären doch viel hübscher!"

Aber Fräulein Güssow konnte an der Entscheidung leider nichts ändern. So blieb es bei den dunklen, etwas strengen Wollkleidern.

Nur mißmutig hatten sich die Mädchen dieser Entscheidung gefügt, aber am Abend, ehe sie hinuntergingen, trafen sich alle noch einmal in Orlas Zimmer, um mit deren Modeberatung vielleicht doch noch ein wenig attraktiver auszusehen.

Und tatsächlich – Orla tauschte hier einen Gürtel, dort einen Kragen aus, verordnete dem einen Kleid eine Brosche oder einem anderen eine hübsche Kette – kurz, sie verstand es, mit Kleinigkeiten auch dem bescheidensten Kleid einen festlichen Aufputz zu geben, der sogar gegenüber Fräulein Raimars strengen Blicken vertretbar war.

Nur Melanie hatte es allein verstanden, sich recht geschickt herauszuputzen, so daß sie geradezu elegant aussah: Ein weißes Spitzentuch schmiegte sich weich an ihren schlanken Hals, die blaßrote Ansteckblume, die es zusammenhielt, paßte gut zu ihrem einfachen braunen Kleid.

Dagegen gab es bei Grete leider nicht viel zu verschönern. Die Natur hatte sie nun einmal mit einer ungeschickten Figur versehen – mit langen Armen, großen Füßen und einer starken Taille. Das waren Äußerlichkeiten, die sich einfach nicht verbergen ließen, und Gretes schlechte Haltung und ihr mangelnder Charme trugen nicht gerade dazu bei, den ungünstigen Eindruck zu mildern, den sie mit ihrem Äußeren erweckte.

„Für dich ist es direkt vorteilhaft, dunkle Kleider zu tragen", bemerkte Orla. Dann jedoch öffnete sie ihren Schmuckkasten und nahm eine Korallenkette heraus, die sie der erfreuten Grete um den Hals legte.

„So, die will ich dir leihen, damit du nicht gar so bescheiden schaust", sagte sie großzügig.

Flora lehnte es ab, sich von Orla beraten zu lassen; sie fand, daß ihr Geschmack viel individueller war als der Orlas und daß sie darum gut daran tat, allein ihrer eigenen Eingebung zu folgen. Mit unsagbarer Mühe hatte sie sich eine griechische Haartracht aufgebaut: Im Nacken war das Haar zu einem Knoten zusammengefaßt, aus dem einige einzelne Locken herausfielen; vorn war es mit einem perlenbesetzten Samtband dreimal abgebunden, und in die Stirn fielen ihr ein paar gekräuselte Fransen. Flora fand sich hinreißend schön, so daß ihr das grüne Wollkleid, das sie hatte anziehen müssen und in dem sie – um ihrem Familiennamen Ehre zu machen – wie eine wirkliche Hopfenstange aussah, gar nichts mehr ausmachte.

Rosi hatte ihr schwarzes Kaschmirkleid angezogen, das als einzigen Schmuck einen winzigen weißen, von einer Schleife und einem silbernen Pfeil zusammengehaltenen Spitzenkragen trug. So sah man sie fast jeden Sonntag, und darum hatte Rosi sich, Fräulein Raimars Anweisung folgend, auch für diesen Abend nicht anders gekleidet.

„Aber Rosi – so geht es doch wirklich nicht!" rief Orla tadelnd. „Du siehst ja so ernst und würdevoll aus, als wolltest du in die Kirche! Hast du denn nicht irgendein farbiges Band statt der weißen Schleife?"

Rosi schüttelte nur den Kopf, aber Melanie erbot sich, ihr auszuhelfen. Als sie in ihrer Sammlung eine hübsche Schleife fand, hielt sie sie Rosi an und freute sich, wie gut ihr diese stand.

„Schau dich nur selbst einmal an!" sagte sie zu Rosi und hielt der Freundin den Handspiegel hin. „Nun, wie findest du dich? Sieht das nicht gleich viel freundlicher aus?"

„Das stimmt schon", erwiderte Rosi. „Aber kann ich das denn annehmen? Es ist mir peinlich, mich mit Sachen auszuputzen, die nicht mir gehören."

„Ach, du liebe Einfalt!" rief Flora ungeduldig. „Mein liebes

Kind, wie kann man denn so pedantisch sein! Wir sind doch alle Freundinnen, und da ist es ganz selbstverständlich, daß man sich gegenseitig etwas ausleiht."

Und um diese Behauptung gleich durch die Tat zu bekräftigen, griff Flora in Melanies Pappkarton, holte eine feuerfarbene Nelke heraus und befestigte sie an ihrem Gürtel.

„Du gestattest doch sicher, Melanie?" fragte sie ganz beiläufig. Dann betrachtete sie sich mit wohlgefälligem Blick im Spiegel.

„Dieses leuchtende Rot steht mir wirklich ganz ausgezeichnet", bemerkte sie.

„Wo stecken denn eigentlich Nellie und Ilse?" wollte Orla wissen. Doch in eben diesem Augenblick betraten die beiden das Zimmer.

Beide Mädchen sahen recht vorteilhaft aus. Nellie trug ein schottisches Kleid, das am Hals und an den Ärmeln mit echten Spitzen verziert war und ihr ein anmutiges Aussehen verlieh. Ilse hatte ihr blaues Kleid mit einem breiten Spitzenkragen verziert, und beide Mädchen trugen die neuen Korallenketten, die sie zu Weihnachten bekommen hatten.

Als endlich alle fertig waren, stieg die kleine Schar die Treppe hinunter in den Saal, in dem die Tanzstunde stattfand.

„Orla ist doch die eleganteste von uns", flüsterte Melanie mit leisem Neid Nellie zu. Sie sah der jungen Russin nach, die in einem blauen Seidenrock und einer gleichfarbigen Samtbluse wirklich besonders vornehm aussah. „In Samt und Seide können meine Eltern mich freilich nicht kleiden", fügte sie etwas hämisch hinzu und verzog das Gesicht.

„Macht doch nix", antwortete Nellie darauf nur. „Man kann auch mit Weniges zufrieden sein."

„Halt, halt – bitte wartet noch einen Augenblick!" tönte es in diesem Augenblick den Gang entlang. Annemie kam ihnen nachgelaufen. Sie war völlig außer Atem.

„Ich bin leider noch nicht ganz fertig“, sagte sie. „Eben, als ich in mein Kleid schlüpfte, ist irgendwo eine Naht geplatzt, und nun hängt da am Saum ein Zipfel herunter. Bitte schaut doch einmal nach.“

Das war wieder einmal ein Fall für die praktisch denkende Nellie. Während die anderen um die beiden herumstanden und tatenlos zusahen, untersuchte die junge Engländerin den Schaden.

„Komm mit“, sagte sie dann zu Annemie, „ich werde dir ausbessern! Aber ein Nadel und Faden brauche ich schon – dann nähe ich dir mit ein paar Stichen gleich wieder in Ordnung.“

„Mach doch nicht so viel Umstände!“ mischte sich Flora ein. „Hier habe ich eine Stecknadel, die tut es doch auch. Wie oft habe ich mit einer Stecknadel rasch ein Band angesteckt oder einen kleinen Riß repariert!“

Aber von solchen Tricks wollte Nellie nichts hören; sie zog Annemie rasch mit auf ihr Zimmer und brachte das Kleid tatsächlich mit wenigen Stichen in Ordnung. Dann zupfte sie noch hier und da an Annemie herum, aber an der rundlichen Gestalt der kleinen Lachtaube wollte nichts richtig sitzen. Sogar der Kragen saß schief, und schließlich merkte Nellie auch noch, daß an Annemies einem Schuh die Schnalle fehlte.

„Du bist ein sehr unordentlich Mädchen, mein liebes Lachtaube“, tadelte Nellie gutmütig. „Aber ich kann dir nicht helfen, du mußt jetzt mit abgerissener Schnalle gehen. Gleich wird es sechs schlagen, und wir müssen pünktlich in die Saal erscheinen.“

Die anderen hatten an der Treppe gewartet; gemeinsam gingen die Mädchen nun mit klopfenden Herzen auf die Tür des Saales zu. Aber dann standen sie unschlüssig davor; keine brachte den Mut auf, hineinzugehen.

„Drinnen wird gesprochen“, bemerkte Orla leise. „Ich glaube, unsere Herren sind schon da.“ Sie legte lauschend das Ohr an die Tür. „Tatsächlich!“ sagte sie dann.

„Laß mich mal durchs Schlüsselloch schauen", bat Flora und drängte Orla beiseite. Als sie sich aber bückte, um in das Innere des Saales zu spähen, gab ihr die übermütige Grete von hinten einen Stoß, so daß Floras schön frisierter Kopf mit lautem Bums gegen die Tür schlug.

War das ein Schreck! Entsetzt wichen alle anderen bis an das hintere Ende des Vorraumes zurück.

„Wenn jemand etwas gemerkt hat, sind wir alle blamiert", rügte Melanie ihre Schwester und nannte sie albern und ungezogen.

Annemie war die einzige, die über den Vorfall Tränen lachte.

„Du darfst nicht böse sein, daß ich lache, Flora", bat sie. „Aber ich kann einfach nicht anders. Du sahst wirklich zu komisch aus, als du mit deiner griechischen Haartracht und entsetztem Gesicht da gegen die Tür flogst."

Fräulein Raimar hatte das Geräusch zum Glück für ein Klopfen gehalten. Sie öffnete jetzt die Tür und winkte die Mädchen, die sie tuschelnd beieinanderstehen sah, in den Saal.

Zunächst gab es einige Momente der Unschlüssigkeit.

„Du mußt vorangehen, Orla, du bist die älteste", flüsterte Ilse der Russin zu.

„Und ich als Jüngste gehe zuletzt hinein", beanspruchte Grete, die sonst mit dem Mund immer die erste war, plötzlich für sich.

„Laß mich als letzte gehen, Grete", bat Annemie. „Ich habe mich noch immer nicht ganz beruhigt."

Wie immer fand Rosi die vernünftigste Lösung.

„Komm, Orla", sagte sie, „gehen wir zusammen. Wir können Fräulein Raimar doch nicht so lange warten lassen. Was soll überhaupt plötzlich dieses alberne Zögern? Wir benehmen uns ja richtig kindisch."

Als die beiden Ältesten nun entschlossen auf die Tür zugingen, wirkte sich ihr Beispiel auch auf die übrigen aus. Man nahm allgemein Haltung an und begab sich ruhig und ernst in den Saal.

Der Tanzlehrer kam ihnen entgegen

„Meine Damen, gestatten Sie, daß ich Sie mit den Herren bekannt mache?“ sagte er.

Dann folgten die Vorstellungen und höfliche Verbeugungen von beiden Seiten.

Flora hatte sich kaum etwas umgesehen, als ihr Gesicht auch schon vor Seligkeit strahlte. Unter den anwesenden Primanern hatte sie einen Jungen entdeckt, für den sie schon seit langem insgeheim schwärmte, sooft sie ihn beim Schlittschuhlaufen auf dem Weiher gesehen hatte. In einem ihrer Gedichte hatte sie ihn bereits als Apoll verewigt.

Fräulein Güssow, die neben Fräulein Raimar stand, beobachtete mit einiger Rührung die ihr liebgewordenen jungen Mädchen. Ganz allmählich traten sie nun also in die Welt der Erwachsenen ein. Besonders zärtlich verweilte ihr Blick auf Ilse, die inzwischen ihr heimlicher Liebling geworden war. Wie vorteilhaft hatte sich das Mädchen in diesem halben Jahr entwickelt! Keine Spur mehr von dem bösen Trotz, unter dem sie alle soviel zu leiden gehabt hatten. Wenn sie Ilse mit den anderen Mädchen verglich, konnte sie zu ihrer Freude feststellen, daß Ilse nicht nur die Hübscheste, sondern auch bei weitem natürlicher und unbefangener war als alle übrigen. Koketterie lag ihr völlig fern. Gewiß – Melanies Gesichtszüge mochten regelmäßiger und ausgeprägter sein; doch dafür fehlte dem Mädchen – vermutlich weil es schon gewohnt war, zu oft in den Spiegel zu schauen – jene Lieblichkeit, die Ilses besonderen Zauber ausmachte.

Flora und Melanie standen beieinander, unterhielten sich und tauschten hin und wieder Kommentare über die anwesenden Primaner aus, zu denen sie immer wieder einmal heimlich herüberschielten, obwohl sie sich den Anschein gaben, als interessierten die Jünglinge sie überhaupt nicht.

Orla machte da schon weniger Hehl aus ihrem Interesse. Sie

rückte sich die Brille auf der Nase zurecht und musterte die erschienenen Herren recht ungeniert, was ihr später einen geharnischten Tadel von Fräulein Raimar eintragen sollte.

Grete und Annemie hatten sich in eine Fensternische zurückgezogen und schwatzten dort kichernd über alles mögliche, was ihnen gerade in den Sinn kam.

Nicht einmal Nellie konnte ganz darauf verzichten, sich ein wenig zur Schau zu stellen. Sie setzte sich so geschickt hin, daß ihr zierlicher, schmaler Fuß im braunen Wildlederschuh gut zur Geltung kam. Rosi dagegen schien völlig frei von jeglicher Gefallsucht. Ruhig und tadellos gerade saß sie da, lächelte freundlich und war wie immer das Musterkind, das gute Beispiel für die anderen.

„Wir wollen nun beginnen!" rief der Tanzlehrer und klatschte in die Hände.

Die Musik, die von einem Klavier und einer Geige bestritten wurde, setzte mit einer bekannten Melodie im Dreivierteltakt ein.

Ein Walzer! Hinreißende Klänge für die jungen, noch unverwöhnten Ohren!

„Bitte die Herren, die Damen zum Tanz aufzufordern!" befahl der Tanzlehrer.

Die tanzlustigen Jünglinge ließen sich das nicht zweimal sagen. Jeder stürzte auf die Dame zu, die er sich insgeheim vorher schon erkoren hatte.

Melanie durfte zu ihrer Genugtuung verzeichnen, daß sich vor ihr gleich drei junge Herren auf einmal verbeugten. Welch ein Triumph für ihre Eitelkeit! Sie bedauerte nur, nicht mit allen dreien auf einmal tanzen zu können. Während sie sich mit dem ersten auf die Tanzfläche begab, hoffte sie inständig, daß jeder im Saal diese unerhörte Auszeichnung bemerkt haben möge.

Nicht jeder hatte sie bemerkt, auf jeden Fall aber Flora und Grete, die zu ihrem Unbehagen erleben mußten, daß die zwei

verschmähten jungen Herren zu ihnen kamen, um sie zum Tanz aufzufordern. Ja, sie kamen sogar, um die beiden Mädchen zu erlösen, die als einzige von allen jungen Damen übriggeblieben waren. Flora empfand dies als besonders kränkend, und mit Neid im Herzen beobachtete sie die glückliche Ilse, die mit ihrem „Apoll" an ihr vorüberschwebte.

Die Unterhaltung an diesem ersten Tanzabend mit Herren war noch ziemlich mühsam und stockend. Fräulein Raimars beobachtende Blicke und die Erinnerung an ihre Ermahnungen lagen wie ein hemmender Druck über den jungen Mädchen. Nellie, die befürchten mußte, alle möglichen Sprachfehler zu machen, war entgegen ihrer sonstigen Gewohnheit besonders schweigsam, was allerdings leider nicht verhinderte, daß ihr zwei lustige Mißverständnisse unterliefen.

Wenn sie von einem der jungen Herren direkt angesprochen wurde, mußte sie ja wohl oder übel darauf eingehen. Gerade wenn sie sich bemühte, besonders gewählte Ausdrücke zu verwenden, passierte es dann:

So erzählte ihr einer der jungen Männer, er wolle in einigen Jahren, nach seinem Studium, nach England gehen. „Werden Sie dort verständig (sie meinte: beständig) sein?" fragte Nellie.

Ein anderer der jungen Herren erkundigte sich bei ihr, ob es ihr in Deutschland gefalle. Nellies Gesicht strahlte auf. „O ja, ich bin ganz verliebt in der Deutsche!" lautete ihre freudige Antwort.

Ernsthaft mißverstehen allerdings konnte man die kindlich-anmutige Nellie überhaupt nicht. Im Gegenteil, mit ihrer etwas schelmischen Art hatte sie sich bald alle Herzen erobert. Die jungen Tänzer waren ganz entzückt von der kleinen Engländerin, und da Nellie obendrein gut tanzte, war sie bald von allen die begehrteste Tanzpartnerin.

Grete litt sehr darunter, daß die jungen Herren im Gespräch so große Zurückhaltung an den Tag legten. Sie konnte es verschiedene Male nicht vermeiden, aus der Rolle zu fallen und doch einfach darafloszureden.

Einmal hörte Orla gerade mit an, wie Grete sich in ihrer Schwatzsucht zu einer kleinen Taktlosigkeit hinreißen ließ.

„Wie heißt denn die junge Dame mit den braunen Locken?" wurde Grete von ihrem Tänzer gefragt.

„Das ist Ilse Macket", antwortete Grete sofort, begnügte sich aber nicht mit dieser kurzen Auskunft, sondern plapperte weiter: „Sie ist erst seit Juli bei uns. Sie kommt von weit her, aus Pommern, und als sie damals mit ihrem Vater hier anreiste, brachte sie ihren kleinen Hund mit. Stellen Sie sich vor – ein Hund in unserem Internat! Natürlich hat Fräulein Raimar es nicht erlaubt.

Ach, und Sie hätten sehen sollen, wie ungeschickt sie zu Anfang war! Sie können sich das gar nicht vorstellen. Einmal hat sie einen ganzen Stoß Teller . . ."

An diesem Punkt unterbrach Orla endlich den Redefluß.

„Grete", sagte sie, „du verlierst deine Nadel am Kragen. Komm mit mir zur Seite, dann mache ich sie dir wieder fest." Sie nahm die verständnislos dreinblickende Grete beim Arm und zog sie außer Hörweite.

„Wie kannst du nur so dumm und abscheulich sein!" tadelte sie die Schwatzhafte in scharfem, unterdrücktem Ton, während sie sich scheinbar an deren Kragen zu schaffen machte. „Warum erzählst du solche Sachen über Ilse? Du siehst den jungen Mann heute zum ersten Mal. Was gehen ihn unsere Internatsgeheimnisse an? Willst du denn die arme Ilse lächerlich machen?"

Grete sah Orla nur fassungslos an. Das hatte sie überhaupt nicht bedacht. Ihr wurde klar, daß ihr Hang zum vielen Reden ihr wieder einmal einen bösen Streich gespielt hatte. Reuevoll kehrte sie wieder auf die Tanzfläche zu ihrem Herrn zurück und nahm sich vor, ihre Zunge künftig besser im Zaum zu halten.

## Ein schmerzlicher Verlust

Fräulein Raimar achtete streng darauf, daß ihre Mädchen die jungen Herren nur in der Tanzstunde trafen und nicht etwa irgendwelche zusätzlichen Zusammenkünfte mit ihnen vereinbarten. Hier kannte sie keine Nachsicht und glaubte auch, im Sinne der Eltern zu handeln, wenn sie ein wachsames Auge hatte.

So war es ihr denn auch gar nicht recht, daß die jungen Herren sich die Freiheit nahmen, die Zeit abzupassen, in der ihre Schülerinnen unter der Aufsicht Fräulein Güssows spazierengingen, um es dann so einzurichten, daß sie ihnen begegneten und höflich grüßend an den errötenden Mädchen vorübergingen. Auch als sie Fräulein Güssow riet, immer wieder unverhofft einen anderen Spazierweg einzuschlagen, und als sie schließlich selbst die Planung und Aufsicht dieser Spaziergänge übernahm – auf eine ihr unbegreifliche Weise wußten die Gymnasiasten immer, welchen Weg sie einschlug, und sie konnte mit Sicherheit darauf rechnen, an einer Wegbiegung die Primanermützen auftauchen zu sehen.

Dabei war des Rätsels Lösung recht einfach: Die Tagesschülerinnen des Internats, die nur zum Unterricht kamen und zur Mittagszeit wieder in ihre Elternhäuser im Städtchen zurückkehrten, führten den Verrat aus. Sie waren die Vermittlerinnen zwischen ihren Brüdern, Vettern oder Bekannten und den Schülerinnen des Internats, sie schmuggelten Grüße, Gedichte und sogar Fotografien hin und her, und Flora benutzte diesen Weg, um auch ihr Poesiealbum den Herren mit der Bitte zuzusenden, doch ein selbstverfaßtes Gedicht hineinzuschreiben.

Aber alles hat einmal ein Ende, auch eine Tanzstunde.

„Schade!“ seufzten die männlichen und weiblichen Teilnehmer, während Fräulein Raimar insgeheim aufatmete. Zwar hatte sie den jungen Menschen die fröhlichen Stunden von Herzen gegönnt, aber andererseits war sie nun auch froh, daß wieder Ruhe und Regelmäßigkeit im Internatsleben einkehrten. Sie wußte aus jahrelanger Erfahrung, daß die Lernfreudigkeit während solcher Zerstreuungen doch immer merklich nachließ.

Trotzdem war aber noch nicht alles vorbei: Abschluß und glanzvoller Höhepunkt der Tanzstunde sollte ein kleiner Ball sein, der am kommenden Samstagabend stattfinden sollte.

Als einen regelrechten „Ball“ konnte man das Ereignis eigentlich nicht bezeichnen, doch immerhin war dieses kleine Fest für die Schülerinnen des Internats schon etwas Besonderes: Es wurden noch einige zusätzliche Gäste aus der Stadt geladen, das Orchester schwang sich zu einer zweiten Geige auf, und an leiblichen

Genüssen waren außer Tee und belegten Broten auch noch Kuchen und eine leichte Bowle geplant.

Und das Wichtigste: Die jungen Mädchen durften nun endlich ihre besten Kleider anziehen!

Der große Saal wurde dieses Mal unter der Aufsicht von Fräulein Raimar festlich ausgeschmückt, die die Gelegenheit gern ergriff, ihren jungen Zöglingen zu zeigen, wie man mit wenigen Mitteln und viel Phantasie auch dem bescheidensten Fest einen geschmackvollen äußeren Rahmen geben konnte.

Sie stand mit dem Gärtner mitten im Saal und erteilte ihm Anweisungen, wie er die frischen Tannen zusammen mit den blühenden Topfgewächsen in den Ecken gruppieren sollte. Danach erhielt der Gärtner den Auftrag, Wandvasen aus rotem Ton zwischen den Wandleuchtern zu befestigen, die später mit üppig herabhängenden Schlingpflanzen gefüllt wurden. Als am Abend dann die Kerzen brannten, bot der mit grünen und blühenden Pflanzen geschmückte Saal einen festlich-heiteren Anblick.

Für die jungen Mädchen bestand wieder einmal Anlaß zu größter Aufregung. Noch keine von ihnen hatte je einen Ball mitgemacht, und so war es kein Wunder, daß das bevorstehende Ereignis alle ihre Gedanken in Anspruch nahm. Immer wieder mußten die duftigen, hübschen Kleider, die man zu tragen gedachte, inspiziert werden, und immer wieder wurden neue Haartrachten ausprobiert – besonders von Flora, die nun einmal eine Schwäche dafür hatte.

Nellie und Ilse hatten sich die hübschen Stoffe aus ihren Weihnachtskisten von der Schneiderin zu entzückenden Tanzkleidern arbeiten lassen. Als sie darin wieder einmal probeweise vor dem Spiegel standen, kam Lilli jubelnd in ihr Zimmer gestürzt.

„Ich darf mit auf euren Ball!“ schrie sie glücklich. „Das Fräulein hat es mir erlaubt. Mein neues weißes Kleiderl zieh’ ich an und die rote Schleif‘ bind’ ich um, und dann bin ich schön und darf mittanzen. Ich freu' mich ja schon so sehr auf morgen!" Mit beiden Händen faßte sie ihr Schürzchen und tanzte mit zierlichen Schritten durch das Zimmer.

Da es schon dämmerig war, hatte die Kleine nicht gleich bemerkt, daß Ilse und Nellie so festlich gekleidet waren. Erst als Ilse Licht machte, blieb Lillie wie erstarrt stehen und sah bewundernd von einer zur anderen.

„Mei – schön schaut ihr aus!" rief sie dann und sah die beiden großen Mädchen mit gefalteten Händchen und fast andächtig an. „Wie zwei Prinzessinnen!"

Ilse nahm ihre kleine Freundin zärtlich in die Arme und gab ihr einen herzhaften Kuß.

„Du hast ja eine so heiße Stirn!" sagte sie dann erschrocken. „Fühlst du dich nicht wohl, Lilli?"

„Der Kopf tut mir halt a bisserl weh", gab Lilli zu. „Aber gar net zuviel – gewiß net!" beteuerte sie gleich darauf, als Ilse sie besorgt anschaute. „Bestimmt tut er morgen gar net mehr weh, und dann geh' ich mit auf den Ball."

Aber am anderen Morgen lag Lilli mit hohem Fieber im Bett. Sofort wurde der Arzt aus der Stadt gerufen. Nachdem er Lilli untersucht hatte, verordnete er mit ernstem Gesicht Eisumschläge auf den Kopf, die alle halbe Stunde gewechselt werden mußten.

Das sonst so lebhafte Kind lag teilnahmslos und stumm in seinem Bettchen. Fräulein Güssow saß sorgenvoll daneben und bewachte den Schlaf der Kleinen, aus dem sie immer wieder mit krampfhaftem Zucken auffuhr.

Fräulein Raimar, die dazukam, versuchte die junge Lehrerin mit der Bemerkung zu beruhigen, es werde sich wohl um eine fiebrige Erkältung handeln, wie man sie bei Kindern häufig antreffen könne. Allerdings würden Kinder auch ebenso erstaunlich rasch davon wieder genesen.

Aber Fräulein Güssow schüttelte ungläubig den Kopf.

„Wenn nur nicht ausgerechnet heute abend dieser Ball wäre!“ meinte sie seufzend. „Dieser Lärm im Haus, und hier oben das kranke Kind, das will mir gar nicht gefallen. Ob wir die Veranstaltung nicht verschieben könnten, Fräulein Raimar?“

„Ich glaube, Sie sehen zu schwarz, liebe Freundin“, antwortete Fräulein Raimar. „Ich denke, Lilli wird kaum etwas von dem Lärm hören, denn ihr Zimmer liegt doch ziemlich weit vom Saal entfernt. Vergessen Sie bitte nicht, wie sehr sich unsere Mädchen auf den heutigen Abend gefreut haben! Es wäre schon recht grausam, wenn wir ihnen durch eine Verschiebung jetzt alles verderben würden! Ich sehe in dieser Krankheit noch keine ernste Gefahr, und ich finde, wir sollten den Ball unbesorgt stattfinden lassen. Soviel Lärm wird es ohnedies nicht geben!“

„Ball!“ wiederholte Lilli, die in ihrer Benommenheit dieses eine Wort aufgeschnappt hatte. „Ich will tanzen! Bitt’ schön, Fräulein, zieh’ mich an! Ich möchte mittanzen!“

„Sie phantasiert“, flüsterte Fräulein Güssow und warf Fräulein Raimar einen bangen fragenden Blick zu; die Ältere mußte jetzt doch sehen, daß die Kleine schwer krank war.

Aber Fräulein Raimar war noch immer nicht sonderlich beunruhigt. Sie trat zu Lilli ans Bett und nahm die Hand der Kleinen.

„Aber, Lilli, es ist doch noch Tag“, sagte sie beruhigend. „Sieh doch, wie die Sonne scheint! Es ist zum Tanzen noch viel zu früh. Du kannst ruhig noch ein Stündchen schlafen. Leg dich also hin und ruhe dich tüchtig aus. Wenn du dann aufwachst, bist du wieder gesund, ziehst dein gesticktes Kleidchen an und gehst hinunter in den Saal.“

„Die Sonne scheint“, wiederholte das Kind versonnen und sah mit weit offenen Augen zum Fenster hin. Ein verträumter Ausdruck lag über dem kleinen Gesicht. Dann jedoch legte Lilli ihre Hand an die Stirn und sagte leise: „Ach, Fräulein, mir tut der Kopf so schrecklich weh!“

„Das vergeht wieder, mein Liebling. Nimm nur immer schön deine Medizin ein!“

Fräulein Raimar drückte dem Kind einen zarten Kuß auf die Stirn. Dann beruhigte sie ihre jüngere Kollegin, die angstvoll den Reden der Kleinen gefolgt war, das Phantasieren des Kindes habe nichts Ernstes zu bedeuten. Bei von Natur aus lebhaften Kindern stellten sich solche Erscheinungen schon bei einem harmlosen Schnupfenfieber ein. Sie sagte das mit solcher Überzeugung, daß Fräulein Güssow tatsächlich ihre Bedenken aufgab.

Zunächst schien es auch, als sollte Fräulein Raimar recht behalten. Lilli schlief gegen Mittag ein, und bald danach war deutlich zu erkennen, daß das Fieber nachließ.

Fräulein Güssow war angesichts dieser Entwicklung sehr erleichtert, und als am frühen Nachmittag Ilse auf Zehenspitzen hereingeschlichen kam und sich flüsternd nach Lillis Befinden erkundigte, konnte die Lehrerin von einer Besserung berichten.

Leider war ihre Freude nur von kurzer Dauer; die Besserung erwies sich als eine nur vorübergehende. Während sich ein Stockwerk tiefer die jungen Mädchen heiter und übermütig für das große Fest schmückten, lag das Kind bereits wieder im heftigsten Fieber. Fräulein Güssow blieb unaufhörlich in Lillis Nähe und erklärte mit aller Bestimmheit, daß sie ihren Platz an diesem Bettchen den ganzen Abend über nicht verlassen werde.

Fräulein Raimar entschied, daß die Verschlimmerung in Lillis Zustand zunächst geheimgehalten werden sollte; sie wollte den jungen Mädchen das so lang erwartete Fest nicht verderben, denn sie sagte sich, daß damit auch nichts geändert würde.

Fräulein Güssow, die stumm und wachsam im Krankenzimmer saß, hörte dann schließlich die aufgeregten Schritte der jungen Tänzerinnen, die sich zum Saal begaben; hin und wieder drang fröhliches Lachen zu ihr herüber, und wenig später die gedämpften Klänge der Polonaise, mit der der Ball eingeleitet wurde.

Da fuhr plötzlich Lilli in ihrem Bettchen in die Höhe, so daß Fräulein Güssow, die in Nachdenken versunken dagesessen hatte, heftig erschrak.

„Ilse, komm!“ rief das Kind. „Bitt' schön, Ilse, komm her! Wir gehen zusammen in den Saal!“ Sie stellte sich im Bett auf und schien hinausspringen zu wollen.

Die junge Lehrerin legte beruhigend den Arm um das phantasierende Kind und versuchte es hinzulegen; aber Lilli stieß sie mit aller Kraft von sich.

„Geh weg!“ rief sie aufgeregt. „Du bist nicht meine Ilse, und du hast kein schönes Kleiderl an. Ilse, komm! Komm doch!“ Das Kind schrie diese Worte schrill und angstvoll heraus, während es mit starrem Blick Fräulein Güssow musterte.

„Sei ganz ruhig, Lilli, dann kommt Ilse bestimmt“, versicherte Fräulein Güssow mit zitternder Stimme, während sich die Angst um die Kleine ihr wie ein Stein auf die Brust legte. „Ganz still, mein Liebling, und leg dich wieder hin. Dann kommt Ilse gleich. So!“ Mit sanfter Gewalt bettete sie das kranke Kind wieder in die Kissen und überlegte dabei fieberhaft, was sie nur tun sollte.

„Ganz still!“ wiederholte das Kind teilnahmslos. „Ilse, komm – ganz still!“

Jetzt hielt es Fräulein Güssow nicht länger. Sie zog an der Klingelschnur. Irgend jemand würde sie schon hören.

Tatsächlich erschien nach einiger Zeit die Köchin, die als einzige das Läuten gehört hatte. Verwundert und erschrocken sah sie hinüber zu dem Bettchen der Kranken.

„Betty, rufen Sie bitte sofort Fräulein Ilse“, bat Fräulein Güssow mit unterdrückter Stimme. „Und anschließend sorgen Sie bitte dafür, daß unverzüglich der Arzt kommt. Unserer kleinen Lilli geht es sehr schlecht. Aber versuchen Sie, möglichst kein Aufsehen zu erregen. Es braucht niemand zu wissen, solange das Fest dauert.“

„Aber wenn Fräulein Raimar mich fragt, muß ich es ihr doch sagen, nicht wahr?“ wollte Betty wissen.

„Wenn Sie Ihre Sache klug anfangen, wird sie Sie nicht fragen“, antwortete Fräulein Güssow. „Bitte beeilen Sie sich!“

Etwas ratlos zog Betty die Tür hinter sich zu. Aber zum Glück kam der Zufall ihr zu Hilfe. Während sie gerade auf die Tür des Saales zuging und sich überlegte, wie sie Ilse möglichst unauffällig herauswinken könnte, trat diese mit Nellie plaudernd eben in den Gang hinaus. Die beiden Mädchen hatten rote, erhitzte Wangen und wollten sich offenbar ein wenig abkühlen.

Betty winkte die beiden geheimnisvoll zu sich. „Bitte, Fräulein Ilse“, sagte sie, „ich soll Ihnen ausrichten, Sie möchten gleich zu Fräulein Güssow kommen.“

„Ist etwas mit Lilli?“ fragten beide Mädchen erschrocken wie aus einem Munde.

„Ich weiß nicht genau“, sagte die Köchin. „Dem Kind geht es wieder schlechter, und ich soll den Arzt holen, es soll aber niemand wissen. Nun haben Sie mal keine Angst, Fräuleinchens“, beruhigte sie die beiden, als sie die erschrockenen Gesichter der Mädchen sah. „Bei kleinen Kindern sieht es meist schlimmer aus, als es in Wirklichkeit ist. Heute sind sie schwer krank, und morgen wieder munter und gesund – und keiner weiß, woher so etwas kommt. Aber nun will ich rasch laufen und den Arzt holen!“

„Ich gehe mit dich“, erbot sich Nellie, aber Ilse schüttelte den Kopf.

„Geh du nur wieder in den Saal zurück, Nellie“, entschied sie. „Wenn wir beide fehlen, fällt es nur unnötig auf. Ich gehe allein hinauf und erzähle dir, wie es steht, sobald ich wieder herunterkomme.“

Mit besorgtem Blick sah Nellie der Freundin nach und kehrte dann schweren Herzens in den von heiterer Fröhlichkeit erfüllten Saal zurück. Es tat ihr weh, ringsum die ahnungslosen, lachenden

Gesichter zu sehen, und unwillkürlich traten ihr die Tränen in die Augen. Weil sie sich ihren Kummer jedoch nicht anmerken lassen wollte, trat sie rasch hinter eine kleine Tannengruppe in der Ecke des Raumes, um sich erst einmal wieder zu beruhigen.

Einer hatte sie beobachtet: Dr. Althoff. Ihm war aufgefallen, mit welch ernstem Gesicht Nellie in den Saal getreten und gleich darauf in der Ecke verschwunden war. Langsam und wie unabsichtlich ging er zu ihr hin.

„Warum ziehen Sie sich in diese Einsamkeit zurück, Miß Nellie?“ fragte er mitfühlend. „Haben Sie Kummer?“

„Oh, Herr Doktor, unsere Lilli ist so krank!“ Doktor Althoffs freundliches, ruhiges Gesicht entlockte Nellie dieses Geständnis. „Ilse ist eben zu ihr gerufen worden, und Betty muß den Arzt holen. Ich sorge mir so um das Kind.“

Der Lehrer war überrascht, in Nellies sonst so vergnügt blickenden Augen diesen düsteren Ausdruck von Trauer und Sorge zu entdecken. Aber gleichzeitig wurde ihm klar, daß ihm das Mädchen noch niemals so liebenswert erschienen war wie in diesem Augenblick. Die schelmische, übermütige Nellie mit dem goldblonden Haar und in dem duftigen, hellblauen Kleid hatte ihm schon den ganzen Abend gefallen; aber dieses gleiche Mädchen, das jetzt um ein geliebtes Kind trauerte und ein so herzliches Mitgefühl verriet, entzückte ihn geradezu. Beruhigend legte er Nellie die Hand auf die Schulter.

„Bitte regen Sie sich nicht so auf!“ sprach er tröstend auf sie ein. „Ich gehe für einen kurzen Moment hinauf ins Krankenzimmer und verspreche Ihnen, Sie gleich anschließend zu verständigen, wie es dort steht.“

Als der Lehrer wenig später an die Tür zu Lillis Zimmer klopfte und dann eintrat, bot sich ihm ein rührendes Bild.

Ilse kniete neben dem Bett ihrer kleinen Freundin, hatte den Kopf dicht neben das Köpfchen der Kranken gebettet, und die braunen und lichtblonden Locken der beiden Mädchen vermischten sich zu einer einzigen Haarflut.

Fräulein Güssow bereitete eben einen Eisumschlag vor, den sie auf die glühende Stirn der kleinen Patientin legen wollte.

Ein einziger Blick auf die Kranke genügte Doktor Althoff, und jede weitere Frage war für ihn überflüssig.

Mit großen Augen sah das Kind ihn an, ohne ihn zu erkennen; die kleinen Hände griffen unruhig zuckend ins Leere. Erst als Ilse aufstehen wollte, klammerte sich das Kind krampfhaft an sie.

„Net fortgehen, Ilse!" stieß Lilli stockend hervor. „Du bist die Schönste – komm, tanz mit mir!"

Gleich darauf wurden ihre Fieberphantasien so heftig, daß sie Ilse für das Christkind hielt.

„Du liebes Christkinderl – hast ein goldenes Kleiderl an", sagte das Kind selig lächelnd. „Und ein Kronerl tragst auf dem Kopf – oh, wie das glänzt! Willst du mit mir spielen?" fragte sie dann mit berückendem Lächeln. „Wart nur, ich komm' zu dir und zu den lieben Engelein! Warte – ich komm' – nimm mich mit!"

Erschöpft sank das Kind nach diesem Ausbruch in die Kissen zurück und schloß die Augen.

Ilse war entsetzt und vor Angst wie gelähmt. Sie hatte noch nie zuvor einen Schwerkranken erlebt und war nun zutiefst betroffen. In ihrer Ratlosigkeit wandte sie sich mit leichenblassem Gesicht an Fräulein Güssow, die das junge Mädchen liebevoll tröstend in die Arme nahm.

„Es ist besser, wenn Sie in den Saal zurückgehen, Ilse!" riet Dr. Althoff. „Kommen Sie, ich begleite Sie hinunter. Nellie wartet schon auf Ihren Bescheid."

Aber Ilse schüttelte entschieden den Kopf. „Ich bleibe bei Lilli", sagte sie fest.

Schon wenig später traf der Arzt ein; den Wartenden allerdings war diese kurze Zeit wie eine Ewigkeit erschienen. Angstvoll versuchten sie in seinem Gesicht zu lesen, als er an das Bett des Kindes trat. Aber hier erschrak selbst der Arzt: Was war innerhalb eines Tages aus diesem blühenden kleinen Mädchen geworden! Die runden Bäckchen waren eingefallen und blaß, und die großen schwarzen Augen starrten blicklos ins Leere. Als der Arzt nach Lillis Hand griff und ihren Puls fühlte, schien Lilli das überhaupt nicht zu bemerken.

Aus seiner Medikamententasche suchte der Doktor ein weißes Pulver heraus, das er in ein Glas Wasser mischte. Fräulein Güssow bemühte sich vergeblich, der kleinen Patientin das Medikament einzuflößen; erst auf Ilses liebevolles Zureden hin öffnete das Kind die Lippen und trank.

Wenig später wurde Lilli ruhiger und versank schließlich in eine Art Halbschlaf.

„Wo wohnen die Eltern des Kindes?“ erkundigte sich der Arzt bei Fräulein Güssow. „Ich würde dringend raten, sie unverzüglich zu verständigen. Hier liegt eine bösartige Gehirnentzündung vor, und möglicherweise ist mit einem ernsten Ausgang zu rechnen.“

Ilse war noch einen Ton bleicher geworden, als sie die Worte des Arztes hörte.

„Das Kind hat nur noch seine Mutter“, ergriff Doktor Althoff das Wort. Er war es auch, der sich bereit erklärte, unverzüglich ein Telegramm abzusenden. Nach seiner Schätzung konnte dann die Mutter am Abend des nächsten Tages aus Wien eintreffen.

Zuvor kehrte aber Doktor Althoff noch einmal in den Saal zurück, um Fräulein Raimar von dem Stand der Dinge und der Aussage des Arztes zu unterrichten.

Nellie tanzte gerade und hatte darum keine Möglichkeit, sofort auf Doktor Althoff zuzueilen und das Neueste von ihm zu erfahren. Stumm sandte sie immer wieder ängstlich-fragende Blicke zu ihm herüber; als er es endlich bemerkte, sah er nur flüchtig zu ihr hin, aber Nellie begriff bereits, daß er wohl nichts

Gutes zu berichten hatte. Voller innerer Unruhe wartete sie sehnlich darauf, daß der Tanz zu Ende wäre, damit sie ihn direkt fragen konnte. Aber Doktor Althoff hielt sich nicht lange auf; wenige Minuten später hatte er den Saal schon wieder verlassen, um das dringende Telegramm aufzugeben. Nellie blieb von den ärgsten Zweifeln geplagt zurück. Ob es mit Lilli noch schlimmer geworden war?

Fräulein Raimars unbewegt ruhiges Gesicht verriet nicht das geringste. Mit dem gleichen verbindlichen Lächeln wie bisher unterhielt sie sich mit ihren Gästen. Aber Fräulein Raimar verstand es nun einmal meisterhaft, sich zu beherrschen, auch wenn sie innerlich vor Erregung völlig aufgewühlt war. So erging es ihr zwar im Augenblick, aber sie hatte nun einmal beschlossen, sich nichts anmerken zu lassen. In einer guten Viertelstunde würde dieser Ballabend zu Ende sein, und dann sollten diese glücklichen jungen Mädchen zu Bett gehen, ohne zu erfahren, wie es um die kleine Lilli stand. Verschlimmerte sich der Zustand der Kleinen weiter, dann war am anderen Morgen noch Zeit genug, die Mädchen mit dieser traurigen Tatsache bekannt zu machen.

Im Krankenzimmer indessen dachte niemand an Schlaf. Als Fräulein Raimar eintrat, sah sie Lilli völlig teilnahmslos in ihrem Bettchen liegen. Das Kind phantasierte jetzt nicht mehr, aber das Fieber stieg ständig an.

Der Arzt trat zu der Internatsleiterin und schilderte ihr seine Befürchtungen. Fräulein Raimar nickte nur stumm und sah wieder zu dem Bettchen hinüber.

In einer Ecke des Zimmers stand Ilse und schluchzte leise in sich hinein. Sie konnte sich einfach nicht mehr beherrschen.

„Du solltest zu Bett gehen, mein Kind“, sagte Fräulein Raimar mitfühlend. „Du kannst hier im Augenblick doch nichts tun, und du solltest auch nicht länger hierbleiben!“

„Bitte, lassen Sie mich bleiben“, bat Ilse flehentlich, aber auch der Arzt unterstützte Fräulein Raimars Vorschlag, Ilse möge zu Bett gehen.

„Du bist ein gutherziges Kind", sagte Fräulein Raimar liebevoll, während man ihr deutlich ansah, daß sie mit den Tränen kämpfte. „Aber ich darf dich einfach nicht mehr hierlassen – es würde deiner Gesundheit und auch deinem seelischen Wohlbefinden schaden. Du kannst dem Kind so wenig helfen wie wir; sieh doch selbst – es erkennt weder dich noch jemand anderen."

Ilse sah ein, daß sie sich fügen mußte; doch bevor sie das Zimmer verließ, trat sie noch einmal leise und wehmutsvoll an Lillis Bettchen. Behutsam nahm sie die kleine fieberheiße Hand, und mit einem langen, tränenverschleierten Blick nahm sie Abschied von ihrer kleinen Freundin. Sie spürte deutlich, daß sie dieses blasse Gesichtchen wohl zum letzten Mal sah. So war es denn ein Abschied für immer? Ilse wandte sich abrupt ab, preßte das Taschentuch vor den Mund, um nicht laut aufzuschreien, und verließ beinahe fluchtartig das Zimmer.

Gleich hinter der Tür wartete Nellie. Sie war Fräulein Raimar unbemerkt gefolgt und hatte gehofft, Ilse würde schon irgendwann herauskommen. Als sie jetzt in das Gesicht ihrer Freundin sah, wußte sie sogleich, wie es stand. Ilse fiel ihr schweigend um den Hals, und Nellie führte die zitternde Freundin auf ihr Zimmer. Dort warf Ilse sich verzweifelt auf ihr Bett und begann laut und haltlos zu schluchzen.

„Ist es denn so schlimm?" fragte Nellie.

„Sie stirbt, Nellie", rief Ilse weinend. „Unser süßer kleiner Liebling stirbt!"

Nellie erblaßte; sie zitterte am ganzen Körper. Eine unsagbare Trauer erfaßte sie, doch war sie einfach nicht fähig, ihren Schmerz so ungestüm auszudrücken, wie Ilse es tat. Daß Ilse diesem Leid so hilflos und laut jammernd gegenüberstand, war nicht verwunderlich, hatte sie doch bisher noch nie etwas derartig Schweres erlebt.

Wie anders war es da Nellie in ihrem jungen Leben schon ergangen! Sie hatte schon manche kummervolle Stunde hinter sich bringen müssen. Wie schmerzlich war in ihr noch die Erinnerung lebendig an den Tod des geliebten Vaters, der sie blutjung als Waise allein auf der Welt zurückgelassen hatte.

Ganz still setzte sie sich jetzt neben die Freundin auf den Bettrand und nahm Ilses Hand.

„Komm", sagte sie behutsam, „setz dir hoch und beruhige dir ein wenig. Du wirst noch krank werden, wenn du dir so aufregst. Schau, auch wenn wir uns zu Tode weinen, können wir unsere arme Liebling damit nicht helfen. Wenn Gott sagt: ‚Ich will der klein' Engel zu mich nehmen' – was können wir da machen? Und ist es denn wirklich gar so schrecklich, als klein' Kind zu sterben! Wer weiß, was unsere arme Lilli alles erspart bleibt. Manchmal wünscht' ich, der liebe Gott hätt' mich auch schon als klein' Kind zu sich genommen."

Wie traurig Nellie das sagte! Ilse war zutiefst betroffen. Ohne ein Wort stand sie auf und nahm die Freundin fest in den Arm. Keine von beiden sprach, aber in dieser innigen, herzlichen Umarmung schlossen die beiden Mädchen einen Freundschaftsbund für das ganze Leben.

*

Ein trauriger Sonntag folgte auf den fröhlichen Ballabend. Die jungen Mädchen hatten nichtsahnend und noch in schönen Erinnerungen schwelgend beim Morgenkaffee gesessen, als Fräulein Güssow mit übermüdetem und verweintem Gesicht eintrat. Ihr Anblick ließ sofort alles ungezwungene Plaudern verstummen.

Ilse und Nellie, die schon die ganze Zeit über schweigsam und bedrückt unter den anderen gesessen hatten, sprangen sofort auf und sahen Fräulein Güssow fragend an.

„Ist es besser mit ihr?" fragte Ilse hoffnungsvoll und wußte doch schon, was sie hören würde.

Fräulein Güssow schüttelte nur kummervoll den Kopf. Tränen traten ihr in die Augen.

„Nein", sagte sie schließlich, „es ist nicht besser, sondern schlimmer geworden, so schlimm, daß ihr euch auf das Ärgste gefaßt machen müßt. Ich sage euch das lieber jetzt schon, damit ihr dann nicht so sehr erschreckt, wenn ..." Sie konnte nicht weitersprechen, weil sie nun die Tränen nicht mehr länger zurückzuhalten vermochte.

Zuerst war alles totenstill. Dann schluchzte Ilse laut auf, und nun wich die allgemeine Betroffenheit tiefer Trauer. Alle weinten, denn sie hatten Lilli herzlich lieb gehabt.

Als Fräulein Güssow sich anschickte, hinauszugehen, lief Ilse ihr nach.

„Nehmen Sie mich mit zu ihr!" bat sie drängend und faßte Fräulein Güssows Hände. „Bitte, bitte!"

Aber Fräulein Güssow mußte ihr schweren Herzens diesen Wunsch abschlagen.

„Du solltest sie nicht wiedersehen, Ilse", sagte sie fest. „Sie hat sich so sehr verändert, daß du mit deiner lebhaften Phantasie diesen traurigen Anblick noch lange Zeit mit dir herumtragen würdest. Damit wäre doch niemand gedient. Behalte sie lieber in Erinnerung als das schöne, fröhliche Kind, das du kanntest."

Um Ilse ein wenig zu trösten, gab sie ihr einen leisen Kuß auf die Stirn und kehrte dann in das Krankenzimmer zurück, in dem auch Fräulein Raimar seit Mitternacht ununterbrochen wachte.

Im Speisesaal stand inzwischen Miß Lead in feierliches Schwarz gekleidet und mit dem Gesangbuch in der Hand und trieb die Mädchen zur Eile an, weil sie sonst zu spät zur Kirche kämen. Doch kaum jemand hörte auf sie.

„Ich kann heute unmöglich mitkommen, Miß Lead", sagte

Orla. Sie, die immer Ruhige und Überlegene, war ganz von ihrem Schmerz überwältigt und weinte haltlos.

„Ich auch nicht! – Ich auch nicht!" hörte Miß Lead von allen Seiten.

Überraschenderweise erklärte sogar Rosi, die sich sonst brav in alles fügte, sie wolle heute auf den Kirchgang verzichten. Sie sei so erschüttert, daß sie unmöglich der Predigt folgen könnte.

„Ich begreife euch einfach nicht", wunderte sich die Engländerin und sah die Mädchen eine nach der anderen verständnislos an. „Ist denn das Haus Gottes nicht der Ort, den man mit einem kummerbeladenen Herzen aufsuchen sollte? Hat nicht der Herr selbst gesagt: ‚Kommet her zu mir alle, die ihr mühselig und beladen seid, ich will euch erquicken!'? Ich werde in der Kirche für unsere kleine Kranke beten; vielleicht wird mein Gebet erhört."

Sie ging, begleitet von den sechs neuen englischen Schülerinnen, die ihre strengen Glaubensansichten teilten. Nur die Engländerin Nellie blieb zurück, aber nicht, weil sie weniger gläubig gewesen wäre als die anderen. Im Gegenteil, sie war ein Mädchen von tiefer Frömmigkeit; doch es wäre ihr in diesem Augenblick einfach nicht möglich gewesen, dieses Haus zu verlassen, das ihr lieb wie ein zweites Zuhause geworden war und in dem ein Kind auf Tod und Leben lag, dem sie von Herzen zugetan war.

„Ich will auch beten", sagte sie leise vor sich hin, ging hinauf in ihr Zimmer und kniete in einer Ecke nieder, wo sie inbrünstig und demütig um Lillis Leben betete.

Aber es sollte anders kommen. Der frühe Abend war hereingebrochen, als Fräulein Raimar in Lillis Zimmer weit die Fenster öffnete: Lilli war tot.

Wie ein sorglos schlafendes Kind lag sie in ihren Kissen. Alles Krampfhafte, Unruhige war verschwunden; ein seliges Lächeln lag um die leicht geöffneten Lippen.

Still und mit gefalteten Händen standen die beiden Lehrerinnen an dem Lager der kleinen Toten und konnten lange den Blick nicht von ihr wenden. Die Abendsonne warf einen rosigen Schein über das zarte Gesichtchen, während in dem knospenden Apfelbaum vor dem Fenster ein Star jubelnd sein Abendlied sang.

„So jung und unter fremden Menschen mußtest du sterben, armes Kind!" sagte Fräulein Güssow traurig in die fast feierliche Stille hinein.

„Ich glaube, sie war glücklich hier und fühlte sich in unserem Kreise heimisch", gab Fräulein Raimar zu bedenken. Tiefe Trauer lag auf ihrem Gesicht. „Ich hatte vielmehr den Eindruck, daß ihre eigentliche Heimat ihr inzwischen fremd geworden war. Sie hat ja auch nicht einmal nach ihrer Mutter verlangt."

In tiefer Ergriffenheit hörten die Mädchen von Lillis Ableben. Besonders Ilse gab sich noch einmal hemmungslos ihrem großen Schmerz hin. In der Nacht, die auf Lillis Tod folgte, glaubte sie allen Ernstes, nie wieder von Herzen glücklich sein zu können. Noch nie hatte sie einen solchen Jammer verspürt – nicht einmal an jenem Tage, als der Wagen mit ihrem geliebten Vater endgültig abfuhr und sie allein und verloren an der Gartentür des Internats stehenblieb.

*

Lilli war in die Erde gebettet. Die Mädchen hatten auf ihrem Grab Schneeglöckchen und Veilchen gepflanzt. Alle trauerten um das liebe kleine Geschöpf, und so erregte es um so mehr verständnislose Verwunderung, daß die Mutter des Kindes der Beerdigung ferngeblieben war.

An Lillis Todestag war ein Telegramm der Mutter gekommen, in dem sie mitteilte, daß sie erst zwei Tage später, am Dienstag, im Internat eintreffen könne; sie habe am Montag im Theater eine Hauptrolle zu spielen. Als man ihr dann am gleichen Tag die

Nachricht vom Tode ihres Kindes telegrafierte, folgte von ihr ein tränenreicher Brief voller Klagen; aber sie selbst kam nicht. Sie schickte zum Begräbnis kostbare Blumen und beauftragte Fräulein Raimar, für das Grab ihres Kindes zu gegebener Zeit einen gemeißelten Stein anfertigen zu lassen, der einen knienden Engel darstellte und auf seinem Sockel die Worte trug: „Teures Kind – bete für mich!"

„Meine Mama wäre bestimmt gekommen, wenn sie erfahren hätte, daß ich so sterbenskrank bin", sagte Ilse. Sie hatte Nellie gerade den liebevollen, trostreichen Brief vorgelesen, den ihre Mutter ihr auf ihren traurigen Bericht über das frühe Sterben ihrer kleinen Freundin geschrieben hatte.

„Soweit ich sie aus ihre Briefe kenne", bemerkte Nellie dazu, „möchte ich sagen, sie wäre von die Weltende zu dich gereist, um bei dir zu sein."

„Und dabei ist sie gar nicht meine wirkliche Mutter", sagte Ilse nachdenklich. „Du, Nellie – ich glaube, ich habe meiner Mama oft absichtlich sehr weh getan. Meinst du, sie wird mir jemals verzeihen, wenn ich sie darum bitte?"

„Mach dir kein Gedanken darum, Ilschen. Dein Mutter hat ein so liebereiches Herz, das ganz ohne Falsch gegen dich ist. Sie wird dir bestimmt alles verzeihen. Zwar warst du ein ganz böse, ungezogene Mädchen, als du noch bei ihr warst. Aber jetzt bist du ja ein sehr anständige (Nellie meinte eigentlich: verständige) junge Dame geworden."

„Meinst du wirklich, Nellie?" fragte Ilse voller Zweifel und sah die Freundin fragend an.

„Es ist mein voller Ernst", beteuerte Nellie. „Wenn ich dir raten darf – schreibe deiner Mutter ein lang' Brief und bitte ihr um Verzeihung."

Einen Augenblick war Ilse noch unschlüssig.

„Du hast recht, Nellie", sagte sie dann fest. „Ich werde ihr schreiben, und ich glaube, sie wird mich verstehen. Noch heute schreibe ich den Brief, und hoffentlich antwortet sie mir bald. Ich finde vorher keine Ruhe."

## Eine freudige Überraschung

Der Brief an die Mutter war schon lange abgeschickt. Acht Tage wartete Ilse nun schon mit Zittern und Zagen, hatte aber noch keine Antwort bekommen. Nellie versuchte immer wieder, die Freundin zu trösten und zu beruhigen.

„Acht Tage sind ja noch kein' Ewigkeit", sagte sie. „Es kommt dir nur so vor, weil du immerzu daran denkst. Warte nur, bis heute der Briefträger kommt, der bringt dir bestimmt einen langen lieben Brief von dein' Mutter. Mich ahnt das schon", fügte sie schelmisch hinzu.

Sie sollte recht behalten. Ihre Ahnung, die sie eigentlich gar nicht so ernst gemeint hatte, ging in Erfüllung – allerdings auf andere Weise als erwartet.

„Ilse – komm bitte in mein Zimmer", sagte Fräulein Raimar, als das Mädchen gerade vom Unterricht kam. „Ich habe dir etwas mitzuteilen."

Überrascht sah Ilse ihre Lehrerin an, konnte aber nicht enträtseln, um was es wohl gehen mochte.

„Ich habe heute einen Brief von deinem Vater bekommen", begann Fräulein Raimar, nachdem Ilse die Tür hinter sich geschlossen hatte. „Er bittet mich darin, dir etwas mitzuteilen – ein höchst erfreuliches Familienereignis. Kannst du dir vielleicht schon denken, was es ist?"

„Nein", antwortete Ilse und sah Fräulein Raimar verständnislos und zugleich erwartungsvoll an.

„Du hast ein Brüderchen bekommen!" verkündete Fräulein

Raimar vergnügt. „Da – du kannst es selbst lesen, dein Vater hat einen Brief für dich beigelegt."

Ilse war sprachlos. Das Blut schoß ihr heiß ins Gesicht, und ohne ein Wort zu sagen, flog sie Fräulein Raimar stürmisch um den Hals und gab ihr einen Kuß. Die plötzliche Freude hatte sie so gepackt, daß sie sie unbedingt gleich an jemand auslassen mußte.

Erst als es geschehen war, schämte sie sich ihres spontanen Verhaltens. Welche Respektlosigkeit gegenüber der Leiterin des Internates!

„Bitte verzeihen Sie!" sagte sie schüchtern und wich etwas zurück.

Aber Fräulein Raimar kam auf sie zu und zog das Mädchen noch einmal in die Arme.

„Liebes Kind", sagte sie herzlich, „ich freue mich ja mit dir. Komm, laß mich die erste sein, die dir zu deinem Brüderchen gratuliert!"

Als sie später mit Fräulein Güssow über das freudige Ereignis sprach, bemerkte Fräulein Raimar mit großer Genugtuung, Ilses große Freude bei der Nachricht sei ihr so recht ein Beweis ihres kindlich-unbefangenen Wesens gewesen. Es freue sie besonders, daß etwas gelungen sei, was sie selbst am Anfang für unmöglich gehalten hatte: Ilses trotzige Natur jemals zu bändigen und die liebenswerteren Seiten ihres Wesens zur Geltung zu bringen.

Ilse war inzwischen mit ihrem Brief zu Nellie auf ihr gemeinsames Zimmer gestürmt. Jubelnd gab sie der Freundin die Neuigkeit bekannt. Nellie sah sie zuerst völlig verblüfft an; dann sprang sie auf, packte Ilse um die Taille und tanzte mit ihr wie wild im Zimmer herum.

Nach einer Weile besann sich Ilse auf den Brief ihres Vaters. Sie ließ sich auf ihrer Bettkante nieder und öffnete den Umschlag. Dabei stellte sich heraus, daß zwei Briefe darin steckten: Einer von der Mama, der schon vor mehreren Tagen geschrieben war und den der Vater nur nicht abgeschickt hatte, weil er selbst noch ein paar Zeilen an seine Ilse schreiben wollte und nicht gleich dazu gekommen war.

„Lies zuerst, was deine Mama schreibt!" drängte Nellie. „Das ist doch das Allerwichtigste. Nachher sprechen wir ausführlich von die Baby."

Ilse las laut vor:

*„Meine liebe Tochter,*
*Dein letzter Brief hat mich sehr glücklich gemacht. Wie lange habe ich mir schon gewünscht, einen Weg zu Deinem Herzen zu finden! Am liebsten würde ich jetzt gleich bei Dir sein, um Dich in meine Arme zu nehmen und Dir mit einem herzlichen Kuß zu sagen, daß ich Dir niemals ernstlich böse war. Ich habe immer gehofft, daß mein Trotzköpfchen eines Tages aufwachen und begreifen würde, wie lieb ich es habe. Mache Dir bitte keine Sorgen mehr über die kleinen Sünden und Streiche der Vergangenheit – das ist alles längst vergessen! Denke jetzt lieber an die Zukunft, wenn wir alle wieder beisammen sind, und laß Dir diese Zeit in Deiner Phantasie so rosig erscheinen, wie Du nur kannst. Ich freue mich sehr darauf, Dich wiederzusehen.*
*Mit zärtlichen Küssen*
*Deine Mama."*

Ilses Vater hatte nur ein paar kurze Zeilen zu Papier gebracht:

*„Hurra – wir haben einen Jungen!" schrieb er. „Ein prächtiges Kerlchen, und ich wünschte, mein Ilschen, ich könnte ihn Dir gleich zeigen. Er sieht Dir übrigens ähnlich – hat genauso lustige Augen wie Du. Morgen schreibe ich Dir mehr.*
*Viele liebe Grüße Dein glücklicher Papa."*

Ilse hätte am liebsten zugleich geweint und gelacht.

„Ein Jammer, daß ich jetzt nicht zu Hause sein kann", sagte sie. „Ich würde so schrecklich gern die Mama, den Papa und das neue Brüderchen sehen."

In ihrem Glück fiel sie Nellie lachend um den Hals, und als wenig später Fräulein Güssow ins Zimmer trat, warf sie sich auch spontan in deren Arme. An diesem Tage hätte sie am liebsten die ganze Welt umarmt.

Als der erste Jubelrausch vorbei war, fiel Ilse die kleine tote Lilli wieder ein. Sie machte sich die schlimmsten Vorwürfe, daß sie die kleine Freundin über ihrem persönlichen Glück fast ganz vergessen hatte.

„Komm mit, Nellie", bat sie. „Laß uns im Garten Veilchen pflücken und sie auf Lillis Grab tragen!"

*

Das Osterfest kam heran. Die Mädchen hatten eine ganze Reihe von Prüfungen hinter sich bringen müssen, und die inzwischen ausgeteilten Zeugnisse hatten bei der einen Freude, bei der anderen Kummer ausgelöst.

Ilse konnte recht zufrieden sein. Bis auf ein paar wenige Fächer, die ihr nicht so sehr lagen, konnte sie gute Fortschritte in den übrigen verzeichnen. Ihr strebsames Lernen und ihr gutes Betragen, das ganz besonders seit dem Tode Lillis von großem Ernst erfüllt war, wurde von den meisten Lehrkräften lobend hervorgehoben. Nur Miß Lead, die Englischlehrerin, blieb bei ihrem Vorbehalt gegen Ilse und behauptete nach wie vor, Ilse lasse jedes gute Benehmen und alle Anmut vermissen, und auch mit ihrer englischen Aussprache war Miß Leads durchaus nicht zufrieden.

„Laß dir nicht bange machen, Ilse!" mahnte Nellie, als sie miteinander ihre Zeugnisse durchgingen. „Ich finde, du sprichst schon ganz ordentlich Englisch, und du drückst dir immer sehr fein aus. Außerdem kannst du dir mit mir trösten. Schau nur, was sie mir hier hereingeschrieben haben!"

In dem Zeugnis, das Nellie ihr mit etwas kläglicher Miene herüberreichte, las Ilse die Bemerkung: „Nellie macht nur sehr langsame Fortschritte in der deutschen Sprache."

„Ich finde das ungerecht", bemerkte Nellie dazu. „Wo ich mir doch so furchtbar große Mühe mit eure schwere Sprache gebe und immerzu lerne!"

Nun war es an Ilse, Nellie zu trösten. Sie versprach ihrer Freundin, von nun an immer zu berichtigen, wenn diese einen ihrer drolligen Sprachfehler machte; Nellie wollte als Gegenleistung täglich eine Stunde Englisch mit Ilse sprechen, damit diese sicherer im Umgang mit dieser Sprache wurde.

Nachdem sie diese guten Vorsätze gefaßt hatten, stürmten die beiden lachend die Treppe hinunter und in den blühenden Garten hinaus.

*

Der Geburtstag von Fräulein Raimar im Mai wurde immer sehr festlich begangen. Trotz der noch immer anhaltenden Trauer um die kleine Lilli sollte da auch in diesem Jahr keine Ausnahme gemacht werden. Fräulein Raimar hatte es selbst so bestimmt, nachdem sie sich zuvor mit Fräulein Güssow beraten hatte.

„Ich selbst würde gern auf eine große Feier verzichten", hatte sie gesagt, „aber wegen unserer Mädchen tue ich es aus voller Absicht nicht. Sie trauern noch immer um unsere kleine Lilli, und ich merke deutlich, daß sie davon sehr bedrückt sind. Wenn sie jetzt Zerstreuung bekommen, wird das die Lebensgeister wieder ein wenig beflügeln. Mit aller Trauer können wir schließlich unseren kleinen Liebling nicht wieder zum Leben erwecken."

Fräulein Güssow und später auch Miß Lead waren mit ihrer Vorgesetzten einer Meinung gewesen, und so begann man mit den Vorbereitungen zu dem Fest.

Alljährlich schon hatten die Tagesschülerinnen und die Internatszöglinge miteinander gewetteifert, durch musikalische Darbietungen und kleine Theateraufführungen das Programm so bunt und abwechslungsreich wie möglich zu gestalten.

In diesem Jahr beschloß Miß Lead, mit einigen Schülerinnen ein englisches Stück aufzuführen, während Fräulein Güssow mit einigen anderen ein französisches Lustspiel einstudierte. Zu Miß Leads Truppe gehörten nur Tagesschülerinnen, während Fräulein Güssow mit Internatsschülerinnen probte. Zuvor hatte sie allerdings wegen der Rollenbesetzung noch einen harten Kampf zu bestehen.

Flora, der die Rolle einer alten Dame zugedacht war, protestierte heftig dagegen und behauptete, diese Rolle würde Rosi viel besser zu Gesicht stehen. Aber Rosi behauptete sofort, sie habe keine Spur von schauspielerischer Begabung und denke darum auch nicht daran, Theater zu spielen. Fräulein Güssow mußte dem Mädchen darin recht geben, zumal Rosi weit weniger gut Französisch sprach als die gewandtere Flora.

Aber bitten mochte Fräulein Güssow auch nicht.

„Wenn du absolut nicht willst, Flora“, sagte sie, „dann wähle ich für diese allerliebste Rolle, die wirklich gute Möglichkeiten für ihre Darstellerin birgt, eine Tagesschülerin aus, und du kannst dieses Mal nur zuschauen.“

Diese Aussicht gefiel Flora noch weniger als die ihr angetragene Rolle. So entschloß sie sich schließlich doch, die „Alte“ zu spielen, gab aber immer wieder deutlich zu verstehen, welche Selbstüberwindung sie das kostete.

Melanie und Ilse waren die Töchter der Alten und verkörperten fast ihre eigenen Charaktereigenschaften: Melanie war die eitle, stolze und elegante Tochter, Ilse eher das Gegenteil, ein wildes, unbändiges Mädchen, das durch Trotz und kecke Widerspenstigkeit auffällt und dessen Mutter zu gutmütig ist, um ihrer Herr zu werden und ihr die übermütigen Streiche zu verbieten. Erst als ein junger entfernter Verwandter der Familie auf der Bildfläche erscheint und den jungen Wildfang liebgewinnt, gelingt es ihm mit viel Geduld und Güte, sie zu zähmen und ihre liebenswerten Eigenschaften an den Tag zu bringen. Das Stück endet damit, daß die einstmals so wilde kleine Person seine Braut wird.

„Orla – die Rolle des entfernten Vetters wäre etwas für dich", schlug Fräulein Güssow vor.

„Aber wie soll denn Orla einen Mann darstellen können?" fragte Ilse erstaunt.

Ilses naive Frage löste eine Lawine von Antworten aus. Alle redeten durcheinander in dem Bestreben, Ilse über ihre Unwissenheit aufzuklären.

„Weißt du denn nicht, daß es hier im Internat nicht Sitte ist, mit Herren Theater zu spielen?" fragte Orla. „Das wäre absolut unschicklich."

„Du bist wirklich noch sehr naiv, Ilse", spöttelte Melanie. „Aber darin gebe ich dir schon recht: Es ist furchtbar öde, wenn auch die Männerrollen mit Mädchen besetzt werden. Anders wäre es doch viel interessanter."

„Herren, Herren", wiederholte Annemie und begann zu kichern, „wie stellt ihr euch das vor?"

„Ja, wenn Herren mitspielten, würde ich auch gern Ilses Rolle übernehmen!" Grete gelang es wieder einmal, alle zu überschreien. „So aber ..."

„... wirst du den Bauernjungen spielen, Grete", ergänzte Fräulein Güssow. Dann wandte sie sich an alle Versammelten.

„Und jetzt gebt ihr Ruhe mit euren Wünschen", sagte sie. „Fräulein Raimar hat schon ihre triftigen Gründe dafür, wenn sie das Theaterspielen mit Herren nicht erlaubt. Ihr habt dafür kein Verständnis, weil ihr alle noch zu kindisch seid – das habt ihr mir soeben deutlich genug gezeigt. Und nun macht euch daran, eure Rollen herauszuschreiben. Morgen halten wir eine Leseprobe ab."

Sie hatte kaum den Raum verlassen, da begann Grete zu murren.

„Ich finde es doch langweilig ohne Herren", sagte sie. „Und außerdem mag ich den dummen Bauernjungen nicht spielen."

Als es soweit war, spielte sie ihn dann aber doch, und es zeigte sich bald, daß sie die Rolle mit viel Komik und Tolpatschigkeit hervorragend ausfüllte.

Die täglichen Proben brachten die Mädchen wirklich auf andere Gedanken. Zu ihrem Erstaunen fand Ilse, die bis dahin noch nie Theater gespielt hatte, großes Gefallen daran. Ihre anfängliche Gehemmtheit hatte sie bald überwunden, und von da an spielte sie mit einer so natürlichen, ungezwungenen Sicherheit, daß Fräulein Güssow über Ilses lebensnahe Darstellung, die noch aus ihrem früheren persönlichen Erfahrungsbereich stammen mochte, manchmal ein belustigtes Lächeln nicht unterdrücken konnte.

Zur Generalprobe wurden zum ersten Mal auch die Kostüme angezogen. Das war eine kluge Regelung: Die Mädchen mußten sich an den gegenseitigen veränderten Anblick gewöhnen, und es stellte sich heraus, daß sie sich vor Lachen nicht halten konnten, als sie sich in ihrer komischen Aufmachung zum ersten Mal sahen.

Flora trug über langen Scheitellocken eine altmodische Spitzenhaube und hielt sich dauernd ein Lorgnon vor die scheinbar kurzsichtigen Augen. Das vornehme schwarze Kleid mit Schleppe ließ sie wesentlich größer erscheinen, so daß man Mühe hatte, sie in ihrem Aufzug zu erkennen. Sie hatte sich übrigens inzwischen mit ihrer Rolle vollkommen ausgesöhnt und spielte sie mit viel Talent. Als Fräulein Güssow sie deswegen lobte, kam sie auf den Einfall, daß es ihr vielleicht bestimmt war, eine große Schauspielerin zu werden. So kam es, daß sie von nun an Tag und Nacht nur noch vom Theater träumte und von der Karriere, die sie dort machen würde. Welch eine großartige Zukunft stand ihr bevor: Dichterin und Schauspielerin in einem!

Orla als der Vetter sah in einem grünen Jägeranzug, den kleinen Hut keck auf das eine Ohr geschoben, und mit angemaltem dunklen Bärtchen als junger Mann wirklich ganz entzückend aus. Besonders die Stulpenstiefel, die Orla zu ihrem Kostüm trug, hatten es Melanie angetan.

„Famos siehst du aus, Orla“, sagte sie und betrachtete die Freundin wohlgefällig von allen Seiten.

„So solltest du dich immer kleiden“, schlug Flora vor, wurde aber sofort von allen ausgelacht.

Melanie war aber auch ganz entzückt von sich selbst: In dem zierlichen, spitzenbesetzten Kostüm mit dem gerafften Rock, das sie selbst ausgewählt hatte, sah sie reizend und sehr kokett aus. Grete dagegen war der typische Bauernjunge: Plump und schwerfällig, dreist und laut – aber so schrieb es ja ihre Rolle vor.

Wie sah nun Ilse aus? Sie kam schon fertig angekleidet als letzte herein, und als die anderen sie sahen, brachen alle in lautes Gelächter aus, so daß Fräulein Güssow sich lange Zeit kein Gehör verschaffen konnte.

„Kind, wie siehst du denn nur aus?“ fragte sie, als die Mädchen sich endlich ein wenig beruhigt hatten. „Komm doch einmal her – ich muß dich ganz genau anschauen. Willst du wirklich in diesem Aufzug deine Rolle spielen?“ Sie ging mit prüfendem Blick um Ilse herum. „Nein“, sagte sie dann, „so geht es wirklich nicht. Ein wenig müssen wir hier schon in Ordnung bringen. Du bist überhaupt nicht eitel, sonst wäre dir selbst schon der Gedanke gekommen.“

„Lassen Sie mich doch bitte so spielen!“ bat Ilse nachdrücklich. Sie war glücklich, ihr altes, geliebtes Hemdblusenkleid bei dieser Gelegenheit noch einmal tragen zu können, obwohl es ihr inzwischen noch enger und kürzer geworden war. So bot sie darin einen wirklich überaus komischen Anblick.

„Kind – so ist es einfach unmöglich!“ widersprach Fräulein Güssow. „Du siehst im Augenblick nicht wie ein Wildfang aus gutem Hause, sondern eher wie eine Bettlerin aus. Schau, dieser Ärmel muß angeflickt werden, und der abgewetzte Gürtel muß auch ersetzt werden. Laß dir einen Matrosenkragen auf das Kleid machen, und die gräßlichen Stiefel solltest du wenigstens etwas putzen. Man darf nicht zu sehr übertreiben, sonst geht die Wirkung verloren“, sagte Fräulein Güssow. „Das richtige Maß ist auch in diesem Zusammenhang wichtig.“ Ilse zog ein Gesicht, aber Fräulein Güssow fuhr unbeirrt fort: „Auch dein Haar sollte dir nicht ganz so wirr ins Gesicht fallen; du siehst ja kaum noch etwas. Vergiß bitte nicht, daß du immerhin die Tochter einer Baronin spielst – das sollte man trotz allem noch merken! Dein Aufzug darf schon etwas unordentlich, aber keineswegs verwahrlost sein.“

Fräulein Güssows gründliche Musterung der Kostüme, ihre Einwände und Vorschläge machten Miß Lead, die mit ihren Schülerinnen ebenfalls zur Hauptprobe erschienen war, nervös. „Wollen wir nicht mit der Generalprobe beginnen?“ schlug sie vor. Ihr kam es vor allem darauf an, daß die Mädchen ihre Rolle sprachlich korrekt beherrschten. Künstlerische Probleme gab es für sie nicht. Wenn eine ihrer Darstellerinnen es wagte, sich frei und natürlich auf der Bühne zu bewegen und vielleicht auch noch viele Gesten zu machen, geriet die Engländerin völlig außer sich.

Nachdem sie mehrere Szenenproben des französischen Stückes gesehen hatte, zeigte sie sich ausgesprochen entsetzt darüber und gab Fräulein Güssow den ernstgemeinten Rat, das Stück keinesfalls aufführen zu lassen.

„Eine Liebesgeschichte! Aber ich bitte Sie, Fräulein Güssow“, rief sie ungehalten, „das wird sicher den größten Anstoß erregen! Bitte überlegen Sie sich das noch einmal.“

Fräulein Güssow erwiderte lächelnd, daß dieses Stück ja nicht von unmündigen Kindern, sondern von erwachsenen Mädchen aufgeführt würde.

„Außerdem ist die Liebesgeschichte, die Sie so stört, nur eine harmlose Nebenerscheinung", fügte Fräulein Güssow hinzu. „Im wesentlichen geht es in dem Stück um die Zähmung eines widerspenstigen Mädchens."

Aber die englische Miß schüttelte nur mißbilligend den Kopf und blieb bei ihrer ablehnenden Haltung.

„Und daß sie ausgerechnet Ilse diese Rolle spielen lassen!" sagte sie. „Sie werden sehen – dieses Mädchen verdirbt Ihnen die ganze Aufführung! Achten Sie doch nur einmal darauf, wie sie aussieht und wie sie spielt! Plump und ohne jede Anmut! Wenn sie auf die Bühne tritt, dröhnt ja förmlich der Boden, und ihre Bewegungen sind von einer ausgesprochenen Dreistigkeit."

Was sollte Fräulein Güssow schließlich dazu sagen? Die Engländerin hatte nun einmal ein Vorurteil gegen Ilse gefaßt, von dem sie sich durch nichts abbringen ließ. Es hatte keinen Zweck, gegen das ungerechte und geradezu lieblose Urteil Miß Leads zu argumentieren. Fräulein Güssow versuchte das auch gar nicht erst.

*

Der große Abend kam heran, und entgegen den Erwartungen, die Miß Lead geäußert hatte, ging alles gut über die Bühne.

Die Einleitung des Festprogramms bestand in einem Prolog, den eine Schülerin der obersten Klasse gedichtet hatte und auch selbst vortrug. Die kritischste Zuhörerin war Flora, die hinter den Kulissen stand und nur verächtlich die Achseln zuckte, als nach Beendigung des kleinen Vortrags freundlich applaudiert wurde.

„Das Ganze hatte keinen Schwung, keine Poesie und nicht einen Funken Genialität", bemerkte sie abschätzig.

Gekonnt, aber ohne Charme und langstielig ging die Aufführung des englischen Stückes über die Bühne. Mochten auch die Zuschauer insgeheim nicht allzu mitgerissen sein, so spendeten sie doch reichlichen Beifall, weil sie immerhin die Mühe der Mädchen belohnen wollten, die sicher mit viel Zeitaufwand und Eifer ihre Rollen einstudiert hatten. Mehrmals wurden die jungen Mitwirkenden vor den roten Vorhang gerufen, um sich immer wieder dankend zu verneigen, während hinter den Kulissen Miß Lead vor Stolz und Glück strahlte, wie man es selten bei ihr sah.

„Very well", rief sie ihren Schülerinnen zu. „Ihr habt eure Sache gut gemacht."

Es folgten eine Reihe lebender Bilder und einige musikalische Darbietungen. Den letzten Punkt des Programms bildete das französische Lustspiel.

„Und Sie wollen das Stück wirklich aufführen lassen? Haben Sie noch immer keine Bedenken bekommen?" wandte sich Miß Lead im Bewußtsein ihrer bewiesenen Überlegenheit etwas herablassend an Fräulein Güssow. „Fürchten Sie nicht, angesichts des großen Erfolges, den wir mit unserer Aufführung erzielt haben, einen gewaltigen Reinfall zu erleben? Denken Sie doch an das peinliche Aufsehen, das Sie vielleicht damit erregen! Folgen Sie meinem Rat – ziehen Sie das Stück zurück. Wir werden schon eine Entschuldigung finden, die die Zuschauer akzeptieren."

Fräulein Güssow schüttelte nur lächelnd den Kopf.

Zu ihrem Verdruß mußte Miß Lead wenig später erleben, daß das französische Stück mit viel mehr Begeisterung aufgenommen wurde als das englische. Die Zuschauer schienen sich köstlich dabei zu amüsieren und kamen zeitweise aus dem Lachen überhaupt nicht heraus. Mehrmals erhielt Ilse auf offener Bühne spontan Beifall, weil sie so natürlich und amüsant ihre Rolle verkörperte.

„Sie ist entzückend – einfach charmant!" äußerte Monsieur

Michel begeistert. „Ich bin wirklich sehr stolz auf meine Schülerin. Sie spricht und spielt leicht und elegant wie eine echte Pariserin. Ah – elle est ravissante!"

„Im Grunde stellt sie sich selbst dar", erwiderte Doktor Althoff lachend auf den Ausbruch des temperamentvollen Franzosen. „Ich hätte nur nicht gedacht, daß in einem solchen Wildfang auch soviel Anmut stecken könnte!"

Bei aller Enttäuschung sollte Miß Lead schließlich doch noch Anlaß zu einer leisen Genugtuung bekommen – und zwar bei der Liebesszene am Schluß des Stückes. Ilse verpatzte sie insofern, als sie plötzlich in lautes Lachen ausbrach, weil es ihr einfach zu komisch vorkam, als Orla sie verliebt in die Arme ziehen wollte.

Aber selbst diesen kleinen Zwischenfall fanden die Zuschauer allerliebst und beantworteten ihn mit erheiterten Beifallskundgebungen.

Nur Nellie war etwas enttäuscht. „Schade!" sagte sie halblaut vor sich hin. „Warum verdirbt sie die Schluß? Die ganze Zeit war sie doch so nett."

Doktor Althoff hatte in der Nähe gestanden und Nellies Selbstgespräch mitangehört. Jetzt setzte er sich auf einen freien Stuhl neben das Mädchen.

„Machen Sie sich nichts daraus, Miß Nellie", sagte er. „Ihre Freundin ist dennoch der Glanzpunkt des ganzen Abends. Aber warum sitzen Sie eigentlich unter den Zuschauern, warum haben Sie nicht mitgespielt? Ich könnte mir vorstellen, daß auch Sie eine gute Schauspielerin wären."

„O nein, Herr Doktor", sagte Nellie und schlug verlegen die Augen nieder. „Ich weiß nicht zu spielen, ich habe nicht Talent, und meine Französisch sind auch sehr holperig."

„Haben Sie es mit dem Theaterspielen überhaupt schon einmal versucht? Schauen Sie doch Ihre Freundin Ilse an – wer hätte gedacht, was in ihr steckt!"

„Da haben Sie recht!" stimmte Nellie begeistert und mit aufrichtiger, neidloser Freude zu. „Ich finde, sie hat ihre Sache sehr gut gemacht, und bin entzückend über ihr."

Der junge Lehrer sagte nichts dazu. Leise schmunzelnd sah er Nellie an. Was war sie für ein liebenswertes Mädchen! Ohne Falsch lobte sie uneingeschränkt die Freundin, und man sah es ihren strahlenden Augen an, wie ehrlich sie das meinte. Hätte sie nicht eigentlich auf Ilse neidisch sein müssen, wenn sie einmal verglich, wie verschieden ihrer beider Zukunft aussehen würde? Ilse war ein Kind des Glücks, das in ein wohlbehütetes Dasein zurückkehren durfte – und Nellie? Sie würde sich ihren Weg durch die Welt unter tausend Schwierigkeiten selbst suchen müssen.

Doktor Althoff war so in Gedanken versunken, daß er nicht gleich bemerkte, wie Nellie ihn fragend ansah, weil er sich zu ihrer Ansicht über Ilse nicht geäußert hatte.

„Gewiß – Sie haben schon recht, Ilse ist ein reizendes Mädchen", gab er jetzt zerstreut und etwas hastig Antwort. Dann jedoch wandte er sich einem ganz anderen Thema zu. „Was haben Sie da nur für herrliche Veilchen?" fragte er und deutete auf den kleinen Strauß, den Nellie in der Hand hielt. Er beugte sich darüber. „Die duften ja wundervoll", stellte er fest. „Wissen Sie, daß ich Veilchen sehr liebe?"

Das genügte Nellie; der heimlich Angebetete liebte Veilchen! Es war völlig klar für sie, was sie jetzt tun würde.

„Darf ich sie Ihnen schenken?" fragte sie und errötete dabei über und über. „O bitte, nehmen Sie – es macht mich Freude, wenn Sie die Blumen doch so lieben!"

„Nicht alle", widersprach der Lehrer lächelnd und zog nur ein paar Blüten aus dem Strauß, den Nellie ihm hinstreckte. „So – das reicht. Ich danke Ihnen sehr herzlich." Mit diesen Worten stand er auf und ließ Nellie allein, die ihm mit glänzenden Augen und völlig verwirrt hinterhersah.

„Du bist ein taktloses Mädchen“, hörte sie plötzlich eine strenge Stimme hinter sich. Sie fuhr herum und sah Miß Lead nüchternes Gesicht vor sich. Alle geheime Freude in ihr war sofort wie ausgelöscht.

„Ich habe eure Unterhaltung Wort für Wort mitangehört“, fuhr das ältliche Fräulein fort. „Wie konntest du nur einem Herrn Blumen anbieten?“

Nellie war völlig zerknirscht. Sie hatte wahrlich nichts Böses dabei gedacht, als sie Doktor Althoff ihr unschuldiges Angebot machte.

„Habe ich ein Unrecht gemacht?“ fragte sie erschrocken. „Oh – Miß Lead, war das sehr ungeschickt von mir? Wird der Doktor mich jetzt für aufdringlich halten?“

„Jedenfalls wird er finden, daß du noch sehr naiv bist“, erwiderte die englische Miß unerbittlich. „Wenn er dich wirklich aufdringlich gefunden hat, wird ihm seine Höflichkeit verboten haben, es sich anmerken zu lassen.“

„O nein!“ rief Nellie entsetzt. „Nein – er kennt mich doch schon so lange, er kann doch nicht etwas so Schlimmes von mich denken!“

„Bist du da so sicher?“ Miß Lead schien es ein grausames Vergnügen zu bereiten, ihre junge Landsmännin in Gewissensnot zu bringen. „Immerhin bist du kein Kind mehr, dem man solche Instinktlosigkeit vielleicht noch durchgehen ließe. Ein erwachsenes Mädchen sollte zu klug sein, um blindlings seinen Gefühlen nachzugeben und so unbedacht zu handeln.“

„Ich werde ihn bitten, daß er mir die Blumen wiedergibt“, versprach Nellie beschämt.

„Auf keinen Fall – damit würdest du dich nur noch mehr bloßstellen!“ Miß Lead musterte die arme Nellie mit strafenden Blicken. „Du wirst schweigen und die Sache auf sich beruhen lassen. Aber denke in Zukunft daran und laß dich nie wieder so gehen. Eine künftige Erzieherin muß imstande sein, jedes ihrer Worte, ja sogar jeden Blick vorsichtig abzuwägen und sich ihre Handlungen reiflich zu überlegen. Merke dir das!"

Nellie blieb angesichts dieser Ermahnungen nichts weiter übrig, als stumm und beschämt zu Boden zu schauen. Ihre vergnügte Laune war verflogen, die Freude an dem Fest war ihr gründlich verdorben. Für den Rest des Abends hielt sie sich still und teilnahmslos beiseite, und sooft Doktor Althoff in ihre Nähe kam, wich sie ihm regelrecht aus. Sie konnte es nicht über sich bringen, seinem Blick zu begegnen. Was mochte er nur von ihr denken? Ob er wirklich so über sie urteilte, wie Miß Lead es dargestellt hatte? Eines war sicher: Ihre Unbefangenheit war an diesem Abend zumindest nicht wiederherzustellen.

Ilse hatte schon während des ganzen Abends ihre Freundin mit besorgten Blicken beobachtet. Als sie später auf ihrem Zimmer waren, wunderte sie sich, daß Nellie ganz gegen ihre Gewohnheit noch lange still und nachdenklich am Fenster saß.

„Was hast du heute?" fragte Ilse liebevoll, indem sie zu der Freundin trat und ihr den Arm um die Schulter legte. „Du bist so auffallend still."

„Ach, nichts Ernstes!" erwiderte Nellie scheinbar leichthin und erhob sich von ihrem Platz am Fenster. „Ich bin nur etwas müde von die ganze Aufregung wegen diesem Abend."

Zum ersten Mal verschwieg sie der geliebten Freundin die Wahrheit. Sie brachte es einfach nicht über sich, von dem zu sprechen, was ihr Kummer machte – daß nämlich Doktor Althoff jetzt eine falsche Meinung von ihr haben könnte.

Aber sonderbar – was war es nur, das ihr Herz trotz allem Kummer schneller und so freudig klopfen ließ?

# Ein feierlicher Schwur

Holunder und Flieder waren verblüht; aber nun öffneten die Rosen ihre duftenden Knospen zu voller Schönheit, und der Hochsommer kündigte sich an.

Nach dem Abendessen gingen Ilse und Nellie noch ein wenig im Garten spazieren; als sie in einem etwas entfernteren Gebüsch eine Nachtigall schlagen hörten, blieben sie stehen und lauschten entzückt dem bezaubernden Gesang.

„Wie süß!“ flüsterte Nellie. „Komm, laß uns dort drüben auf der Bank niedersetzen!“

Es war ein wundervoller, milder Abend; der Mond ging am Himmel silbern und kühl auf, ringsum duftete und blühte es. Diese romantische Umgebung und der schluchzende Gesang der Nachtigall weckten in den beiden jungen Herzen eine eigenartige, bisher nie gekannte Stimmung.

Nellie seufzte tief auf. „O Ilse“, sagte sie traurig in die fast feierliche Stille, die nach dem Verstummen der Nachtigall entstanden war, „nun gehst du bald fort und läßt mir allein zurück! Ich darf gar nicht daran denken.“

Auch Ilse bereitete es heimlichen Kummer, an die bevorstehende Trennung von Nellie zu denken. Jetzt wurden ihr bei Nellies Worten die Augen feucht; sie versuchte aber, sich nichts anmerken zu lassen, und gab ihrer Stimme absichtlich einen etwas forschen Klang, als sie tröstend auf die Freundin einsprach.

„Es ist doch noch eine lange Zeit, bis ich das Internat verlasse“, gab sie zu bedenken. „Du weißt doch, daß meine Eltern mir erlaubt haben, bis zum ersten September zu bleiben. Da haben wir noch acht Wochen vor uns – denk nur mal, volle acht Wochen! Ist das nicht herrlich?“

Aber Nellie schüttelte nur betrübt den Kopf.

„Das wird so schnell vergangen sein“, widersprach sie. „Und

außerdem sind es keine volle acht Wochen, du mußt nur einmal richtig nachrechnen: Heute haben wir schon der siebte Juli – das macht bis zu die erste September vierundfünfzig Tage. Siehst du, es fehlen schon zwei Tage an deine acht Wochen!"

Nun mußte Ilse trotz allem Kummer doch herzlich lachen. Sie nahm die Freundin in den Arm und gab ihr einen liebevollen Kuß.

„Du bist einfach ein Schatz!" erklärte sie. „Selbst wenn du traurig bist, bringst du es noch immer fertig, komisch zu sein. Aber hör zu, Nellie: Warum wollen wir uns jetzt schon das Herz schwermachen mit Gedanken an die bevorstehende Trennung? Wir sagen uns ja schließlich nicht Lebewohl für immer und ewig. Du wirst mich doch besuchen kommen, nicht wahr?"

Aber Nellie war nun einmal wehmütig gestimmt, so daß alle Aufmunterungsversuche ihrer Freundin nichts fruchten wollten. So sehr die junge Engländerin auch versuchte, die Tränen zu unterdrücken – sie quollen immer wieder hervor.

Ilse begriff. Sie legte Nellies Kopf an ihre Schulter und saß ganz still neben ihr. Sie selbst empfand Schmerz und Freude zugleich. Schmerz über die bevorstehende Trennung von der geliebten Freundin, und Freude auf das Wiedersehen mit den Eltern und auf das Kennenlernen des neuen Brüderchens. Daß man doch keine Freude ungetrübt genießen konnte, weil immer irgendwo ein Körnchen Salz hineingestreut war!

„Da sind ja die beiden!" rief plötzlich eine Stimme. „Hierher, ihr anderen! Die beiden Vermißten sitzen ganz traut unter dem Holunderbusch!"

Ilse und Nellie hatten Gretes derbe Stimme bereits erkannt, aber da stand sie auch schon wie aus der Erde gewachsen plötzlich vor ihnen.

Nellie wischte sich heimlich die Tränen ab und versuchte ein heiteres Gesicht zu machen, denn auf einem Seitenweg sah sie bereits die anderen Mädchen näher kommen.

„Wir haben euch schon überall gesucht", sagte Orla. „Was habt ihr denn hier so allein zu tun?"

Ilse wollte antworten, aber Melanie kam ihr zuvor.

„Bestimmt habt ihr im Mondschein geschwärmt", mutmaßte sie verzückt. „Es ist ja heute abend auch wirklich zu romantisch hier im Garten. Ach – und ihr habt beide so furchtbar schmachtende Augen! Habt ihr am Ende sogar geweint?"

Grete wollte es ganz genau wissen. Sie trat dicht an Nellie heran und sah ihr prüfend ins Gesicht.

„Natürlich hat sie geweint, und Ilse auch", behauptete sie dann. „Was habt ihr denn? Was gibt es zu weinen?" Sie hätte es nie begriffen, wenn jemand ihre viele Fragerei taktlos genannt hätte.

„Um gar nix!" erwiderte Nellie ungehalten; sie ärgerte sich über Gretes indiskrete Art.

„Das gibt es nicht – um gar nichts weinen!" erwiderte Grete unerschüttert. „Warum wollt ihr nicht verraten, worum ihr geweint habt?"

„Hör endlich auf mit deinen lästigen Fragen!" setzte Flora sich für die beiden Mädchen ein. „Wenn sie dir nun sagen würden: ‚Der Silbermond, der hinter einem zarten Nebelschleier liegt, die duftenden Rosen, die uns umgeben, der laue Sommerabend, der wehmütige Gesang der Nachtigall – das alles hat unsere Herzen erschüttert und eine zarte Traurigkeit in ihnen entfacht, die uns zu Tränen rührte' – würdest du das überhaupt verstehen? Nie im Leben! Du hast nun mal keine Ahnung von dem, was wahrhaft poetisch ist, und deinem prosaischen Wesen bleiben die höheren Sphären für immer verschlossen." Um zu zeigen, wie sehr sie selbst in diesen höheren Sphären zuhause war, beendete Flora ihre Ausführungen mit einem schwärmerischen Aufschlag ihrer wasserblauen Augen.

Was sie eigentlich nicht beabsichtigt hatte, geschah: Floras hochtrabende Tiraden versetzten die Mädchen sofort in eine heitere, fast übermütige Stimmung. Sogar Nellie vergaß allen Kummer, der ihr kurz zuvor noch so schwer auf der Seele gelegen hatte.

„Flora – was für ein zarter Seel' du hast!" stellte sie lachend fest. „Nur du kannst uns verstehen – hochgelobte Dichterin! Laß dir danken!"

„Schluß mit den Albernheiten, Kinder!" gebot Orla. „Wir haben euch zwei gesucht, weil ich euch allen zusammen eine wichtige Mitteilung machen möchte. Bitte folgt mir unter die Linde, das ist der geeignete Platz!"

„Unter die Linde?" fragte Annemie etwas ängstlich. „Laß uns doch lieber hierbleiben! Unter dem alten, großen Baum ist es jetzt schon so unheimlich dunkel!"

„Außerdem ist es schon spät und wir haben nicht mehr viel Zeit", warf Flora ein, die auch nicht gerade zu den Tapfersten zu gehören schien.

„Keine Sorge um die Zeit, liebste Flora!" gab Orla überlegen zurück. „Denn hört und staunt: Weil heute mein Geburtstag ist, hat Fräulein Raimar die ganz außerordentliche Güte gehabt, unser heutiges Zubettgehen auf zehn Uhr zu verschieben. Wir haben also noch über eine Stunde Zeit. Auf zur Linde!" kommandierte sie noch einmal und ging den anderen voran.

Die anderen folgten; Orlas sicheres Auftreten überzeugte sie immer wieder. Wenig später hatten sie sich alle unter der Linde versammelt.

Orla stieg auf die Bank, die unter dem Baum stand, kreuzte gewichtig die Arme über der Brust und blickte auf die Mädchen herunter, die dichtgedrängt im Halbkreis um sie herum standen und sie gespannt ansahen.

„Meine lieben Freundinnen", setzte sie an; aber da raschelte es über ihr in den Zweigen des Baumes. Die Mädchen fuhren erschreckt zusammen.

„Was war das wohl?" fragte Annemie furchtsam. „Wenn sich nun jemand in dem Baum versteckt hält?"

„Oder wenn wieder ein Gespenst hier sein Unwesen triebe?" gab Melanie zitternd zu bedenken.

„Ich finde es hier überhaupt unheimlich", stellte Grete fest. „Ich fürchte mich!"

„Ein Gespenst mit rote Feueraug' und wehende Haar!' beschrieb Nellie zum Entsetzen der anderen, während sie selbst Ilse vergnügt in die Seite stieß.

Nur Orla blieb ruhig; Angst kannte sie nicht.

„Schämt euch doch!" rief sie verächtlich. „Seid ihr noch dumme kleine Mädchen, oder wollt ihr schon erwachsen sein? Ist es denn möglich, daß eine harmlose kleine Fledermaus euch in die Flucht treibt? Wer sich fürchtet, möge ins Haus zurückgehen. Meine Worte, die ihr gleich hören werdet, sind wahrhaftig nicht für Kinder gedacht! Wollt ihr jetzt vernünftig sein oder nicht? Bitte, entscheidet euch!"

„Ja, ja", tönte es noch etwas zaghaft zu ihr zurück. „Nun sprich schon, wir sind so gespannt!" Die Neugier hatte dann doch alle Angst überwunden.

„So hört denn gut zu: Es wird nicht mehr lange dauern, bis jede von uns dieses Internat verläßt und wir uns trennen müssen, um in alle Winde zerstreut zu werden. Soll das ein Abschied für immer werden? Ich sage: Nein! Darum wollen wir hier und jetzt, im Schatten unserer geliebten alten Linde, einen Bund fürs Leben schließen, der uns in unverbrüchlicher Freundschaft vereinen soll! Seid ihr damit einverstanden?"

„In alle Winde verstreut", wiederholte Flora halblaut. Diese Formulierung hatte ihr gefallen.

Während aus dem Kreise ihrer Zuhörerinnen bereits zustimmendes Gemurmel laut wurde, ergriff Orla noch einmal das Wort.

„Ich finde, wir sollten uns nicht von einem blinden Schicksal für immer trennen lassen! Wir können etwas tun, um uns wiederzusehen. Darum frage ich euch: Wollen wir zusammenhalten, auch in späteren Zeiten? Wollen wir verhindern, daß unsere Freundschaft wie ein leerer Wahn verrauscht?"

„Wie ein leerer Wahn verrauscht . . ." Flora war entzückt von Orlas Reden und mußte sie unbedingt für sich wiederholen.

Die anderen mahnten Flora zur Ruhe; sie wollten hören, was Orla weiter zu sagen hatte.

„So will ich denn fragen", fuhr Orla fort, „ob ihr bereit seid, folgenden feierlichen Schwur zu leisten: Daß wir uns heute in drei Jahren, hier unter der Linde, am siebenten Juli morgens elf Uhr, zu einem frohen Wiedersehen alle einfinden wollen? Wie findet ihr diesen Vorschlag?"

„Ja!" riefen alle einstimmig und begeistert. „Wir kommen bestimmt hier wieder zusammen!"

„So schwört einen Eid darauf!"

Orla hob die Hand, streckte drei Finger empor und nahm eine feierlich-aufrechte Haltung ein. Alle anderen folgten ihrem Beispiel.

Da hatte Rosi noch einen Einwand vorzubringen.

„Es könnte aber doch eine von uns ernstlich verhindert sein, die Reise hierher anzutreten, wenn die drei Jahre herum sind und der Stichtag gekommen ist", gab sie mit ihrer sanften Stimme zu bedenken.

„Wenn es wichtige Hinderungsgründe sind, ist die Betreffende natürlich von ihrem Eid entbunden", bestimmte Orla. „In diesem Fall ist sie aber verpflichtet, den anderen durch einen ausführlichen Brief den Grund ihres Eidbruchs zu erklären. Wir wollen das mit in unseren Schwur aufnehmen!"

Wieder streckten alle mit ernsten Gesichtern die Schwurhand in die Höhe, und dieses Mal schloß auch Rosi sich nicht aus.

„Nun sind wir einander auf ewig verbunden!" verkündete Orla

mit tiefer Stimme. „Und jede von uns wird ihren Eid halten. Ich habe auch einen Vorschlag, wie wir uns stets daran erinnern können: Zur Erinnerung an diese weihevolle Stunde habe ich einfache, silberne Ringe anfertigen lassen, die man gut am kleinen Finger der linken Hand tragen kann. Jede von uns bekommt einen solchen Ring und trägt ihn bis zu ihrer Sterbestunde."

„Bis zu ihrer Sterbestunde", wiederholte Flora dumpf und voll düsterer Begeisterung.

Der Einfall mit dem Ring fand großen Anklang; Kommentare wie „reizend", „famos" und „entzückend" wurden laut, und alle probierten voller Begeisterung die kleinen Ringe an. Orla sprang von ihrer improvisierten Rednertribüne herunter und wurde von den anderen mit Komplimenten überhäuft. Melanie fand, sie habe furchtbar nett gesprochen, und prophezeite der russischen Freundin eine große Zukunft als berühmte Rednerin. Alle befanden sich in einer gehobenen Stimmung und versprachen sich gegenseitig in vollem Ernst eine Freundschaft, die nur mit dem Tod enden sollte.

Es war die unschuldsvolle Vertrauensseligkeit ihrer Jugend, die ihnen keinen noch so geringen Zweifel an ihren eigenen Versprechungen kommen ließ.

Sie gingen schon wieder dem Hause zu, als auch Flora erklärte, einen Vorschlag machen zu wollen.

„Orla", sagte sie, „wie wäre es, wenn wir Freundinnen, die sich nun bis zum Tode miteinander verbunden haben, verabreden würden, daß jede von uns, die in den heiligen Stand der Ehe tritt, sich verpflichtet, ihre Freundinnen zu diesem Fest einzuladen?"

„Das ist wirklich ein guter Gedanke", stimmte Orla sofort zu. „Besiegeln wir ihn mit Handschlag!"

Sie stellten sich im Kreis auf, reichten einander die Hände und verzogen keine Miene dabei. Ilse war die einzige, die schließlich lachen mußte, weil ihr der Gedanke an das Heiraten gar zu komisch vorkam.

„Ich gebe zwar mein Handschlag zu die Einladung, wenn ich auch nicht glaube, daß ich jemals in die heilige Stand der Ehe treten werde“, bemerkte Nellie scherzend.

„Sei nicht so albern, Nellie!“ verwies Flora sie zürnend. „Deine Scherze passen nicht hierher!“

„Aber ich scherze gar nix! Wie soll denn ein arm’ klein Engländerin mit so viel Sommersprosse auf die Nas’ ein Mann bekommen?“ gab Nellie zu bedenken.

Alle mußten lachen. Wieder einmal hatte Nellie mit ihrer liebenswert komischen Art den Ernst verscheucht, der sich allzu sehr auszubreiten drohte. Nun fanden auch die anderen die gewohnte Ungezwungenheit wieder, und unter allerlei Scherz und Frohsinn ging der Abend zu Ende.

Ehe Flora sich zu Bett legte, schrieb sie in ihr Tagebuch:

„Heute war ein wichtiger, ereignisreicher Tag voller hehrer Gefühle! Ich zittere, wenn ich daran denke: Silbermondschein, Rosenduft, Dunkel unter der Linde, Poesie eines heiligen Schwures. Orla hat hinreißend gesprochen (Meine nächste Heldin soll Orla heißen). Wir haben uns ewige Freundschaft geschworen, und dann noch mein köstlicher Einfall mit dem Hochzeitsversprechen! Handschlag darauf. Wer mag die Überglückliche sein, die dieses Versprechen als Erste einlösen wird? O Schicksal, dunkles, unerkanntes – laß es mich wissen! Gibt es Ahnungen, daß vielleicht ich . . .? Oh – es wäre zuviel für dieses empfindsame Herz . . .!“

Zitternd legte sie den Stift beiseite, klappte das Tagebuch zu und versteckte es dann tief unter ihrer Wäsche im Kommodenkasten. Vor lauter Müdigkeit und Träumerei verwirrten sich allmählich ihre Gedanken. Als sie endlich im Bett lag und langsam in den Schlaf sank, sah sie sich im Brautkranz und weißem Kleid.

## Ein schmerzlicher Abschied . . .

Der Tag kam heran, an dem die acht Wochen oder – wie Nellie ausgerechnet hatte – die vierundfünfzig Tage Galgenfrist abgelaufen waren.

In der Nacht zum ersten September hatte Nellie vor Kummer kaum ein Auge zugetan; der Abschied von der geliebten Freundin fiel ihr unsäglich schwer.

Ilse war es nicht anders ergangen, und doch hatte jedes der beiden Mädchen so getan, als schliefe es – in dem rührenden Bemühen, die andere nichts von der eigenen Schlaflosigkeit und den heimlichen Tränen merken zu lassen.

Im Morgengrauen hielt es Nellie dann nicht mehr im Bett aus. Sie stand auf, schlüpfte in ihren Morgenrock und ging zu Ilse hinüber.

„Du bist also wach!“ stellte sie fest, als die Freundin ihr mit offenen Augen entgegenblickte. „Das ist schön. Dann haben wir noch eine ganze Stunde für uns. Es hat eben erst fünf geschlagen.“

Sie ließ sich an Ilses Bett nieder und nahm deren Hände. Aber als Ilse sie anschaute und Nellie in ihren Augen Tränen aufblitzen sah, war es auch mit ihrer erzwungenen Haltung vorbei.

„Oh, mein Ilse, wie schrecklich wird es für mich sein, wenn dein Bett nun immer leer ist, oder wenn eine fremde Gesicht mich daraus entgegenschauen wird“, sagte sie weinend. „Ich bin ja so schrecklich traurig!“

Ilse setzte sich auf und zog die Freundin liebevoll an sich.

„Wir sehen uns doch bald wieder“, versuchte sie mit unsicherer Stimme die Weinende zu trösten. „Du kommst zu uns nach Moosdorf und bleibst den ganzen Winter über bei uns.“

Nellie schüttelte nur mutlos den Kopf.

„Daraus wird bestimmt nix“, sagte sie. „Ich bekomme sicher nicht die Erlaubnis zu eine so lange Besuch. Und an Ostern ist meine Zeit im Internat vorbei, dann heißt es fort von hier gehen. Dann muß ich ein Stell' annehmen und Kinder unterrichten. Dabei weiß ich selbst noch gar nicht viel und muß noch fleißig lernen – das sagt mir Fräulein Raimar fast jeden Tag."

Ilse sah ihre Freundin mitleidvoll an.

„Wenn du denn nun wirklich Erzieherin werden mußt, Nellie, dann versprich mir wenigstens ganz fest, daß du alle deine Ferien auf Gut Moosdorf verbringen wirst. Meine Heimat soll auch deine sein, das ist mein innigster Wunsch."

Wieder einmal wurde ein Versprechen durch einen Handschlag besiegelt.

„Du bist eine gute Mensch, Ilse", sagte Nellie. „Ich werde bestimmt nie wieder ein Mädchen so lieben wie dir. Du darfst mir nie vergessen, nein? Schau diese kleine silberne Ring recht oft an und denk an dein arm' Nellie, die in traurige Einsamkeit zurückgeblieben ist!"

„Einsam wirst du doch nicht sein", tröstete Ilse. „Hier haben dich alle so lieb!"

„Und wenn ich einmal fort bin und die anderen auch, dann heißt es, aus der Auge, aus der Sinn." Nellie sah schwermütig vor sich hin und seufzte.

„Das darfst du nicht sagen, Nellie", widersprach Ilse. „Fräulein Raimar und Fräulein Güssow werden dich sicher immer liebbehalten und sich freuen, dich auch in späteren Jahren einmal wiederzusehen, das weißt du."

„Gewiß, das stimmt schon", gab Nellie zu. „Aber sie sind eben nicht mehr so in Jugend und verstehn mir nicht so gut wie du. Sie haben doch schon ganz vergessen, wie man ein dumm' Streich macht. Denkst du noch manchmal an der Apfelbaum?"

In der Erinnerung an diesen lustigen Streich, der fast ein böses Ende genommen hätte und wegen der allgemeinen Gespensterfurcht auch wieder eine so komische Wirkung gehabt hatte, vergaß

Nellie das Weinen und mußte herzlich lachen. Jede Einzelheit riefen die beiden Mädchen sich noch einmal ins Gedächtnis zurück: Melanies zitternde Angst, Miß Lead in ihrem komischen Aufzug, die unter dem Bettzeug hervorschauende, schmutzige Stiefelspitze, die Ilse beinahe verraten hätte, und die Äpfel, die sie mit schlechtem Gewissen verzehrt hatten, als die Gefahr überstanden war und alle wieder in ihren Betten lagen!

„Aber schön war es doch, trotz aller Angst!" rief Nellie begeistert. „Ich wünschte, wir könnten das noch einmal miteinander machen und hätten wieder soviel Spaß!"

„Wenn du nach Moosdorf kommst", versprach Ilse, „dann klettern wir auf alle Bäume, wie es uns gerade einfällt. Paß nur auf, du wirst es bald gelernt haben. Oh – ich bin ganz sicher, es wird dir bei uns gut gefallen!"

Ilse geriet immer mehr ins Schwärmen und schilderte der Freundin die schöne Heimat mit allen ihren Herrlichkeiten. Das war ein gutes Heilmittel gegen den Trennungsschmerz; vor lauter Plaudern vergaßen die beiden eine Weile, was ihnen bevorstand, und die Aussicht auf ein baldiges Wiedersehen schien alles erträglicher zu machen.

*

Ein paar Stunden später stand Ilse reisefertig vor Fräulein Raimar, um Abschied zu nehmen. Der Internatsleiterin nahm die scheidende Schülerin herzlich in den Arm und sprach ihr ein großes Lob über die in einem Jahr erzielten Erfolge aus.

„Schade, daß dein Vater zu beschäftigt ist, um dich abzuholen", sagte sie. „Gern hätte ich ihm selbst geschildert, welch eine erstaunliche positive Entwicklung du bei uns durchgemacht hast. So muß ich ihm nun schreiben. Aber er wird ja selbst sehen, was für eine liebenswerte junge Dame aus dir geworden ist, wenn du ihm nun bald gegenübertrittst. Er wird seine frühere Ilse gar nicht wiedererkennen. Kannst du dich noch an den Tag erinnern, als er dich herbrachte – wie ungern du zu uns kamst?"

„Bitte, verzeihen Sie mir", bat Ilse mit feuchten Augen. „Und nehmen Sie mir nicht mehr übel, wenn ich Sie im Laufe der Zeit öfter gekränkt habe!"

„Mein liebes Kind, das ist alles vergeben und vergessen", sagte Fräulein Raimar mit Wärme. „Du bist uns allen so ans Herz gewachsen, daß wir dich nur ungern fortgehen sehen. Ich hoffe doch, du wirst mir hin und wieder schreiben, liebe Ilse, und mir Nachricht geben, wie es weiterhin mit deinem Unterricht in Musik und Zeichnen bestellt ist. Ich habe nämlich deinen Vater gebeten", sie übergab Ilse einen kleinen Brief, „er möge dir in einigen Fächern auch in Zukunft Unterricht erteilen lassen, besonders im Zeichnen, da du, wie ich von Professor Schneider hörte, darin viel Begabung hast."

Fräulein Güssow öffnete die Tür und meldete, der Wagen, der Ilse zum Bahnhof bringen sollte, sei draußen vorgefahren.

„Es tut mir leid, daß du die weite Reise allein machen mußt", sagte Fräulein Raimar, „aber ich hoffe, du bist inzwischen verständig genug, gut auf dich achtzugeben. So leb denn wohl, mein liebes Kind, und wenn du einmal Sehnsucht nach dem Internat bekommen solltest, so komm' uns nur besuchen! Du wirst uns jederzeit herzlich willkommen sein."

Fräulein Güssow und Nellie hatten darum gebeten, Ilse zum Zug begleiten zu dürfen. Die anderen Mädchen waren im Flur versammelt, als Ilse aus Fräulein Raimars Zimmer trat.

Blumensträuße wurden ihr in den Arm gelegt, Küsse auf ihre Wangen gedrückt, alle guten Wünsche wurden ihr zum Abschied zugerufen.

„Vergiß uns nicht!" – „Schreib bald!" – „Ich habe dich sooo lieb gehabt!" klang es durcheinander.

Ehe sie zur Haustür hinaus ins Freie trat, beugte sich Flora noch einmal zu Ilse vor.

„Vergiß deinen Schwur nicht!“ flüsterte sie ihr zu. Ilse nickte nur stumm.

„Was willst du nur unterwegs mit den vielen Blumen anfangen? Sie werden dir lästig sein“, sagte Fräulein Güssow, die mit Nellie schon im Wagen wartete. „Nimm nur aus jedem Strauß ein paar Blüten mit und gib mir die anderen wieder zurück!“

Aber Ilse schüttelte den Kopf. „Ich möchte sie so gern alle mitnehmen“, bat sie. „Sie sind doch die letzte Erinnerung an meine Freundinnen.“

Die anderen standen inzwischen alle um den Wagen herum. Rosi, die Ilses Schwierigkeiten bemerkte, mit den vielen Blumen zurechtzukommen, wußte Rat. Sie lief ins Haus, holte ein offenes, breites Körbchen und bettete die vielen Blumen vorsichtig hinein.

Auf ein Kommando des Kutschers zogen die Pferde an. Noch ein letzter Abschiedsblick auf die Zurückbleibenden, ein Winken mit dem Seidentuch, das Ilse später um den Hals binden wollte, und schon verschwand, als der Wagen um die Ecke fuhr, das Haus, in dem Ilse eine so glückliche und lehrreiche Zeit verbracht hatte. Schmerzlich bewegt lehnte sie sich in die Polster des Wagens zurück und weinte still in sich hinein.

*

Als sie vor dem Bahnhofsgebäude aus dem Wagen stiegen, fuhr der Zug gerade ein. Da er fünfzehn Minuten hielt, blieb Fräulein Güssow genügend Zeit, ein geeignetes Abteil für Ilse herauszusuchen und dem jungen Mädchen noch ein paar Verhaltensmaßregeln mit auf den Weg zu geben.

„Ach, Ilse, ich mache mir doch recht große Sorgen um dich!“ bemerkte die junge Lehrerin und musterte ihren Liebling, der in dem Reisekleid aus schottischem Tuch mit dazu passendem Hütchen für eine einzeln Reisende viel zu hübsch und verführerisch aussah. „Hätte dich dein Vater doch nur abgeholt! Du hast schließlich noch nie eine so lange Reise allein gemacht!"

„Papa konnte nun einmal nicht kommen", sagte Ilse. „Sie wissen doch, Fräulein Güssow, ausgerechnet heute kommt Mamas einziger Bruder, der jahrelang in der Welt umhergereist ist, das erste Mal zu uns nach Moosdorf, und da muß Papa zum Empfang seines noch unbekannten Schwagers natürlich zu Hause sein. Er wollte ja trotzdem kommen und mich abholen, aber ich habe ihn gebeten, das zu unterlassen. Ich reise ja schließlich am hellen Tage und habe überhaupt keine Angst. Papa hat mir übrigens die Strecke so genau beschrieben, daß ich ohne Mühe richtig ankommen werde."

„Lies mir den Zettel noch einmal vor!" bat Fräulein Güssow. „Dann kann ich heute im Laufe des Tages deine Reise in Gedanken verfolgen." Sie wandte sich an Nellie: „Sei so lieb und verstaue du inzwischen Ilses Handgepäck im Abteil."

Nellie nickte bereitwillig und kümmerte sich um Ilses kleinen Koffer und das Körbchen mit den Blumen.

Ilse zog inzwischen aus ihrem roten Ledertäschchen den Brief ihres Vaters und las vor:

„Abfahrt von W. um elf Uhr – um zwei Uhr Ankunft in M. Aufenthalt daselbst bis drei Uhr, dann direkte Weiterfahrt bis Lindenhof. Ankunft dort um fünf Uhr. Du steigst aus und wirst dort von meinem Freund, Landrat Gontrau und seiner Frau, abgeholt. Gontraus haben herzlich darum gebeten, dich über Nacht bei sich in Lindenhof beherbergen zu dürfen. Am nächsten Mittag reist du dann weiter. Mein Freund Gontrau hat mir versprochen, dich zum Bahnhof zu bringen und sich selbst darum zu kümmern, daß du für deine Weiterreise zu uns mit allen Informationen versehen bist. Bitte nimm bei der Ankunft in

Lindenhof ein Foto von mir in die Hand, damit das Ehepaar Gontrau dich daran erkennt. Du weißt, sie haben dich zum letzten Mal als kleines Mädchen gesehen."

„Hast du das Bild bei dir?" fragte Fräulein Güssow besorgt. Ilse nickte und hörte geduldig zu, als Fräulein Güssow ihr immer neue Ermahnungen mit auf den Weg gab.

„Ich weiß ja, du bist ein verständiges Mädchen und wirst dich sicher sehr vorsichtig benehmen", sagte die Lehrerin. „Aber du bist auch noch jung und unerfahren und hast noch keine Ahnung, was für schlechte Menschen es gibt. Darum warne ich doch besonders vor jenen Leuten, die in freundlichen Gesprächen verstohlen und sehr geschickt deine besonderen Lebensverhältnisse in Erfahrung zu bringen suchen, um ihre Kenntnisse dann irgendwie zu deinem Schaden auszunutzen. Weiche allen solchen Annäherungsversuchen möglichst aus und äußere dich immer nur ganz allgemein. Noch wichtiger ist es aber, daß du vermeidest, dir von fremden Herren, ob alt oder jung, irgendwelche Gefälligkeiten oder Aufmerksamkeiten erweisen zu lassen, die nicht unbedingt nötig sind. Sei möglichst in allem sehr zurückhaltend, mein liebes Kind – dann kann dir kaum etwas geschehen", mahnte sie zum Schluß liebevoll.

„Bitte einsteigen!" rief der Schaffner, der am Zug entlangging und die offenstehenden Abteiltüren zuschlug. Weinend umarmte Ilse noch einmal die geliebte Lehrerin, und alles, was sie ihr an Zuneigung und Dankbarkeit entgegenbrachte, konnte sie nur in kaum verständlichen Worten hervorstammeln. „Danke, liebes Fräulein Güssow – danke für alles!"

„Schon gut, mein Mädchen", erwiderte die junge Frau und gab der Scheidenden einen innigen Kuß zum Abschied.

Der schwerste Augenblick für Ilse kam noch: Sie mußte Nellie Lebewohl sagen. Sie hielt die Freundin fest im Arm und brachte einfach kein Wort hervor.

„Behalt mir lieb!“ stieß auch Nellie nur mühsam hervor. Dann mußten die Mädchen sich gezwungenermaßen voneinander trennen, da der Schaffner noch einmal zum Einsteigen mahnte. Ilse riß sich los und sprang in den Wagen, ohne sich noch einmal umzuwenden, da sie ohnehin blind vor Tränen war und kaum noch etwas sah.

Im letzten Augenblick kam atemlos und gehetzt noch eine alte Dame mit weißen Locken auf dem Bahnsteig an. Sie hatte Mühe beim Einsteigen, und während Fräulein Güssow und der Schaffner ihr behilflich waren und ihr einige Päckchen und Taschen ins Abteil nachreichten, hörte Fräulein Güssow durch Zufall, aber zu ihrer großen Freude, daß die alte Dame das gleiche Reiseziel wie Ilse hatte. Sogleich bat die Lehrerin die vertrauenserweckende alte Dame, das junge Mädchen ein wenig in ihren Schutz zu nehmen.

Ganz langsam setzte sich der Zug in Bewegung. Ilse ließ ihr Tuch zum Fenster hinaus wehen und winkte, solange sie auch nur noch eine Spur von den beiden Zurückbleibenden sah.

Mit traurigem Gesicht hatte Fräulein Güssow dem Zuge nachgeschaut; erst jetzt wurde ihr so recht bewußt, wie sehr Ilse ihr in den vergangenen Monaten ans Herz gewachsen war. Noch nie hatte sie aber auch soviel Liebe und innere Anteilnahme in die Erziehung einer Schülerin investiert, und noch nie war sie mit so reichem Erfolg belohnt worden wie durch Ilses wirklich positive Entwicklung. Nun ging dieses liebenswerte Mädchen fort, und wer konnte sagen, ob sie das Kind jemals wiedersehen würde?

„Komm, Nellie“, sagte sie schließlich und wandte sich dem schluchzenden Mädchen zu. „Der Zug ist nun nicht mehr zu sehen – wir wollen gehen!“

Obwohl sie selbst unter dem Trennungsschmerz litt, legte sie tröstend den Arm um die Schultern der unglücklichen kleinen Engländerin und sprach behutsam und liebevoll auf das Mädchen ein, um es wieder zu beruhigen.

## . . . und eine schicksalsschwere Begegnung

Das Städtchen, das Ilse vor über einem Jahr mit Gefühlen der Abneigung und des Widerwillens betreten hatte, blieb jetzt immer weiter hinter ihr zurück. Durch einen Tränenschleier sah Ilse zum Fenster hinaus, aber ihr Blick nahm nichts auf von der lieblichen Gegend, durch die sie fuhr, und die Berge, die ihr so vertraut geworden waren, bedeuteten ihr jetzt gar nichts, da sie immer wieder ihr Taschentuch gegen die Augen pressen mußte.

Die alte Dame musterte das junge Mädchen voller Anteilnahme, ließ es aber ungestört in seinem Schmerz. Erst als Ilse sich allmählich beruhigte, begann sie ein Gespräch mit ihr.

„Ich kann gut verstehen, wie Ihnen zumute ist", sagte sie mitfühlend. „Wenn man die Schule verläßt, beendet man einen wichtigen Lebensabschnitt; hinzu kommt der Abschied von den Freundinnen, mit denen man so lange Freud und Leid geteilt und die man liebgewonnen hat. Aber ich glaube, liebes Kind, Sie empfinden das alles ein wenig zu schmerzlich. Sie haben sich doch nicht für ein ganzes Leben voneinander getrennt, man wird doch sicher in brieflicher Verbindung bleiben, und sicher kann die eine oder andere Ihrer Freundinnen Sie auch in der Heimat einmal besuchen, nicht wahr? Sie haben es doch sicher schön zu Hause?"

Das war für den Augenblick genau die richtige Frage an Ilse. Ihre Augen leuchteten auf. Obwohl Fräulein Güssow sie ermahnt hatte, gegenüber Reisebekanntschaften nicht allzu vertrauensselig zu sein, spürte sie doch instinktiv, daß diese alte Dame grundgütig war und ihr sicher nichts Böses wollte. So fing sie denn an, recht lebhaft von daheim zu erzählen, und während sie das Elternhaus schilderte und von ihrem neuen Brüderchen berichtete, das sie noch gar nicht kannte, konnte sie sich zum ersten Mal seit langer Zeit wieder ganz ungetrübt auf das Wiedersehen mit der Heimat und den Lieben dort freuen.

Die alte Dame fand großes Wohlgefallen an diesem erfrischend natürlichen und liebenswerten jungen Mädchen.

„Ich kann mir denken, wie sehr Sie sich nach so langer Abwesenheit freuen, Ihre Eltern wiederzusehen!" sagte sie freundlich.

„Und wie ich mich freue!" bekräftigte Ilse. „Aber noch viel mehr gespannt bin ich auf meinen kleinen Bruder. Ich habe ein Bild von ihm bei mir. Möchten Sie es einmal sehen?"

Sie nahm ihr Täschchen aus dem Gepäcknetz, suchte eine kleine Brieftasche heraus und entnahm ihr ein Foto.

„Das ist er", sagte sie und reichte voller Stolz das Bildchen herüber, auf dem man einen kleinen dicken Buben im Hemdchen auf einem Fell liegen sah.

„Ein reizendes Kind", sagte die alte Dame bewundernd. „Und die Dame daneben ist sicher Ihre Mama?"

Ilse nickte. „Und das ist mein Papa", sagte sie und zog ein weiteres Foto aus ihrer Brieftasche. Ganz zufällig erwähnte sie dabei, daß sie das Foto als Erkennungszeichen für das Ehepaar Gontrau, von dem sie auf der Station Lindenhof abgeholt werden sollte, in der Hand tragen würde.

„Gontrau?" fragte die alte Dame erstaunt. „Meinen Sie Landrat Gontrau in Lindenhof, mein Kind? Nun, das ist lustig – das sind auch liebe Bekannte von mir! Mein Mann, Sanitätsrat Lange, ist seit vielen Jahren Hausarzt bei der Familie Gontrau. Wir wohnen nur eine Bahnstation weiter – in L. Was für ein seltsamer Zufall! Aber nun dürfen Sie das Foto Ihres Herrn Papas ruhig wegstecken – das brauchen wir jetzt nicht mehr. Ich selbst werde Sie mit meinen Freunden auf dem Bahnhof zusammenführen – so viel Aufenthalt hat der Zug in Lindenhof schon."

Auch Ilse war erfreut über diesen glücklichen Zufall, und nun plauderte sie noch viel zutraulicher mit der liebenswürdigen Frau Rat, die ihr bald selbst wie eine alte Bekannte erschien. So verging den beiden die Zeit in Windeseile, und sie waren höchst erstaunt, als der Schaffner die Abteiltür öffnete und hereinrief: „Wir sind in M., meine Damen – Sie müssen umsteigen!"

Ilse sprang auf und griff erschrocken nach ihren Sachen.

Auch die Frau Rat war durch die plötzliche Aufforderung etwas nervös geworden. Ihre Hände zitterten, während sie ihr Handgepäck zusammensuchte. Eine Ledertasche, die sie aus dem Gepäcknetz hob, fiel ihr zu Boden, das Schloß sprang auf, und einige kleine Gegenstände fielen heraus.

„Wie ungeschickt von mir!" rief sie ungehalten aus. „Was habe ich da nur wieder angestellt!" Sie wollte sich nach den Sachen bücken und warf dabei auch noch eine Schachtel herunter.

„Bitte, lassen Sie mich das erledigen!" sagte Ilse rasch.

Wenige Sekunden später hatte sie alles aufgelesen und wieder in der Tasche der Frau Rat gelegt. Die Geldbörse, die ebenfalls herausgefallen war, steckte sie in ein Seitenfach der Tasche, schloß sorgsam den Bügel und reichte die Handtasche dann der alten Dame.

„Bitte nehmen Sie nur Ihre Tasche beim Aussteigen", riet sie. „Um ihr übriges Gepäck werde ich mich schon kümmern."

Sie legte zunächst alles Gepäck auf den Sitz, stieg dann aus und ließ sich von der Frau Rat alles durchs Fenster auf den Bahnsteig reichen. Dann half sie ihrer Reisegefährtin sorgsam die hohen Waggonstufen hinunter, ehe sie einen Gepäckträger heranwinkte, der ihre Sachen übernehmen sollte.

„Danke, danke, mein liebes Kind!" sagte die alte Dame erfreut. „Wie sicher und ruhig Sie sich um alles kümmern! Das hätte ich einem so jungen Mädchen wie Ihnen gar nicht zugetraut!"

Ilse wunderte sich selbst, wie mühelos sie mit derlei kleinen Problemen fertig wurde. Die lobenden Worte der Frau Rat machten sie sehr stolz und glücklich, und sie wünschte sich nur, Fräulein Güssow hätte das hören können.

Nach einer Stunde Aufenthalt in M. ging die Reise weiter. Ilse hatte die Wartezeit im Bahnhofsrestaurant dazu benutzt, Fräulein Güssow eine Karte zu schreiben und ihr über den bisherigen Verlauf der Reise zu berichten. Besonders überschwenglich äußerte sie sich über die angenehme Reisebekanntschaft, die sie in der liebenswürdigen Frau Sanitätsrat gefunden hatte. Daß beim Schreiben ein paar Tränen des neu erwachten Abschiedsschmerzes auf die Karte fielen und die Schrift verwischten, war verständlich.

Übrigens war die Frau Rat von ihrer jungen Reisegefährtin umgekehrt ebenso begeistert wie diese von ihr. Obwohl sie das Mädchen erst so kurze Zeit kannte, empfand sie doch bereits eine lebhafte Zuneigung für Ilse. Welch ein erfrischender Gegensatz zu anderen jungen Mädchen, die ich kenne, dachte die alte Dame. Es tut wirklich gut, mit einem so natürlichen, offenen Menschenkind zusammen zu sein, dem jede Geschwätzigkeit und Ziererei fremd ist. Dabei ist sie auch noch ausgesprochen hübsch!

„Nun werden wir in wenigen Minuten in Lindenhof sein", sagte die alte Dame, als sie knapp eine Stunde unterwegs waren. „Es tut mir direkt leid, mich schon wieder von Ihnen trennen zu müssen, denn ich habe Sie während dieser kurzen Reise sehr liebgewonnen. Versprechen Sie mir, daß Sie mich besuchen werden, wenn Sie der Zufall in nächster Zeit wieder einmal nach Lindenhof führen sollte. Ich würde mich sehr freuen, Sie wiederzusehen."

Ilse versprach das nur zu gern; auch ihr tat der Abschied von der sympathischen, mütterlichen Dame leid. Sie bedankte sich besonders noch einmal dafür, daß die Frau Rat es so „himmlisch" verstanden habe, sie in ihrem Kummer zu trösten.

Der Zug hielt in Lindenhof, und Frau Sanitätsrat Lange sah zum Fenster hinaus, um nach dem Ehepaar Gontrau Ausschau zu halten. Aber außer einigen Bauersfrauen, die mit ihren Körben Anstalten machten, in den Zug einzusteigen, war niemand auf dem Bahnsteig zu sehen. Ratlos wandte die alte Dame sich an Ilse.

Auch diese hatte hinausgeschaut und niemand entdeckt. Das Herz wurde ihr schwer.

„Was fange ich denn jetzt nur an?“ sagte sie. „Wenn ich hier aussteige, stehe ich vielleicht ganz verlassen da. Am liebsten würde ich mit Ihnen weiterfahren, verehrte Frau Rat! Würden Sie mich nicht für diese eine Nacht bei sich aufnehmen? Ich bitte Sie wirklich herzlich darum!“

„Das täte ich nur zu gerne, mein Kind! Aber Ihre Eltern haben es nun einmal mit Gontraus anders ausgemacht, und wir wollen lieber nichts daran ändern. Das Ehepaar Gontrau wird bestimmt noch kommen, vielleicht haben sie sich nur wegen eines Mißgeschicks etwas verspätet. Stellen Sie sich vor, was es für eine heillose Verwirrung gäbe, wenn Sie dann nicht am Bahnhof anzutreffen wären, liebstes Fräulein Ilse!“

Ilse sah das seufzend ein. Sie stieg aus, stellte ihr Köfferchen neben sich auf den Bahnsteig und sah sich noch einmal etwas hilflos nach allen Seiten um.

„Nun schauen Sie nicht so unglücklich drein, meine Liebe!“ mahnte die Frau Rat. „Sollte das Ehepaar Gontrau durch irgendein unglückliches Mißverständnis nach längerer Zeit immer noch nicht am Bahnhof erschienen sein, dann bestellen Sie sich einfach einen Wagen im Bahnhofsgebäude und fahren selbst nach Lindenhof hinaus. Sie brauchen dorthin eine gute Stunde, und ich bin sicher, man wird Sie dort mit offenen Armen aufnehmen.“

„Das tue ich auf keinen Fall!“ widersprach Ilse erschrocken. „Wie könnte ich das wagen – ich kenne die Leute ja kaum! Jedenfalls haben wir uns seit vielen, vielen Jahren nicht mehr gesehen. Ich wüßte ja gar nicht, ob man mich überhaupt dort haben will, und kann nicht einfach über die Gontraus aus heiterem Himmel hereinplatzen. Ich werde mir dann schon etwas einfallen lassen, wo ich über Nacht bleibe“, erklärte Ilse entschlossen, und in ihren Augen blitzte eine Spur des alten Trotzes auf.

Frau Rat sah es wohl und mußte lächeln über das jugendlich hitzige Temperament.

„Nur nicht gleich so ungeduldig", sagte sie beruhigend. „Man erwartete Sie dort doch mit Sicherheit, nach allem, was Sie mir berichteten, und so fremd sind Ihnen die Leute ja nun auch wieder nicht. Schließlich ist der Landrat ein alter Freund Ihres Herrn Vaters. Am besten gehen Sie jetzt gleich einmal um das Bahnhofsgebäude herum. Von dort haben Sie einen weiten Ausblick über die Straße, die zum Gut führt, und sehen vielleicht schon den Wagen kommen, der Sie abholen soll."

Ilse folgte dem gutgemeinten Rat, nahm ihr Köfferchen und ging vor das Bahnhofsgebäude. Unterwegs öffnete sie schon ihr Täschchen und zog das Foto ihres Vaters heraus. Ich kann es ja für alle Fälle in die Hand nehmen, dachte sie, wenn auch noch niemand da ist.

Sie war kaum links um das Gebäude verschwunden, als mit eiligen Schritten um die andere Seite ein schlanker junger Mann auf den Bahnsteig stürmte. Er schaute überall umher, ging dann an dem ganzen Zug entlang und sah forschend in sämtliche Abteilfenster, als ob er jemand suche.

Als er in ihr Fenster schaute, entdeckte ihn die Frau Rat, die sich bereits zur Weiterfahrt auf ihrem Platz niedergelassen hatte. Erleichtert sprang sie auf und winkte ihn zu sich, denn der suchende junge Mann war niemand anderer als der Sohn des Landrates.

„Leo, Leo!" rief sie ihn zurück. „Hierher, zu mir!"

Erstaunt sah er sich um und lief dann an das Abteilfenster zurück, aus dem die alte Dame ihm winkte.

„Wo sind deine Eltern, Leo?" fragte sie hastig. „Ihr sucht doch sicher ein Fräulein? Ich bin nämlich bis hierher mit ihr gefahren. Ein reizendes junges Mädchen, frisch wie eine Waldblume, sage ich dir. Sie ist dort um das Gebäude herumgegangen."

Der junge Mann sah sie nur verständnislos an.

„Was für eine Waldblume, Tante Lange?“ fragte er. Das hastige Reden und die lebhaften Gesten der Frau Rat hatten ihn ein wenig verwirrt. „Von wem sprichst du eigentlich?“

„Von ihr – von wem denn sonst!“ erwiderte die alte Dame etwas ungeduldig. „Von Ilse, die ihr abholen wollt“, hätte sie gern gesagt, doch fiel ihr im Moment der Name des Mädchens nicht gleich ein. Sie hoffte aber, Leo werde sie auch so verstanden haben.

Der junge Mann sah sie mit seinen offenen, klugen Augen an, hatte sie aber total mißverstanden.

„Ich kann mich leider nicht aufhalten, Tante Lange“, sagte er nämlich. „Ich muß nach einem Kind Ausschau halten, das mit diesem Zug ankommen sollte.“

„Aber die meine ich ja gerade!“ rief die Frau Rat lebhaft und fast ein wenig verzweifelt; doch da in diesem Augenblick der Zug anfuhr, gingen ihre Worte im Geräusch der Räder verloren.

„Haben Sie ein allein reisendes Kind in Ihrem Zug?“ konnte Leo gerade noch dem Schaffner zurufen, der auf einen der bereits fahrenden Wagen aufsprang.

Der Schaffner schüttelte nur verneinend den Kopf, und Leo blieb einigermaßen ratlos auf dem Bahnsteig zurück. Er sah zwar noch, wie Frau Sanitätsrat Lange aus dem Fenster gestikulierte und auf das Bahnhofsgebäude wies, begriff aber nicht ganz, was sie ihm damit bedeuten wollte.

Was sollte er jetzt nur tun? Der Oberamtmann Macket hatte seinen Vater gebeten, sofort nach Ilses Ankunft ein Telegramm mit der Nachricht einer glücklichen Ankunft abgehen zu lassen. Da er im Auftrage seines Vaters hier am Bahnhof war und das Kind nicht hatte in Empfang nehmen können, blieb ihm nichts anderes übrig, als zu telegrafieren: „Ilse nicht angekommen.“

Schweren Herzens schickte er sich an, zu diesem Zweck das neben dem Bahnhof gelegene Postamt aufzusuchen. Da fiel sein

Blick auf einen Briefumschlag, der dicht vor ihm am Boden lag. Er hob ihn auf und las die Anschrift: „Fräulein Ilse Macket, Internat . . . in W."

Nun wunderte Leo sich sehr. Der Schaffner hatte ihm erklärt, er habe kein einzeln reisendes Kind in seinem Zuge gehabt. Aber wie kam ein solcher Umschlag hierher, wenn die kleine Ilse nicht doch mit dem Zug angekommen und ausgestiegen sein mußte?

„Wissen Sie vielleicht, wer diesen Briefumschlag verloren haben könnte?" wandte er sich an eine Frau, die am Bahnhof ihren Obststand hatte.

„Hier ist vorhin ein junges Mädchen vorbeigegangen, das in seiner Handtasche herumgesucht hat", erklärte die Frau. „Vielleicht hat sie den Umschlag verloren. Dort drüben steht sie übrigens noch", sagte sie und wies mit der Hand vor das Bahnhofsgebäude.

Ilse hatte den Zug abfahren hören und ging jetzt noch einmal ratlos um das ganze Haus herum. Sie sah auch in dem vorbeigleitenden Zug ihre liebe alte Freundin noch immer am Fenster stehen und allerlei bedeutungsvolle Gesten zu ihr herübermachen, die sie aber nicht zu deuten wußte. Mit unglücklichem Gesicht sah sie dem davonfahrenden Zuge nach, der das ihr in dieser Umgebung einzig vertraute Wesen entführte.

„Jetzt stehe ich ganz allein da", murmelte sie vor sich hin „Was tue ich nur?"

Alle Sicherheit und Bestimmtheit, die Frau Rat noch vor kurzer Zeit gelobt hatte, drohten Ilse nun zu verlassen. Wie recht hatte Fräulein Güssow gehabt, als sie sich Sorgen machte wegen der weiten Reise, die ihre Ilse allein antreten mußte! Für einen so unerwarteten Fall war sie doch in keiner Weise gerüstet. Was sollte sie jetzt nur tun? Am liebsten hätte sie einfach zu weinen angefangen wie ein kleines Kind.

Aus ihren ratlosen Überlegungen fuhr sie zu Tode erschreckt

auf, als sie plötzlich eilige Schritte hinter sich hörte, sich umwandte und einen jungen Mann entdeckte, der sie mit den Worten ansprach: „Mein gnädiges Fräulein – bitte einen Augenblick!“

Ein fremder junger Mann, der sie ansprach! Hatte Fräulein Güssow sie davor nicht ganz besonders gewarnt? Was wollte er von ihr? Warum sprach er sie an? Hatte sie sich irgendwie auffällig oder herausfordernd benommen? Eine unsagbare Verlegenheit erfaßte sie. Da sie nicht wußte, was sie antworten sollte, tat sie, als ob sie nichts gehört hätte, und ging weiter.

„Bitte, bleiben Sie doch einen Augenblick stehen und hören Sie mich an.“ Der junge Mann blieb beharrlich an ihrer Seite. „Sie haben etwas verloren, und ich möchte es Ihnen zurückgeben.“

Nun endlich blieb Ilse stehen, wagte aber nicht, den jungen Fremden anzuschauen.

Leo Gontrau trat vor sie hin. Dieses schüchterne junge Mädchen, das vor ihm davonlief, entlockte ihm ein leises spöttisches Lächeln. Schon wollte er den Mund zu einer ironischen Bemerkung öffnen, da gebot ihm das hübsche, verlegene junge Gesicht Schweigen. Wahrscheinlich war dieses Mädchen wirklich zutiefst verängstigt.

„Wie eine Waldblume“, ging ihm die Bemerkung von Frau Rat durch den Sinn, und nun wußte er, wen sie damit gemeint hatte.

„Ich habe diesen Briefumschlag auf dem Bahnsteig gefunden“, sagte er ruhig. „Ist es möglich, daß er Ihnen gehört?“

Ilse warf einen flüchtigen Blick auf den Umschlag, den Leo ihr hinhielt. Sie erkannte die Schrift ihres Vaters.

„Ja, danke, er gehört mir“, sagte sie und schämte sich jetzt ihrer albernen Zurückhaltung, die dem harmlosen Anlaß nun wirklich nicht angemessen war. „Vielen Dank“, sagte sie noch einmal, nahm den Umschlag entgegen und wollte nach einer leichten Verbeugung weitergehen.

„War dieser Umschlag ein an Sie gerichteter Brief?“ fragte der fremde junge Mann weiter. Verwundert und etwas zögernd blieb Ilse wieder stehen.

Sie überlegte noch, welche Antwort sie geben sollte, als zu ihrer größten Überraschung der junge Mann laut zu lachen begann und erfreut ausrief: „Aber Sie sind ja wirklich Fräulein Ilse Macket! Jetzt sehe ich erst die Fotografie, die Sie in der Hand haben. Welch ein wunderbarer Zufall!“

Zum ersten Mal sah Ilse den Fremden voll an. Der junge Mann hatte, wie sie insgeheim bei sich vermerkte, ein angenehmes, frisches und von der Sonne gebräuntes Gesicht.

„Verzeihen Sie bitte, wenn ich so unschicklich losgelacht habe“, sagte er jetzt. „Aber Sie werden den Grund dafür gleich verstehen. Zuvor gestatten Sie jedoch bitte, daß ich mich Ihnen vorstelle.“ Er zog den Hut und machte eine liebenswürdige, ehrerbietige Verbeugung vor Ilse.

„Mein Name ist Gontrau – Leo Gontrau.“

Jetzt strahlte Ilses Gesicht auf. Freude und Erleichterung nahmen von ihr Besitz.

„Wirklich – Gontrau? Aber Sie sind doch nicht – Sie können doch unmöglich . . .“

„. . . der Landrat sein?“ ergänzte der junge Mann. „Nein, der bin ich auch nicht. Ich bin sein Sohn – eben Leo Gontrau.“

„Wie naiv muß ich Ihnen vorgekommen sein, als ich Ihnen einfach davonlief“, sagte Ilse und spürte, wie sie über und über rot wurde. „Aber ich wußte ja nicht, wer Sie sind, und hielt Sie für einen jener zudringlichen jungen Herren, vor denen mich meine Lehrerin, Fräulein Güssow, vor der Abreise noch ausdrücklich gewarnt hatte. Sie glauben gar nicht, wie ich mich geängstigt habe, als ich so ganz allein hier herumstand und nicht wußte, was aus mir werden sollte. Dafür bin ich jetzt um so erleichterter. Aber wo sind Ihre lieben Eltern?“

„Mein Vater hat leider einen kleinen Unfall gehabt“, berichtete

Leo. „Gerade als er den Wagen besteigen wollte, um zum Bahnhof zu fahren und Sie abzuholen, trat er so unglücklich fehl, daß er sich den Fuß verstauchte. Es war ihm danach unmöglich, noch einen Schritt zu machen. Meine Mutter mußte nun leider auch bei ihm bleiben, um ihn zu versorgen und ihm etwas behilflich zu sein. Darum haben meine Eltern in ihrer Ratlosigkeit schließlich mich gebeten, zum Bahnhof zu fahren, und damit erklärt sich auch meine Verspätung, die mir um so mehr leid tut, als ich nun weiß, welche Unruhe sie Ihnen bereitet hat." Er mußte plötzlich wieder lachen. „Meine Mama freut sich schon so darauf, die ‚Kleine' von Mackets in Empfang nehmen zu können. Die ‚Kleine'", wiederholte er für Ilse, die ihn verdutzt anschaute. „Ihr Herr Vater hat nämlich in seinen Briefen immer nur von seiner ‚Kleinen' oder von dem ‚Kind' gesprochen, das allein und schutzlos die weite Reise hinter sich bringen müsse. So kam es, daß wir alle uns ein kleines Mädchen von zwölf, dreizehn Jahren vorgestellt haben!"

„Das ist typisch mein Papa!" rief Ilse lachend. „Er hält mich wirklich immer noch für ein kleines, ahnungsloses Mädchen. Nun – er wird schön staunen, wenn er mich wiedersieht! Mit siebzehn Jahren ist man ja wahrhaftig kein Kind mehr."

„Natürlich nicht!" pflichtete der junge Gontrau ihr ernst bei. „Mit siebzehn Jahren ist ein Mädchen die vollendete Dame." Sein Gesicht blieb ernst wie zuvor, und den spöttischen Unterton in seiner Stimme hatte Ilse nicht bemerkt. So glaubte sie denn voller Stolz an die „vollendete Dame".

In dem Wagen, der ganz in der Nähe stand und den Ilse in ihrer Verwirrung und Sorge gar nicht bemerkt hatte, hatte der Kutscher inzwischen schon Ilses Handgepäck verstaut. Eben stellte er noch den Korb mit den Blumen hinein.

„So viele Sträuße!" wunderte sich Leo Gontrau, und jetzt lächelte er doch. „Was haben Sie sich für diese Reise nur für eine Last aufgebürdet!"

„Durchaus nicht!“ widersprach Ilse eifrig. „Es sind die Blumen, die mir meine Freundinnen im Internat zum Abschied geschenkt haben – für mich teure Andenken!“

„So viele Freundinnen haben Sie?“ fragte der junge Mann und sah noch einmal in den Korb.

„Es sind sieben Sträuße“, sagte Ilse, weil sie glaubte, er wolle sie zählen.

„Es müssen schöne Sträuße gewesen sein“, bemerkte Leo. „Aber jetzt sind sie leider schon etwas verwelkt. Nur dieser hier – die Rosen mit den Vergißmeinnicht ringsherum – hat sich noch einigermaßen erhalten.“

Ilse beugte sich über den Korb und griff nach dem bezeichneten Strauß. Sie mußte schon wieder die Tränen unterdrücken, als sie an die geliebte Spenderin dachte.

„Dieser Strauß ist von meiner liebsten Freundin, von Nellie Grey“, erklärte sie dann weich.

„Nellie Grey?“ fragte Leo Gontrau. „Das hört sich ja so englisch an?“

Ilse nickte. „Ja, Nellie ist Engländerin.“

„Ist sie hübsch?“ erkundigte sich der junge Gontrau scherzend.

„Sie ist ein reizendes Mädchen“, berichtete Ilse und erging sich dann in begeisterten Schilderungen ihrer Freundin.

Leo Gontrau hörte zu, ohne sie zu unterbrechen. Es freute ihn, wie neidlos Ilse die Vorzüge einer anderen lobte, und ein wenig belustigten ihn die überschwenglichen Ausdrücke, die sie dabei benutzte. Ilse selbst war es gar nicht bewußt, wie sehr sie sich Melanies Redensarten zu eigen gemacht hatte; Ausrufe wie furchtbar reizend! himmlisch! entzückend! und süß! gingen ihr ebenso geläufig über die Lippen wie Melanie und den übrigen Mädchen aus dem Internat.

„Hätten Sie Lust, im Bahnhofsgebäude eine kleine Erfrischung zu sich zu nehmen, ehe wir zu meinen Eltern fahren?“ fragte Leo und wollte ihr schon galant den Arm bieten, um sie ins Innere zu begleiten.

Ilse lehnte das freundliche Angebot dankend ab, obwohl sie es eigentlich gern angenommen hätte. Sie verspürte nämlich schon einen Bärenhunger und hätte einen tüchtigen Imbiß sicher nicht verschmäht. Aber eine vollendete Dame ließ sich natürlich niemals anmerken, wenn sie Hunger hatte, sondern wußte sich zu beherrschen. Sich jetzt sofort auf das Essen zu stürzen, wäre ja geradezu kindisch gewesen.

Sie gingen hinüber zum Wagen, und Leo half ihr beim Einsteigen.

„Es ist kühl", bemerkte er und berichtete dann: „Ich habe von Mama den Auftrag bekommen, das Kind ja warm einzupacken."

Ehe Ilse etwas erwidern konnte, hatte er schon eine bereitliegende Decke genommen und legte sie nun schützend um Ilse. Eine zweite Decke breitete er ihr über die Beine.

Ilse war diese Fürsorge ganz angenehm, denn es pfiff tatsächlich ein kühler Wind über die schon abgeernteten Felder. Sie ließ Leo also lachend gewähren, und erst als die Pferde schon angezogen hatten und sie durch die ihr unbekannte Landschaft fuhren, kamen Ilse die ersten Bedenken. Hatte sie sich richtig benommen, oder würde Fräulein Güssow mißbilligend den Kopf schütteln? Ob Nellie sich dieses Einpacken auch gefallen lassen hätte – oder hätte sie vielleicht abgelehnt und lieber ihren eigenen Regenmantel angezogen?

Während sie noch immer etwas ratlos über dieses Problem nachgrübelte, wurde sie plötzlich durch ein herzliches Lachen Leos daraus aufgeschreckt. Ob er ihre Gedanken erraten hatte?

„Lachen Sie über mich?" erkundigte sie sich mit einigem Mißtrauen.

„Aber nein!" antwortete Leo erschrocken. „Niemals würde ich es wagen, über eine junge Dame zu lachen – wo denken Sie hin!

Nein, eine Birne ist schuld an meiner Heiterkeit. Schauen Sie, dort aus der Tasche ist sie herausgefallen. Da fiel mir wieder ein, daß meine Mama mir Birnen mitgegeben hat für die ‚Kleine', und ich glaube, auch von einem Stück Kuchen war die Rede. ‚Sie wird hungrig sein von der langen Reise', hat Mama gesagt, ‚und Kinder können doch immerzu essen.' Nun frage ich mich nur, mein gnädiges Fräulein", fügte Leo lachend hinzu, „ob ich mir erlauben darf, Ihnen Birnen oder Kuchen hier unterwegs anzubieten?"

Angesichts solcher Verlockungen schlug der Trotzkopf die ‚vollendete Dame' leichten Herzens in den Wind.

„Warum nicht?" erwiderte sie unbekümmert und hatte auch schon die Birne in der Hand. „So herrlichen Birnen kann ich bestimmt nicht widerstehen, und Kuchen esse ich nun einmal leidenschaftlich gern. Im Internat gab es nämlich nur selten Kuchen; unser Fräulein Raimar war der Meinung, vom vielen Kuchenessen bekäme man nur einen schlechten Magen. Ist das nicht eine furchtbar öde Ansicht?"

„Ja, wirklich – furchtbar öde", wiederholte Leo Gontrau mit ganz ernstem Gesicht, obwohl er alle Mühe hatte, sich das Lachen zu verbeißen. „Ich begreife gar nicht, wie Sie es ausgehalten haben, mit so wenig Kuchen zu leben."

„Wir haben uns manchmal über Mittag, wenn Fräulein Raimar schlief, heimlich beim Bäcker ein Stückchen holen lassen."

„Das sind ja schöne Geschichten", tadelte Leo mit scheinbarer Strenge.

„Es ist ja nicht allzu oft vorgekommen", entschuldigte sich Ilse. „Nur wenn wir gar zu großen Appetit darauf hatten. Finden Sie darin wirklich ein so großes Unrecht?"

„Unrecht ist weniger, daß Sie auf Kuchen Appetit hatten und ihn aßen", tadelte er scherzend weiter, „sondern daß Sie ihn heimlich holen ließen. Warum baten Sie Ihre Lehrerin eigentlich nicht um Erlaubnis!"

„Dann hätte sie doch bestimmt nein gesagt. Es war doch nun wirklich nichts Böses, was wir da taten. Uns hat es jedenfalls immer einen Heidenspaß gemacht, den Kuchen in aller Heimlichkeit zu verspeisen, und Fräulein Raimar ist ja durchaus kein Schaden entstanden, ob wir Kuchen aßen oder nicht."

„Sie sind eine kleine Rechtsverdreherin", stellte Leo mit drohend erhobenem Zeigefinger fest. „Hier geht es ja nicht um die Frage, ob jemand ein Schaden entstanden ist. Ihre Internatsleiterin wird wohl gute Gründe für ihr Verbot gehabt haben. Deshalb Nummer eins: Sie handelten gegen eine gegebene Anordnung und haben sich deshalb strafbar gemacht. Nummer zwei: Sie taten es heimlich – das macht das Vergehen noch strafwürdiger."

Jetzt konnte Ilse nur noch amüsiert auflachen. „Du lieber Himmel – sind Sie aber ein Haarspalter!"

„Ich bin Jurist, mein gnädiges Fräulein, und gehe jeder Sache auf den Grund!"

„Jurist?" wiederholte Ilse und rückte unmerklich ein wenig von ihrem Nachbarn weg. „Das glaube ich Ihnen nicht. So sehen Sie gar nicht aus."

„Wie kommen Sie zu dieser Behauptung? Haben Juristen denn ein bestimmtes Aussehen?"

Jetzt geriet Ilse in Verlegenheit. Sie konnte ihm ja nicht gut sagen, daß die Juristen, die schon auf Gut Moosdorf zu Besuch gewesen waren, wahrhaftig anders ausgeschaut hatten. Sicher waren es auch recht nette Herren gewesen, aber keineswegs so junge und lustige wie dieser Leo Gontrau. Sie waren meist sehr würdig aufgetreten, hatten ernste Reden mit ihrem Vater geführt und sich gern zu einem Glas Wein überreden lassen. Sie musterte noch einmal vergleichend den jungen Mann, der neben ihr im Wagen saß, und schüttelte dann ungläubig den Kopf.

„Also ein Jurist sind Sie bestimmt nicht", wiederholte sie dann mit Nachdruck.

„Nun, dann würde ich gern wissen, welchen Beruf Sie mir sonst zuordnen würden", erwiderte Leo belustigt. „Jetzt bin ich gespannt auf Ihre Menschenkenntnis!"

„Ich könnte mir vorstellen, daß Sie Künstler sind. Vielleicht Musiker – oder Maler?"

Der junge Gontrau konnte seine Erheiterung nicht verbergen. Er lachte laut auf.

„Ich – Musiker!" rief er aus. „Ich kenne keine einzige Note und bin unmusikalisch wie ein Stück Holz. Wie schade, daß ich Ihre an sich so schmeichelhaften Illusionen über mich zerstören muß. Aber leider bin ich wirklich nur ein ganz gewöhnlicher Durchschnittsmensch, der weder für die Musik noch für das Malen eine besondere Begabung besitzt. Enttäuscht Sie das sehr? Nein – ich muß dabei bleiben, ich bin Jurist und seit vier Wochen Assessor. Glauben Sie mir nun?"

„Schade, daß Sie kein Künstler sind!" sagte Ilse fast etwas traurig. „Künstler müssen doch reizende Menschen sein, finden Sie nicht auch?"

Der junge Assessor hätte gern einen gewissen Einspruch dagegen erhoben und ihr zu bedenken gegeben, daß durchaus nicht alle Künstler als reizende Menschen zu bezeichnen seien, doch er schwieg. Warum sollte er ihr ihren kindlichen Optimismus zerstören? Sie war so liebenswert in ihrer vertrauensvollen Einstellung zur Welt und zu den Menschen.

„Sehen Sie dort drüben die Kirchturmspitze, auf der der Wetterhahn so golden glänzt?" schlug er ein völlig anderes Thema an. „Das ist die Kirche von Lindenhof. In zehn Minuten sind wir dort."

Als der Wagen wenig später vor dem großen Gutshaus hielt, trat Frau Gontrau auch schon lächelnd vor die Tür, um ihre kleine Besucherin in die Arme zu schließen. Sie blickte erstaunt, als ein erwachsenes Mädchen aus dem Wagen stieg und auf sie zukam.

Leo erklärte lachend den Irrtum und berichtete, was sich am Bahnhof abgespielt hatte. Erheitert nahm Frau Gontrau die etwas verlegene Ilse in die Arme.

„Ob Sie nun ein kleines oder großes Mädchen sind", sagte sie voll mütterlicher Herzlichkeit, „seien Sie uns auf jeden Fall in Lindenhof willkommen!"

Sie ging Ilse voran ins Speisezimmer, wo der Landrat mit seinem verletzten Fuß auf dem Sofa saß. Lächelnd streckte er dem jungen Mädchen beide Hände entgegen.

„Was für eine entzückende Überraschung!" rief er aus. „Wirklich – entzückend! Statt eines Kindes besucht uns eine junge Dame! Und ich Unglücksrabe muß mir den Fuß verstauchen und kann Ihnen nun gar nicht der höfliche Kavalier sein, der ich gerne wäre! Aber sagen Sie – hat mein Freund Macket sich mit Absicht einen Scherz mit mir erlaubt, als er immer von einem Kinde schrieb?"

Ilse lachte nur charmant.

„Ah – Sie sind ganz der Papa!" bemerkte der alte Herr begeistert. „Wenn Sie lachen – dieser Mund, die Zähne, das Kinn – wirklich auffallend, diese Ähnlichkeit."

Er schob die Lampe näher auf Ilse zu, damit er sie noch besser betrachten konnte.

„Jetzt sehe ich: Das Haar haben Sie von Ihrer Frau Mutter geerbt, und auch die braunen Augen sind die gleichen, allerdings ist bei Ihnen der Ausdruck lebhafter, fast feuriger. Sie haben sicher nicht das sanfte Gemüt Ihrer seligen Frau Mama, wie?" erkundigte er sich scherzend. „Sie können sicher auch recht zornig blicken – wenn ich mich nicht täusche?"

Ilse wurde verlegen und wußte nicht recht, was sie auf diese vielen Fragen antworten sollte.

„Mein Lieber", unterbrach Frau Gontrau ihren Mann lachend, „was soll diese peinliche Prüfung unseres lieben Gastes – zuerst ihres Äußeren und dann ihrer Charaktereigenschaften? Was soll das Kind, das außerdem von der weiten Reise ermüdet sein muß, dir darauf antworten? – Kommen Sie, Ilse", wandte sie sich an ihren jungen Gast, „ich will Sie von diesem Verhör erlösen! Lassen Sie sich auf Ihr Zimmer führen, damit Sie sich von der langen Reise etwas erfrischen können. Unsere Fremdenzimmer liegen eigentlich im zweiten Stock, aber ich habe Sie neben meinem Schlafzimmer einquartiert, weil ich ja mit einem kleinen Mädchen rechnete und dachte, es würde sich fürchten, allein dort oben zu schlafen!"

„Das finde ich sehr nett von Ihnen", sagte Ilse erfreut und hätte damit beinahe verraten, daß auch sie sich noch immer wie ein kleines Mädchen im Dunkeln fürchtete, wenn sie allein bleiben mußte.

„Ein reizendes Kind, nicht wahr?" sagte der Landrat zu seinem Sohn, nachdem die beiden Damen das Zimmer verlassen hatten.

Der junge Mann antwortete nicht; er schien so sehr in die Lektüre einer Zeitung vertieft, daß sein Vater die Frage wiederholen mußte.

„Ja, ja", sagte er dann endlich zerstreut und fast gleichgültig, „sie ist recht nett."

„Recht nett? Ist das alles, was du über ein so bezauberndes Geschöpf zu sagen hast? Ich glaube, ihr jungen Männer habt überhaupt keine Augen im Kopf. In diesem ‚kleinen Mädchen' steckt ein beachtliches Temperament, das sehe ich auf den ersten Blick. Und auf das Urteil deines Vaters, was Frauen anbetrifft, kannst du dich verlassen, mein Junge."

Leo schien das nicht zu interessieren; er antwortete nicht und las einfach weiter.

*

Der Abend verlief kurzweilig und in heiterster Stimmung. Ilse war völlig aufgetaut und plauderte und erzählte ganz ohne Scheu.

Diese drei Menschen, die ihr noch vor ein paar Stunden als völlig Fremde erschienen waren, hatten ihr mit ihrem gastlichen Entgegenkommen alle ängstlichen Hemmungen genommen und ihr das Gefühl gegeben, bei ihnen zu Hause zu sein. Dem Landrat machte es Spaß, das junge Mädchen ein wenig zu necken, und sie ging auf eine schelmisch-liebenswürdige Weise darauf ein.

„Wie wäre es, wenn Sie einige Tage bei uns bleiben?“ schlug er Ilse vor. „Ihr Besuch bis morgen mittag ist mir viel zu kurz. Wir könnten doch Ihren Eltern telegrafieren, daß Sie noch ein wenig bei uns bleiben. Ich glaube, das werden sie sicher verstehen und gutheißen.“

Leo warf Ilse einen hastigen Blick zu, in dem fast so etwas wie eine Bitte lag, was sie aber nicht bemerkte. Der junge Mann erklärte sich auch sofort bereit, ganz früh am nächsten Morgen ein Telegramm an Ilses Eltern aufzugeben.

Auch Frau Gontrau unterstützte die Idee ihres Mannes. „Wir würden uns wirklich freuen, wenn Sie noch ein wenig bei uns blieben“, sagte sie. „In unserem Hause fehlt ein wenig frischer Wind, und Sie haben nun einmal das herzerfrischende Talent, Heiterkeit und Leben um sich zu verbreiten.“

„Ich glaube, das kann ich nicht machen“, erwiderte Ilse etwas gequält. „Es gefällt mir wirklich sehr gut bei Ihnen, aber meine Eltern warten nun auch schon so lange auf ein Wiedersehen, daß ich sie nur ungern enttäuschen würde. Ich muß auch gestehen, daß ich selbst große Sehnsucht habe, und vor allem freue ich mich schon furchtbar auf meinen kleinen Bruder. Das Kerlchen weiß ja noch gar nicht, daß es eine große Schwester hat. Bitte seien Sie mir nicht böse – aber ich kann nicht bleiben!“

Was sie sagte, war überzeugend. Frau Gontrau strich ihr liebevoll über die braunen Locken und klopfte ihr leicht die Wange.

„Ich glaube, Sie haben recht, liebe Ilse, und ich verstehe Sie auch sehr gut. Wir wollen Sie auch mit unseren Bitten bestimmt nicht bedrängen. Vielleicht können Sie uns später einmal auf längere Zeit besuchen. Leo kehrt in einigen Wochen wieder in die Stadt ans Gericht zurück, und dann ist es in unserem großen Haus sehr einsam und still."

„Wenn mein Freund Macket sein Töchterchen erst wieder daheim hat, gibt er es sicher nicht so schnell wieder her", warf der Landrat ein. „Aber mir ist ein guter Gedanke gekommen: In seinem letzten Brief lädt uns Ihr Vater ein zu dem dortigen Erntefest, das in etwa vier Wochen stattfinden soll. Ich werde die Einladung an uns unter der Bedingung annehmen, daß er Sie anschließend mit uns zurückreisen läßt, Ilse."

Ilse jubelte auf. „Das wäre himmlisch!" rief sie begeistert. „Aber Sie müssen auch Wort halten! Geben Sie mir Ihre Hand darauf!"

Völlig ernsthaft besiegelte der Landrat mit einem markigen Handschlag das gegebene Versprechen.

„Ein Handschlag war nämlich bei uns im Internat soviel wie ein heiliger Eid", erklärte Ilse mit Nachdruck. „Wer dagegen handelte, galt als meineidig." Sie wandte sich an Leo. „Sie werden aber doch auch zum Erntefest mitkommen?"

Sein Gesicht strahlte auf. „Natürlich!" versprach er freudig. „Der feierliche Eid meines Vaters gilt auch für mich. Oder möchten Sie mit mir auch einen Handschlag tauschen als Zeichen der Besiegelung?" fügte er lächelnd hinzu.

„Das ist nicht nötig." Ilse errötete leicht. „Wenn Sie mir Ihr Wort geben, glaube ich Ihnen auch so."

Gegen elf Uhr schlug Frau Gontrau vor, daß man zu Bett gehen solle.

„Die Reise und die vielen neuen Eindrücke werden Sie doch sicher müde gemacht haben, liebes Kind", vermutete sie. „Und morgen erwartet Sie wieder ein anstrengender Tag, denn bei dem Wiedersehen mit den lieben Eltern gibt es auch viel zu erzählen."

„Eigentlich fühle ich mich gar nicht müde", stellte das Mädchen erstaunt fest. „Mir ist, als könnte ich noch lange aufbleiben. Aber Sie haben sicher recht – die eigentliche Erschöpfung zeigt sich dann schon, wenn man erst im Bett liegt."

Auf ihrem Zimmer hätte sie am liebsten ihre Reiseerlebnisse Nellie gleich in einem Brief geschildert, aber da sie weder Briefpapier noch einen Stift zur Hand hatte, mußte sie das Schreiben aufschieben. Nun doch von Müdigkeit gepackt, ging Ilse gern zu Bett.

*

Nach dem zweiten Frühstück am nächsten Morgen rüstete Ilse sich zur Weiterreise. Ihre Blumen in dem Korb sahen nun schon sehr traurig aus.

Ilse trat hinaus in den Hof, um die müden Blüten etwas mit Wasser zu besprengen.

Leo kam dazu. „Wollen Sie denn diese verwelkten Sträuße wirklich wieder auf die Reise mitnehmen?" fragte er.

Ilse betrachtete traurig den Korb und seinen Inhalt und wußte selbst nicht recht, was sie damit anfangen sollte.

„Sie haben ja recht", antwortete sie unglücklich. „Schön sind sie wirklich nicht mehr, meine armen lieben Blumen."

„Ich mache Ihnen einen Vorschlag, Fräulein Ilse", sagte der junge Assessor. Er lächelte verschmitzt, als er weitersprach. „Wir zünden miteinander ein Feuer an und verbrennen Ihre Blumen. Dann sammeln wir die Asche ein, und die können Sie dann in einer kostbaren Urne aufbewahren, auf die Sie die Inschrift eingravieren lassen: ‚Diese Urne enthält die Asche der Blumensträuße, die mir meine geliebten Freundinnen bei meinem Abschied aus dem Internat überreicht haben.' Nun – wie gefällt Ihnen meine Idee?"

„Sie sind ein ganz abscheulicher Spötter!" rief Ilse erzürnt.

„Ich merke doch ganz genau, daß Sie sich nur über mich lustig machen wollen." Sie dachte einen Augenblick nach und fuhr dann fort: „Aber eigentlich ist das mit dem Verbrennen gar nicht so schlecht. Gut, Leo, errichten Sie rasch einen Scheiterhaufen. Soviel Zeit habe ich noch bis zur Abfahrt. Ich möchte die mir so teuren Blumen in Flammen aufgehen sehen – das ist ein schönes Ende für sie. Aber die Asche sammeln wir natürlich nicht ein."

Leo schmunzelte in sich hinein, während er etwas trockenes Reisig auf dem Kiesweg vor dem Hause aufhäufte und es schließlich anzündete. Wenige Sekunden später flackerte ein lustiges Feuer empor. Ilse trat mit ihrem Korb heran, und ein Strauß nach dem anderen erlitt den Feuertod – bis auf Nellies Rosen. Das brachte Ilse einfach nicht über sich.

„Diesen Strauß opfere ich nicht den Flammen!" erklärte sie bestimmt. „Die Blumen von meiner lieben Nellie will ich mir bis zu meinem Tode aufbewahren."

„Und dann nehmen Sie sie mit ins Grab!" spöttelte der junge Assessor freundlich.

Eben trat Frau Gontrau fertig angekleidet aus der Haustür. Sie hatte die Absicht, zusammen mit ihrem Sohn Ilse zum Bahnhof zu begleiten.

Ilse ging noch einmal ins Haus und verabschiedete sich von dem noch immer gehbehinderten Landrat, der gern zum Bahnhof mitgefahren wäre. Noch einmal erinnerte sie den alten Herrn an den geleisteten Schwur.

„Es bleibt bei unserer Abmachung!" rief er ihr lachend nach.

Ilse hatte gerade im Wagen Platz genommen, als Leo ihr einen Strauß herrlichster Rosen überreichte.

„Die Blumen sind aus der Asche auferstanden", bemerkte er lächelnd. „Sie werden Sie doch nicht zurückweisen wollen?" fragte er dann, als Ilse vor lauter Überraschung keine Anstalten machte, sie ihm abzunehmen.

„Nein, nein, natürlich nicht!" beteuerte sie. „Ich finde Ihre Idee ganz reizend und bin nur so völlig überrumpelt", stammelte sie fast und reichte Leo leicht errötend die Hand. „Haben Sie herzlichen Dank, Leo. Ich liebe Rosen ja so sehr, und so schöne wie diese habe ich überhaupt noch nicht gesehen." Immer wieder sah sie unterwegs den schönen Strauß glücklich an und wiederholte noch einige Male, wie sehr sie sich darüber freute.

Leo warf seiner Mutter einen lächelnden Blick zu, den diese auch ohne viele Worte verstand. Auch sie hatte ja ihre Freude an der kindlichen Unbefangenheit, mit der Ilse ihre Gefühle zeigte.

Glückliche Stunden gehen besonders schnell vorbei – die Erfahrung konnte Ilse an diesem Vormittag machen. Scheinbar im Handumdrehen waren sie am Bahnhof angekommen, und schon wenig später saß sie im Zug und fuhr der Heimat entgegen.

Ihre Gedanken allerdings wirbelten bunt durcheinander: Einmal eilten sie ihr voraus und träumten vom Wiedersehen mit der Heimat und mit den Eltern, dann wieder kehrten sie zurück zum vergangenen Abend und den schönen Stunden, die sie auf Gut Lindenhof verbracht hatte.

Der Abschied von den drei neuen Freunden, die sie gewonnen hatte, war ihr schwer geworden. Leo hatte ihr zum Abschied die Hand geküßt, und vor lauter Schreck hatte sie es sich gefallen lassen. War das richtig gewesen, oder hätte sie ihm ihre Hand entziehen müssen? Wäre doch jetzt Fräulein Güssow bei ihr, daß sie sie fragen könnte!

Ihr Blick fiel auf den schönen Rosenstrauß, und plötzlich sah sie den jungen Mann, der ihn ihr geschenkt hatte, wieder ganz deutlich vor ihrem inneren Auge. Ein sonderbares Gefühl, das ihr ganz neu war und vor dem sie fast ein wenig erschrak, überkam sie. Sie legte den Strauß beiseite, stand auf und trat ans Abteilfenster. Sie wollte nicht mehr an ihn denken. Warum auch?

# Endlich wieder daheim

Kurze Zeit später lag Ilse in den Armen ihres Vaters, spürte, wie ihr die Augen feucht wurden, und wußte nun, was für ein Glücksgefühl es ist, wenn jemand endlich wieder nach Hause kommt.

Der Oberamtmann hielt sie mit beiden Armen von sich weg. „Das ist doch nicht möglich!" rief er erstaunt und zugleich stolz. „Bist du groß geworden! Ich hätte dich ja kaum wiedererkannt!" Immer wieder musterte er sie lächelnd von Kopf bis Fuß, als könnte er sich nicht satt sehen an seiner erwachsenen Tochter. „Wahrhaftig – eine Dame!" sagte er. „Wenn ich bedenke, daß du noch ein halbes Kind warst, als du uns mit Bob unter dem Arm und mit Tränen in den Augen verließest . . ."

Ilse hielt ihm lachend den Mund zu.

Doch dann wandte sie sich der Mutter zu, die mit bewegtem Gesicht daneben stand und ihrer Tochter die Arme entgegenstreckte. Ilse fiel ihr um den Hals und ließ sich von ihr umarmen.

„Meine liebe Mama!" Mehr brachte sie vor lauter Rührung nicht heraus.

Frau Macket verstand sie auch ohne Worte; voller Herzlichkeit drückte sie Ilse noch einmal an sich. Sie wußte jetzt, daß es zwischen ihr und ihrer großen Tochter keine Mißtöne mehr geben würde. Endlich hatte sie Ilses Herz gewinnen können.

„Schau her, Ilse, hier ist noch jemand, der dich begrüßen und kennenlernen möchte", tönte die tiefe Stimme des Oberamtmanns in die rührende Wiedersehensszene hinein. „Das ist Onkel Kurt, Mamas Bruder – ein berühmter Maler und Afrikareisender. Er wird dir in den nächsten Tagen sicher eine Menge Interessantes zu erzählen haben."

Ilse reichte dem neuen Onkel die Hand; jetzt stand sie also endlich einmal einem wirklichen Künstler gegenüber. War er nun wirklich das, was sie als „reizend" bezeichnen würde? Sie wußte es selbst nicht genau.

Vor ihr stand nämlich ein mittelgroßer, etwas breitschultriger Mann in karierter Jacke, die eher lässig als elegant an ihm saß. Unter einem breitkrempigen Hut hervor sah sie ein braungebranntes, verwittertes Gesicht an. Die Augen allerdings blickten lebhaft und klug. Dennoch konnte Ilse nicht umhin, ihn unwillkürlich mit einem anderen zu vergleichen, der sich ungerufen in ihre Erinnerung drängte. Eigentlich gefallen mir Juristen doch besser als Künstler, dachte sie still bei sich.

Ehe Ilse vor dem Bahnhofsgebäude in den Wagen stieg, der sie nach Hause bringen sollte, mußte sie sich von Johann eine feierliche Begrüßung gefallen lassen. Als besondere Überraschung hatte er Bob mitgebracht, der inzwischen ein lustiger, ausgewachsener Hund war und seine junge Herrin wild und ausgelassen begrüßte. Vor lauter Trubel vergaß Johann seine mühsam ausgedachte Begrüßungsrede. Er drehte verlegen seine Mütze in den Händen und verzog den Mund schließlich nur zu einem breiten Lächeln.

„Da ist Ihr Hund, Fräulein Ilschen", sagte er. „Da sieht man wieder einmal, wie vernünftig die Viecher sind – auch nach so langer Zeit erkennen sie ihre Herren wieder. Aber ich habe Sie auch gleich wiedererkannt – wenn Sie auch sehr schön und stattlich geworden sind."

Alle lachten über seine Worte, und Ilse reichte dem Freund ihrer Kindertage glücklich die Hand.

„Bravo, Johann", sagte der Oberamtmann anerkennend, „das war eine wirklich schöne Rede. Aber nun steig auf und laß uns heimfahren. In einer halben Stunde wollen wir in Moosdorf sein."

Ilse blickte auf der Fahrt freudig um sich. Voller Genugtuung stellte sie fest, daß sich kaum etwas an der Landschaft verändert hatte.

In Moosdorf war zu ihrem Empfang alles festlich geschmückt: Fahnen, Kränze, Girlanden und Blumen – sogar ein mächtiges Schild mit dem Wort „Willkommen!“ begrüßte die heimkehrende Tochter.

Aber Ilse hatte für diesen ganzen Aufwand nur einen flüchtigen Blick. Jetzt wollte sie zuerst nur eins: Ins Haus und das neue Brüderchen sehen!

Ihre Mutter war schon vorausgeeilt und trat ihr jetzt mit dem rosigen Baby auf dem Arm entgegen.

„Ist der süß!“ rief Ilse voller Entzücken, und als der Kleine dann auch noch jauchzend die Ärmchen nach ihr ausstreckte, kannte ihre Begeisterung bald keine Grenzen mehr.

„Schau – er will zu mir, Mama“, rief sie. „Darf ich ihn mal auf den Arm nehmen?“

Glücklich lächelnd reichte ihre Mutter ihr den Kleinen.

„Du goldiges Kerlchen!“ sagte Ilse zärtlich, tanzte vergnügt mit ihm im Zimmer herum, küßte ihn und drückte ihn an sich, bis er zu weinen anfing.

Ilse blickte ratlos drein, aber die Mama kam schon herbei und nahm ihr den kleinen Schreihals ab.

„Habe ich etwas falsch gemacht, Mama?“ fragte Ilse bekümmert. „War ich zu wild mit ihm? Bitte sei mir nicht böse! Ich habe mich doch so furchtbar auf ihn gefreut.“

Frau Anne schüttelte nur lächelnd den Kopf. „Er schreit schon öfter mal, wenn ihm etwas nicht paßt“, erwiderte sie.

Ilse trat wieder auf die beiden zu. Zärtlich fuhr sie mit leisen Fingern über das flaumige Köpfchen.

„Jetzt schwimmen die hübschen braunen Guckäuglein in Tränen“, sagte sie bedauernd. „Und daran ist nur deine böse große Schwester schuld.“

Als ihre Mutter den Kleinen wieder in sein Körbchen zurückgelegt hatte, trat Ilse immer wieder zu ihm, weil sie sich nicht satt sehen konnte an dem rosigen Gesichtchen, den rundlichen Ärmchen und den zierlichen Händchen.

„Nun laß es genug sein, Kind“, sagte ihre Mutter schließlich scherzend. „Du wirst mir den Jungen noch verwöhnen, wenn du ihm soviel Aufmerksamkeit schenkst. Schau nur, dein Papa und Onkel Kurt warten schon eine ganze Weile darauf, daß du sie ins Speisezimmer begleitest. Oder möchtest du vielleicht zuerst hinauf auf dein Zimmer und dich ein wenig frisch machen?“

Als Ilse erwiderte, sie würde sich gern erst einmal umziehen, ehe sie zu Tisch ginge, begleitete ihre Mutter sie hinauf ins obere Stockwerk zu ihrem Zimmer. Das wäre nicht weiter verwunderlich gewesen, aber als auch die beiden Herren sich ihnen anschlossen, mußte Ilse doch lachen über die großartige Begleitung, die ihr zuteil wurde; sie konnte ja nicht ahnen, warum.

Auf sie wartete nämlich eine großartige Überraschung: Auf der Schwelle ihres ehemaligen Zimmers blieb sie sprachlos und wie erstarrt stehen. Wie hatte sich hier alles verändert!

Ihr Zimmer war mit reizenden Biedermeiermöbeln eingerichtet, und nichts war vergessen worden – vom Schreibtisch bis zu der kleinen Schmucktruhe, die vor dem Spiegel auf einem zierlichen Frisiertischchen stand. Am meisten aber staunte Ilse über eine Staffelei, die am Fenster aufgestellt war.

Ihre Freude war unbeschreiblich; nicht in ihren kühnsten Träumen hätte sie an ein so schönes Zimmer zu denken gewagt.

Fast schüchtern trat sie ein und ging auf die Staffelei zu.

„Papachen“, sagte sie etwas beklommen, „das ist viel zu schön für mich - ich kann ja noch gar nicht gut malen!“

„Da mußt du dich bei Onkel Kurt bedanken“, sagte der Oberamtmann. „Er hat dir nämlich diese Ausrüstung geschenkt. Und er hat sich auch erboten, dein Kunsterzieher zu sein, solange er bei uns ist – das heißt, bis ihn wieder das Fernweh packt!“ Lächelnd sah er seinen Schwager von der Seite an.

Ilse, die sich dem neuen Onkel gegenüber noch immer etwas gehemmt fühlte, reichte ihm dankbar die Hand und versicherte ihm, wie sehr sie sich über seine Geschenke freue.

Nach dem Essen, das sich bei angeregter Unterhaltung ungewohnt in die Länge zog, mußte Ilse sich förmlich in den Hof hinausschleichen, denn ihr Vater wollte sie möglichst jeden Augenblick um sich haben, nachdem er seinen Liebling so lange hatte entbehren müssen. Doch Ilse drängte es hinaus zu ihren Tieren, und sie wußte genau, daß auch Johann schon seit Stunden auf diesen Augenblick wartete. Er wollte doch sein Fräulein Ilschen herumführen und ihr beweisen, wie gut er in der Zwischenzeit für alle Tiere, die ihr so am Herzen lagen, gesorgt hatte.

Zuerst ging es in den Pferdestall, danach folgten alle anderen Ställe, und nachdem Ilse Pferde und Kühe einzeln begutachtet und begrüßt hatte, zog es sie erst einmal hinaus in den Hof zu den Tauben. Endlich wieder konnte sie selbst ihnen ganze Hände voll goldgelber Körner vorwerfen, und der Anblick der eifrig pickenden Tauben, den sie so lange entbehrt hatte, tat ihr von Herzen gut.

Mopsel und Diana hatten sie schon bei ihrer Ankunft mit freudigem Gejaule und übermütigem Bellen begrüßt, und bei diesem Rundgang durch Hof und Ställe folgten sie ihrer jungen Herrin zusammen mit dem kleinen braunen Bob überall hin. Etwas verwundert hatte Ilse sich nach den anderen Jungen Dianas erkundigt, aber als in echtes Landkind hatte sie dann sogleich eingesehen, daß man diese inzwischen an Freunde und Bekannte hatte fortgeben mussen, da für so viele heranwachsende Hunde auch auf einem so weiträumigen Gutshof kein Platz war.

„Und nun zeige ich Ihnen noch den neuen Schweinestall, Fräulein Ilschen“, sagte Johann voller Wichtigkeit. „Sie werden staunen, wie schön da alles ist. Der Gipfel der Wohnlichkeit, möchte ich sagen.“

Aber Ilse hatte plötzlich keine Lust mehr.

„Bitte lieber morgen, Johann“, sagte sie. „Ich habe jetzt keine Zeit mehr – ich muß wieder zu den Eltern.“

„Schade“, äußerte Johann bedauernd und sah ihr nach, während sie auf das Haus zuging. „Früher hätte sie dafür Zeit gehabt“, murmelte er kopfschüttelnd vor sich hin. Sollte sein Fräulein Ilschen vielleicht doch vornehm geworden sein?

*

Am späten Abend, als dieser schöne und ereignisreiche Tag zu Ende war, saß Ilse allein in ihrem reizenden neuen Zimmer und dachte über alles nach. Sie war noch hellwach und hatte nicht die geringste Lust, schon zu Bett zu gehen.

Was hatte dieser Tag ihr nicht alles an Eindrücken gebracht, die sie freuten und verwirrten, beglückten und nachdenklich machten! Die feierliche Verbrennung ihrer Abschiedssträuße, der herrliche Rosenstrauß, den Leo ihr als Ersatz für die verwelkten Blumen überreicht hatte, der zarte Handkuß, das Versprechen der Familie Gontrau, in wenigen Wochen zu Besuch nach Moosdorf zu kommen – und dann, wenig später, diese glückliche Heimkehr in die altvertraute heimische Welt, zu Vater und Mutter, zu dem treuen Johann und den Tieren, die seiner Obhut unterstanden. Das Kennenlernen eines interessanten und weitgereisten neuen Onkels, das Geschenk eines entzückend eingerichteten eigenen Zimmers – und das Wichtigste von allem: Das süße kleine Brüderchen, das sie nun endlich gesehen und selbst in den Armen gehalten hatte! Wieviel Spaß würde sie mit dem kleinen Kerlchen in Zukunft noch haben! Im Geiste sah Ilse lauter glückliche, von Lachen erfüllte Tage vor sich.

Verwundert dachte sie darüber nach, wieviel ein einziger Tag zwischen Abend und Morgen in sich bergen konnte, im Gegensatz zu manchem anderen, der scheinbar grau und langweilig verlief. War es denn möglich, daß sie am Morgen erst von Lindenhof abgereist war? Sie hatte das Gefühl, als läge dieser Abschied schon Tage oder Wochen zurück.

Es war so wundervoll, sich zu Hause zu wissen und mit offenen Augen zu träumen, daß Ilse sich einfach nicht entschließen konnte, zu Bett zu gehen. Ihr nachdenklicher Blick fiel auf den geöffneten Reisekoffer, und plötzlich bekam sie Lust, ihn auszupacken. Als sie daran ging, die Sachen sorgsam herauszunehmen und in den neuen Wäscheschrank einzuräumen, mußte sie plötzlich lachen. Ihr fiel jener erste Tag im Internat wieder ein, als sie mit Nellie zusammen ihren Koffer ausgepackt hatte: Wie gleichgültig war ihr da alles gewesen, wie unlustig hatte sie ihre Sachen kunterbunt durcheinander in den Schrank geworfen! Die Erinnerung an Nellie, die ihr damals so lustig und unbeirrt geholfen hatte, mit diesen Anfangsschwierigkeiten fertig zu werden, ließ schon wieder ihre Augen feucht werden. Wenn sie doch ihre gute, heitere Nellie jetzt bei sich haben könnte!

Aus dem Koffer kam auch das Tagebuch zutage, das Ilse damals so verachtungsvoll beiseite gelegt und in das sie bis zum heutigen Tage noch nicht ein Wort geschrieben hatte. Sie hatte einfach nie das Bedürfnis verspürt, diesen weißen Blättern ihre Gedanken und Träume anzuvertrauen. Fast gedankenlos schlug sie es jetzt auf und legte es auf ihren zierlichen Schreibtisch. Wie spielerisch griff sie nach der Feder, setzte sich und schrieb, wie von einer inneren Macht dazu getrieben die Worte: „Seit ich ihn gesehen . . .“ auf das erste Blatt.

Erschrocken hielt sie inne und legte abrupt den Füller hin. Was tat sie da? An wen hatte sie bei diesen Worten gedacht? Als hätte sie sich selbst bei etwas Unrechtem ertappt, schloß sie hastig das kleine Buch, drehte den Schlüssel herum und versteckte es dann in einem hinteren Fach ihres Schreibtischs.

„Du liest zu viele Gedichte!“ tadelte sie sich selbst. Noch nie hatten sie so unbestimmte, beunruhigende Gefühle umgetrieben wie an diesem Abend. Sollte sie womöglich allmählich auch eine so romantische Schwärmerin werden wie die romanschreibende Flora? Fort mit solchen Gedanken, befahl sie sich selbst und ging nun endlich doch zu Bett.

*

Die Tage vergingen. Ilse fühlte sich in der alten Umgebung wohl und glücklich wie nie zuvor. Zwar dachte sie noch oft an die Freundinnen im Internat, an Fräulein Raimar und Fräulein Güssow, und an Nellie hatte sie schon einen langen Brief abgeschickt; aber die liebevolle Zuneigung ihrer Eltern, die Freiheit, die sie in ihrer Tageseinteilung genoß, und vor allem das herzige Baby drängten die Erinnerungen an das Internat doch sehr stark in den Hintergrund.

In vielen Dingen hatte ihre Mutter Anlaß, über die veränderte Ilse zu staunen. Es kam einfach nicht mehr vor, daß das Mädchen bis in den hellen Vormittag hinein träumend und unlustig im Bett lag. Zwar gönnte sich Ilse daheim eine Stunde länger im Bett, als es im Internat möglich gewesen war, aber um sieben Uhr sprang sie frisch und vergnügt heraus und war schon eine halbe Stunde später draußen im Hof, um noch vor dem Frühstück einen kurzen Ausritt auf ihrem Lieblingspferd zu unternehmen.

Wenn ihre Eltern zum Frühstück erschienen, hatte die erwachsene Tochter bereits auf die liebevollste Weise den Tisch gedeckt. Immer wieder staunte die Mutter, wie auffällig sich Ilses Tischsitten in dem einen Jahr geändert hatten: War es früher immer wieder zu Bemerkungen von ihrer Seite und zu stirnrunzelnder Mißbilligung von seiten des Oberamtmanns gekommen, weil Ilse sich bei Tisch benahm, wie es ihr gerade einfiel, so war es jetzt eine reine

Freude, mit ihr zusammen zu speisen. Sie verstand nicht nur, mit Besteck und Serviette sachgerecht und anmutig umzugehen, sie achtete auch aufmerksam darauf, ob ihre Tischnachbarn mit allem versorgt waren, was sie brauchten, sprang auf und schenkte Kaffee nach, wo es gewünscht wurde, und kümmerte sich umsichtig um alles, was früher allein ihre Mutter hatte tun müssen.

Der Oberamtmann und seine Frau konnten einander nur immer wieder mit verwunderten Mienen anschauen und vergnügt dabei lächeln. Wer hätte eine solche Änderung für möglich gehalten!

Auch in ihrem Äußeren hatte Ilse sich sehr vorteilhaft verändert. War es ihr früher gleichgültig gewesen, ob sie gekämmt oder ungekämmt mit dem Gesinde auf die Wiese hinausfuhr, so sah man sie jetzt immer mit hübsch frisiertem Kopf. Sie kleidete sich nicht übermäßig elegant, was in dieser ländlichen Gegend auch sicher gar nicht zweckmäßig gewesen wäre; zartfarbige Blusen und praktische Röcke waren jetzt ihr Lieblingsaufzug, und sicher hätte sie sehr erstaunt dreingeschaut, wenn jemand ihr ihre einstigen schmutzigen Stiefel zum Anziehen hingestellt hätte.

Der einzige, der diese Veränderung etwas bedauerte, war Johann, mit dem Ilse nun nicht mehr so oft in den Ställen zusammen war wie früher; es tröstete ihn nur, wenn sie immer noch so gern wie früher sich neben ihn auf den Leiterwagen schwang, um mit ihm hinaus auf die Felder zu fahren, wenn er Futter holte oder nach dem Heu sah.

Ilses Tage waren ausgefüllt; immer wieder bat sie ihre Mutter, das kleine Brüderchen selbst einmal versorgen zu dürfen, und bald war sie sehr geschickt darin, den kleinen Mann frisch zu wickeln, nachdem sie ihn zuvor unter viel lustigem Krähen und Pantschen in der großen Zinkwanne gebadet hatte. Großen Spaß machte es ihr auch, das rosige Bündel dann sauber und duftend auf dem Schoß zu halten und ihm sein Breichen zu füttern. Ihre Mutter wunderte sich nur immer wieder über die liebevolle Geduld, die das einst so ungebärdige Mädchen gegenüber dem kleinen Bruder an den Tag legte. Insgeheim segnete sie den Tag, an dem ihr Mann den Entschluß gefaßt hatte, Ilse in jenes Internat zu geben, das aus ihr einen so liebenswerten jungen Menschen gemacht hatte. An Ilses gutem Herzen hatte sie nie ernsthaft gezweifelt, nur hätte sie sich selbst außerstande gefunden, wirksam gegen Ilses Verstocktheit anzugehen und ihre guten Wesenszüge so voll zur Geltung zu bringen, wie es den geschulten Kräften im Internat so erfolgreich gelungen war.

Auch Pfarrer Wollert, den Ilse nun regelmäßig zu weiterem Unterricht besuchte, konnte sich nicht genugtun, ihre Fortschritte in allen Fächern zu loben. Was ihn jedoch besonders erfreute, war der Ernst, mit dem sie jetzt bei ihm lernte, und das lebendige Interesse, das sie trieb, dem jeweiligen Gegenstand des Unterrichts möglichst auf den Grund zu gehen.

Nur der Oberamtmann konnte sich noch immer nicht so recht mit der Veränderung abfinden, die mit seinem kleinen Wildfang vor sich gegangen war. Immer wieder einmal sah er die Tochter verstohlen von der Seite an, und sein prüfender, nachdenklicher Blick schien zu fragen: „Ist sie es überhaupt noch?"

Er äußerte seine Zweifel auch gegenüber seiner Frau.

„Sonderbar", sagte er eines Tages, „mir ist unsere Ilse einfach zu zahm geworden. Wenn ich es recht bedenke, gefiel mir mein kleiner Trotzkopf im unordentlichen Kittel und mit den schmutzigen Schuhen, mit seinen kecken Antworten und seinen tollen Streichen fast doch besser als diese wohlerzogene junge Dame im modernen Kleid, die mir lächelnd den Tee einschenkt."

„Aber unsere Ilse ist nun einmal in dem Alter, eine junge Dame zu sein, Richard", erwiderte seine Frau lachend. „Du wirst dich daran gewöhnen müssen, daß du kein halberwachsenes Kind mehr vor dir hast. Wenn du sie übrigens genauer beobachtest, wirst du feststellen, daß sie die alte Heiterkeit und ihren Übermut durchaus nicht verloren hat – nur weiß sie sich jetzt besser zu beherrschen, wo es nötig ist. Du kannst sagen, was du willst – ich jedenfalls bin sehr stolz auf unser Töchterchen."

„Vielleicht hast du recht", gab Herr Macket versonnen zu. „Ich hänge in Gedanken wohl noch immer vergangenen Zeiten nach. Allmählich werde ich mich schon an die Vorstellung gewöhnen, eine erwachsene Tochter zu haben. Aber das wird sicher noch einige Zeit dauern", fügte er hinzu.

„Vielleicht wirst du es schneller begreifen müssen, als du dir im Augenblick vorstellen kannst", meinte Frau Macket mit etwas geheimnisvollem Lächeln. „Möglicherweise gibt Ilse selbst dir den Beweis dafür, daß sie erwachsen ist. Nach meinen Beobachtungen bin ich zu einer Vermutung gelangt, die mir inzwischen schon fast zur Gewißheit geworden ist: Der junge Gontrau scheint unserer Ilse nicht gleichgültig geblieben zu sein."

Jetzt war Herr Macket völlig sprachlos. Seine kleine Ilse! Eine solche Möglichkeit wäre ihm im Traum nicht in den Sinn gekommen! Seine Frau mußte sich irren!

„Das redest du dir ein, Anne", sagte er schließlich. „Das ist doch völlig unmöglich – dieses Kind sollte schon verliebt sein? Wo denkst du hin?" Dann jedoch schien er unsicher zu werden: „Oder hat sie sich dir anvertraut?"

„Wie sollte sie wohl?" sagte Frau Macket abwehrend. „Du kennst doch unsere Ilse – sie ist so empfindsam wie eine jener Pflanzen, die ihre Blätter bei der leisesten Berührung sofort schließen. Und ich würde es auch streng vermeiden, mich ungebeten in ihr Vertrauen einschleichen zu wollen. Nein, ich vermute, Ilse ist sich selbst noch gar nicht ganz bewußt, wie es um sie steht. Es sind wohl Gefühle, über die sie sich noch keine klare Rechenschaft ablegt. Aber gerade in dieser kindlichen Unbefangenheit hat sie sich mir ungewollt verraten. Es ist nämlich auffallend, wie oft und gern sie von der Familie Gontrau spricht, und besonders von dem Sohn ist sehr häufig die Rede. Die Erkennungsszene am Bahnhof in Lindenhof hat sie mir nun schon mehrmals bis in die nebensächlichste Kleinigkeit geschildert, und du müßtest einmal erleben, wie ihre Augen dabei strahlen!"

„Ja, ja", sagte Herr Macket, „diese ganze Szene war ja sicher auch sehr romantisch und aufregend. Aber du, als kluge und welterfahrene Frau, meine liebe Anne, solltest das doch richtig verstehen. Junge Mädchen schwärmen nun einmal gern."

„Laß mich nur weiter berichten, mein Lieber", erwiderte seine Frau lächelnd. „Ich bin gespannt, was du dann sagen wirst: So hat sie mich neulich unverhofft mitten in einem Gespräch gefragt, ob ich den Namen Leo schön finde und ob Juristen eigentlich kluge Leute seien. Nun – wie findest du das? Und den Rosenstrauß, den der junge Gontrau ihr zum Abschied verehrt hat, hebt sie noch immer auf, obwohl er inzwischen ganz verdorrt ist. Es hat neulich fast Streit mit dem Mädchen gegeben, als sie den Strauß wegwerfen wollte. Ilse hat ihn ihr entrissen und ihn wieder in die Vase auf ihrem Schreibtisch gestellt."

So leicht war der Oberamtmann nicht zu überzeugen.

„Ist das alles?" fragte er belustigt. Seinem Gesichtsausdruck nach wirkte er fast erleichtert. „Dann kann ich dir nur sagen, daß deine Beobachtungen auf keinem sehr festen Grund stehen. Das sind doch alles Kindereien! Nein, nein, meine Liebe, ich kenne mein Ilschen genau und weiß, daß unser kleiner Wildfang sich noch nicht im entferntesten für junge Männer und Verliebtheit interessiert. Seltsam – ich kann mir das Kind gar nicht verliebt vorstellen! Entschuldige, wenn ich lache, liebe Anne, aber das ist denn doch zu komisch!"

Frau Macket sah ein, daß ihr Mann sich in seiner Überzeugung nicht beirren ließ.

„Was kommen soll, kommt doch!" dachte sie gelassen. „Und wer weiß, wie bald es kommt!"

# Tanz unter Tränen

Das lang erwartete Erntefest war herangerückt. Von der Familie Gontrau war inzwischen Nachricht gekommen, daß sie am Morgen des Festes in Moosdorf eintreffen würden. Mit Genugtuung hatte Ilse zur Kenntnis genommen, daß der Landrat sich seinem feierlichen Schwur verpflichtet fühlte.

Frau Macket hatte dafür gesorgt, daß die lieben Freunde die Nacht nach dem Fest in ihrem Hause verbringen konnten, damit sie nicht zu später Stunde noch die lange Heimfahrt antreten mußten. Es war geplant, daß man sich nach einem schlichten Mittagessen zu den Festlichkeiten begab, die im Dorfe stattfanden, und daß der folgende Tag, ein Sonntag, noch dem Zusammensein im engeren Kreise auf Gut Moosdorf gewidmet sein sollte. Da sich die beiden Familien lange nicht gesehen hatten, gab es so manches, das man in Ruhe zu besprechen wünschte, und das war auf einem lauten Erntefest nun einmal nicht möglich.

Am Sonntagabend, war vereinbart worden, sollte Ilse dann mit den Gontraus fahren, um etwa zwei Wochen als lieber Gast in deren Hause zu verbringen. Frau Macket hatte schon manches Mal schmunzeln müssen, wenn Ilse die kompliziertesten Überlegungen anstellte, was sie für diese Zeit an Kleidern einpacken sollte. Noch vor einem guten Jahr hätten das Mädchen solche Sorgen noch nicht im geringsten beschäftigt.

Am Morgen des Erntefestes waren Mutter und Tochter im Gartensaal damit beschäftigt, letzte Hand an die reich geschmückte Tafel zu legen, die zum festlichen Empfang der Gäste, die außer Gontraus noch zum Mittagessen erwartet wurden, vorbereitet war.

Ilse hatte es übernommen, die Vasen mit Blumen zu füllen. Singend und von einer unerklärlichen Vorfreude erfüllt verrichtete sie ihre Arbeit. Sie fühlte sich froh und unbeschwert.

„Weißt du eigentlich, Mama", sagte sie dann plötzlich, „daß ich heute ziemlich traurig bin?"

Frau Macket blickte erstaunt auf. „Nein", sagte sie dann lächelnd, „davon habe ich wirklich noch nichts gemerkt. Warum bist du denn so traurig?"

„Weil ich keine Post von Nellie habe. Du weißt doch, daß ich sie zu unserem Erntefest eingeladen habe. Schon vor sechs Tagen habe ich den Brief abgeschickt, aber bis heute ist noch keine Antwort von ihr gekommen."

„Vielleicht hat sie keine Erlaubnis zu dieser Reise erhalten, Kind", gab Frau Macket zu bedenken. „Du hattest doch selbst deine Zweifel – weißt du das nicht mehr? Entweder hat Nellie es nicht über sich gebracht, dir von der Ablehnung Fräulein Raimars zu schreiben, oder – stell dir vor, sie würde dich heute nachmittag unangemeldet überraschen?"

„Das wäre einfach himmlisch!" rief Ilse. „Nellie und Gontraus als unsere Gäste beim Erntefest – dann wäre ich wunschlos glücklich! Aber das wird sich bestimmt nicht erfüllen: Fräulein Raimar wird nun einmal nicht gestatten, daß Nellie nur wegen eines Festes die weite Reise antritt, und wer sollte auch für das Reisegeld aufkommen? Ja, und dann muß Nellie ja bis Ostern noch so schrecklich viel lernen! Weißt du, Ostern muß sie nämlich das Internat verlassen und sich eine Stellung als Erzieherin suchen. Kannst du dir vorstellen, wie schrecklich das ist, Mama? Ein so junges Mädchen – und Erzieherin? Da muß man doch immer ernst und würdig sein, und eigentlich möchte man doch immer noch so gern lachen und alberne Scherze machen dürfen!"

Frau Macket versuchte geduldig, Ilse davon zu überzeugen, daß das alles nicht so schlimm war, wie sie es sich in ihrem Vorurteil ausmalte. Aber Ilse blieb hartnäckig bei ihrer Meinung, daß Erzieherin nur ein Beruf für alte Mädchen und ihre liebe Nellie noch viel zu jung und zu lustig dazu sei.

Während dieser Reden, die Ilses Heiterkeit durchaus nicht zu beeinträchtigen vermochten, hatte sie alle Vasen gefüllt und in hübscher Anordnung auf dem Tisch verteilt. Sie betrachtete lange und wohlgefällig ihr Werk, bis ihre Mutter sie ermahnte, auf ihr Zimmer zu gehen und sich umzukleiden.

„Unsere Gäste werden bald eintreffen", sagte sie und fügte etwas neckend hinzu: „Und Landrat Gontrau pflegt sehr pünktlich zu sein, soweit ich mich erinnere."

Diese letzte Bemerkung ließ Ilse nun doch in höchster Eile ihr Zimmer aufsuchen. Sie stand gerade vor ihrem Kleiderschrank und betrachtete beglückt das neue cremefarbene Kleid, das sie an diesem Tage tragen wollte, als es an die Tür klopfte.

Auf ihr „Herein!" streckte das Hausmädchen den Kopf ins Zimmer. „Ein Brief für Sie, Fräulein Ilschen", sagte sie.

Etwas verwundert und zugleich neugierig nahm Ilse den dicken Umschlag entgegen. Ein Blick auf die Schrift genügte ihr. Endlich Post von Nellie! Also kam sie doch nicht unerwartet, wie Ilse insgeheim noch immer gehofft hatte. Aber was hatte sie nur in dem Brief stecken? Hatte sie nach so kurzer Zeit wirklich soviel zu berichten, daß ein so dickes Bündel von Briefbogen daraus wurde?

Ilse ließ sich auf dem nächsten Stuhl nieder und öffnete den Brief. Schon bei den ersten Worten stockte sie und sah erstaunt auf. Mit jeder Zeile geriet sie in immer größere Aufregung und konnte kaum noch weiterlesen. Nur die Ungeduld, alles ganz genau zu erfahren, ließ sie bis zum Schluß des Briefes durchhalten. Kaum aber hatte sie ihn beendet, sprang sie auf und eilte in das Zimmer ihrer Mutter. Es wäre ihr unmöglich gewesen, den Inhalt des Briefes für sich zu behalten.

„Mama", rief sie atemlos, nachdem sie nur kurz angeklopft und dann in das Zimmer ihrer Mutter geplatzt war, „eine wichtige Neuigkeit! Post von Nellie! Du – ich muß dir den Brief unbedingt vorlesen! Also hör gut zu:

*‚Mein süß Ilschen!*

*Stell' dir vor – o Ilschen – ich bin ein Braut, ein sehr glückliches Braut! Du staunst? Du fragst, mit wem? Ja? O Ilse, meine liebe, beste Schatz, das ist Doktor Althoff! Wie gerne möchte ich jetzt Dein lieber Gesicht sehen, wenn Du der große Neuigkeit liest und ungläubig Dein braun Lockenkopf schüttelst. Vielleicht wirst Du mir gar nicht glauben und denken, mein spaßiger Nellie will mir bloß pfoppen! Aber nein, ich pfoppe Dir durchaus nicht, liebes Ilschen, sondern alles, was ich Dir schreibe ist wahr – unbeschreiblich schön und wahr!*

*Du bist mein beste Freundin und sollst natürlich alles wissen, und ich will Dich ganz genau berichten, wie alles kam. Oh, ich weiß – ich habe mir damit ein schwer Aufgabe gestellt, denn ich bin noch so zerwirrt von die Glück und Du weißt ja selbst am besten, was für Mühe ich habe mit die deutsche Sprach. Du mußt ein wenig Geduld mit Dein Nellie haben, wenn sie so dumm daherschreibt. Mir ist ganz peinlich, Ilschen, wenn ich denk an mein großer Dummheit, und es ist mir ein Rätsel, wie Alfred ein so unfähiger Person wie mich liebhaben kann. Doch höre nun:*

*Ich hatte gerade Dein lieber Brief bekommen, wo Du mir zum Erntefest eingeladen hast, und wollte zu Fräulein Raimar hinuntergehen, um sie für die Erlaubnis zu bitten für die Reise. Da tritt sie zu meine große Erstaunen ganz plötzlich zu mir in meine Zimmer ein. Du weißt, Ilschen, daß sie das sonst kaum tut, immer läßt sie uns zu sich in ihre Zimmer bestellen, wenn es etwas gibt. Du kannst Dir denken, wie die große Schreck mich in alle Glieder gefahren ist, weil ich dachte, was habe ich wieder falsch gemacht.*

*Aber auch sie hat eine Brief in die Hand. ‚Nellie', sagte sie zu mir, ‚ich habe hier ein Anfrage von einer wohlhabenden Familie, die wissen möchte, ob ich nicht eine junge Engländerin zu sofortige Antritt empfehlen kann. Vollkommenes Deutsch braucht sie nicht zu sprechen, nur soll sie die drei Kinder der Familie gutes Englisch beibringen. Ich denke dir vorzuschlagen, Nellie. Was meinst du dazu? Die Familie bietet guter Gehalt.'*

*Ich war wie vor die Kopf geschlagen. Damit hatte ich gar nicht gerechnet. Mich wurde ganz traurig um das Herz, und ich konnte gar nix sagen. Ich dachte nur immer an Dein liebes Brief und daß es nun bestimmt mit der Reise unmöglich sein würde Ich habe nicht mehr gewagt, Fräulein Raimar deswegen zu fragen.*

*,Große Lust scheinst du nicht zu haben?' hat Fräulein Raimar dann gefragt.*

*,Oh – gar keine Lust', hätte ich am liebsten darauf geantwortet, aber das war ja nicht möglich, wenn auch bei die Gedanke, daß ich von nun an ein Vierteldutzend fremde Kinder unterrichten soll, mir die Herz verkrampfte. Stell Dir vor, Ilschen – immer so weise und artig sein, immer mit die gute Beispiel vorangehen und niemals laut lachen dürfen – nein, das macht mir bestimmt keine Spaß. Ich hatte sogar richtig Angst.*

*,Bestimmen Sie an meiner Stelle, Fräulein Raimar', habe ich gesagt. ,Ich will gern tun, was Sie sagen. Aber werde ich auch klug sein zu so wichtige Aufgabe?'*

*,Laß das nur meine Sorge sein!' hat Fräulein Raimar in ihre berühmte strenge Ton gesagt. ,Ich würde dich nicht empfehlen, wenn ich nicht wüßte, daß du das kannst.'*

*Dann ging sie wieder aus die Zimmer und ich blieb ganz geknickt allein zurück.*

*Ich wußte nun genau, daß es mit die Reise zu Dich aus ist, denn nun hatte ich ja noch so viel in so kurze Zeit zu lernen. Und die viele Ermahnungen von alle Seiten – Ilschen, Du kannst Dir gar nicht vorstellen, wie viele!*

*Miß Lead hielt mich lange strenge Predigte und vorbereitete mir zu gewichtige Gouvernante. Fräulein Raimar redete täglich von Ernst und Gediegenheit mit mir, und nur die liebe Fräulein Güssow sah mir oft so liebevoll und traurig an, als wollte sie sagen: Armes Kind, du tust mir leid, so jung und unter ganz fremde Leute!*

*Kannst Du Dich vorstellen, wie entsetzlich traurig mich alle die Tage zumute war?*

*Am achtundzwanzigsten September sollte ich morgens elf Uhr auf die Reise gehen. Schon am ganz frühen Morgen saß ich auf meine gepackte Reisekoffer und weinte bitterlich. Ich fürchtete mir so sehr vor die Fremde, und mein Herz war schwer wie eine Mühlstein in meine Brust.*

*Ich gedachte schließlich, noch einmal in die schöne Garten hinunterzugehen und mir unter unsere alte liebe Linde zu setzen, wo wir beide, Ilschen, so manches liebe Mal miteinander geplaudert – weißt Du noch? Da saß ich dann ganz verlassen und elend in die kühle herbstliche Schatten und weinte leise vor mich hin.*

*Aber – o Schreck! – ganz plötzlich sehe ich aus die Haus den Doktor Althoff heraustreten, und wie er näherkommt, höre ich ihn leise meine Namen rufen. Ich habe ganz rasch mein Tränen abgetrocknet und bin von die Bank aufgesprungen. Ich schämte mir so! Was konnte Doktor Althoff – mein lieber Doktor Althoff – noch so kurz vor meine Abreise von mir wollen?*

*Aber da war er schon bei mir in die einsame Garten. Er trat ganz dicht neben mir und zog mich das Taschentuch von die Gesicht leise fort.*

*Mit ernste Augen sah er mir an und sagte dann mit seine schöne, warme Stimme: ‚Warum weinen Sie so sehr, Miß Nellie? Tut es Ihnen so weh, aus dem Internat zu scheiden? Möchten Sie lieber hierbleiben?‘*

*Ich hatte so Angst, daß ich gleich wieder weinen müßte, daß ich gar nix darauf sagen konnte.*

*‚Schauen Sie mich bitte an, Miß Nellie‘, sagte er dann. ‚Ich möchte gern Ihre Augen sehen bei das, was ich Sie fragen will.‘ So ungefähr sagte er.*

*Ich habe versucht, ihn anzuschauen, aber ich habe es nicht lange ausgehalten. Ich bin ganz schüchtern geworden, weil er mir mit ein so sonderliche Blick wie noch nie angesehen hat. Ich hab gemerkt, wie es mich ganz heiß über mein Gesicht gelaufen ist.*

*Da hat er mein Hand genommen und sie festgehalten. Und auf einmal – ich weiß gar nicht mehr, wie es kam – nahm er mich in seine Arme und fragte: ‚Haben Sie mich lieb, Nellie?‘*

*Stell Dich vor – das hat er wirklich und wahrhaftig genauso gefragt!*

*Ilschen – kannst Du Dich denken, was ich empfand bei diese unverhoffte Frage? Ich hab' gedacht, der Himmel ist offen geworden und hat sein ganze Seligkeit ausgeschüttet über meine unwürdige Haupt. Seit diese Augenblick hör' ich immerzu diese Frage von meine Alfred in meine Ohr, und manchmal denk' ich, es ist ja doch alles gar nicht wahr. Doch höre nun weiter! Du bist mein beste Freundin und sollst alles wissen.*

*‚Hast du mich lieb?‘ hat Alfred noch einmal gefragt, weil ich vor lauter Glück nicht gleich geantwortet habe. ‚Willst du mein klein Frau sein?‘ hat er dann noch gefragt.*

*‚O ja – herzlich gern!‘ sagte ich, und nun weiß ich nicht, ob es sehr schicklich war von mich, so schnell und ohne viel Überlegen meine Jawort zu geben. Aber ich konnte einfach nicht anders, vielleicht hast Du es geahnt – ich liebte meine Alfred ja schon so lange ganz still in mein tiefster Herz.*

*Ja – und daß ich nicht vergesse: Dann haben wir uns geküßt unter der Linde! Es war ganz wunderbar und aufregend, und meiner Seligkeit kennt keine Grenzen.*

*Damit waren wir verlobt, und wir sind dann gleich zu*

*Fräulein Raimar gegangen, und Alfred stellte mir als seine Braut vor.*

*O Ilschen – Du hättest alle die erstaunte Gesichter sehen sollen! Es war so spaßig, daß ich am liebsten laut gelacht hätte vor lauter Glück und Vergnügen! Am besten hat noch Fräulein Raimar ihre Fassung bewahrt, Du weißt ja, sie versteht immer ihr Gesicht so in dieselbe Falte zu legen, daß man nicht weiß, ob es Freude oder Trauer ist. Aber als wir es ihr sagten, muß sie wohl Freude gehabt haben, denn sie nahm mir in den Arm und küßte mir, und zu Alfred sagte sie: ‚Wie ist das denn so schnell gekommen, Herr Doktor? Ich bin sehr überrascht, denn ich habe nie etwas von Ihrer Neigung gemerkt. Auf jeden Fall meinen herzlichen Glückwunsch!'*

*‚Ich bin mir selbst erst darüber klar geworden, als feststand, daß ich Nellie verlieren sollte', hat meine Alfred sehr fein geantwortet. Später hat er mir dann verraten, daß er mir schon sehr lange von Herzen gern gehabt hat, nur hat er nix sagen wollen, weil er fand, daß ich noch so jung bin.*

*Alfred hat dann Fräulein Raimar gebeten, die Gouvernante bei die drei Kinder für mir abzubestellen und mir unter ihre mütterliche Schutz zu behalten, bis wir heiraten. Fräulein Raimar hat es ihm versprochen, und so durfte ich wieder nach oben in unsere Zimmer gehen und meine Siebensachen alle wieder auspacken.*

*Miß Lead hat mir auch beglückwünscht, aber sie hatte dabei so kalter Augen wie eine Frosch. Ich glaube, sie hat viel Neid und gönnt so große Glück nicht einmal eine Landsmännin. Aber das macht mir natürlich nix aus.*

*Fräulein Güssow hat sich furchtbar mit mir gefreut. Mit ihr kann ich reden wie mit eine Schwester, und ich bitte jetzt jeder Tag den lieben Gott, daß er sie von ihre schwere Beruf ablösen soll. Sie ist viel zu gut für eine strenge Lehrerin.*

*Unsere Freundinnen waren alle reizend nett zu mir, das heißt, Melanie und Grete waren gar nicht da, weil sie eilig nach Frankfurt zu ihre kranke Mutter gefahren sind. Sie wissen noch gar nichts. Orla hat mich vor lauter Freude über die Verlobung ein kostbar Armband zum Andenken geschenkt. Unsere Lachtaube konnte vor lauter Lachen kaum eine vernünftige Wort zu mir sagen, und unser Rosi hat wie immer ganz ‚artige' Worte gesagt – irgendetwas von ‚verehrtem Brautpaar' oder so.*

*Unsere Flora hat ein wenig ein lange Gesicht gemacht und meine Alfred mit eine schwärmerische Blick bedacht, aber dann hat sie uns beide stumm die Hände geschüttelt und geseufzt. Gestern hat sie mir ein lange Gedicht geschenkt – ‚Elegie an eine Braut' steht darüber. Ein schöne Gedicht, Alfred hat sehr gelacht, als er es gelesen hat.*

*Heute morgen ist meine Alfred abgereist zu sein Mutter, und wir haben eine schwere Abschied von einander genommen. Wir fühlten uns gegenseitig ein wenig schwanken, doch ließen wir die Köpfe nicht fallen. Ich habe tapfer die Tränen heruntergeschluckt, weil Fräulein Raimar in der Nähe war und mir auf keinen Fall schwächlich sehen sollte. Alfred kommt ja auch bald wieder, er ist nur für acht Tage fort.*

*Nun will ich Schluß machen, lieb Ilschen! Was habe ich Dir nur für ein langer Brief geschrieben! Bitte, bitte, antworte mir nur gleich! Ich freu mir schon jetzt furchtbar auf Dein Brief, weil ich so schrecklich gespannt bin, was Du zu die große Neuigkeit sagen wirst.*

*Neujahr werden wir getraut. Du kommst doch zu mein Hochzeit? Stell Dir vor, nun werde ich vielleicht die erste sein, die unseren Schwur unter die Linde wahr machen muß und alle zur Hochzeit einladen. Wer hätte das gedacht? Ich bin ganz wirr in meine Kopf vor lauter Glück.*

*Laß Dich tausendmal küssen, mein Herzens-Ilschen, und*

*grüße Deiner lieber Eltern und die süße Baby vielmals von*

*Dein*

*seligster Nellie.*"

„Nellie Doktor Althoffs Braut – es ist nicht zu fassen!" rief Ilse überglücklich und noch immer fassungslos. „Nun wird sie doch keine Erzieherin, Mama!"

„Nein", sagte Frau Macket lächelnd. „Nun hat sie endlich wieder eine Heimat gefunden und einen Menschen, der zu ihr gehört."

Sie hatte, während Ilse den Brief vorlas, an manchen Stellen über Nellies drollige Ausdrucksweise schmunzeln, hier und dort aber auch verstohlen eine Träne der Rührung wegwischen müssen. Welch ein Glück hatte Ilse gehabt, eine so liebenswerte Freundin im Internat zu finden!

„Man kann diesem Mädchen das Glück nur gönnen, das sie gefunden hat", fuhr Frau Macket fort. „Nach diesem Brief kann ich mir die liebe, lustige Nellie fast persönlich vorstellen."

Ilse geriet sogleich wieder ins Schwärmen über die geliebte Freundin, und ihre Mutter wußte, daß sie damit erfahrungsgemäß nicht so schnell wieder aufhören würde. So half denn schließlich nur eine erneute Mahnung mit dem Hinweis auf die jederzeit zu erwartende Ankunft der Familie Gontrau, um Ilse endlich zum Ankleiden auf ihr Zimmer verschwinden zu lassen.

„Ja, ja, Mama – ich gehe ja sofort! Ich werde mich auch ganz bestimmt furchtbar beeilen!"

Sie war schon zur Tür hinaus, kam dann aber noch einmal zurückgeeilt und wollte von der Mutter wissen, warum Doktor Althoff sich wohl gerade in Nellie verliebt habe und warum bis dahin kein Mensch auch nur das geringste geahnt habe, ja, wenn man es richtig betrachtete, nicht einmal Nellie selbst. Die Antwort ihrer Mutter wartete sie jedoch gar nicht ab, sondern war schon wieder auf der Treppe, nahm immer zwei Stufen auf einmal und verschwand schließlich in ihrem Zimmer.

„Nellie ist Braut!" Ihre Gedanken beschäftigten sich nur mit diesem hochinteressanten Thema, und im Geiste erlebte sie mit der Freundin jeden der wichtigen Augenblicke, die es für diese in den vergangenen Tagen gegeben haben mußte. Sie verlor sich so sehr in diese beglückende Traumwelt, daß sie alles verkehrt machte und es gar nicht merkte. So war sie statt in das cremefarbene Batistkleid in ihren Morgenrock geschlüpft und stellte den Irrtum erst fest, als sie den schmalen Gürtel anlegen wollte. Eilig vertauschte sie den Morgenrock mit dem festlichen Kleid, hatte es aber noch gar nicht richtig zugeknöpft, als sie schon wieder das Verlangen verspürte, noch einmal Nellies Brief an bestimmten Stellen nachzulesen. Dort, wo es hieß: „Haben Sie mich lieb? Willst du mein klein Frau sein?" – das gefiel ihr einfach zu gut, das mußte sie unbedingt noch einmal lesen.

Erst als ihre Mutter an die Tür klopfte und nach ihr rief, fuhr Ilse aus ihrer Versunkenheit auf und fand sich in die Wirklichkeit zurück.

„Bist du immer noch nicht fertig?" tadelte die Mutter, als sie zu ihr hineinschaute. „Aber Ilse, was hast du denn nur die ganze Zeit gemacht? Wurdest du mit dem Kleid allein nicht fertig? Dann hättest du dir doch von Sophie helfen lassen können? Nun aber schnell – komm, ich helfe dir! Jetzt ist jeder Augenblick kostbar – unsere Gäste müssen gleich vorfahren."

Die geschickten Hände der Mutter schlossen Knöpfe und Haken, und wenig später stand Ilse fertig da. Frau Macket betrachtete ihr Töchterchen mit wohlgefälligen Blicken. So hübsch wie an diesem Morgen war ihr Ilse noch nie erschienen. Lag das an dem neuen Kleid, oder hatten die Augen des Mädchens heute einen besonderen Glanz? Frau Macket lächelte nachdenklich.

Wenig später kam tatsächlich der Wagen der Gontraus vorgefahren. Ilse und ihre Mutter waren vor das Haus getreten, und der Landrat, der zuerst ausstieg, nahm das junge Mädchen ungeniert in den Arm und gab ihr einen Kuß auf die Wange. Ilse beobachtete, wie Leo ihrer Mutter einen Handkuß gab. Jetzt sah sie, wie man sich in einem solchen Fall richtig benahm – Mama zog die Hand nicht weg, also tat sie es auch nicht, als sie an die Reihe kam.

Ilses Eltern führten das Ehepaar Gontrau in die bereitstehenden Gastzimmer. Leo war nicht mitgegangen, sondern etwas zögernd auf der Veranda stehengeblieben. Er näherte sich Ilse, die an einem Pfeiler stand und sehr eifrig und völlig sinnlos an einer Weinranke herumzupfte.

Leo konnte den Blick nicht von dem Mädchen wenden, das ihm in den wenigen Wochen, seit er sie zum letzten Mal gesehen hatte, noch größer und reizender geworden zu sein schien. Wie sie da so nachdenklich an dem Pfeiler lehnte, bot sie aber auch wirklich einen entzückenden Anblick.

„Sie kommen mir heute so still und ernst vor", sagte Leo, indem er zu ihr trat. „Wo ist Ihr fröhlicher Übermut geblieben, der uns in Lindenhof so vergnügte Stunden beschert hat? Drückt Sie vielleicht irgendein Kummer?"

„Kummer? O nein!" sagte Ilse und blickte auf. In ihren Augen entdeckte Leo die alte, spitzbübische Fröhlichkeit wieder. „Ganz im Gegenteil", fuhr sie fort, „ich habe heute eine überwältigend große Freude gehabt."

Als Leo sie etwas verständnislos ansah, berichtete sie dem jungen Assessor von Nellies Verlobung.

Er sagte nicht viel dazu, und Ilse wunderte sich etwas. Er hatte ihr zwar sehr aufmerksam zugehört, doch jetzt schienen seine Gedanken völlig abwesend zu sein.

„Ist Ihre Freundin sehr glücklich?" fragte er schließlich ziemlich zerstreut.

„Glücklich?" fragte Ilse erstaunt zurück. „Überglücklich ist sie.

Sie müßten nur einmal ihren Brief lesen, dann würden Sie nicht mehr fragen."

„Lesen Sie ihn mir doch vor!" bat Leo spontan. „Nutzen wir diesen ruhigen Moment, in dem wir noch allein sind. Jetzt hört niemand zu."

Ilse schrak zurück. Konnte sie diesem jungen Mann, den sie doch kaum kannte, Nellies geheimste Regungen und Gefühle offenbaren? Ob es Nellie überhaupt recht wäre?

„Das geht nicht", erwiderte sie etwas gehemmt. „Ich glaube, das möchte ich lieber nicht."

Sie fragte sich insgeheim, ob es wirklich nur der Gedanke an eine zu große Vertrauensseligkeit war, der sie Leos Bitte ablehnen ließ, oder vielleicht auch die Furcht, mit ihm allein zu sein? Unsicher sah sie ihn an.

„Und wenn ich Sie nun sehr darum bitte?" fragte Leo.

Seine dringende Bitte holte sie auf dem Wege zur Tür ein, da sie bereits so etwas wie eine Flucht angetreten hatte. Sie blieb stehen und sah ihn an.

„Ich kann jetzt nicht", sagte sie. „Ich muß noch meiner Mutter helfen", fügte sie höchst verwirrt hinzu. „Vielleicht später."

Hastig verließ sie die Veranda, durchquerte den Speisesaal und betrat das dahinterliegende kleine Zimmer, das ihre Mutter gern aufsuchte, wenn sie in Ruhe Handarbeiten machen oder Briefe schreiben wollte.

Der junge Gontrau sah der schlanken Mädchengestalt nach, bis auch der letzte Schimmer ihres hellen Kleides verschwunden war. Sein Gesicht spiegelte die verschiedensten Gefühle, die ihn beherrschten: Entzücken, Hoffnung und Zweifel. Er seufzte und wandte sich dann seinem Vater und Herrn Macket zu, die eben wieder die Veranda betraten und über die erzielten Ernteerträge sprachen.

*

Ilse erschrak, als sie in das kleine Zimmer ihrer Mutter trat: Unerwartet saß dort Onkel Kurt, der sich in diese kleine Oase der Ruhe zurückgezogen hatte, um fürs erste dem Ansturm der ihm unbekannten Gäste zu entgehen.

Als Ilse mit hochroten Wangen und atemlos hereingestürmt kam, blickte der Onkel lächelnd auf.

„Man hat mir erzählt, daß du früher ‚Trotzkopf' geheißen hättest", bemerkte er. „So hitzig, wie du jetzt ausschaust, könnte ich es mir gut vorstellen." Er legte sein Buch weg. „Was hat dich denn so außer Atem gebracht?"

„Oh, nichts weiter!" beteuerte Ilse. „Mir ist nur so schrecklich heiß, und mein Herz klopft zum Zerspringen!"

Onkel Kurt wollte nach dem Grund ihrer Erregung fragen, aber Ilse ließ ihn überhaupt nicht zu Worte kommen.

„Du – ich muß dir ja noch eine furchtbar interessante Neuigkeit mitteilen", sagte sie eifrig. „Nellie – du weißt doch, meine liebste Freundin, hat sich verlobt."

Wer Nellie war, wußte der Onkel freilich längst; während der vielen Malstunden, die er seiner Nichte inzwischen gegeben hatte, hatte Ilse immer wieder von Nellie berichtet. Nur wie die geliebte Freundin aussah, wußte er noch nicht.

Aber da kam Ilse ein Einfall. Jetzt endlich konnte sie ihm Nellie zeigen!

„Onkel Kurt, gestern ist das Album angekommen, das jede scheidende Schülerin zur Erinnerung vom Internat bekommt", sagte sie. „Da sind Fotos von allen meinen Freundinnen und sämtlichen Lehrkräften drin. Ich laufe rasch hinauf auf mein Zimmer und hole das Album, dann kann ich dir Nellie und Herrn Dr. Althoff zeigen."

Wie der Wind war sie auf und davon und wenig später mit dem Album wieder da.

„Hier ist Nellie", sagte sie atemlos und reichte ihm das

aufgeklappte Album herüber. „Sag einmal selbst – ist sie nicht ein reizendes Mädchen?"

„Reizend?" fragte Onkel Kurt gedehnt. „Nun ja . . . sie ist recht anmutig. Der Mund ist hübsch, aber Augen und Nase . . ."

„Ach, Onkel Kurt, du bist einfach zu kritisch", unterbrach Ilse ihn und betrachtete selbst noch einmal Nellies Foto. „Sie ist reizend, meine Nellie, das kannst du mir ruhig glauben. Aber dieses Bild ist auch sehr schlecht – in Wirklichkeit ist sie viel hübscher."

Sie blätterte weiter und zeigte ihm dann voller Stolz Herrn Dr. Althoff.

„Werden die beiden nicht ein schönes Paar abgeben?" fragte sie glücklich.

Onkel Kurt nickte nur etwas abwesend. Diese Liebesgeschichte konnte ihn ja wirklich nur am Rande interessieren, da er die Beteiligten nicht kannte. Etwas lustlos und fast mechanisch blätterte er weiter in dem Album herum. Ilse achtete nicht weiter auf ihn, sonst hätte sie bemerkt, wie er plötzlich im Blättern innehielt, starr auf ein Bild sah und heftig den Atem einzog.

„Wie heißt diese Dame hier?" fragte er dann mit mühsamer Beherrschung.

„Oh – das ist unsere liebste Lehrerin, Fräulein Güssow", antwortete Ilse. „Alle haben sie gern gehabt und für sie geschwärmt. Du kennst sie doch nicht etwa?" fragte Ilse dann, weil ihr auffiel, wie interessiert er das Bild betrachtete.

„Ich kenne sie sicher nicht", erwiderte Onkel Kurt. „Aber mir ist, als sei mir schon einmal ein Mädchen begegnet, das ihr ähnlich sah. Nur muß das schon sehr lange her sein. Wie alt ist denn deine Lehrerin?"

„Oh – nicht mehr so jung", sagte Ilse. „Ich schätze sie auf siebenundzwanzig Jahre."

Der Onkel schmunzelte. „Ja, dann ist sie freilich schon ein altes

Mädchen", bestätigte er, und obwohl seine Worte scherzend klangen, hing sein Auge immer noch ernst und fast wehmütig an dem Bild der Lehrerin.

Wäre Ilse nicht noch so jung und unbefangen gewesen, hätte sie außerdem nicht völlig andere Gedanken und Probleme im Sinn gehabt, hätte sie sich eigentlich wundern müssen, daß das Bild einer Fremden den Onkel so lange und intensiv beschäftigte.

„Findest du sie hübsch?" fragte sie nur.

Der Onkel antwortete nicht auf ihre Frage. Vielleicht hatte er sie gar nicht gehört.

„Wie heißt deine Lehrerin?" fragte er statt dessen. „Du sagtest Güssow, wenn ich nicht irre? Und wie ist ihr Vorname?"

„Charlotte", erwiderte Ilse etwas erstaunt.

„Lotte", nickte Onkel Kurt. „Ein schöner Name."

Er klappte das Album zu und nahm wieder sein Buch zur Hand. Daß Ilse neben ihm stand, schien er ganz vergessen zu haben.

Ilse wußte inzwischen, daß er nicht nur Künstler, sondern in vielerlei Hinsicht auch ein Sonderling war. Deshalb wunderte sie sich nicht weiter über sein eigenartiges Betragen.

„Komm doch mit hinaus auf die Veranda, Onkel Kurt", sagte sie, weil sie gern jemand bei sich haben wollte, um Leo nicht wieder allein begegnen zu müssen. „Gontraus sind nämlich schon da."

Sie spürte, wie sie bei diesen Worten errötete, hoffte aber, der Onkel würde es nicht merken.

Er merkte es nicht; ohne von seinem Buch aufzublicken, erwiderte er zerstreut: „Ja, geh nur schon voraus; ich komme gleich, sobald ich dieses Kapitel zu Ende gelesen habe."

*

Als Ilse das kleine Zimmer verließ, hörte sie fremde Stimmen; es mußten also noch weitere Gäste eingetroffen sein. Rasch fuhr sie sich mit der Hand noch einmal über das Haar und trat dann lächelnd hinaus in die Diele, wo ihre Eltern eben das Ehepaar Schäffer willkommen hießen. Im gleichen Augenblick fuhr draußen schon wieder ein Wagen vor, und die rundliche Frau Schäffer wandte sich neugierig um.

„Oh, was sehe ich – Sie haben ja Kommerzienrats auch zu Ihrem Erntefest eingeladen!“ bemerkte sie fast etwas maliziös. „Wie ich mich freue, sie wieder einmal zu sehen.“

Frau Macket lächelte nachsichtig. Sie wußte, daß zwischen Frau Schäffer und Frau Kommerzienrat Wernfels schon immer ein heimlicher Wettbewerb um die eleganteste Garderobe bestand. Für so nebensächliche Sorgen hatte sie selbst, die auch im einfachsten Kleid eine gute Figur machte, nur lächelnde Verwunderung übrig.

Da rauschte Frau Kommerzienrat auch schon im zartlila Seidenkleid herein. Mit einem großen Aufwand an liebenswürdigen Redensarten begrüßte sie die bereits Anwesenden.

Ilse, die sich abwartend im Hintergrund gehalten hatte, wurde jetzt von ihrer Mutter herangewinkt und dem Ehepaar Wernfels und deren Tochter Agnes vorgestellt.

„Nein – ist Ihre Ilse aber ein großes Mädchen geworden“, hörte sie mit halbem Ohr die Frau Kommerzienrat Wernfels sagen. Ihre Aufmerksamkeit war inzwischen längst auf Agnes gerichtet – ein junges Mädchen, das vielleicht zwei Jahre älter sein mochte als sie, das aber mit einer Sicherheit und Eleganz auftrat, die einer Dame von Welt würdig gewesen wären. So hatte Agnes auch jetzt nur ein etwas gelangweiltes Lächeln um die Mundwinkel, während ihre Mutter weitersprach: „Ja, wissen Sie, wir hatten unsere Agnes ja auch zwei Jahre im Internat und haben sehr gestaunt, wie vorteilhaft sie sich dort entwickelt hat. Sie war natürlich in einem

Schweizer Internat, versteht sich. Die deutschen Internate taugen ja zum größten Teil nichts – Sie müssen mit dem Ihren ausgesprochenes Glück gehabt haben. Aber dieses gräßlich langweilige Unterrichtsprogramm, das man in Deutschland hat – nein, die feinere Lebensart und die Fähigkeiten, die eine Dame besitzen muß, die erwirbt man sich heutzutage am besten in der Schweiz!" behauptete die Frau Kommerzienrat und sah sich herausfordernd unter ihren Zuhörern um, als wollte sie feststellen, wer es wagen würde, ihr zu widersprechen.

Als niemand sich zu ihren Bemerkungen äußerte, fuhr sie fort: „Meine Agnes macht seitdem überall den vorteilhaftesten Eindruck und ist bei den jungen Herren überaus begehrt. Beim letzten Garnisonsball hat sie sich ihrer vielen Tänzer kaum erwehren können – sie war der strahlende Mittelpunkt!"

„Mama, bitte!" warf Agnes scheinbar peinlich berührt ein, aber Ilse hatte den Eindruck, daß sie es insgeheim recht gern hörte, was ihre Mutter da von ihr erzählte.

Frau Macket benutzte die kurze Pause, die Frau Kommerzienrat in ihren Redefluß einlegte, und bat ihre Gäste, doch zu einer kleinen Erfrischung vor dem Mittagessen auf die Veranda herauszukommen. Ilse, die den Gästen folgte, hatte dabei Gelegenheit, die sagenhafte Agnes näher zu mustern.

Lange schwarze Locken hingen dem Mädchen bis weit auf den Rücken herunter, und ein Paar dunkle Augen blitzten unternehmungslustig und eigentlich gar nicht so sehr damenhaft aus dem schmalen Gesicht. Die schlanke Gestalt war in ein zartrotes Spitzenkleid gehüllt, das Hals und Schultern freiließ und ihr außerordentlich gut stand. Gekonnt ausgesuchter Schmuck unterstrich noch die Reize dieser jungen Schönheit, die sich des bezaubernden Eindrucks auch durchaus bewußt zu sein schien.

Als die Neuankömmlinge die Veranda betraten, war Landrat Gontrau erfreut aufgesprungen.

„Ja – wen sehe ich denn da!" rief er, und mit großem Vergnügen begrüßten sich die Familien, die wohl alle nicht weit voneinander in der gleichen Gegend lebten, sich aber doch recht selten zu geselligen Anlässen sahen.

In bester Laune saß man plaudernd beieinander. Sophie, das Hausmädchen, das an diesem Tage sein bestes schwarzes Kleid mit Spitzenschürzchen und dazu passendem Häubchen trug, schenkte Sekt in die schlanken, kostbaren Gläser.

„Ich glaube, wir haben allen Grund, heute ein fröhliches Erntefest mit den Dorfbewohnern zu feiern", sagte Herr Macket. „Soweit ich hörte, dürfen wir alle mit den Ernteergebnissen dieses Jahres recht zufrieden sein."

„Das kann man wohl sagen", bekräftigte der Landrat behäbig und hob sein Glas. „Dann wollen wir uns auch den heutigen Tag durch nichts verderben lassen. Ich freue mich übrigens schon darauf, mit Ihrem Verwalter ein wenig zu fachsimpeln, lieber Macket. Ein tüchtiger junger Mann, dieser Brüggemann."

Ilse fühlte sich verlegen wie schon seit langem nicht mehr. Sie hatte zusehen müssen, wie Leo sich scheinbar tief beeindruckt über die Hand von Agnes gebeugt und einen, wie ihr schien, sehr gefühlvollen Kuß darauf gedrückt hatte. Sie ärgerte sich insgeheim, daß sie das überhaupt zur Kenntnis genommen hatte und daß es sie immer noch beschäftigte. Warum sollte Leo von diesem schönen Mädchen schließlich nicht beeindruckt sein?

Ein weiteres Ehepaar mit zwei halb erwachsenen Töchtern wurde noch erwartet. Die Familie Hirt war erst vor wenigen Monaten in diese Gegend gezogen, nachdem sie ein zum Verkauf stehendes Gut in der Nähe erworben hatte; mit dem Ehepaar Macket hatte man rasch Freundschaft geschlossen – nicht zuletzt wegen der gleichen Interessen, soweit es die Probleme mit den heranwachsenden Töchtern betraf. Ilse war sehr gespannt auf die dreizehnjährige Inga und die fünfzehnjährige Amelie

Wenig später kamen zwei hübsch frisierte, in weißen Batistkleidern herausgeputzte junge Mädchen hinter ihren Eltern die Freitreppe herauf, und schon während sie zur Begrüßung der bereits anwesenden Gäste artig knicksten, begriff Ilse, daß diese zwei sicher noch niemals gewagt hatten, auf Apfelbäume zu klettern oder auf ungesattelten Pferden über die Felder zu reiten. Sie antworteten so anständig und leise, wenn sie etwas gefragt wurden, daß Ilse sich lebhaft an die brave Rosi im Internat erinnert fühlte. Und doch – hatte nicht auch Rosi es fertiggebracht, aus ihrer Haut zu schlüpfen – an jenem Sylvesterabend, als sie so überzeugend die Dame von Welt dargestellt hatte? Wer hätte also mit Bestimmtheit sagen können, was in so jungen Geschöpfen noch ungeweckt an Anlagen und Begabungen schlummerte?

Man ging zu Tisch. Ilse saß neben Onkel Kurt und sah sich genau Leo und Agnes gegenüber. Sie wich bewußt den fragenden Blicken aus, die Leo hin und wieder über den Tisch hinweg auf sie richtete, und unterhielt sich scheinbar angeregt mit ihrem Onkel, wenn sie auch fast die ganze Unterhaltung allein bestreiten mußte, weil der Maler an diesem Tage ungewöhnlich einsilbig und zerstreut war. Was mochte ihn nur so intensiv beschäftigen?

Agnes schien es zu gefallen, daß man ihr einen so klugen und hübschen jungen Mann als Tischnachbarn zugeteilt hatte. Sie bemühte sich, eine möglichst geistvolle Unterhaltung mit ihm zu führen, weil sie ihm gern mit ihrem Wissen imponieren wollte. Daß er von ihrer Schönheit gefangen war, nahm sie als selbstverständlich an.

Sooft Agnes auflachte und ihre perlweißen Zähne zeigte, ging es Ilse, die die beiden verstohlen beobachtete, wie ein Stich durch das Herz. Fast wurde sie ärgerlich über sich selbst: Warum war es ihr so wichtig, mit wem Leo lachte und sich amüsierte? War er schließlich nicht nur eine zufällige Bekanntschaft für sie? Aber je länger die Mahlzeit sich hinzog und Ilse unfreiwillige Beobachterin der beiden sein mußte, um so stärker regte sich wieder die alte leidenschaftliche Heftigkeit in ihr; aus einem ihr selbst unerklärlichen Drang heraus hätte sie am liebsten mit dem Salzfäßchen nach Agnes geworfen, als diese sich wieder einmal vertraulich zu Leo herüberbeugte und im Eifer des Gesprächs nach seiner Hand griff, was er sich allem Anschein nach sogar recht gern gefallen ließ.

„Waren gnädiges Fräulein in diesem Sommer an der See?" hörte Ilse ihn in dem Augenblick fragen, als ihre Mutter die Tafel aufhob und alle aufstanden. Agnes' Antwort entging ihr im allgemeinen Stimmengewirr. Sie sah nur, mit welcher Selbstverständlichkeit Agnes ihre Hand unter Leos Arm schob, damit er sie auf die Veranda hinausführe.

Es war beschlossen worden, eine kurze Ruhepause nach dem verspäteten Mittagessen einzulegen und dann mit den Wagen hinüber ins Dorf zu fahren, wo auf dem Dorfplatz zum Erntefest allerlei Jahrmarktstände zur Belustigung der Bevölkerung aufgebaut waren. Am späteren Nachmittag fand dann im Saal des größten Gasthauses der Erntetanz statt.

„Setzen Sie sich doch zu uns, Fräulein Ilse", bat Leo, der bereits neben Agnes in einem der bequemen Sessel auf der Veranda Platz genommen hatte; aber Ilse lehnte ab.

„Ich muß die Mädchen beim Abräumen der Tafel beaufsichtigen", sagte sie. „Ich habe es Mama versprochen, mich darum zu kümmern."

Sie wäre nicht mehr imstande gewesen, jetzt noch so heiter und ungezwungen mit Leo zu plaudern wie zuvor, und Agnes' Anwesenheit flößte ihr noch zusätzliche Hemmungen ein.

Leo sah ihr bedauernd nach, als sie hastig die Veranda verließ und im Inneren des Hauses verschwand, aber bald darauf hatte Agnes ihn wieder in ein Gespräch verwickelt und nahm seine Aufmerksamkeit ganz für sich in Anspruch.

Ilse war zwar kurz im Gartensaal gewesen wo der Tisch

abgedeckt wurde, hatte aber bald gemerkt, daß die Mädchen sehr wohl ohne sie zurechtkamen. Sie nutzte darum die Gelegenheit, um rasch auf ihr Zimmer zu laufen. Vor dem Spiegel sah sie sich lange Zeit prüfend an.

Nein, mit der schönen Agnes konnte sie sich nicht messen, das sah sie sofort. Was sie aus dem Spiegel anblickte, war das Gesicht eines jungen, schelmischen Mädchens, das von natürlich gekräuselten, braunen Locken umrahmt wurde und in dem die schimmernden braunen Augen im Moment gar nicht so fröhlich dreinschauten wie sonst. Sie fand sich selbst langweilig und kein bißchen aufregend. War es da ein Wunder, daß Leo sich sofort mit solcher Begeisterung der viel interessanteren Agnes gewidmet hatte?

Ilse seufzte und wandte sich vom Spiegel ab. Sie mußte wieder hinunter zu den Gästen – eine allzu lange Abwesenheit würde sicher auffallen.

Auf der Treppe begegnete sie ihrem Vater, der in bester Laune zu sein schien.

„Bist du fertig, Ilschen?“ fragte er scherzend. „Wir wollen in ein paar Minuten ins Dorf hinüberfahren!“

Das Baby wurde der Obhut der beiden Hausmädchen überlassen, und in fröhlichster Laune machte sich die kleine Gesellschaft zu dem im Dorfe stattfindenden Erntefest auf.

„Vergessen Sie Ihr Lorgnon nicht, meine Liebe!“ ermahnte Frau Schäffer etwas spitz die Frau Kommerzienrat, um sie wieder etwas boshaft an ihre Kurzsichtigkeit zu erinnern.

Frau Kommerzienrat Wernfels lächelte nur etwas verkniffen, und Frau Macket, die das kleine Intermezzo schmunzelnd miterlebt hatte, durfte überzeugt sein, daß dieser kleine Seitenhieb im Laufe des Tages seine Vergeltung finden würde.

Aufgeregt schwatzend und kichernd liefen die beiden Schwestern Hirt die Treppe hinunter und auf den Wagen zu, der sie zu dem Fest bringen sollte. Sie hatten bis dahin in der Großstadt gewohnt und waren an ländliche Vergnügungen noch nicht gewöhnt. Zudem war es der erste Ball, an dem sie teilnehmen durften. Als Ilse an ihnen vorbeiging, hörte sie die Kleinere der beiden flüstern: „Ob uns wohl auch Herren auffordern werden?“ Ilse mußte verstohlen lächeln, als ihr die Tanzstunden im Internat und die linkischen jungen Herren einfielen, die damals auch so große Aufregung und Erwartung unter den Mädchen geweckt hatten.

Die vier eleganten Wagen, die von Gut Moosdorf her im Dorfe einrollten, erregten unter der dort versammelten Menge beträchtliches Aufsehen. Besonders die Gäste, die die Herrschaften mitbrachten, wurden ausgiebig bestaunt und begutachtet. Viele der Dorfbewohner hatten auch Ilse nach ihrer Rückkehr aus dem Internat noch nicht zu sehen bekommen und wunderten sich jetzt sehr, was für eine reizende junge Dame aus ihrem Fräulein Ilschen, dem kleinen, tolldreisten Wildfang von einst, inzwischen geworden war.

Der Bürgermeister des Ortes hieß den Gutsherrn und seine Gäste ehrerbietig willkommen und führte sie zu einem weiß gedeckten Ehrentisch. Man hatte wegen der milden, sonnigen Witterung die Tische für die Erntefest-Besucher im Freien aufgestellt, und ringsum taten sich die Leute bereits gütlich an deftiger Kost und kräftigem Bier, die von der nahen Gastwirtschaft von unermüdlichen Kellnern herangeschleppt wurden.

Die auf dem Gut Moosdorf beschäftigten Hilfskräfte hatten sich unter Führung des Verwalters Brüggemann an einem benachbarten Tisch versammelt und brachten nun auf ihren Gutsherrn, der wegen seiner Leutseligkeit überall große Verehrung genoß, ein vergnügtes Hoch aus. Johann war es wieder einmal, der mit einer selbstverfaßten, allerdings etwas schüchtern und stockend vorgetragenen Rede die allgemeine Freude über die glücklich eingebrachte Ernte zum Ausdruck brachte.

Herr Macket nickte lächelnd zu seinen umständlichen Reden und verkündete, als Johann geendet hatte, daß der Wirt des Gasthauses „Zum Weißen Schwan“ sogleich ein Faß Bier herüberbringen und anstechen würde, um es zum heutigen Fest an die Leute des Gutshofes auszuschenken. Diese Ankündigung wurde vom benachbarten Tisch mit lautem Jubel quittiert.

Während sich das Ehepaar Macket und seine Gäste mit dem Bürgermeister des Dorfes und einigen Bauern angeregt unterhielten, wurde es Leo offenbar zu langweilig. Er winkte die vier Mädchen zu sich und schlug ihnen vor, einen Bummel über den Jahrmarkt zu unternehmen. Agnes zog einen kleinen Schmollmund; sie fühlte sich wohl schon zu erwachsen für derlei kindliche Vergnügungen. Aber da die drei anderen Mädchen begeistert zustimmten, zog sie es dann doch vor, sich dem jungen Volk anzuschließen, vor allem, da ja Leo mit von der Partie war.

„Möchtet ihr Karussell fahren?“ wandte sich Leo an die Schwestern Inga und Amelie, und obwohl die zwei erst vor kurzem von ihren möglichen Kavalieren beim Tanz geträumt hatten, strahlten ihre Gesichter jetzt in so kindlicher Freude auf, daß Ilse fast so etwas wie Rührung empfand. Es war ja noch gar nicht so lange her, daß sie selbst so jung gewesen war, und wenn sie es recht bedachte, wäre sie auch heute noch leidenschaftlich gern mit diesem Kettenkarussell gefahren!

„Sie vielleicht auch, Fräulein Ilse?“ weckte Leos Stimme sie aus ihren Gedanken. Ilse erschrak; hatte er vielleicht aus ihrem Gesicht ablesen können, wie sehr sie sich danach sehnte, einmal nicht die vollkommene junge Dame sein zu müssen, sondern sich nach Herzenslust durch die Luft schwenken zu lassen?

Ehe sie noch etwas antworten konnte, hatte Leo sie schon bei der Hand genommen.

„Sie auch, Agnes“, rief er dem anderen Mädchen zu. „Kommen Sie – das wird lustig!“

Aber davon wollte Agnes nichts wissen. Für so einfältige Vergnügungen war sie sich nun wirklich zu fein! Außerdem verdroß es sie, daß er Ilse und nicht sie zuerst gefragt hatte.

Die beiden Schwestern saßen schon festgeschnallt in zwei Schaukeln des Kettenkarussells, und Ilse und Leo nahmen in den beiden folgenden Platz. Wenig später setzte sich das Karussell in Bewegung. Ilse hatte sich vorgenommen, eine möglichst damenhafte Haltung beizubehalten, wenn sie sich schon einem so unschicklichen Vergnügen hingab; aber als es dann höher und immer höher hinaufging, als ihr die frische Luft sausend ins Gesicht fuhr und ihr die braunen Locken zerzauste, da lachte sie aus vollem Halse und sah ihren Nachbarn mit vergnügt blitzenden Augen an. Leo selbst konnte sich nicht sattsehen an dem frischen Mädchengesicht, das sich so ganz vorbehaltlos einer natürlichen Freude hingab. Er glaubte, in seinem Leben nie etwas Schöneres gesehen zu haben.

Als das Karussell endlich hielt und sie zusammen mit den kichernden Schwestern Hirt aus ihren Schaukeln hüpften, sahen sie, daß Agnes inzwischen an den Tisch der Erwachsenen zurückgekehrt war und sich angelegentlich mit Onkel Kurt unterhielt. Ilse warf Leo einen prüfenden Seitenblick zu. Ärgerte er sich jetzt vielleicht, daß das bewunderte Mädchen sich zu einem anderen gesetzt hatte? Würde er vielleicht auch an den Tisch zurückgehen und versuchen, Agnes' Aufmerksamkeit wieder auf sich zu ziehen?

Aber Leo tat nichts dergleichen. Im Gegenteil, er nahm Ilse bei der Hand, legte Inga, der kleineren der beiden Schwestern, den Arm um die Schultern und sagte: „Kommt mit – jetzt schieße ich euch dort drüben an der Schießbude einen Teddybären!"

Mit den drei Mädchen im Gefolge steuerte er die nächste Schießbude an. Ehrfürchtig sahen sie ihm zu, als er das ihm gereichte Gewehr prüfend betrachtete, es probeweise anlegte und schließlich lud.

Mit begeisterten „Ah!“ und „Oh!“ verfolgten Amelie und Inga jeden Schuß, der ein Treffer wurde. Als Leo schließlich das Gewehr weglegte, hatte er tatsächlich Anspruch auf drei Gewinne. Der Budenbesitzer zeigte den Mädchen, unter welchen Preisen sie wählen durften. Inga entschied sich spontan für eine kleine blaue Maus, die einen gelben Sonnenschirm kokett über sich hielt, Amelie für ein zierliches buntes Armband – nur Ilse schaute etwas ratlos drein. Angesichts dieser großen Auswahl wußte sie beim besten Willen nicht, was sie sich aussuchen sollte.

Schließlich kam Leo ihr zu Hilfe. „Die schönste Blume für das schönste Mädchen“, sagte er galant und zog eine blaßrote Rose aus zartem Kreppapier von ihrem Ständer. „Durfte ich Ihnen schon einmal echte Rosen schenken, so darf es diesmal sicher auch eine aus Papier sein“, scherzte er.

Ilse spürte, wie sie heiß errötete. Wollte Leo sich vielleicht über sie nur lustig machen?

An einem Lebkuchenstand kaufte Leo den beiden Schwestern zwei große Lebkuchenherzen mit sinnigen Sprüchen darauf; als er auch Ilse eines schenken wollte, wehrte sie erschrocken ab. Das ging nun wirklich nicht mehr an für eine junge Dame!

Mit Luftballons bewaffnet und in vergnügtester Stimmung kehrten sie wieder an ihren Tisch zurück. Agnes blickte nur kurz auf und unterhielt sich weiter mit Onkel Kurt; seit sie erfahren hatte, daß er ein berühmter Maler und weitgereister Mann war, interessierte er sie nur noch lebhafter.

Herr Macket sah lächelnd seiner Tochter entgegen, die mit geröteten Wangen und munter blickenden Augen auf ihn zukam und ihm von ihren lustigen Erlebnissen auf dem Jahrmarkt berichtete. Während sie so unbekümmert sprach, sah er insgeheim wieder die alte Ilse vor sich, die er so geliebt hatte, wie sie war: Wild, manchmal geradezu ungestüm, aber so herrlich lebendig, natürlich und von erfrischender Daseinsfreude.

Man sprach fleißig dem Wein zu, der rot oder weiß in den Gläsern funkelte, probierte den Kuchen, den die Bauernfrauen für das Fest gebacken und an dem sie wahrlich nicht an Zutaten gespart hatten, und genoß den sonnigen Nachmittag, der einmal für alle frei von Arbeit und Pflichten war.

Erst als die Sonne allmählich verschwand und es im Freien zu kühl wurde, begaben sich die Festteilnehmer in den schön geschmückten Saal des „Weißen Schwanes", wo bereits die Musiker ihre Instrumente stimmten, um zum Tanz aufzuspielen.

Ilse hatte es vermieden, Leo allzu oft anzuschauen; eine unerklärliche Verlegenheit erfüllte sie, sooft sie an ihn dachte. Und andererseits – wie vertraut und sympathisch erschien er ihr trotz der kurzen Zeit ihrer Bekanntschaft! Ihr war, als kenne sie ihn schon, so lange sie lebte.

Im Saal, als die Musik längst spielte, saß Leo lange Zeit im Gespräch mit dem Verwalter Brüggemann zusammen; die beiden jungen Männer schienen sich trefflich zu verstehen.

Ilse tanzte inzwischen mit ihrem Vater und Onkel Kurt, der übrigens im Walzer recht flott zu führen wußte, so daß sie fast außer Atem geriet. Erst als der Kommerzienrat Ilse zur Polka aufgefordert hatte, sah sie, wie Leo sich mit freundlichem Kopfnicken von Brüggemann verabschiedete und auf den Tisch zusteuerte, an dem das Ehepaar Macket und seine Gäste Platz gefunden hatten.

Es war selbstverständlich, daß er zuerst mit den älteren Damen tanzte; aber Ilse erbebte innerlich bei dem Gedanken, daß Leo irgendwann an diesem Abend zu ihr kommen würde, um sie zum Tanze zu holen. Wenn er den Arm um mich legt und mich an sich zieht, falle ich bei den ersten Schritten bestimmt tot um, dachte sie voller Vorfreude und heimlicher Angst.

Sie mußte sich noch ziemlich lange gedulden; nach einigen Tänzen schon legten die Musiker eine längere Pause ein, um den

Gästen Gelegenheit zu ausgiebigem Essen und Trinken zu geben, was dem Wirt nur recht sein konnte.

Als dann endlich wieder die Klänge eines Walzers ertönten, die Ilse sofort mitreißend in die Beine fuhren, verbeugte sich Leo zu ihrer heimlichen Enttäuschung nicht vor ihr, sondern vor der älteren Agnes. In den Armen ihres Vaters, der seine große Tochter stolz über die Tanzfläche schwenkte, mußte Ilse mit ansehen, wie geschmeidig und in in scheinbar vollkommener Übereinstimmung diese schöne junge Paar miteinander tanzte. Es schien manchmal sogar, als legte Agnes zärtlich ihren Kopf an die Brust ihres viel größeren Tanzpartners. Gesprochen wurde zwischen den beiden nur wenig – aber Ilse vermutete, daß sie sich auch ohne Worte verstanden.

Das Herz war ihr so schwer geworden, daß sie sich gar nicht mehr recht freuen konnte, als Leo zu ihr kam und sie zum Tanz aufforderte. Sie nickte zwar lächelnd, als sie aufstand und ihm zur Tanzfläche folgte, aber obwohl er sich freundlich und scherzend mit ihr zu unterhalten versuchte, antwortete sie ihm nur einsilbig und geistesabwesend, so daß er es schließlich entmutigt aufgab.

„Was ist denn, Fräulein Ilse?“ fragte er, während sie nach dem Tanz an den Tisch zurückkehrten. „Sie waren doch vorhin noch so vergnügt? Hat sie irgend etwas verstimmt?“

Konnte sie ihm denn sagen, daß es seine deutliche Bevorzugung der schönen Agnes war, die ihr so die Laune verdarb? Sie hätte doch riskiert, daß er sie auslachte. Und welches Recht hatte sie auch, ihm deshalb Vorwürfe zu machen? Leo war ihr ja schließlich keine besondere Aufmerksamkeit schuldig und konnte sich unterhalten, mit wem er wollte.

Im Laufe des Abends tanzte sie noch zweimal mit Leo, aber die fröhlich-ausgelassene Stimmung des Nachmittags wollte nicht mehr aufkommen, obwohl Leo sich geduldig darum bemühte, Ilse wieder aufzuheitern.

Brüggemann, ihres Vaters Gutsverwalter, forderte Ilse in dem Augenblick zum Tanze auf, als sie Leo sich vor Agnes verneigen sah. Zusammen strebten beide Paare der Tanzfläche zu. Wie abwesend hob Ilse die Arme zu ihrem Tanzpartner und ließ sich von ihm im wiegenden Takt der Musik führen. Auf keinen Fall wollte sie diesen netten jungen Mann merken lassen, daß ihre ganze Aufmerksamkeit auf Leo und Agnes gerichtet war, die ganz in ihrer Nähe miteinander tanzten und schon sehr vertraut miteinander schienen. Ilse zwang sich mit aller Energie dazu, mit Brüggemann während des Tanzes zu plaudern und vergnügt zu lächeln, obwohl ihr eher nach Weinen zumute war. Es gelang ihr lange, sich zu beherrschen; erst als ihr einfiel, wie sehr sie sich auf dieses Erntefest gefreut und das Wiedersehen mit Leo herbeigesehnt hatte, als sie dann bedachte, wie anders sich nun alles abspielte, als sie erhofft hatte, schossen ihr die Tränen heiß in die Augen. Sie senkte den Kopf und kämpfte darum, nicht weinen zu müssen; dem jungen Brüggemann, der ihr gerade begeistert und ausführlich von seinem Praktikum in Holland berichtete, fiel ihr langes Schweigen gar nicht auf.

Sie hatte sich wieder ganz gefaßt, als ihr Tänzer sie zum Tisch zurückführte. Niemand, das beschloß sie jetzt eigensinnig, sollte merken, wie enttäuscht sie war, wie schmerzlich es sie berührte, Leo und Agnes beieinander zu sehen.

Sie wußte selbst nicht recht, ob sie den nächsten Tanz mit Leo fürchten oder herbeisehnen sollte; doch dieser Entscheidung wurde sie dadurch enthoben, daß man allgemein beschloß, nach Moosdorf zurückzufahren und bei einem guten Gläschen Wein im kleinen Kreis den Tag harmonisch ausklingen zu lassen.

In dem allgemeinen Durcheinander fiel es nicht weiter auf, daß Onkel Kurt mit seiner Schwester irgend etwas Wichtiges zu verhandeln schien; Frau Macket nickte nur ein paar Mal ernsthaft und verständnisvoll. Erst am folgenden Morgen war zu erfahren, daß Onkel Kurt in einer dringenden Angelegenheit noch mit dem Abendschnellzug hatte verreisen müssen. Wohin, wußte selbst seine Schwester nicht – aber sie war derart sprunghafte Entschlüsse gewohnt, die der Künstlernatur ihres Bruders entsprangen.

Die Familien Schäffer und Hirt waren die ersten, die nach dem gemütlichen abendlichen Ausklang im Wohnzimmer der Mackets zur Heimfahrt drängten. Wenig später beschlossen auch Kommerzienrats, sich von ihren freundlichen Gastgebern zu verabschieden. Nur Gontraus und Leo blieben wegen der weiten Entfernung nach Lindenhof über Nacht auf Gut Moosdorf.

Ilse hatte den Abend schlecht und recht hinter sich gebracht. Sie hatte die Unbefangene, Ausgeglichene, ja Heitere spielen müssen, während insgeheim ihr Herz blutete. Obwohl Leo sie immer wieder auf eine sehr liebenswürdige Weise in die kleine Gesprächsrunde einbezog, zu der Agnes, die Schwestern Hirt und er sich in einer Ecke des gemütlichen Wohnzimmers zusammengefunden hatten, konnte sie sich nicht einmal mehr darüber freuen, daß er sich ihrer immer wieder erinnerte und ihr Interesse bewies. Sie redete sich nun einmal ein, daß Agnes ihm viel besser gefiel, und das Herz lag ihr schwer wie ein Stein in der Brust.

Endlich – endlich standen dann das Ehepaar Wernfels und Agnes zur Heimfahrt bereit in der Diele. In dem allgemeinen Abschiedstrubel hörte Ilse zu ihrem Erstaunen Leo zu Agnes sagen: „Und grüßen Sie Rudolf sehr herzlich von mir! Ich freue mich schon darauf, ihn in ein paar Wochen wiederzusehen!"

Rudolf? Ilse hatte noch nie von einem Rudolf gehört. Wer mochte das sein, und warum hatten Agnes und Leo nicht zuvor an diesem Abend in ihrer Gegenwart von ihm gesprochen?

Als die letzten Gäste endlich abgefahren waren, beschlossen die Zurückgebliebenen, wegen der vorgerückten Stunde auch unverzüglich zu Bett zu gehen. Um sich zu unterhalten, hatte man ja schließlich noch den ganzen morgigen Sonntag vor sich.

Nachdem sie ihm etwas unbeteiligt eine gute Nacht gewünscht hatte, wandte Ilse sich rasch von Leo ab und verschwand in ihrem Zimmer.

Endlich war sie allein und konnte ihren Gedanken nachhängen! Warum hatte sie vorhin nur so heftig mit den Tränen kämpfen müssen? War es denn möglich – sie hätte es sich am liebsten nicht eingestanden – war es denn möglich, daß sie eine tiefe Neigung zu Leo gefaßt hatte und darum darunter litt, wenn er sich einer anderen zuwandte?

„Nellie – ist das die Liebe!" murmelte sie vor sich hin, während der Schlaf sie schon überwältigte, der alles Grübeln und Fragen zum Schweigen brachte.

*

Am nächsten Morgen schienen alle Grillen wie fortgeblasen. Ilse fühlte sich ausgeschlafen und froh, durch das Fenster drang goldener Sonnenschein in ihr Fenster, und ein unbeschwerter Sonntag lag vor ihr.

Nur eines machte ihr Sorgen: Sie sollte die Gontraus am Abend doch zu einem zweiwöchigen Besuch auf Gut Lindenhof begleiten. Konnte und wollte sie das noch, nachdem sie Leos wegen in einen solchen Zwiespalt der Gefühle geraten war?

Nach einigem Überlegen beschloß sie, die Lösung des Problems vorerst einmal hinauszuschieben und sie der Zeit zu überlassen. Munter sprang sie mit beiden Beinen zugleich aus dem Bett und ging an ihre Morgentoilette.

Sie mußte früh wach geworden sein. Im Hause war noch alles still, als sie hinunterging.

Sie beabsichtigte, sich ein wenig auf die sonnige Veranda zu setzen und über die Ereignisse des vergangenen Tages nachzudenken, ehe die anderen zum Frühstück herunterkamen. Behutsam auf Zehenspitzen schleichend durchquerte sie das Eßzimmer, blieb zwischendurch immer wieder stehen und lauschte und trat schließlich leise auf die Veranda hinaus. Die Mädchen hatten den Frühstückstisch schon gedeckt. Mit fachkundigem Blick überprüfte Ilse, ob nichts fehlte. Sie mußte lächeln: Noch vor zwei Jahren wäre es ihr nicht im Traum eingefallen, sich dafür zu interessieren.

Von irgendwoher hörte sie Schritte. Ob die Mutter herunterkam? Aber nein, das war nicht ihr leichter, beschwingter Schritt. Ilse sah vorsichtig um die Weinranken herum, hinter denen sie stand, und glaubte im gleichen Augenblick, ihr müßte das Herz stehenbleiben. Es war Leo, der auf sie zukam!

Heiß schoß ihr das Blut in die Wangen. Ihr Herz klopfte wie wild. Sie konnte ihm jetzt unmöglich gegenübertreten. Was sollte sie zu ihm sagen? Sie hatte es an diesem Morgen ganz bewußt vermieden, an ihn zu denken.

Was würde er von ihr halten, wenn sie ihm jetzt rot und verlegen entgegentrat? Für sie gab es nur eines: Flucht! Sie mußte sich aus dieser peinlichen Situation irgendwie befreien.

Aber es war schon zu spät. Leo hatte sie gesehen. Zwar hatte sie die Veranda noch verlassen können und schon geglaubt, in Sicherheit zu sein, als er sie im Eßzimmer mit schnellen Schritten einholte.

„Guten Morgen, Fräulein Ilse“, sagte er mit freundlichem Lächeln. „Ich freue mich ganz außerordentlich, Sie heute früh schon hier unten so frisch und ausgeschlafen anzutreffen. Hat Sie auch diese herrliche Sonne aus dem Bett gelockt?“

Ilse begriff, daß kein Entkommen mehr möglich war. Sie nahm also ihre ganze Gelassenheit zusammen und wünschte ihm mit bezauberndem Lächeln einen guten Morgen.

„Ich möchte auf Ihr Versprechen von gestern zurückkommen“, sagte Leo scherzend. „Sie haben mich auf später vertröstet, als ich

Sie bat, mir Nellies Brief vorzulesen. Wie wäre es, wenn wir das heute morgen nachholten?"

Ilse schwieg verlegen.

„Bitte", sagte er sehr weich.

Er bemerkte wohl ihre Befangenheit und bemühte sich, ihr darüber hinwegzuhelfen, indem er ihr mit scherzhafter Grandezza den Arm bot und sie zu einer Ecke der Veranda führte, in der ein kleiner runder Tisch und zwei bequeme Stühle standen. Die beiden jungen Leute ließen sich dort nieder, aber die strahlende Oktobersonne, die durch das Weinlaub fiel, neckte das junge Mädchen, so daß es geblendet die Augen schloß.

„Die Sonne blendet hier", sagte Ilse und war froh, über etwas Unverfängliches sprechen zu können. „Außerdem ist es hier auch sehr warm", fügte sie hinzu und stand wieder auf.

„Gut – dann gehen wir der bösen Sonne aus dem Weg", erwiderte Leo bereitwillig und führte das junge Mädchen auf die andere Seite der Veranda.

Hier war es nun wirklich schattig und kühl, und Ilse fand keine Ausrede mehr, um dem zu nahen Beisammensein zu entgehen. Außerdem gewann sie auch allmählich ihre Selbstsicherheit wieder. Sie brauchte Leo ja nicht merken zu lassen, wie es in ihrem Inneren aussah!

Als er jetzt noch einmal bat, sie möge ihm Nellies Brief nicht länger vorenthalten, war sie sogar imstande, ihn in scherzhaftem Ton zu tadeln.

„Sie sind ein wahrer Quälgeist", bemerkte sie lächelnd. „Wie kann es Sie überhaupt interessieren, was meine Freundin mir schreibt, und noch dazu über ein so persönliches Thema. Ich wette, Sie möchten nur über ihre überschwenglichen Äußerungen spotten, und das dürfen Sie nicht."

„Wo denken Sie hin!" wehrte sich Leo. „Das ist ein ganz ungerechtes Mißtrauen! Nein – nachdem Sie mir Ihre Freundin in so liebenswürdiger Weise geschildert haben, ist es mein ganz natürlicher Wunsch, dieses reizende Wesen wenigstens durch seinen Brief näher kennenzulernen."

Ilse sah ihn etwas zweifelnd an, konnte aber in seinem ernsten Gesicht nicht die geringste Spur von Ironie entdecken. Da faßte sie Vertrauen zu ihm.

„Vielleicht zeige ich Ihnen später auch noch ein Foto von ihr", versprach sie und zog dann Nellies Brief aus der Tasche ihres Kleides.

„Nun, warum fangen Sie nicht an?" fragte Leo, als sie erst eine Weile prüfend in den Briefbogen herumblätterte.

„Nur Geduld, Herr Assessor", erwiderte Ilse mit einem Anflug ihres alten schelmischen Wesens. „Ich muß zuerst die Stellen aussuchen, die Sie hören dürfen. Der ganze Inhalt ist durchaus nicht für Ihre Ohren bestimmt."

„Das finde ich grausam", wehrte sich Leo. „Das ist, als wenn Sie einem Kind einen Bonbon hinhalten und sagen: ‚Leck mal dran!', den Bonbon dann aber selbst in den Mund stecken."

Über diesen Vergleich mußte Ilse lachen. Fast gewann sie wieder ihre alte vergnügte Laune zurück. Agnes und der Kummer des vergangenen Tages war beinahe vergessen.

„Gut – dann hören Sie zu! Aber nicht spotten!" warnte sie noch einmal mit drohend erhobenem Zeigefinger.

Sie saßen dicht nebeneinander – Ilse lesend und Leo zuhörend und sie dabei beobachtend. Da plötzlich hielt sie im Vorlesen inne.

„Lesen Sie doch bitte weiter!" ermunterte Leo. „Warum hören Sie schon wieder auf? Denken Sie an das Beispiel von dem Bonbon!"

Ilse zögerte noch einen Augenblick und überlegte, was sie tun sollte. Dann gab sie sich einen Ruck: Warum eigentlich sollte sie ihm das Schönste an dem ganzen Brief vorenthalten? Nellie hatte ihre Verlobung so reizend und zu Herzen gehend geschildert, daß

dieser Bericht eigentlich das schönste Abbild ihrer liebenswerten Persönlichkeit war.

Sie begann wieder zu lesen – zuerst stockend, dann immer fließender las sie durch bis zum Ende des Briefes.

Als sie geendet hatte, blieb Leo lange stumm. Ilse wunderte sich und fühlte sich im Namen der Freundin fast ein wenig verletzt. Immerhin hatte sie erwartet, daß er sich ein wenig gerührt oder vielleicht sogar begeistert zeigen würde. Aber er sagte gar nichts! Mit leisem Vorwurf sah Ilse ihn an.

„Ihre Freundin besitzt ein warmes, tiefes Empfinden", rang Leo sich schließlich ab, aber es war deutlich zu merken, daß seine Gedanken anderswo weilten.

„Fräulein Ilse", begann er dann plötzlich und ganz ohne Übergang, „was würden Sie eigentlich antworten, wenn jemand Sie fragte: ‚Haben Sie mich lieb?'"

Diese Frage traf Ilse wie ein Blitz aus heiterem Himmel und versetzte sie in Schrecken und völlige Verwirrung. Sie sprang auf und machte Anstalten davonzulaufen.

„Nein, würde ich sagen!" rief sie dann. „Ich habe niemand lieb – niemand!" Sie wiederholte das „niemand" mit besonderem Nachdruck, als wollte sie jeder weiteren Erörterung vorbeugen.

Hätte der aufbrausende junge Trotzkopf nur einen einzigen forschenden Blick auf den jungen Assessor geworfen, wie schnell und richtig würde sie ihn verstanden haben! Aber Leo war entschlossen, sich ihr unmißverständlich zu offenbaren.

„Ilse", sagte er sehr zärtlich und nahm ihre Hand, „und wenn ich es nun wäre, der Sie fragte: Haben Sie mich lieb? Wollen Sie meine kleine Frau sein? Würden Sie dann auch nein sagen?"

Hastig und fast ein wenig verärgert entzog sie ihm ihre Hand. Jetzt mußte es gesagt werden, was sie so schmerzte!

„Wie können Sie so zu mir sprechen?" fragte sie mit brüchiger Stimme. „Haben Sie nicht gestern erst lebhaftes Interesse für

Agnes Wernfels an den Tag gelegt? Wie soll ich Ihnen dann heute morgen glauben, daß Ihre Liebe mir gilt?"

Leo mußte ein leises Lächeln unterdrücken. Seine kleine Ilse war also eifersüchtig! Fast freute es ihn.

„Aber, Fräulein Ilse, mit Agnes habe ich mich doch nur so gut unterhalten, weil sie mir anvertraute, daß sie mit einem lieben Studienfreund von mir, Rudolf Steinmaier, heimlich verlobt ist! Wie können Sie mir gegenüber nur so mißtrauische Gedanken hegen?" fügte er nun doch lächelnd hinzu.

Rudolf! Von ihm war ja beim Abschied der beiden die Rede gewesen! Ilse fiel eine Zentnerlast vom Herzen. Aber nun wußte sie noch weniger als zuvor, was sie sagen sollte.

„Hast du mich lieb, Ilse?" fragte Leo noch einmal sehr behutsam, aber das Ja, das Ilse am liebsten herausgejubelt hätte, wollte ihr einfach nicht über die Lippen. Regte sich da vielleicht noch einmal der alte Trotz in ihr, der nicht zulassen wollte, daß sie sich zu jemand bekannte, sich ihm völlig anheimgab?

„Nein, niemals!" sagte sie schnell und wandte sich heftig ab.

Fassungslos und mit schmerzlichem Unterton wiederholte Leo ihre Antwort. „O Ilse – bitte nehmen Sie das Wort zurück", bat er. „Ich habe Sie mit meiner übereilten Frage sicher erschreckt, nicht wahr? Ich verstehe Sie sehr gut. Bitte beruhigen Sie sich erst und dann geben Sie mir Ihre Antwort."

Ilse stand von ihm abgewandt. In ihrem Inneren kämpften die widerstreitendsten Gefühle miteinander. Ihr Herz drängte danach, sich Leo in die Arme zu werfen, aber ein unbestimmtes Etwas hinderte sie daran, ihr eigenes Ich in dieser Weise aufzugeben.

Doch da fiel ihr plötzlich die Geschichte der leichtfertigen Luzie wieder ein, und ihr war zumute, als riefe das unbekannte Mädchen ihr zu: Lerne aus meinem Schicksal! Oder willst du den Mann, den du liebst, deiner Launen wegen verlieren?

„Leo", sagte sie schüchtern und trat einen Schritt auf ihn zu, blieb dann aber, erschreckt über den eigenen Mut, sogleich wieder stehen.

Mit leuchtenden Augen sprang Leo auf. Er nahm Ilse in die Arme und zog sie fest an sein Herz.

„Nun bist du meine Ilse!" rief er jubelnd und versuchte, einen Kuß auf ihre Lippen zu drücken.

Doch da meldete sich noch einmal Ilses Widerspenstigkeit.

„Küssen ist nicht erlaubt", erklärte sie mit aller Entschiedenheit. „Wie käme ich dazu, mich von einem fremden Mann küssen zu lassen?"

„Aber die Hand", bat er lachend. „Die Hand zu küssen wird doch wohl erlaubt sein!"

Sie gewährte es ihm gnädig.

Während sie dort so eng umschlungen standen und Leo ihr einen nicht endenwollenden Kuß auf die schmale Hand drückte, traten die beiden Elternpaare auf die Veranda.

Alle begriffen sofort, was hier geschehen war – nur Oberamtmann Macket stand wie versteinert. Am schnellsten hatten sich der Landrat und seine Gattin gefaßt, die das Brautpaar herzlich beglückwünschten und Ilse als ihr zukünftiges Töchterchen freudig begrüßten.

Frau Macket trat zu ihrem Mann, der immer noch wie vom Donner gerührt an der gleichen Stelle stand, und legte ihm sacht die Hand auf den Arm.

„Habe ich es dir nicht gesagt, Richard, daß aus deinem Kind ein erwachsenes Mädchen geworden ist?" fragte sie leise.

„Ilse – meine kleine Ilse!" stieß der Oberamtmann fast mühsam hervor. „Ist es denn möglich? Du bist verliebt?"

Jubelnd flog Ilse ihm an den Hals und küßte ihn stürmisch auf den Mund.

„O Herzenspapa", rief sie unter Weinen und Lachen, „ich habe meinen Leo ja so furchtbar lieb!"

Alle lachten über diese mädchenhafte Äußerung, und in bester Laune ließ man sich am sonntäglichen Frühstückstisch nieder.

*

Drei Wochen waren inzwischen vergangen. Ilse war längst wieder von ihrem Besuch auf Gut Lindenhof zurückgekehrt. Das Glück des Brautstandes hatte das Mädchen noch hübscher und heiterer werden lassen.

Im Hause Macket wurden bereits die ersten Pläne für die Hochzeit der jungen Leute geschmiedet, als eines Tages ein Brief ins Haus flatterte, der aus München kam und als Absender den Namen Onkel Kurts trug. Seit seiner plötzlichen Abreise am Abend des Erntefestes hatten sie nichts mehr von ihm gehört, aber das hatte Frau Macket nicht weiter verwundert, weil es nun einmal nicht nach dem Geschmack ihres Bruders war, Briefe zu schreiben.

Der Inhalt dieses Briefes allerdings versetzte die gesamte Familie in sprachloses Staunen. Ilse tanzte begeistert damit im Zimmer herum und rief aufgeregt: „Ich bin die Ursache ihres Glückes! Es ist nicht zu fassen! Was wird nur Leo dazu sagen, wenn ich ihm das erzähle!"

Der Brief von Onkel Kurt lautete:

„*Meine Lieben!*

*Bitte wundert Euch nicht so sehr – ich schreibe Euch von unserer Hochzeitsreise. Lotte Güssow und ich wollen den Winter in Italien verleben. Ihr staunt? Es gibt nichts zu staunen. Lotte und ich sind schon uralte Brautleute – wir sind nur vor langer Zeit durch ein dummes Schicksal getrennt worden. Im Frühjahr kehren wir zurück, und ich werde Euch dann meine junge Frau vorstellen. Unserem geliebten Trotzkopf einen besonderen Gruß – sie weiß schon, warum. Sie soll übrigens fleißig weitermalen, wenn der Brautstand ihr Zeit dazu läßt.* *Kurt.*"

Auch das ehemalige Fräulein Güssow hatte zur Feder gegriffen:

„*Meine liebe Ilse*“, schrieb sie, „*nun bin ich deine Tante! Wer hätte das je gedacht! Als die Nachricht von Deiner Verlobung im Internat eintraf, war Kurt schon bei mir gewesen. Er wollte aber nicht, daß ich Euch schon vor unserer Hochzeit die ganze seltsame Geschichte unseres Wiederfindens mitteilte! Sag, denkst Du eigentlich noch an jene Luzie, von der ich dir erzählte? Nun, sie hieß eigentlich Lotte und war niemand anderer als ich selbst. Und der Maler? Du errätst ohne weiteres, wer er war, ohne daß ich ihn nenne. So haben wir doch noch nach vielen Jahren ein unaussprechliches Glück gefunden. Und wenn wir uns wiedersehen, bist auch Du am Ende schon eine junge Frau! Wie habe ich mich gefreut über Dein Glück, mein Herz! Der Himmel erhalte es Dir.*“

Die schönsten Mädchenerzählungen

*von Johanna Spyri*

Heidi · Gritli · Dori

Diese drei Erzählungen der großen Schweizer Schriftstellerin Johanna Spyri fesseln auch heute noch jedes Kind. Gerade in der heutigen volltechnisierten Zeit zieht man sich gerne zurück mit einem Buch, das von der Liebe zur Natur und zu den Menschen spricht. Die Erlebnisse von Heidi, Gritlis Kindern Fani und Elsli und der jungen Dori sind so lebendig geschrieben, daß das Buch mit Spannung gelesen wird.